玫瑰帝国

更新世之望

步非烟 著

山西出版传媒集团　山西人民出版社

图书在版编目（CIP）数据

玫瑰帝国. 更新世之望 / 步非烟著. —太原：山西人民出版社，2025.3. — ISBN 978-7-203-13437-4

Ⅰ. I247.5

中国国家版本馆 CIP 数据核字第 2024Y8J743 号

玫瑰帝国. 更新世之望

著　　者：步非烟
责任编辑：宋　娜
复　　审：魏美荣
终　　审：贺　权
装帧设计：孙健予

出 版 者：山西出版传媒集团·山西人民出版社
地　　址：太原市建设南路 21 号
邮　　编：030012
发行营销：0351－4922220　4955996　4956039　4922127（传真）
天猫官网：https://sxrmcbs.tmall.com　电话：0351－4922159
E—mail：sxskcb@163.com　发行部
　　　　　sxskcb@126.com　总编室
网　　址：www.sxskcb.com

经 销 者：山西出版传媒集团·山西人民出版社
承 印 厂：山西出版传媒集团·山西新华印业有限公司

开　　本：720mm×1020mm　1/16
印　　张：27.25
字　　数：402 千字
版　　次：2025 年 3 月　第 1 版
印　　次：2025 年 3 月　第 1 次印刷
书　　号：ISBN 978-7-203-13437-4
定　　价：78.00 元

如有印装质量问题请与本社联系调换

目　录

第一章	爱懒花枝	001
第二章	皇后的葬礼	007
第三章	伊芙琳宫	017
第四章	蒸汽机体	025
第五章	血与曙光之战	035
第六章	石棺	045
第七章	北境狩猎	057
第八章	大竞技场	069
第九章	天空之城	081
第十章	伊什塔尔	089
第十一章	舞姬	101
第十二章	刺杀	110
第十三章	爱的枷锁	118
第十四章	盛世的暗影	126
第十五章	未有之战	135
第十六章	民众的裁决	143
第十七章	白风城	151
第十八章	囚禁	159
第十九章	克莉丝塔	165
第二十章	浴血的维纳斯	176

第二十一章	又一位温莎家族的皇后	185
第二十二章	血与火之誓	196
第二十三章	明光城之战	207
第二十四章	姐妹	221
第二十五章	浮空岛之陨落	231
第二十六章	偿还	242
第二十七章	初拥与重生	254
第二十八章	错付	264
第二十九章	血色后冠	274
第三十章	地心之城	285
第三十一章	帝国大厦	300
第三十二章	第三合众国	316
第三十三章	废墟	330
第三十四章	终焉血公爵之战	342

目 录

第三十五章　黑暗之血	354
第三十六章　月之暗面	370
第三十七章　最后的宽恕	383
尾　声	392
尾声之后	399
再　会	408
后　记	425

第一章　爱懒花枝

皇帝陛下回帝都时，没有惊动任何人。

车队趁着夜色悄然前行，经过北郊驻地时，天空下起了暴雨。大雨倾盆，河水暴涨，道路顿时变得泥泞不堪，两侧山体有滑坡的风险。为保证御驾安全，兰斯洛特建议暂时在军事驻地休息，等天亮后再回到皇宫。皇帝没有反对。这里，正是圈禁豪族质子们的堡垒。

雷雨中，车队缓缓进入堡垒。妮可早已率领随从，站在礼堂门口迎接。

这一次，她并未跟随大军前往北极，而是留在这座堡垒中，监督、训练质子们。在她的经营改造下，这座军事堡垒有了很大变化。

训练场被种上大片花草，左右各有一个凉亭、一个玻璃花房。玻璃房正对的，就是举办舞会用的礼堂。仅一个月的时间，礼堂的风格就从庄重变为奢华。门窗全部描上彩绘，丝绣帷幕从二楼露台一直垂到楼下。门廊里摆满来自世界各地的装饰物，宛如小型博物馆。

一股迷离的香味从大门处飘来，让人忍不住望去。只是，门口锦帷遮住了众人的视线，无法看清。所有人都禁不住微微皱眉，这里哪还有京畿要塞的样子？但碍于妮可的身份，也没有人敢说什么。

妮可很得意自己的改造，躬身邀请皇帝进入礼堂。卓王孙并未停步，径直走了进去，其他人则留在门廊上。

数以百计的红烛在大厅中燃烧，照出花团锦簇。七八个年轻的女孩在烛影中忙碌着。她们排成一列，跪坐在地毯上，小心整理着地毯上的花枝。传递、摊开、晾晒、捆扎……

迷离而温暖的香味，就是从淡蓝色花枝上传来的。

队伍最末尾的姑娘，将扎成束的花枝放入一个半人高的玻璃酒坛。酒汁瞬间也成了淡蓝色。这样的酒樽还有很多个，被整齐地码放在女孩们背后。

女孩们身着希腊风的长裙，头戴花枝编成的发冠。烛影花香下，大厅仿佛化为雅典神殿，圣洁而美丽的女祭司们在为诸神准备贡品。她们工作极为认真，连皇帝进来都没有察觉。酒汁衬托得她们白皙的手指，格外醒目。

妮可脸上露出满意之色。这些女孩，都是各地贵族送来的质子，经过了她的挑选和训练，已经与舞会时大不相同了。一个月的时间，足够让她们学会如何藏起功利心，展现出纯真与优雅。至于挑选的标准，当然是年轻美貌，但更重要的是听话。只有听命于她的女孩，才有资格出现在今夜的大厅之中。

皇帝淡淡看了一眼："这是什么？"

妮可指了指地上的花枝："爱懒花枝，能让人忘记一切烦恼的魔药。"

她有深意地眨了眨眼："此刻的您，一定需要。"

皇帝不为所动："上次试过了，没有用。"

妮可说："不一样，在您离开的这一个月，我试出了真正的制造之法。相信我，这次一定会有用的。"说着，她轻轻打了个响指。女孩们徐徐站起身，各自从酒坛中盛出一杯酒汁，捧在胸口。

妮可微笑看着他："这次从北极回来，陛下一定有很多事，想要忘记吧？"

皇帝没有说话。

第一章　爱懒花枝

"从您眼睛里，我看到了从未见过的痛苦。我知道，是谁让您这么痛的。"妮可让女孩们走到他面前，"如果一切已无法挽回，何不再试一次忘记？毕竟这样的雨夜，最适合清洗掉往事。"窗外传来雨打窗棂的声音，以及隐隐的雷鸣。

皇帝沉默良久，任雨夜的湿气冷却了他的目光。所有人都耐心地等待着，不敢发出一点声音。最终，皇帝嘴角浮出一个自嘲的笑容："也对。"

他轻轻抬手："呈上来。"

女孩们正要上前，却被妮可拦住："爱懒花汁的魔力源自爱情。她们把对您的爱融入其中，才让它具有了忘忧的魔力。"她指了指女孩们，微笑着说："喝下花汁后，陛下会忘掉旧情，爱上第一个看到的女孩。那么，陛下到底想让谁有这个幸运呢？"

女孩们这才抬起头，满怀期待地看着他。她们手中的花汁深浅不一，各具诱惑，正如她们此刻的眼神。

皇帝态度淡漠："谁都一样。"

这个回答让女孩们感到一些意外。短暂沉默后，一个大胆活泼的女孩走了出来，用开玩笑的语气说："看来，陛下难以取舍。那不如……我们都留下来吧？"

此话一出，女孩们都笑了起来，几个年纪尚轻的已红了脸。

皇帝只说了两个字："随意。"

女孩们小心地打量着他，似乎想分辨他此话的含义。他脸色平静，看不出喜，也看不出怒。

幽微的烛光下，他的戎装尚未换下，隐约现出硝烟与血色，让人想象他不久前指挥若定、驰骋沙场的英姿。此刻，他在鲜花美酒的簇拥中，脸上却毫无欢愉，冷漠到悲怆。强大与悲伤、从容与危险并存在他身上，形成了特殊的吸引力。

女孩们没有退却，反而跃跃欲试起来。大胆的女孩走上前来，喝了一口花汁，噙在口中，含笑看着他。皇帝没有动。女孩挑逗地踮起脚，却被他一把握住手腕，拖入怀中。

妮可微笑着转身。她知道自己的计划已经成功，可以不必再监控下去了。她并没有出门，而是靠着门口的巨柱坐下，耐心等待。

雨声纠缠，无休无止。

皇帝喝下了很多爱懒花汁，却没有醉，也什么都没有忘记。因为真正的爱懒花枝，不是那些淡蓝色的杂草，而是女孩们本身。这一点，他和妮可从一开始就心知肚明。妮可更明白，没有人能真正抹去她留给他的记忆。有些东西，一旦刻下就无法销毁，哪怕剜出骨肉，也是一样。唯有覆盖，用破败的补丁，覆盖刻骨的伤痕。这就是他想要做的。

上次从北极回来，各地贵族送上了很多女孩，优雅的、妩媚的、天真的、性感的。他却连看都不看一眼。

作为一个帝王，禁欲并非美德。尤其在国无后嗣的情况下，皇帝要做的，就是在处理政务与戎马倥偬的间隙里，尽可能地绵延血脉，以免山岳崩颓，皇朝绝嗣而造成动乱。朝臣们对此议论纷纷，甚至有人以皇嗣为由，劝谏他修改婚姻制度，广纳后宫。对此，他只是一笑置之。

妮可知道，皇帝陛下之所以选择禁欲，并非出于婚姻约束，而是因为芙瑞雅。北极回来后的一段日子，他封存回忆，不允许任何人碰触。唯有如此，才能尽可能长久地，保有芙瑞雅留下的每一分快乐与悲伤，每一次缠绵与伤害。而现在，这一禁地被敞开，任何人都可以抹杀、践踏。

谁都可以。

他要用这种方式，玷污曾经无比珍视的回忆，践踏自己曾不愿放手的爱。只有这样，才能提醒自己，他们之间的爱已经荡然无存。只有这样，疼痛才能轻一点。

妮可靠在柱子上，不知不觉睡了过去。当她醒来的时候，雨声已经停了，礼堂大厅里一片静谧。她整了整衣衫，从柱子后走了出去。

厚重的帷幕层层低垂，爱懒花枝散乱地铺陈在地。迷离的花香混杂着雨后的气息，缠绕上倾倒的烛台以及衣衫不整的女孩们。她们都已睡熟，脂粉零落的脸上，还残留着欢愉的笑容。

皇帝陛下披着一件长袍，静立在窗前。他抬手，将帷幕挑起一线，向外眺望。曙光沿着他的指间透入大厅。妮可这才发现，已经是第二天清晨。晨光照亮他的双眼，冷清而毫无醉意。微风拂过，轻轻撩开他的睡袍，露出肩头、胸口。暧昧的气息在一线阳光中沉浮，紧紧纠缠着他，他却全不在意，仿佛这些纠缠只是无关紧要的蝉蜕，轻轻一抖就会脱落。

妮可的心惊动了一下。她开始不确定，这场精心安排的欢宴是否真有效果。她缓缓走了上去。皇帝仍然一动不动，略显凌乱的发上有淡淡风露，看来已经静立窗前很久了。他的镇静，让妮可感到一丝慌乱。一个念头不受控制地出现——这次怕是又弄巧成拙了。没有人能左右他，也没有人能戏弄他。在他面前，一切耍弄伎俩的人，都将自取其辱。

那么，他会不会惩罚自己呢？

妮可咬了咬嘴唇，无数念头在脑海中电光石火般掠过，最终沉淀为一个决定。为了自己在帝国中的未来，她选择冒一次险。

"对不起，我错了。"她在他身后跪了下去。

皇帝没有回头，只淡淡问："哦？你做错了什么？"

妮可痛心疾首："我不该安排这一切的……我本意是为陛下解忧，不料却适得其反，让您更不快乐了。"

皇帝回过头，冷冷看了她一眼："你觉得，我不快乐？"

妮可："是的，走进大厅的时候，我就感到了您心中的伤。这场欢宴里，您是唯一不快乐的人。这一切都怪我，我早该知道，姐姐在您心中，是不可取代的。我不该把这些女人送到您面前，羞辱您对姐姐的感情……"

皇帝打断她:"没有人可以羞辱我,我对她也不再有任何感情。"

"是。"妮可低下头,"我这样做,不仅是为了感情,也是在考虑帝国的后嗣……"

"闭嘴!"他声音中的怒意,让妮可不禁一窒。

皇帝看着她:"我最后一次警告你,我容忍你至今,不是因为你和我有相同的父亲,而是因为,我不想再杀死玛薇丝的女儿。"说完这句话,他振了振袍袖,头也不回地走了出去。

妮可望着他的背影,缓缓咬紧了双唇。

第二章　皇后的葬礼

皇帝走出大厅后，立即下令启程。回到皇宫后，他没有休息也没有更衣，直接在镜廊召见了晏执政。镜廊布置也很简单，只有一杯茶。爱懒花汁的香气仍萦绕在他身上，但他的目光已沉静坚定，不带有丝毫个人感情。

"帝国的情况怎么样？"

"比您离开时糟糕多了。"晏执政叹了口气，脸上带着深深的疲倦，"您在末日前做了很多准备，包括逼迫所有人劳动，为帝国囤积了一笔可观的物资。这让我们撑了足足一年,这也是我们敢与启开战的底气。但现在，这些物资已全耗光了。帝国低下的生产力，无法供给近百亿人的消耗，再怎样节衣缩食、扩大生产都没有用。我们现在的生产力，大约只能负担二十亿人，缺口却有八十亿，整整四倍。

"别的物资短缺，虽然也会产生大问题，但勉强还能忍受。比如药品的短缺，让病患的死亡率上升了几倍。但有一种物资的短缺，却让我们面临严峻的挑战，它就是粮食。我们正面临着全国性的，比历史上任何一次都要严重的饥荒。

"目前，帝国的存粮已所剩无几。末日虽未直接摧毁农业，土地仍可耕种，但工业体系的崩坏不仅使农业机械无法使用，化肥、农药也严重短缺，粮食产量勉强只能达到原来的三分之一。

"现在实行配给制，每人发的口粮仅够生存。就算这样，缺口仍然很大。而且，上缴粮食激起了民众极大的反弹，流血冲突几乎每天都在发生。有粮的人不愿交出来，没粮的人总怀疑有粮的人交得少了。社会迅速分裂成两大派：有粮派与无粮派。他们私下斗争得非常惨烈，死亡数字高得惊人，而且愈演愈烈。近期爆发的动荡，几乎全都与之有关。您知道三日前在皮兹诺曹堡爆发的动荡有多严重吗？双方三万多人血战，一位子爵的家族被夷为平地，所有财产都被抢劫一空。当然，主要抢的是刚征收上来的粮食。第二天，子爵联合周围的十几位贵族杀了回来，将所有参与灭族之战的人的头全都砍下，挂满了一整个树林。

"吃饭，已成为前所未有的严峻之事，把其他所有问题都压下了。可以说，帝国现在随时可能会因粮食短缺而陷入巨大的动乱中。陛下，这个问题已严峻到影响帝国的长治久安了。"

皇帝陛下静静地听着，没发表任何意见。皇帝陛下不喜欢打断别人，他喜欢听别人都说完后，再一锤定音。而这个静静听的过程，就是他思索的过程。

"我奇怪的是，就算粮食产量只有原来的三分之一，也不应该有这么大的缺口。按先前的估算，原先的社会有严重的浪费，大量的粮食被用来酿酒、制作精美的糕点。如果仅仅是填饱肚子的话，三分之一的产量应该没问题才是，怎么会引发这么大的动乱？"

"陛下，您的估算建立在粮食收归国有，统一分配的基础上。实际上，这一情况并不存在。帝国大约有三分之二的土地属于私有。这些土地一小半掌握在个人手中，每个人零星的有几亩或者几十亩；大半掌握在大财阀、大贵族手中，动辄就是上千、上万亩。帝国无权征缴他们的粮食，只能购买。也就是说，帝国能自由调度的粮食，仅仅是三分之一的土地所产出的，占以前产量的九分之一。"

"粮食的短缺,也导致囤积居奇的肆虐。一开始我抓了很多人,听到反映囤积的消息越来越少了。我以为我抑制了囤积居奇,但后来我才知道,这是个天真的想法。我听不到消息,只是因为囤积的人已将帝国上下的人全都收买了。我又抓了一批人,仍然没用。换上一批新人,过不多久就又会被收买。末日的物资短缺使廉政变得格外艰难,我们也没有这么多人力物力跟他们斗,最终只能听之任之。据初步估计,至少三分之一的粮食被囤积了起来,也就是说,帝国官方能调度的粮食,只有之前产量的1/13。这就是为什么有这么大缺口的原因。"

晏执政有些沮丧,深深叹了口气。

"我明白了。"皇帝陛下的表情没有改变,仍像之前那么镇静,"有什么办法吗?"

"各地都有民变,尤为严峻的是,这些饿到失去理智的人,极容易被别人利用。这些利用他们的人,有合众国的余孽,有不满陛下的人,还有囤积者甚至某些野心家。他们巴不得帝国越乱越好。帝国的警司每天疲于奔命。由于粮食问题得不到解决,动乱不但没得到缓解,反而愈演愈烈。"

"本来,事情还没发展到不可控的地步。"晏执政看了皇帝陛下一眼,犹豫了一下,由于他与卓王孙多年的交情,还是选择说了,"之前我一直采取转移民众注意力的策略,让他们关注与启的大战,用一场场胜利,让他们暂时忘记生活的艰难,效果很好。但,当最终我方战败的消息传来时,民众的愤怒与失望一下子发泄出来,情况立即变得有些失控。"

皇帝陛下沉默了片刻:"晏,你做得很好,这不怪你。"

晏:"其实我有一点不是很明白,您为什么要接受战败呢?我军主力未损,蒸汽巨舰在源源不断地建造,更新型的蒸汽巨炮也很快就能研发出来。蒸汽文明的开拓,已在有序进行了。即使对方有浮空岛,我方也不是没有一战之力。而且卡乌斯季塔列亚的防御几乎为零,我方战胜的可能性还是有的。

我个人感觉，您不该撤退，就算真的打不赢，也应该多拖些日子。我们需要这场胜利。"

"我明白你的意思。"皇帝陛下摇了摇头，"但我不想再打了。晏，我不想再待在那个地方，看到那些人。"

晏沉默了片刻，缓缓点头："好吧，那我们就来面对这个问题吧。虽然艰难……"

"这个问题，让我来解决。"皇帝陛下波澜不惊，"反正他们已认为我是个暴君，就算我用什么不恰当的方法，想必他们也会说服自己接受的吧。"

"陛下，我从不认为您是暴君。暴君是不会关心子民们的温饱的。"

"晏，不能这么说。绝大多数人不关心目标，他们关心的是手段。手段残酷的就是暴君，手段温和的就是圣人。你不觉得很有道理吗？"

晏没有回答。身为帝国第一执政，他很清楚什么时候该说什么话。

"晏，我要你发布第一号命令。帝国皇后芙瑞雅·亚历珊德拉·温莎，已在北极的战场上殉国了。我会在三日后为她举行最盛大的国葬。"

晏吃了一惊。他不明白卓王孙为什么这么说，因为芙瑞雅明显仍活着，她在卡乌斯季塔列亚重建了合众国，消息早就传回了帝国，有些合众国余孽大肆宣传，鼓动人们一起去投奔新女王。这对帝国是严重的打击，他正焦头烂额不知如何应对呢。陛下这样说究竟是什么意思？

难道……难道这次失败对陛下的打击如此之大，让他都有些精神失常了吗？

"现在卡乌斯季塔列亚立国的，不是芙瑞雅，而是幻化成她容貌的啓，是妖邪，是杀死帝国皇后的凶手，是帝国公敌。你要在命令中声讨她。"

他这么一说，晏有点明白了："您是说，要把水搅浑吗？让普通民众认为她不是原来的那位公主？"

"不，这是我的真实想法，她已经不是原来的她了。"

陛下的这句话，又推翻了晏的忖度。他决定不再问了，回去后他会亲自拟定这道命令，每个字都要揣摩上十几遍，绝不假手他人。他要用心体会陛下的真正用意。

"晏，如果将蒸汽动力用到粮食生产上，能不能让粮食短缺得到缓解？"

晏执政认真思索了一下，回禀："很难。几十艘蒸汽巨舰，用在战场上，可能会扭转战局，但用在农业上，只能说是杯水车薪。帝国总共有耕地近二十亿公顷，要用蒸汽动力来耕种，得需要多少？仅靠帝国官方研发制造，造不出这么多。"

"如果发动民间也来造呢？蒸汽技术我们没必要保密，完全可以公开。"

"恕我直言，陛下，这恐怕会收效缓慢。因为那些有实力的豪族，粮食不仅够自己吃，还能囤积牟取暴利。别人越吃不上饭，他们赚的钱就越多。发展蒸汽动力让粮食重新够吃，这不符合他们的利益。他们至少不会太热心蒸汽技术的普及。而那些迫切想改变现状的，实力又不够。"

"也就是说，帝国太和平了，让他们失去忧患意识了吗？"

"可以这么说。他们对我们的新枪械倒是很感兴趣，愈演愈烈的动乱让他们感到了保护自己的压力。"

皇帝陛下点了点头："你说，给他们什么新枪械好呢？"

晏怔了怔，方才他只是随口一提，没想到皇帝陛下真的想要这么做。给他们新枪械？那不是给帝国埋下更多隐患吗？

"陛下，我认为这样不妥。现在的科技与生产力，维持不了这么大的国家，也统治不了近百亿的人口。执法、治安都已捉襟见肘，管理上也有很多漏洞。帝国之所以还未乱，很大程度上得益于您在末日前那几项削弱非政府势力的举措。但现在，豪族修起城堡，养起私军，筑起一块块法外之地。蒸汽动力带来的碾压性实力，让他们暂时不敢妄动。但如果我们将新枪械给了他们，哪怕不是最新型号，都会让他们迅速壮大，威胁到帝国统治。"

"那如果我给他们的，是我们刚研制出的蒸汽机体呢？"

晏震惊："陛下，蒸汽机体是帝国绝密，您如果将它们给了豪族，万一他们有不好的想法……"

"他们一定会有不好的想法。"皇帝陛下淡然笑了笑，"我就是想让他们暴露出来。"

"可是……"

"正如你所说，帝国现在有很多问题，豪族做大，粮食短缺。一个一个解决，太费劲了，我准备将它们一起解决了。"

晏迟疑了片刻："您的想法很好，可我必须得说，现实很复杂，牵扯的东西太多。"

"其实没那么复杂，这就是你做不了暴君的原因。你若习惯用暴君的视角来看这个世界，就会发现很多事情都变得简单了。不是缺少粮食吗？豪族那里不就有吗？拿来就是。豪族不是做大了吗？那把他们打下去就是。简单吗？"

晏执政欲言又止。事情绝不可能这么简单，否则皇帝也不会这么久下不定决心。但他明白，局面和之前不一样了。皇帝陛下，要用一切方式，抹去芙瑞雅留下的烙印。无论是在他自己身上的，还是在帝国身上的。

皇帝："当然，表面文章还是要做的。"

"陛下，您要做什么表面文章？"

皇帝陛下端起早就凉了的茶，浅浅喝了一口，说："杀人。"

帝都的人心从未如此浮动过。

最初卓王孙兵变成功，合众国被推翻，帝国建立，都城由罗马搬来此处，帝都的百姓可以说是欢欣鼓舞。卓氏多年经营，这里无疑是第三大公家的大本营，帝都百姓对其忠诚无比，乐于接受大公子成为皇帝。虽然这被某些人称为历史的倒退，但帝都百姓都自带弹药与之辩论。皇帝陛下的种种苛政，他们也都挖空心思为之辩解。他们把卓王孙称为"我们家的皇帝陛下"，这一称呼显然脱胎于之前的"我们家的大公子"。

那是帝都最欢腾的时节。

可惜好景不长,"未来"被引爆,末日来临,前所未有的物资匮乏导致帝都哀鸿遍野。绝大多数的人挣扎在绝望的边缘,每天最大的愿望就是一块黑面包,看不到任何希望。大面积的瘟疫、饥荒随时有可能爆发。秩序开始崩坏,动乱由小变大,由少变多,由偶然变为频繁,信仰与道德日渐坍塌。他们不仅绝望,而且恐慌,恐慌于启不知什么时候打过来。那些恶魔召唤了末日,他们会像地狱的烈火一样将帝国烧成灰烬。

所有人都认为人类很快就会灭亡,有的人放弃,有的人堕落。那是帝国秩序最为崩坏的时节。

这时,突然传来皇帝陛下将御驾亲征北极的消息。听到这一消息的所有人,都认为皇帝疯了,但,紧接着传来的,是一场大捷——皇帝陛下差点攻陷了冰城。

这则消息在晏执政的全力支持下,迅速传遍了大街小巷,在有意识的引导下,给帝都百姓注入了一针强心剂。战争是最能转移民众视线的,尤其是对末日的罪魁祸首发动的战争。只要能打赢启,他们愿意付出任何代价。是这帮该死的人把这个世界拖入地狱的!

黑面包不再那么难以下咽,饿肚子也不再难以忍耐。只要有前线胜利的消息,帝都的百姓就可以陷入狂欢。濒临崩坏的秩序稳住了,动乱渐为消弭,每个人都期待着启国破族灭的那一刻,期待着让这场狂欢进入高潮。但来临的不是高潮,而是战败的消息。皇帝陛下败了。

这则消息传入帝都后,几乎所有的百姓,都接受不了。长久以来他们被胜利压抑住的绝望、恐慌,在这一刻全都宣泄了出来。动乱,重新开始出现,比以前还要激烈。帝都甚至出现了"打砸抢"的现象,连警司鸣枪射击都无法阻止。大批的人被抓进监狱,但,更多的人涌上街头……

秩序,再次濒临崩溃的边缘,只是,这一次更为猛烈。这场战败,摧垮了他们的意志，让他们失去了最后的欺骗式的自我麻醉。他们，再没有精神鸦片，不得不直面现实中的一切残酷。

而在这时，雪上加霜的是，晏执政又发布了一条消息：皇后于北极殉国。

虽然这则消息来源于帝国官方的最高层，但没人相信它。虽然末日后几乎没有什么便捷的通信方式，但重大事件口耳相传的速度仍十分惊人。随着战争的进行，民众最关心的消息当然是帝国的胜利，但另一则消息也随之传来，引发极大的热议，那就是芙瑞雅的传奇经历。她孤身前往北极，继位为启的皇后，两度在启濒临灭族时单刀赴会与皇帝陛下和谈，最终制造出神迹一般的浮空岛，让皇帝陛下铩羽而归。

无论是芙瑞雅复杂的身份，还是她跌宕起伏的人生，或是她与皇帝陛下说不清道不明的关系，都有足够的吸引力，民众挖空心思想多知道一点。这导致当她在卡乌斯季塔列亚重建合众国后，消息第一时间便传遍了帝都。有些民众还专门慕名跑去卡乌斯季塔列亚，想目睹新任合众国女王的风采。他们亲眼看到，在合众国破败狭窄的"都城"里，芙瑞雅的照片跟女王陛下曾经的一样，挂遍大街小巷。

芙瑞雅陛下在卡乌斯季塔列亚活得好好的，那皇帝陛下这则殉国的消息又是什么意思？

最普遍的说法是，这次战败对皇帝陛下的打击太大，他的精神出了一点问题。简单来讲，就是他不正常了。这对绝大多数民众无疑是雪上加霜。皇帝陛下都撑不住了。帝都前所未有地躁动起来，到处是哀叹与阴沉。

当然，也有一些人活跃了起来，就是那些仍心怀故国的守旧派。他们因为各种原因，暂时屈服于帝国的统治之下，但他们从未真正认同过帝国，在他们心中，只有一个国家，那就是合众国。芙瑞雅的胜利与合众国的重建，无异于给了他们一针强心剂，让他们一下子找到了追随的目标。这部分人，开始筹划下一步的目标，或去白风城投奔芙瑞雅，或准备继续他们一贯的目标：破坏帝国。他们像一柄柄凿子，准备凿进帝国已风雨飘摇的骨架里。

还有一小部分人，则看到了机会。他们是这个末日的受益者。他们在这个崩坏的世界中如鱼得水，攫取了大量的利益，只用几块黑面包就能雇用的廉价劳动力、囤积换取的惊人财富、任何文明社会都不可能享有的法外特权……他们的自信心前所未有地膨胀，他们觉得自己是个人物了。之前他们蜷伏在皇帝陛下的威严下，但现在，他们认为这场战败让皇帝陛下的威严荡然无存。

不知多少人检阅着自己领地中的私军，心头涌起"彼可取而代之"的念头。弗凯子爵就是其中的一员。他是个美国人，祖上是西部淘金热的暴发户，娶了一位英国没落贵族的寡妇，这是他的爵位的由来。之后他们家族的财富越来越多，但有一点一直没有改变：他们的爵位一直没有获得贵族圈的正式认可，提起来总是"那个西部的小子"。这一情况，终于在末日改变了。流在他血液中的投机精神让他在合众国尚未灭亡时就投靠了卓王孙。不得不说，他有着敏锐的嗅觉。之后末日刚刚出现，他就抢先囤积了大量的生活物资，狠狠赚了一笔。之后，他把自己的城堡打造成一座要塞，里面养着军队，并跟军方的几位大佬走得很近。总之，他已成为自己那方小天地的皇帝。

当弗凯子爵通过自己的渠道第一时间得到帝国战败的消息后，他知道，又一次投机的机会到了。这一次，他不再看好卓王孙。

当卓王孙三日后将举行皇后陛下的葬礼，帝都所有有爵位的人都必须参加的命令传达下来时，弗凯子爵觉得自己有必要表达一下对皇帝陛下的蔑视。所以，他不但不准备出席葬礼，还联络了自己认识的所有爵士，试图说服他们也不要出席。

三日后的那天，他端着一杯白兰地，坐在温暖的阳光底下，看着自己铜浇铁铸般的要塞，觉得安全极了。这座要塞耗费了他一半的资产，就连帝国的蒸汽重炮都轰不塌，里面还有自己养的私兵，铁桶一样的江山。

喝完这杯酒，弗凯子爵，未来的皇帝陛下，就要出山啦。

他蠢蠢欲动的野心鼓动着他抓住这次机会。他已有足够的实力，而皇帝陛下则证明自己是个软脚蟹，连白风城都不敢打。为什么要怕？

他仰头，喝完了酒。一阵巨响，从要塞外传来。

第三章　伊芙琳宫

为帝国皇后举行葬礼的地点，就选在伊芙琳宫，弗凯子爵的城堡就在不远处。

子爵城堡与伊芙琳宫的风格类似，都是标准的古典式建筑，方正而恢宏，石质的外立面在阳光下闪着金光。但无论面积，还是华丽度、恢宏度，子爵城堡都明显比伊芙琳宫更胜一筹。伊芙琳宫单独看时还算是富丽堂皇，但同子爵城堡比起来，就显得有些寒酸了。

也许，弗凯子爵就是想借此来暗压皇帝陛下一头。所幸两座城堡之间有一片密集的树林将它们隔开，算是最后一块遮羞布。但今天，由于邀请的客人实在太多，皇帝下令将这片树林砍掉了一大片，供贵宾们停驻马车，这就使得两座宫殿暴露在众人眼前。

对比鲜明。

虽然皇帝陛下战败的消息早就传遍了帝都，像弗凯子爵一样在暗地里蠢蠢欲动的人不少，但敢公然违抗皇帝陛下的人却不多。伊芙琳宫前停满了马车，每位贵客到来后，几乎第一眼就是打量这两座城堡。

陛下为什么选在这个地方为皇后举行葬礼？在不臣之心已路人皆知的子爵城堡旁边？联想到卓王孙回国后的种种言行，众人得出了一个结论：陛下的精神恐怕不是微恙了。

接下来的事更让他们笃定了这一想法：当他们想要进入伊芙琳宫时，却被卫兵拦住了。他们是来参加庄重的葬礼的，每个人都已经准备好了悲戚和眼泪，到头来居然不让他们进去！什么样的皇帝才能干出这样的事来？

今天的宾客都有爵位在身，是帝国豪族中的豪族，朝中重臣多半在其中。虽然都是陛下的臣子，也不该被如此轻慢对待。来宾们都不满起来，宫外顿时响起一阵嗡嗡的议论声。随着宾客越来越多，不满的情绪也越来越高涨。等到几位最德高望重的公爵、侯爵也都吃了闭门羹，他们对皇帝陛下的怨望也达到了顶点。不少人暗暗摇着头，觉得皇帝陛下是在倒行逆施，明显被战败打击得有些不正常了。

他们暗暗筹谋，回去后要修建更牢固的城堡，发展更强的私军，囤积更多的物资，准备迎接十个王国的时代。①

这时，伊芙琳宫的大门终于打开了。皇帝陛下身穿一袭黑衣，慢慢走出宫门。不论大臣们如何各怀心思，他们都为之一肃，纷纷在老辅政官的率领下，行礼拜见。

"都来了吗？"

老辅政官："该来的都来了，陛下。"

皇帝陛下看了一眼旁边的卫兵，卫兵向前行礼。"弗凯子爵、费迪南伯爵、卡西乌斯子爵……"他一连说了十几个人名，"没有来。"

"是吗？"皇帝陛下没有任何表情，"那我们等他们一会吧。"然后，他就不再说一句话，笔直地站在伊芙琳宫门口。

他等的时间绝不算短。时间一分一秒地过去，被拦在门外的这些大臣，终于觉得有些不对了。他等的时间实在太长了。不管怎么说，他都是皇帝陛下，只有别人等他，没有他等别人的道理。就算他战败了，就算他提出的要

---

① 西罗马帝国灭亡后，入侵的日耳曼人在西罗马帝国的领土上先后建立了十个王国。

求再不合理，也不应该是他等别人。要知道这可是帝国，皇帝陛下拥有崇高无比的地位，所有人都是他的臣仆。而且，这非常不像卓王孙的风格。

一开始，有些大臣还暗暗腹诽，觉得皇帝陛下行事越来越乖戾，但随着时间的延长，他们开始觉得奇怪，然后怀疑、猜测，忍不住用眼睛的余光望向皇帝，见他仍站得那么笔直时，他们心中，终于开始有了一丝冷意。整整半个小时，从一开始的时有响声到一片死寂，伊芙琳宫外的大臣们，全都经历了一场极为难耐的煎熬。

"看来，他们是不会来了。"皇帝陛下终于开口。他们悬着的心刚刚放下，就听皇帝陛下又说了一句话："那么，我就亲自去请吧。"

大臣们都吃了一惊，放下的心陡然又提了起来，他们在想怎么敦促老辅政官请皇帝陛下收回成命，不要再折腾了。有几位与这些缺席的爵士亲厚的大臣甚至想向皇帝请命，前去敦请爵士们赶紧过来，无论如何把这次葬礼应付过去再说，表面文章还是要做的嘛。

这时，他们听到一阵沉闷的轰声，从弗凯子爵城堡的方向传来。

费迪南伯爵没有弗凯子爵那么多的野心，他单纯就是忘了，喝得酩酊大醉，睡了个人事不省。迷迷糊糊中，他似乎听到一阵沉闷的声音，随后翻了个身，又睡着了。然后，他就再也没醒过来。

卡西乌斯与布鲁图子爵是想干点什么的人，他们比弗凯子爵更急一些。两人之所以没参加葬礼，是想搞出点动静来，让皇帝陛下下不了台——皇帝陛下亲自主持葬礼时，要是爆出点动乱来，是不是狠狠抽了他一记耳光？是不是让他雪上加霜？两人正躲在卡西乌斯子爵城堡的一间密室中，密谋着。他们对自己的城堡相当有信心，认为这里安全无比。但这时，他们听到一阵阵惊呼声响起。

卡西乌斯子爵很恼怒，这么重要而隐秘的事被打断了。他中断密谋，走出密室，准备好好申斥一下这些不听话的属下，但他没有时间开口了。走出密室的第一眼，他就看到自己引以为傲的城堡大门，由厚十几厘米的钢材建造，就算是蒸汽巨炮都轰不开的门，此时出现了一个凹陷。

轰的声音再度响起，又一个凹陷出现在城门上。卡西乌斯子爵的胡须颤了一颤，他忍不住想城门也许正在经受着巨兽的撞击。但这太玄幻了，不可能有这样的巨兽存在。

这时，一道特别巨大的声音响起，城门被击得向后掀起，倒在地上。攻击城门的巨兽，终于呈现在卡西乌斯子爵的眼前。当看到它时，卡西乌斯子爵的脑袋里只有一个念头——

怎么可能会有这种东西存在？

沉闷而不同寻常的声音，让伊芙琳宫前的大臣们都不由自主地将视线转了过去。

当他们看清声音是从哪里传来时，他们全都如卡西乌斯子爵一般，震惊地张大了嘴，完全不顾平时保持的雍容形象，脑袋里只剩下一个念头：怎么可能会有这种东西存在？

几具大家伙，正从伊芙琳宫与弗凯子爵城堡中间的森林中走出，向子爵城堡行去。它们全身都由钢铁制成，十米来高。只要见到它们，人们脑海里就会浮现出一个词：大天使机体。它们实在太像了，只是，它们比大天使机体小多了，没有大天使机体堪比巨舰的宏伟，只有其半截腿那么高，也没有大天使机体瑰丽的光芒与华丽的涂装，乃至造型夸张充满奇幻感的武器，它们要丑得多，身上布满了各种管子，臃肿怪异，不时有一团团蒸汽从气孔中喷出，也不能飞，只能在地上行进。但不可否认的是，它们是机体，由蒸汽动力驱动的机体。

帝国，竟能造出蒸汽机体了？

大臣们惊愕得说不出话来。

这些机体看上去笨拙臃肿，速度却比大臣们想象的要快得多，转眼间就来到了弗凯子爵的城堡之前。大臣们亲眼看见一具机体用重拳砸在城门上。那道曾让他们坚信就连帝国军方都无能为力的巨门，被轻易地轰开。然后，一场蒸汽机体与弗凯私军的战斗，展开了。

战斗进行得很快，进程很短暂。因为，这只是一场单方面的屠杀。蒸汽机体展现出一如大天使机体对战其他兵种时的绝对优势，用简单的几个冲锋就让弗凯私军溃不成军。然后，这支让弗凯引以为傲，认为自己可凭之争雄天下的军队，就被完全从这个世界上抹去了，一个人都不留。

沉闷的轰声再度响起，攻破子爵城堡的蒸汽机体，笔直走近伊芙琳宫，跪倒在皇帝陛下面前。他们敬献出自己的战利品——弗凯子爵的首级。

死寂。

大臣们终于明白了皇帝陛下所说的"我亲自去请"，是什么意思。皇帝陛下仍静静地站着，一言不发，继续等着。伊芙琳宫前上百名重臣，有些身子已不由自主地颤抖起来。

是的，这才是他们所认识的皇帝陛下。任何冒犯，必将遭到他血腥的报复。他，君临万方，不接受一点质疑，哪怕是在他战败后。他让谁等着，谁就得等着；他让谁站在宫外，谁就得在宫外待着。

过了十几分钟，费迪南伯爵的头被送来了，然后是卡西乌斯子爵的、布鲁图子爵的……

当所有缺席者的头颅被一队队蒸汽机体带来，以最谦恭的姿态敬献到皇帝陛下面前时，皇帝陛下终于点了点头："请进吧，葬礼可以开始了。"

老辅政官深深地看了皇帝陛下一眼。

这场葬礼，是不是真是芙瑞雅皇后的他们不知道，但的的确确是这些对皇帝陛下不恭敬者的。

所有大臣都望着老辅政官。他低低喝了一句："还不快进去，还等什么！"随即率先跟着皇帝陛下走进伊芙琳宫。

宫门前，几十架蒸汽机体分列两侧，手中捧着血淋淋的头颅。那是他们熟悉的同僚的。他们多数死不瞑目，眼睛睁得大大的，看着他们，令人胆寒。

久经风浪的老辅政官表情却没有任何波动，从中颤颤巍巍但步伐稳定地经过。看到这些蒸汽机体以及皇帝陛下残酷的手段，他的心反而稳了下来。因为他知道，这样一股力量，足以让因战败而躁动不安的帝都恢复秩序。而敢将这股力量亮出来，就说明皇帝陛下已有安定局势的打算与信心。老辅政官最不想看到的，就是乱世。

他喜欢看到皇帝陛下表现出暴君的一面——不是暴君，又怎能震慑住这群狼？此时在场的没有一个是善人，本就应该由最狠的那一个做头。至于随后的人是不是这样想，他根本不想管，他只要跟定皇帝陛下就对了。

老辅政官在踏入伊芙琳宫时，心中升起一个念头：是不是也该将自己的女儿送过来了。这件事之后，弗凯子爵城堡，应该会并过来成为伊芙琳宫的一部分。能住在这么大的宫殿中，似乎也不错。

葬礼设在伊芙琳宫内的小礼拜堂内，陈设简单，只有一张芙瑞雅的画像。

在进入小礼拜堂时，皇帝陛下停住了脚步，转身说："我希望诸位都是怀着真诚的悲痛来为皇后致哀的。我听过一些谣言，说芙瑞雅皇后没有死，如果你们相信，就不要进来了。"说完，他没等大臣们回应，就进入了礼拜堂。

大臣们面面相觑。如果说之前还有人敢质疑的话，那当弗凯子爵等人的头颅血淋淋地摆上来之后，他们还有胆子质疑吗？

他们纷纷表着忠心：

"陛下既然如此肯定芙瑞雅皇后已死，那当然是死了。"

"我们全都相信陛下！"

"勠力同心，共纾国难！"

说着，他们鱼贯进入了小礼拜堂。

葬礼没有立即举行，而是由礼仪官向他们讲述葬礼的仪轨。礼仪官所说的葬礼的进程跟普通的没什么两样，就是每个人依次向皇后画像致哀，然后大家一齐发表一个声讨卡乌斯季塔列亚的那个假芙瑞雅的声明。只是要求每个人都将致哀的沉痛与声讨的激昂表达出来，务必真实。这当然没有问题，不过就是表演给皇帝陛下看而已，以他们久经官场的圆滑，驾轻就熟。有些人已经开始酝酿热泪了。

这段讲述的过程极其冗长，礼仪官需要确保每个人都理解了每个步骤，并要他们事先将悼词、声讨文都想好。足足过了三四个小时，葬礼才正式开始。

让他们措手不及的是，葬礼正式开始时，小礼拜堂四周的隔墙全部被打开。这座椭圆形的小礼拜堂只剩下几十根柱子支撑着，周围没有任何遮挡。礼拜堂中发生的一切，外面全都能看得清清楚楚。而外面，站满了普通民众。这大大出乎第一位上去致哀的老辅政官的预料，早就准备好的悼词差点说不下去。好在他城府够深，只是略作停顿，便完成了哀悼。

第二位出场的奥勒流子爵就没这么好的心理素质了。他在民众的默默注视下，将一篇悼词念得磕磕绊绊。民众的质疑声清晰地传入他耳中。

"不是说芙瑞雅陛下没有死吗？怎么这帮老爷都说她死了？"

"这帮老爷肯定知道的比我们多，他们既然这样说，那肯定是有原因的。难道芙瑞雅陛下真的殉国了吗？"

"卡乌斯季塔列亚的那位，竟然是假的？"

奥勒流子爵额头上渗出了汗。事到如今，他哪里还不明白，这是皇帝陛下早就谋划好的，让他们公开为芙瑞雅陛下殉国来背书。在这么多民众前念完这段悼词，就等于他们每个人公开表明自己认为芙瑞雅陛下真的已死。这么多重臣的公开表态，会形成舆论中的事实。

帝都的封爵重臣，一位接一位，都违心地把悼词念完了。最后，所有人一起声讨远在卡乌斯季塔列亚的假芙瑞雅。大臣们算是亲身领会了一次什么叫指鹿为马。他们知道葬礼之后，帝都的主流舆论会真的认为芙瑞雅已死，而他们就是作伥者。但他们没有办法，在皇帝陛下冰冷的注视下，只好将早就准备好的沉痛与激昂表现出来，将假芙瑞雅的罪行说得罄竹难书。

他们亲口说服了民众去相信真的芙瑞雅已死，存在的那个是假的。这让他们对皇帝陛下的手段有些不寒而栗。谁还敢说陛下的精神有恙了呢？有恙的，或许是敢于这么想的他们自己吧。

第四章　蒸汽机体

葬礼并未这么结束，应该说，高潮才刚刚开始。因为葬礼后，还举行了一场阅兵式。

这场阅兵式很简单，很不正式，像是临时起意。在伊芙琳宫前的广场上，两列各十架蒸汽机体列队走过，左列涂蓝，右列涂红，对照分明。观众正是方才葬礼的参加者：一边是封爵重臣，一边是普通民众。

封爵重臣们已经亲眼见过蒸汽机体的威力，此时虽心潮起伏，但仍能维持表面的平静。普通民众的反应就激烈多了。蒸汽机体的每一个动作，都会引来他们的惊叫或欢呼。虽然它们简陋、粗糙、臃肿、怪异，但它们是实打实的机体。

机体是什么？它是人类的光荣，是荣耀，是记忆，曾经碾压一切，统治一切。在大天使机体存世之时，也有启，但启的光芒完全被大天使机体遮盖。那个时代的主角只有一个，当它翔舞于空中时，没有敌手。

现在，虽然这些蒸汽机体远不能与大天使机体相比，但它们仍成功唤醒了民众的记忆，唤醒了他们重回世界之巅的渴望。多少民众热泪盈眶。

奥勒流子爵轻轻叹了口气。他知道，战败的消息已无法扳倒皇帝陛下。他太清楚机体对民众意味着什么。

无论皇帝陛下做了什么错事，犯了什么错误，只要他将机体拿给民众，他就能得到最热烈的拥戴。他怎么可能把机体造出来？

望着这活生生在他面前行走、列阵，甚至攻击的钢铁巨物，奥勒流子爵仍然觉得有些不能相信。虽然人类已掌握了机体最顶尖的科技，虽然蒸汽动力的难关已被攻克，但将二者合在一起造出蒸汽机体，仍不是那么容易吧？但皇帝陛下就是让它出现了。

奥勒流子爵心情复杂地望着机体。当震惊与怀疑消退后，他不可遏制地升起一个念头：要是我能有一台就好了。

他亲眼看到弗凯子爵那曾经被认为永远无法攻陷的城堡，被蒸汽机体几拳轰开，装备齐全的私军瞬间被屠杀干净。他知道，那条铁律又将重现，那就是：只有机体才能对抗机体。没有机体，再坚固的城堡都是纸糊的。奥勒流子爵不由得暗暗哀叹，拥有如此超时代力量的皇帝陛下，权位将得到前所未有的巩固。他一定会牢牢将机体抓在手中，不会让任何人染指。

就在此时，皇帝陛下的目光转向他："想不想要一架这样的机体？"

这句话，瞬间让奥勒流子爵全身血液倒涌。不仅是奥勒流子爵，所有封爵重臣听到这句话后，都感到震惊与振奋。他们的目光齐刷刷地望了过来，但没有一个人说话。他们的城府都足够深，知道不用冲到最前方，如果奥勒流真的能有，那他们也一定能有。他们乐于让奥勒流子爵充当第一块试金石。

奥勒流子爵如何不知道他们的打算，但能拥有一尊机体的诱惑让他无法理智。他感到前所未有的晕眩，只能强行让自己镇定下来："我可以要吗？"

"当然可以。"皇帝的语气云淡风轻，像是在说一件微不足道的事情，"前提是你想。"

"想！我想要！"奥勒流子爵脱口而出。但他并未丧失最后一丝理性："陛下，我要付出什么条件？"

"二十三万九千五百二十七吨粮食。"

所有封爵重臣都倒吸了一口冷气。这可不是一笔小数，现在粮食已是最硬的通货，比黄金还好用。节省一点的话，一吨粮食够十个人吃一年。二十三万九千五百二十七吨粮食，那是二百万人一年的口粮，拿出来换一尊蒸汽机体？这代价不可谓不高。

封爵重臣们都沉默了。他们各自在心底盘算着，以至于都没有人注意到，奥勒流子爵的脸色已变得煞白。只有他才知道，这个数字，不是皇帝陛下随口说的。这个数字，是他昨天亲自盘点的，他的家族囤积的粮食数目。昨天刚拿到的数字，今天就从皇帝陛下的口中说出，怎能不让他心惊？

皇帝陛下悠然望着他，并不催促。奥勒流子爵的身体颤抖起来。明明是很冷的天，他额头上却冒出了汗珠。

"我，我还是不要了……"奥勒流子爵的声音走调得厉害。他都不知道自己是如何说出这几个字的。

"陛下，我愿意付出这些粮食，请您赐给我一尊机体。"一个和气的声音响起，是财政大臣费斯坦但提勒斯。

"你吗？"皇帝陛下看了他一眼，"你想要的话，就不是这个价格，而是一百四十三万七千八百二十六吨。"

"陛下，您怎么会知道……"财政大臣的嗓音陡然拔高，又戛然而止，像极了鸭子被踩住了脖子。这使得他的脸憋得通红，瞬即又变得苍白，跟奥勒流子爵的脸色一模一样。他的身子也颤抖起来。

奥勒流子爵不用想就知道，这个数字，很可能是费斯坦但提勒斯家族的囤粮数。真正让他们不寒而栗的，不是他们囤积的粮食被发现了，每个人都在囤积，只是有多有少而已。真正可怕的是，皇帝陛下知道这个数字，这代表着他们身边最信任的人中，有皇帝的眼线！

其他大臣终于也察觉到不对，无人再敢接这个茬。就算他们再觊觎蒸汽机体，也不敢在这一关键时间点上冒头。

皇帝陛下的目光转向老辅政官："您不想要一尊吗？"

老辅政官摇了摇头，恭谨地向皇帝陛下行礼："如果可能，我希望陛下永远都不要将它赐给我。老臣有陛下保护就够了。"

"很好。"皇帝陛下难得露出一抹笑容。

"瓦莱利乌斯伯爵,四十六万三千二百七十六吨粮食。李锡尼男爵,三十三万二千八百四十五吨粮食。马克西米安努斯侯爵,二十七万九千四百四十二吨粮食。……"

一个个名字,一个个数字,从皇帝陛下的口中缓缓吐出。每一个名字与数字被念出,就有一位重臣脸色骤然变白,摇摇欲坠。最终,总共十位重臣被皇帝陛下点名,但他们没有一人感到荣耀或欢欣,全都如丧考妣、惶惶不安。其他重臣虽未被点名,但哪里猜不出是怎么回事,也全都戒慎警惕,不敢轻举妄动。伊芙琳宫前一片肃杀。

皇帝陛下挥了挥手,涂蓝色装的一列十尊蒸汽机体,齐齐向前跨上一步,向着封爵重臣行了个标准的执剑礼。皇帝陛下的目光,在被点名的十人面上一一扫过:"我可以向你们保证,未来很长一段时间,这都是人类最强的武器。只是付出一点代价,它们就是你们的了。我知道你们付得起这点代价。"

费斯坦但提勒斯苦着脸说:"陛下,您就饶了我们吧。我们哪敢要这东西?"他不敢为自己争辩半句,皇帝陛下既然知道了这个数字,天知道还知道什么?唯有赶紧伏低认罪。他暗暗发誓,回去后一定要把手下的人清洗一遍。那些粮食也不能留在手里了,宁可赔点钱也要全处理掉。

皇帝陛下笑了笑:"真的不要了?"

十个人都把头摇得跟拨浪鼓似的。他们是真不想当这个试金石。

"很好。那就这样吧,看来我不是个好的推销员,推销不出这几架机体。"

皇帝陛下的话,让十个人悬着的心,终于放了回去。他们这才发现自己的内衣已经湿透。"那就进入赏赐环节吧。"皇帝陛下挥了挥手,蓝色涂装的蒸汽机体退下,红色涂装的蒸汽机体踏出一步。

"你们谁想要这些机体?我赏赐给你们,不需要付出任何代价。"这句话如晴天霹雳,震惊了所有人。

第四章 蒸汽机体

赏赐？方才还需要数十万吨粮食才能换来的机体，现在什么代价都不用付，就能得到吗？竟然有这种好事？但之前十位重臣的遭遇，实在太过于骇人，大臣们一时无人敢应声。

良久，奥勒流子爵终于压不住贪欲，开口："陛下，真的是赏赐吗？"

"当然。"

"那……我要一尊？"

"你？"皇帝陛下打量了他一眼，"你不行。你们这些朝中重臣，想要机体就要拿粮食来换，需要多少粮食我说了算。这些机体，不是赏赐给你们的，而是他们。"

他伸手，指向的赫然是围观的那些民众。

"什么？竟然是他们？"震惊盖过了对皇帝陛下的畏惧，奥勒流子爵忍不住大声质问。

"是的，完全白送。只要他们能驾驶得了这些机体，今天就可以开走。"

这次，轮到那些民众兴奋得涨红了脸。他们实在没想到，这样天大的好事竟然会落到他们头上。这可是机体啊！

在这个食不果腹的残酷世界，如果能有这么一尊梦幻机体……现场顿时沸腾起来，不知多少手臂高高举起。

"陛下，我想要！"

"给我！给我！"

"我对皇帝陛下忠诚无比，恳请陛下将机体赐给我！"

这句话像是开启了灵感，所有民众都整齐划一地呼喊起来："我对皇帝陛下忠诚无比，恳请陛下将机体赐给我！"这更像是场宣誓大会，而非葬礼了。

山呼海啸一般的热情，让旁边的重臣们微微色变。当然，更多的是嫉妒。

幸好，虽然现场数千民众激昂高呼，但他们都极其克制，没有人敢乱来。毕竟，他们尚有求于皇帝，而且二十架机体在侧，任谁都不敢造次。

皇帝陛下面带微笑，听着他们的呼喊，足足过了三四分钟，才说出一句话："虽然是赏赐，但我还是要提醒你们，这些机体，本质上与大天使机体并无差别，只是将动力改为蒸汽，武器也大幅简化。因此，没有神谕能力，一样无法驾驶它们。"这句话如一瓢冷水，立即让现场的沸腾降温。

神谕能力，只有骑士才有的，万中无一的罕见能力。也许是末日太过漫长，他们居然都有些忘了，要驾驶机体，需要具备这种超高速的神经反应能力——神谕。绝大多数举着的手都放了下来。

巨大的失落感，让很多人神情沮丧。尽管他们并没失去什么，只是没有得到而已，但此刻，他们比没有听到这个消息前，要难过得多。他们甚至有些阴暗地盯着那些仍在举着的手，想着自己得不到，这些人也别想得到！

"我还要提醒你们，随着电力消失的不仅是离子炮、粒子装甲等高能武器，还有机体的智能辅助驾驶系统以及主脑。这些机体完全是手动的，驾驶者得不到任何帮助，甚至连看身后都只能依靠反光镜。驾驶它们的难度，与驾驶大天使机体相比也不遑多让。没有见习骑士资格，恐怕连让它们动起来都不太可能。"

见习骑士，是合众国官方颁布的骑士序列中的一阶。帝国成立后，没有废除骑士序列，也没有沿袭，因为所有的机体都成为废品，骑士也不复当初超然的地位，仅仅是荣誉称号而已。

骑士序列中最顶层的是嘉德骑士，共有26位，每位嘉德骑士都有专属的大天使机体。26位嘉德骑士组成嘉德骑士团，他们名义上效忠的主君是女王陛下，实则各为其主，分属三位大公及其核心公爵。

嘉德骑士之后，是各大骑士团的晨星骑士。他们都取得了合众国的正式认可，具备驾驶机体的资格，但多数没有自己的专属机体，而是效忠于各自的主君，从主君那里获取机体。他们的实力，仅次于嘉德骑士，是血公爵之战的主角。

而晨星骑士之后，便是见习骑士了。见习骑士是指那些从骑士学校毕业，已通过官方考核证明自己拥有神谕能力，但还没有累积足够的功勋加入骑士团的新人。他们数量最为庞大，只等着在血公爵之战中崭露头角，得到某位主君的赏识，便可成为正式骑士。

再之后，便是尚在骑士学校中学习的侍从们。他们是被鉴定出拥有神谕能力的幸运儿，但能否强到操纵机体的程度，还需要最后的考核来定。

皇帝陛下这一席话说完，更多的手放了下去。最后，仅仅有几十只手维持上举。这些人的身形笔直，一看就受过长期的军事训练。指节粗大，布满老茧，正是长期练习冷兵器的结果。

"我得事先告诉你们，得到机体，不见得是幸运，也有可能是灾祸。在这个末世，强大的力量像是黑暗中的烛火，会让你们成为众矢之的。"皇帝陛下的第三瓢冷水泼下。

又有十几只手放下，但剩下的那些手，却坚定地举着，再也没有任何动作。

"上来吧。"

他们从人群中走出来，很自然地排成一列，等待皇帝陛下的检阅。他们彼此是第一次见面，队列却排得极为整齐。

皇帝陛下从后到前在他们面前走了一趟，满意地点了点头："报上名来。"

"高文。"

"加雷思。"

"加荷里斯。"

"鲍斯。"

……

一个个名字从他们的口中传出，总共三十七人。

皇帝陛下指着排在前面的十个人："这十架机体，就是你们的了。"

饶是这十个人受过正规的军事训练，也差点失态。真的白送？这可是机体啊！

不仅是他们，就连民众，甚至那些封爵重臣，都几乎不敢相信自己的耳朵。他们心中只有一个念头：疯了，皇帝陛下疯了！

"去，试一下吧。不用担心上不了手，每尊机体中都有一位骑士，他们会教给你们基本的操作。"

十位幸运儿对望了一眼，突然一窝蜂地向机体冲去。

机体的驾驶舱已经打开，机体侧身，左臂垂下，左腿弯曲，形成一个由地面到驾驶舱的斜坡。十个人各自挑选了一架机体，向上爬去。其实也没什么可挑的，这些机体几乎是一模一样的。

驾驶舱关闭，经过一段时间的静默后，机体终于动了起来。刚开始时歪歪扭扭，连路都走不好，但很快它们的动作就有模有样，甚至有几架机体还耍了几个花招。看来，这些年轻人敢在皇帝陛下面前露脸，的确怀有几分真本事。

皇帝陛下静静地看着，脸上带着高深莫测的笑容。

五分钟后，试操结束，十架机体再度整齐地列好队。高文等十人爬下，重新归入皇帝陛下面前的队列。他们脸上明显都带着根本掩不住的兴奋。其他二十七个人，表情就不同了，只有妒忌与失望。

皇帝陛下似乎知道他们在想什么，望了他们一眼："别着急，会有你们的。"这句话，一下子将他们的希望之火，点燃了起来。

皇帝陛下的目光，转向前十人："感觉怎么样？"

"真是太棒了。"加荷里斯明显兴奋过度，立刻抢着回答，"它们一点不像看上去那么笨重，虽然灵活度差了些，但动力很足。我喜欢它们！"

"要是让你现在就驾驶它们去战斗，你敢吗？"

"敢！怎么不敢！"加荷里斯脱口而出，但他随即意识到什么，加上一句，"愿为陛下而战！"他这句话，让在场的封爵重臣心肝一颤。

皇帝陛下没有接他这句话。他的目光，扫过面前的民众与重臣。

"我一直认为，合众国有一个传统值得继承，那就是血公爵之战。

胜者拥有让败者服从的权力。虽然稍显强权，但如果对秩序与正义的守护都不能让一个人成为强者，那软弱的正义又有什么意义呢？而现在，我们最缺少的就是秩序与正义。你们可能觉得，帝国在维持着秩序，但我要告诉你们，还远远不够。看看你们身上穿的是什么？吃的是什么？而你们对面的这些人呢？奥勒流子爵，二十三万九千五百二十七吨，费斯坦但提勒斯，一百四十三万七千八百二十六吨，瓦莱利乌斯伯爵，四十六万三千二百七十六吨……"一个个名字后带着一个个数字，总共十个。

"知道这些数字是什么意思吗？它们就是这些爵士囤积的粮食数量。"皇帝陛下没有停顿，捅破了最后一层窗户纸。民众惊得张大了嘴巴。他们没想到，竟然会有人囤积数量如此惊人的粮食！二十三万九千五百二十七吨，够二百万人吃一年！

被点名的封爵重臣，有些脸色涨得通红，有些脸色苍白如纸，但他们一个字都不敢说。皇帝陛下的威严，重新在他们的心底苏醒。没有皇帝陛下的允许，他们一个字都不敢说！

那些见习骑士的脸，也涨得通红，这是青春的热血涌上头的表现。他们死死地盯住对面的大臣。

"你们觉得，这是正义吗？"皇帝陛下的目光，转向他们。

见习骑士们一齐坚决地摇头。

"原先血公爵之战有个缺点，就是只能在上层展开，下层民众根本没有参与的资格。达官贵人将它当成是权力的逐猎。但我不想这样做，我把机体交给你们，想看看，你们对秩序与正义的守护，能否让你们成为强者。现在，告诉我，如果血公爵之战重新开启，你们准备怎么做？"

排名第一的高文一字一句地说："我要挑战奥勒流子爵！"

排名第二的加雷思："我要挑战费斯坦但提勒斯！"

加荷里斯："我要挑战瓦莱利乌斯伯爵！"

……

十名见习骑士，整整齐齐地宣布挑战十名封爵大臣。这些大臣正是方才被皇帝陛下点名的那十名。

　　"我，以皇帝的名义宣布，帝国血公爵之战，于今日开启。但我希望此战之血，不是公爵陨落的血，而是黎明的曙光之色。愿这一场血公爵之战，能给我们带来秩序的黎明。"

　　"帝国血公爵之战，规则如下：一、一切争端都可以在血公爵之战中解决；二、由皇帝陛下裁决血公爵之战是否进行；三、由民众决定败者是否应该得到宽恕。"皇帝陛下的手指，指向大门破碎的弗凯子爵城堡，"这里将建成一座最大规模的竞技场。一个月后，第一场血公爵之战，将在这里举行。我，帝国的皇帝，一切秩序与正义的主宰，于此裁决。你们所提请的十场血公爵之战，皆准予进行。"

　　然后，他转身，双目落在以奥勒流子爵为首的十名封爵重臣身上："现在，我再问你们最后一次，你们还要不要买机体？价钱照旧。"

第五章　血与曙光之战

奥勒流子爵等人再心痛，最终还是付出了他们全部囤积的粮食，换回来一架蒸汽机体。他们没有选择。如果没有机体，面对那些仇恨他们的见习骑士，他们知道自己只有一个下场：被轰成肉酱。

皇帝陛下非常痛快，当即就将蓝色涂装的机体交给了他们。驾驶者立即下来。没准备好骑士没法将机体开回去？那不是皇帝陛下该操心的事。如果连这点事都办不好，那还是趁早想想怎么在一个月后的血公爵之战中为自己收尸吧。

黄昏时分，当十位见习骑士驾驶着红色涂装的蒸汽机体回到帝都，而十位封爵重臣用尽各种交通工具吃力地将蓝色涂装的机体往城堡里拖时，帝都再次掀起了轩然大波。

不知多少民众涌上街头，希望一睹蒸汽机体的风采。当他们见到蒸汽机体笨拙的脚步时，忍不住热泪盈眶。昔年的盛世象征，于此重现。

封爵重臣囤积粮食的消息也同步传出，愤怒的民众立即将矛头对准了他们。没有人再谈论皇帝陛下的战败，也没有人质疑陛下的雄才大略。所有的愤怒与唾骂都转向这十位封爵重臣，而皇帝陛下则成为秩序与正义的守护者，从没有像现在这样赢得这么多民众的支持。

"大人，您得为我们做主啊！"奥勒流子爵等十人找到老辅政官，不甘心地想密谋一场对皇帝陛下的反攻。

仅仅第二天，皇帝陛下就派人到他们的城堡中，将粮食全部缴走。那可是他们全部的囤积啊，简直比剜了他们的心头肉还要痛。

"给你们做主？怎么做主？没有人逼你们交出粮食，你们是拿来换机体的。这是场双方都同意的交易。如果你们想反水，那不占理的一方，可是你们。"

"哪里是交易？要不是皇帝陛下逼着我们打血公爵之战，我们会拿全部的粮食换机体吗？"

"这样的话不要再讲了。不是皇帝陛下逼你们的，是那些见习骑士。他只是裁决血公爵之战的进行而已。当时你们也在场，你们囤积的数量一公布，引起了多大的民愤？就算不打血公爵之战，你们以为自己能全身而退吗？你们也许没有注意到，收缴粮食时，你们的城堡外围着多少民众。他们都是红了眼的饿狼！"

十位爵士不说话了。

老辅政官往后靠了靠，面露疲态："皇帝陛下这一手高明啊。囤积的数目一公布，民众就会把他们吃不饱饭的恨，跟我们联系在一起。他们不再恨这个国家，也不再恨末日，甚至不恨啓，他们恨的是我们。而皇帝陛下反而成了秩序与正义的象征。一手利剑，一手天平……没想到这位少年皇帝，城府竟如此之深。"

奥勒流子爵打了个寒战："不至于吧？我们封爵重臣掌控着帝国的命脉，与我们闹翻了，对他有什么好处？"

"民众吃不饱饭，需要找个替罪羊来平息民众的愤怒。我一直盼望着北极之战陛下能赢，赢了，替罪羊就是啓。可惜，最终还是输了。输了就要另外找一批要杀的羊，那就是我们。不要再抱着侥幸的心理了，皇帝陛下能这么准确地说出你们囤积的数目，你们觉得这是一天两天能做到的事情吗？我们，早就在他的掌握之中了。"

"那我们还要按他的摆布打血公爵之战吗？他要咱们死，咱们就该联合起来，真刀真枪跟他干！"

"你倒是敢说。"老辅政官冷冷瞥了他一眼，"我给你一则消息，你自己仔细想想。你们还记不记得陛下出征北极前，曾宣布过一条命令，保留合众国所有骑士称号？这里边有原来的嘉德骑士，还有各大区的晨星骑士。'未来'爆炸后，机体失去作用，这些骑士正处于谷底。皇帝陛下不仅保留了他们的称号，还提供了最优渥的待遇，让民众称他们为国家英雄。当时陛下这样做，大家只是将之视为念旧情而已——毕竟皇帝陛下也是嘉德骑士之一。但现在，你们再想想，这意味着什么？"

老辅政官一字一句地说："这意味着机体最顶尖的驾驶者，全都被皇帝陛下掌控在手中！你们拿什么跟他打？凭你们找来的那些三脚猫的见习骑士吗？你们应该很清楚，就算是一样的机体，一名晨星骑士可以轻松战胜十名见习骑士。嘉德骑士呢？多少见习骑士都不够！何况，你们认为皇帝陛下手中有多少机体？他给你们的就是最好的吗？是的，除了这二十架，他一架都没拿出来，但正是这样才可怕！"

一席话说得十位爵士脸色苍白，不敢反驳。奥勒流子爵嗫嚅着，最终说："那我们也不怕他！"

老辅政官："是的，我们不怕他。帝国的命脉，掌控在豪族手中，我们若是联合起来，皇帝陛下也要掂量掂量！可你要我们怎么做？现在就揭竿而起跟皇帝开战？是的，我们能赢，可要付出多大的代价？你确定所有豪族都愿意现在就为你反叛吗？"

十位爵士哑口无言。最终，费斯坦但提勒斯问："那您老说，我们该怎么办？"

"打好血公爵之战。"老辅政官微眯的眼里露出一丝锋芒，"既然陛下选了血公爵之战，而不是直接杀了我们，那就让他看看，我们不是随便想杀就能杀的。赢了，我们就不是羊。陛下杀不掉我们，就会去找别的羊，豪族就得救了。所以，自救的最好方法，就是赢得血公爵之战。"

血公爵之战重启的消息，很快就传遍了帝都的大街小巷，而后以最快的速度向帝国的各个角落传播。

蒸汽机体、惊人的囤积数字、平民与豪族的对战、皇帝陛下将机体白送给民众……每一个话题都火药味十足，引起了大街小巷的广泛讨论。

帝国战败、合众国重新在卡乌斯季塔列亚建立、芙瑞雅的传奇经历，全都被压下去了。帝国关注度最高的话题，无疑就是这场血公爵之战。豪族的反对声音当然不小，皇帝陛下要拿他们开刀的用意太明显了，他们当然不愿意任人宰割。但，几乎所有调查都显示，民众压倒性地支持血公爵之战。这使得他们不敢妄动。

另一个不敢妄动的原因，是远征北极的部队悄然撤回了三分之一，驻扎在帝都外不远处。这让那些豪族不寒而栗，他们不得不郑重考虑老辅政官的建议，将精力放在如何赢得血公爵之战上。而伊芙琳宫与弗凯子爵城堡之间的血公爵之战竞技场，也在以极快的速度建设着。很多民众自发前来做义工，不要报酬，甚至自带干粮都行。他们唯一的愿望，是早点看到血公爵之战。

竞技场渐渐成型。十位见习骑士刻苦地训练，适应着蒸汽机体，磨炼着战技，期待着在血公爵之战上一鸣惊人，彰显他们守护秩序与正义的决心。而要参战的十位爵士也没一刻是闲着的，他们很清楚战败的命运是什么，心中只有一个目的：赢得这场血公爵之战，让那些泥腿子不敢再挑衅他们，就算有皇帝陛下撑腰也不敢！

一个月平静地过去了。各地的动乱少了，所有人的精力，都被血公爵之战吸引。他们急不可待地想知道，这场战争，流的将会是谁的血。

第五章　血与曙光之战

一个月后，血公爵之战如期举行。

弗凯子爵城堡已与伊芙琳宫连成一片。这座由子爵大人打造的，刻意想压皇帝陛下一头的豪华城堡，如今成为伊芙琳宫的一部分。两者出奇一致的建筑风格使它们连在一起时特别和谐，第一次看到的人甚至认为它们本就是一座宫殿。这也让弗凯子爵沦为大家嘲笑的对象。

当十位爵士进入这里时，他们的想法就不同了。子爵城堡被蒸汽机体几拳轰开的场景，他们仍然历历在目，而今，将要与这些机体对垒的换成了他们。这多少让他们有些兔死狐悲的感觉。

民众则完全是另一种观感。这场血公爵之战对他们来讲是个盛大的节日，几乎帝都所有能来的人都来了。这还是因为现在交通不便，否则观众还会多出数倍。饶是如此，直径在五公里左右的竞技场周围，也全都坐满了人。

十位爵士与十位见习骑士，早早就来到了场上，各占一边。他们的机体一边为蓝色，一边为红色，阵营分明，隔着偌大的竞技场遥遥对峙。

这是个晴朗的日子，阳光格外刺眼。皇帝陛下驾临时，引起了民众山呼海啸般的欢呼。所有人都站了起来，脱帽向皇帝陛下致敬。这一刻，随侍在皇帝身后的晏，终于明白了皇帝陛下交出机体的决定有多么英明。但他还是有点疑惑，皇帝陛下说的要将豪族强横、粮食短缺、蒸汽动力发展乏力这三大痼疾都在血公爵之战中解决，真的能做到吗？

就靠把机体卖给豪族？晏总觉得不那么有把握。

皇帝陛下并未让民众等待太久，只发表了几句演说，就宣布血公爵之战开始。

这几句简单的演说，将现场的气氛推上了一个新高度。每场血公爵之战的赌注，就是参战的封爵重臣所交的粮食。如果代表民众的见习骑士胜利，则粮食被充公；如果封爵重臣胜利，则可以拿回属于他自己的粮食。

失败一方的机体会被收回,其结局由在场的民众来决定。如果民众决定赦免他,则他可以活命;如果不能获得民众的赦免,等待他的将是被当众杀死。

尽管老辅政官代表所有封爵重臣提出了抗议,但在场的民众却以极大的声浪声援皇帝陛下,使得这一条律令通过。单是通过,就引发了现场的一阵欢呼。

第一场血公爵之战开始,由杰兰特迎战君士坦丁男爵。君士坦丁男爵准备充分,他也找到了一位见习骑士,由他驾驶机体出战。

开战后,杰兰特并没有先攻击,而是操纵着蒸汽机体跪倒,虔诚祈祷。然后,向皇帝陛下恭谨地行了一礼。君士坦丁男爵的见习骑士还算恪守着骑士准则,没有趁机发起攻击。等杰兰特将一切都做好后,对战才正式开始。

两尊高达十米的钢铁巨人,展开了猛烈的对撞。每一次交击,都发出响彻整个竞技场的惊雷。蒸汽动力炉的轰鸣声震耳欲聋,喷吐出的蒸汽犹如云雾……观众的情绪彻底被点燃,他们全都起身挥舞着手臂,以最大的声音嘶喊助威,脸憋得通红。

最终,杰兰特取得胜利,君士坦丁男爵的机体被打倒在地,骑士从驾驶舱里爬出来。

卓王孙:"他的性命,将由你们决定。"

回应他的,是观众们一浪更比一浪高的呼喊:"杀死他!杀死他!杀死他!"

杰兰特犹豫了一下,不知怎的,这狂热的呼喊声,让他有些恐惧。他仿佛感觉到,有什么东西被打破了。

剑挥落,鲜血喷洒在机体上。观众狂热的呼喊声并没有变弱,反而更加兴奋。

观众席上,封爵重臣的席位上一片死寂。他们望着倒下的尸体,仿佛看到了自己的尸体。是的,这是在宰割他们,愉悦民众。他们是羊,被这些狂热的民众分食，虽仅是精神上的愉悦，但也能令他们暂时忘却在现实中挣扎的绝望，忘却下一顿要吃的黑面包。

一场又一场对战开始。一连进行了八场，无一例外，都是代表平民一方的蓝色涂装机体获胜。这个惊人的战绩让封爵重臣的席位上一片寂静，但没人反对。原因很明显，平民骑士并未将血公爵之战当成比赛，对他们而言，这是践行他们对骑士准则理解的时刻。末日的到来，让他们经历了一段失去信仰的时期。他们以为骑士再也没有用武之地，这使得很多骑士都放弃了，转谋生路。但坚持下来的人，信仰都特别坚定，为了守护秩序与正义，他们可以付出任何代价。

一位平民骑士在作战中被剑砍中，左臂差点废掉，但他不仅没退，反而趁机将剑送入了对方的胸膛。战后，他全身浴血，跪谢上天让他践行信念的一幕，令全场动容。而豪族的骑士则单纯只是将这场对决当成一场比赛，想的是赢得比赛，拿到自己的报酬。他们没有拼命的觉悟。这是代表豪族的骑士每战皆败的原因。

这是否也预示着，他们不可能赢，只能甘心做皇帝陛下选中的羊？

不少封爵重臣，目光都有意无意地瞟向老辅政官，似乎在敦促他早点拿定主意。他们不能赢得血公爵之战，就只能在另一个战场上对抗皇帝陛下。他们也不愿轻启战端，毕竟会伏尸百万、血流成河。但，没人愿意做羊。

老辅政官的眼睛眯起来，盯着竞技场。他也没想到，胜负竟会如此悬殊。他们真的只能做被圈养的羊，每个月被抓出十只，当众宰杀了让民众分食以平息愤怒？是不是，真的要开启另一个战场了？

好在，接下来的两场比赛让他们看到了希望。费斯坦但提勒斯爵士与奥勒流子爵都赢了。

虽然一样是赢，但两人的手法不同。

费斯坦但提勒斯爵士靠的是骑士。他的骑士展现出了让人惊叹的神谕能力。笨重的蒸汽机体在他的操控下轻盈如飞鸟，对手的攻击半数落空，另外半数被轻松招架。而后费斯坦但提勒斯爵士的骑士连出两剑，奠定了胜局。

而奥勒流子爵走的是另一条路子：强化机体。他花了重金将机体的武器升级成锁链枪，轻易将对手的重剑斩成两截，取得了胜利。

这似乎指出了两种赢得比赛的方法：寻找强大的骑士、强化机体。

观众席上豪族本沉到谷底的心，又看到了希望。这两种方法，靠的都是砸钱，这正是他们的强项。

不出意外的是，败落的平民骑士，在山呼海啸的"宽恕、宽恕"声中，得到了民众的赦免。他们得以像英雄一样下场。

第一场血公爵之战就这样结束了。

最终两百三十八万两千六百二十三吨粮食被充公，够两千万人吃上一年。但对于帝国近百亿的人口来讲，这仍然是杯水车薪。

"陛下，自从血公爵之战重启以来，人们完全被吸引。民众对赛事展现出极大的兴趣，已没人谈论战败的消息了。血公爵之战甚至让动乱都减少了。人们在观看豪族被杀时，获得了极大的满足。"

"不是很好吗？"

偏殿中，帝国的皇帝与执政官大人在进行着一场非正式的密谈。起因是执政官大人虽然看到血公爵之战起到了很大的作用，但心中的忧虑也随之增加。

晏："我担心这迟早会引起豪族的反弹。如果他们察觉，陛下要对付的是整个豪族阶层，就会联合起来反抗。"

卓王孙："你说的没错，所以我才让他们看到，血公爵之战是能赢的。"

晏有些意外："您是说，费斯坦但提勒斯爵士与奥勒流子爵能获胜，是出自您的安排？"

卓王孙："是的，他们早就被我收买了，我将他们安插在豪族之中。这次我给他们晨星骑士与强化机体的方法，让他们赢得比赛，之后我还会让他们不断地赢，让豪族始终看到能在血公爵之战中存活的希望。只要有希望，他们就不愿铤而走险叛乱。这会为我争取时间去分化、瓦解他们，让他们无法联合起来。"

晏："可是陛下，这仍然不够安全。豪族中多是老奸巨猾之辈，我怕事情迟早会有泄露的一天。"

卓王孙："所以，我还收买了一个人——老辅政官费兹本。"

这是个让人震惊的名字。

晏："辅政官？这怎么可能？他可是豪族公认的首领，怎么可能会被收买？"

卓王孙："只要是人，就会被收买，区别只是价钱的多少。何况在这个末日，人命格外不值钱，我给出了个他无法拒绝的价码，他就站在我们这边了。有他在豪族中做内应，你总会放心些吧？"

晏沉默了。皇帝陛下的手笔实在惊人，种种安排无不出乎他的意料，但他的职责是查漏补缺。

"陛下，我还是无法放心。豪族的势力太大了，帝国建立匆忙，无法铲除他们的根基。各大家族盘根错节，说是帝国的基石也不为过。您虽然准备了很多方法，但豪族最终还是会发现的。我们与豪族的战争，仍然无法避免。"

"是啊。"卓王孙也难得叹了口气，"粮食的问题，不是一年两年能解决的。虽然蒸汽文明已开启，但我们的处境却很可能会越来越糟，因为产出虽然增加了，但仍赶不上消耗。要让民众安定下来，就需要杀更多的羊。血公爵之战的规模会越来越大，对豪族也会越来越残酷。最终，无论我做了多少安排，都会将他们逼得与我开战。"

"这已是我能找到的最好方法，我只能将它实施到底，不管杀多少人，面对多大的风险。我只问你一件事，以你的推断，杀光所有豪族，能否让民众安于现状，即使在饱受饥饿摧残时仍不会动乱？"

晏执政这次沉默得更久了些，才说："能。"

"那就够了。"

卓王孙缓步走向窗前，眺望远方。外面，就是那个直径五公里的竞技场，此时场内已空无一人。日间的欢呼已然沉寂，皇帝陛下的眼中，却仍翻搅着腥风血雨。

"那就是身为暴君的我，为帝国找寻到的安宁。"

第六章　石棺

血公爵之战成为常规赛事，每个季度都会举行一次。

每个季度，都有十位封爵重臣与平民骑士在大竞技场上展开血战，胜者收获荣耀与欢呼，败者被当众斩首。

由于被杀的人太多，刽子手们抱怨一场比赛下来，砍卷了刀刃。在妮可的建议下，各大博物馆的断头台被请了出来，竖立在广场上。

数以百万吨的粮食，随着每一届血公爵之战被收缴，充入国库，分派到最缺少粮食的地方。即使是不缺粮食的地方，也明显觉得供给宽裕了一些，偶尔会多发半块黑面包。或许这点食物不足以填饱人们的辘辘饥肠，却会让他们觉得日子在变好，以后的黑面包会更多。

这就是希望，让他们能撑下去的希望。

这或许是刻意的宣传，又或许是自我的催眠，但它的确存在。它使人们相信，只要血公爵之战打下去，就能收缴越来越多的粮食，帝国就能延续。

悲哀吗？残酷吗？只是现实而已。

身负希望的帝国，像老妇人一样蹒跚前行，它的脊背几乎被压垮。

两个月来，妮可一直留守在京畿堡垒里。她增加了守卫，调集了一批医护人员，严密监控女孩们的饮食作息。尤其是，那晚留在礼堂中的几位女孩。

她在等一份报告。然而，结果却令她极为失望。雨夜中得以亲近皇帝的女孩们，全部都没有怀孕。

妮可又惊又怒，叫来女孩们一一盘问，可谁也说不清到底是为什么。她们喝下爱懒花汁后，很快就沉醉不醒。那一天到底发生了什么，甚至有没有真正亲近皇帝，都没有人敢肯定。唯一肯定的是，她挟未来天子以令诸侯的计划，注定是一场空了。她将报告狠狠扔在地上，仍不解恨，转而捧起四周无处不在的爱懒花瓶，摔打发泄。女孩们吓得面无人色。

坐在一旁的中年贵妇将报告捡起来，仔细翻看着。她是来自伯明翰的泰勒夫人，原本是女王家族的旁支，帝国建立后投靠了妮可。这个计划就是由她提出的。

等妮可发泄够了，稍微平静下来，泰勒夫人才开口分析："女王陛下，请息怒。这些姑娘都经过层层挑选，确保健康。问题应该不在她们身上。"

妮可反问道："不在她们身上，在谁身上？"

泰勒夫人："那倒不是。我想说的是，所有姑娘都没有怀孕，只有一个可能。那夜，皇帝陛下只是逢场作戏，并没有真正亲近她们中的任何一个。"

妮可："为什么会这样？"

泰勒夫人："也许是陛下看不上这些女人。"

妮可："看不上她们不奇怪，但他也不在乎皇嗣吗？"

泰勒夫人："陛下似乎从一开始就没有在意过。"

这一次，妮可没有立即反驳，而是思索了片刻。她摇了摇头："不可能。在帝制下，国无后嗣，意味着巨大的风险。即便他自己愿意承担，群臣也不会接受。押上身家性命的政治投资，不可能允许它没有长久而持续的保障。更何况，这还是战争期间，而他又动不动会御驾亲征，万一有意外，帝国岂不是会分崩离析？"

第六章　石棺

泰勒夫人对妮可的分析很赞赏。"女王陛下高见。论道理是这样，但……"她顿了顿，示意所有人退下，等到大厅中只剩两人时，才继续说下去，"但如果，皇帝有别的安排呢？"

"别的安排？"妮可微微一惊，想到了一种可能性，"难道那个流言是真的？他心中的皇储，是兰斯洛特？"

北极之战的诸多小道消息中，有一条让妮可最为紧张。皇帝陛下亲自下场浴血杀敌之前，曾对兰斯洛特说过一句话：如果我此去不归，就由你掌权。

这件事，以皇帝陛下平安归来为终结，没有带来任何变动，却留下了一个传言——皇帝与兰斯洛特关系非常，已暗中立下密诏，将皇位留给他。这也是他一直以来对子嗣不上心的原因。

古今中外，皇权传递的形式主要有两种：父死子继或者兄终弟及。就血缘而言，兰斯洛特是皇帝同父异母的弟弟，立他为皇太弟，也是天经地义。

泰勒夫人却摇了摇头："不大可能。皇帝与亚当斯家族的关系乃是绝密。在民众眼中，皇帝陛下只能姓卓，而不可能姓亚当斯。因此，无论是兰斯洛特、格蕾蒂斯或者您，都不可能合法取得帝位继承权。"

妮可缓缓点头同意。当初公布玛薇丝女王的录影带时，特意抹去了亚当斯大公的影像。如果皇帝这个时候站出来承认，录像中的男人是亚当斯，而自己也是亚当斯的私生子，无异于自毁长城。帝国血统将毫无合法性可言。

妮可松了口气，但很快又眉头紧锁："那到底是怎么回事呢？"

泰勒夫人："皇帝陛下可能有另外的后路……我听说，这两个月里，皇帝总爱在夜间出去，清晨才回来。这期间，他身边除了守护骑士外，任何人都不带。"

妮可一怔："他去了哪里？"

泰勒夫人："京郊的一处修道院，具体地址就不得而知了。关键是，有个女孩被他藏在了那里。"

妮可："谁？"

泰勒夫人："克莉丝塔。你应该还记得，那次舞会上，克莉丝塔扮作灰姑娘出现，皇帝陛下一直追到礼堂外，才把她抱上车。从那之后，克莉丝塔便再没有出现过。"她压低了声音："按照我的情报，她被皇帝藏在修道院中，已经两个月了。"

妮可一惊："难道，皇帝陛下每天晚上偷偷出去，就是为了私会克莉丝塔？他为什么要这么做？"

泰勒夫人："您一定听说过，皇帝这次去北极，是想带回芙瑞雅腹中的孩子，立为皇嗣吧？这证明，他并非不在意后嗣，而是一定要为未来的皇帝选一个强大的母族。芙瑞雅和他的孩子就是首选。可惜，这个孩子没留下来。"

听到芙瑞雅三个字，妮可的脸色警惕起来。

泰勒夫人看出她的担心，劝慰道："不必担心芙瑞雅。皇帝宣布了她的死讯，就意味着已经死心。即便他不死心，法理上芙瑞雅也已失去做皇后的资格。于是，克莉丝塔便成为整合合众国力量的最佳人选。"

妮可本来想反驳自己才是欧非王国的女王、玛薇丝的亲生女儿，但又止住了。她很清楚，自己是个上不得台面的私生女。在女王旧部眼中，她根本比不上当了十几年公主的克莉丝塔。更何况，查尔曼亲王还为她留下了很多政治遗产，这是出身底层的妮可无法想象的。再说，克莉丝塔和皇帝没有任何血缘关系，纳她为后，于情于理，毫无障碍。

妮可点了点头："我明白了。"

泰勒夫人："不仅是您，很多人都明白这一点。女王旧部已经察觉到克莉丝塔的作用，于是纷纷联系查尔曼的人。他们要联合起来，推举克莉丝塔为皇后。作为女王家族的一员，我必须提醒你，这批人的实力不容小觑。"

妮可沉默了，她当然清楚这一点。

泰勒夫人："若不早点想出对策的话，不要说未来皇嗣，就连您现在的女王之位，都会受到威胁。"

妮可脸色沉了下来。继任欧非王国女王之初，她对不服自己的贵族做过一次清洗。其中一大部分，就是查尔曼派系。这些人已恨她入骨。若有朝一日，克莉丝塔的孩子继位，他们是绝不会对她客气的。

泰勒夫人："更要命的是，陛下已经和她私会了两个月，说不定……"她没有说下去，而是眼含深意地看着妮可。

妮可点了点头："我明白了。克莉丝塔，我会解决的。"

泰勒夫人叹了口气："可这个修道院的地址，连皇帝最亲的臣子都不知道。"

妮可脸上露出一抹微笑："我认识一个人，她一定会知道。"

第二天，妮可安排了与相思的会面，地点就在军事堡垒中的玻璃花厅。花厅布置温馨，充满了少女气息，一张雕花桌子、两张椅子、甜点塔以及抹茶。

妮可漫不经心地与相思叙旧，说起在选秀营里的事，说起两人一同经历的危险。在不经意中，妮可套出了很多信息。

皇帝陛下的确常常驾临一间山谷中的修道院，目的却不是看望任何人，而是悼念去世的玛薇丝女王。修道院后的玫瑰花海里，安放着玛薇丝女王的灵柩。这些信息完全出乎妮可的意料，但她没有显露出一丝异样，而是飞速地盘算着，制订计划。

当她问及修道院的位置时，相思有些愧疚地拒绝了。她只言陛下有令，这是绝密，不能告诉任何人。妮可没有勉强，起身为她重新泡了一杯茶。点茶的过程中，妮可的手止不住颤抖。相思惊讶地抬头，正看到妮可的眼泪坠入茶杯。

妮可扔开茶杯，颓然坐下，对相思说起玛薇丝女王的一切。不是作为女王，而是作为自己的妈妈。她说起自己孤苦伶仃的童年，那时，她是多么羡慕别人，能得到母亲的拥抱。后来，她终于找到了妈妈，却还没来得及和她好好相处，就天人永隔。如今，她竟不知道妈妈葬在那里。她很羡慕克莉丝塔，能跪在灵枢前，将心里话讲给女王听，她却不能。

说着，她伏在相思肩头，哀声痛哭起来。相思不知所措，只好回抱住她。妮可哭得越来越伤心，几乎无法呼吸。相思能理解她的难过，作为女儿，却不能看一眼妈妈的灵枢，不能亲手献上一束玫瑰。不一会，妮可的声音都嘶哑了。

相思做了决定："我带你去，可你得保证，献完花就走。"

妮可惊喜地抬起头，随即忧虑起来："真的可以吗？还是算了，皇帝陛下知道后会责怪你的。"

这句话激起了相思的侠义心肠——失去母亲的女儿，凭什么不能去坟前看上一眼？她拉起妮可的手，大步向外走去。这一刻，她忘记了彼此的身份，仿佛回到了当年选秀之时："走，跟我来！"

来到山谷后，相思径直将妮可带到了花海。一见到石棺，妮可便无法站立，跪地痛哭起来。相思在一旁扶着她，陪她流了很多眼泪。

一直到日影西斜，妮可才停止哭泣。她的目光，停留在一束白色玫瑰上。花束尾部系着一条缎带，上面绣着花体字母及家族族徽——那是克莉丝塔的标志。

妮可暗中松了口气：克莉丝塔的确住在这里。

她的脸色轻松起来，这一趟，总算没有白来。她擦干眼泪，起身对相思表示感谢，然后悄然离开，没有惊动任何人，也没有发生任何事。然而，相思目送她离开山谷时，心中却升起了一丝不祥。似乎有什么可怕的事，会在这个宁静的山谷里发生。她不明白这种感觉从何而来，或许，是她还沉浸在刚才的悲恸气氛中，以至于产生错觉了吧。

十日后，寂静的修道院里有了细语和脚步声。

第六章 石棺

为了照顾克莉丝塔的起居，皇帝又派了几位侍女过来，她们都是查尔曼亲王宫中的旧人，绝对忠诚。

在她们的经营下，修道院比一开始整洁多了。玫瑰花圃被修剪整齐，石棺所在的凉亭也被擦拭得一尘不染，凉亭前还放上了一排蜡烛，台阶上摆满花环。

今天是六月八日，没有任何的特别之处。如果认真去想的话，也许会有人记起，这是某个罕见病的宣传日、某位影视明星的生日、某个跨国公司的成立日。只有极少数人能想到，这是玛薇丝女王失踪一周年整。

克莉丝塔就在这极少数人之列。她早早起床，换上一身白色的长裙，盘起长发，而后坐在窗前，耐心等待。一直等到太阳落山，她才捧起花束，缓步来到凉亭前。她躬下身，点亮了凉亭前的蜡烛，而后虔诚地跪在地上，念诵着祷词。她一直祷告着，直到月上中天，烛光从四面八方涂抹着她的身影，让她看上去显得有些不真实，仿佛只是一团纤细的光影，一碰就会破碎。

"女王陛下，请您庇护这个世界，庇护我们的家族。

"也庇护芙瑞雅姐姐平安归来。

"自从第二次北极之战后，姐姐就成了帝国的禁忌。哥哥一面下令悼念她，一面将她所有的旧物都封存起来。除了史官考订的传记外，不能提及任何与她有关的事迹，不能重复她的话，甚至旁人不能穿着与她类似的衣服……我不知道，这到底意味着什么。"

她轻柔的祷告声与玫瑰花丛的碎响融在一起，衬出山谷的寂静。侍女们在远处看着她，眼中噙满了泪水。

这些日子以来，克莉丝塔每天都要做同样的祷告，只是今天花费的时间格外长。

在女王在世的时候，她从未表现出过分的亲近，因为她知道，自己身为第二顺位继承人的本分。但在内心深处，她对女王的敬仰与爱慕，并不亚于芙瑞雅。只有在这样寂静无人的时候，她才敢将所有悲伤、怀念坦露出来。

　　侍女们也放下了手中的活计，陪着她祷告。她们没有想到，一场将把这里化为炼狱的暴动正在酝酿。数百个衣衫褴褛的人，此刻正手举火把，向山谷走来。每一个人，都面有菜色，眼中闪烁着仇恨的光芒。

　　惨叫打破了夜晚的宁静，一个全身浴血的侍女跑了进来。
　　克莉丝塔大惊："琳，你怎么了？"
　　琳顾不得自己的伤势："殿下，别管我，赶紧逃走！一群不知从哪里来的暴徒闯进山谷，他们拿着武器，见人就杀……"
　　克莉丝塔脸色陡然苍白，但仍维持着冷静："他们想干什么？"
　　"这些人知道了女王的灵柩在这里，就成群结队地杀了过来，说是要摧毁……"她停顿了片刻，还是说了下去，"要摧毁魔鬼的躯体。"
　　克莉丝塔霍然起身，挡在灵柩前："不，我不能让他们这么做！"
　　这时，一阵嘈杂传来，熊熊火光冲天而起，修道院已被点燃。一道粗鲁的声音响起："这里没有棺材，继续找！"
　　"继续烧，只有把这里烧成平地，才能阻止恶魔复活。"
　　声音越来越近，克莉丝塔与身边的侍女们都露出惶恐之色。琳一把抓住克莉丝塔的手，哀求道："殿下，快走吧，再晚就来不及了。那些暴民什么事都能做得出来……"
　　似乎在证实她的话，不远处传来了女人的尖叫。
　　克莉丝塔的手轻轻颤抖，透露出她的恐惧。但她最终平静下来，重新跪好："你们走吧。我要守在这里！如果谁要冒犯女王的尸骸，就必须从我的尸体上踏过去。"其他几个侍女迟疑了片刻，也跪了下去。她们不想逃。这座山谷并无后路，无处可逃。如果一定要死，她们愿意与克莉丝塔殿下死在一起。

　　这时，花海被火把照亮。暴徒们吵闹着冲过来，把精心培育的玫瑰花踩得七零八落。他们一眼就看到了巨大的石棺："在那边！"而后，他们看到了克莉丝塔，以及她身边的简易祭台。

"果然，她们在进行复活魔鬼的仪式！"

"杀了她们！"

"把魔鬼的躯体拖出来烧掉！"

克莉丝塔全身战栗，脸色苍白，却仍没有退让："这里没有魔鬼，只有我的亲人。"

"什么亲人？"为首的暴徒举高了火把，照向克莉丝塔。

一个人"哦"了一声："这不是克莉丝塔公主殿下吗？"

众人凑了过来。火光让克莉丝塔睁不开双眼。

只听见另一个声音说："怪不得是亲人，和那对可恶的母女长得还真是很像呢。"

有人不怀好意地笑了："既然这样，不如在杀死她之前，让她多受一点折磨吧。"

克莉丝塔的身体颤抖起来。她闭上双目，将手探入袖中，那里有一把小而锋利的匕首，不足以杀敌，却可以刺入自己的心脏。她已经练习过无数次。

暴徒一步步逼近，几个侍女想用身体挡住他们，却被推倒在地。然后是痛苦的哭喊。

一个暴徒低吼了一声，跳了起来。原来是女子在抵抗中咬伤了他的耳朵。他勃然大怒，用刀劈头盖脸地砍下。女子的头颅滚落在地，鲜血溅了出来。

四周陷入了短暂的沉寂，然而这只是瞬间而已。四散的血腥气，仿佛一针兴奋剂，撩拨起最原始的杀戮冲动。一切怜悯、同情都与人性最后的底线一起埋葬。暴徒们潮水般涌了上来，撕扯、折磨着克莉丝塔身前的侍女们。

克莉丝塔闭上双眼。她知道，眼前的人，已不再是人，而是野兽。匕首抵在心口，缓缓用力。

"砰",一声枪响,终结了山谷中的混乱。

暴徒们不自觉地抬头,向山谷口望去。他们的脸色瞬间改变——火光中,一整支荷枪实弹的军队,正列队向这边行进。士兵们步伐整齐而快速,还未待暴徒们反应过来,就已到凉亭前。暴徒们惶恐起来,赶忙站起。他们中的一些人,张望着想寻路逃走,却发现四周已退无可退。

一声号令响彻夜空:"皇帝陛下驾到。"士兵们整齐地向两边分开,行注目礼。暴徒们脸色惨变,纷纷放下武器,跪了下来。

在所有人惊愕的目光中,皇帝陛下全身正装,面无表情地穿过人群。他一步步走到凉亭前,止步。一群辅政大臣跟在他身后走得气喘吁吁,华贵的礼服上沾满泥土。

今晚有一场宫廷正式会议,皇帝与辅政大臣们都列席其中。不料会议正进行中,一位密探匆匆走进来,对皇帝陛下说了几句话。皇帝脸色突变,甚至没有做任何解释,就拂袖而去,只留下大臣们面面相觑。

几分钟后旨意传来,移驾杜若谷,所有人一同前往。大臣们顾不得换上骑装,就赶紧备马跟了过来,到山谷口再下马步行,一路狼狈不堪。当他们看清眼前的一切时,惊得连抱怨都忘了。这不是克莉丝塔吗?那些拿着武器的灾民又是谁?

卓王孙径直走向克莉丝塔,俯身将她扶起,擦去她脸上的泪痕与尘土。他并没有看地上的暴徒,只淡淡说了一句:"拖下去。"

士兵们立即将暴徒们按倒。

"陛下饶命啊!"一个暴徒哭诉道,"我们听说这里有人想复活邪魔,才误闯进来的。"其余暴徒纷纷附和:"对,对,我们只是想烧掉棺材里的妖邪,不是故意冲撞克莉丝塔殿下的……"

克莉丝塔挣脱了卓王孙的怀抱,直面暴徒:"这里没有妖邪!"

大臣们这才注意到,克莉丝塔身后的凉亭里,放着一具巨大的石棺。难道这些暴徒,围攻的是一具石棺?皇帝陛下带着重臣长途奔波,也是为了这具石棺？想到暴徒的话，所有人都感到一丝不祥。

卓王孙："你们听说，棺中有什么？"

暴徒首领迟疑了片刻，还是回答："邪魔。我们听说，她的尸身上被种下了符咒，至今面容如生。只要举行祭祀，就可以复活。"

克莉丝塔全身颤抖："荒唐！石棺里的，是玛薇丝女王。"

首领："玛薇丝，就是邪魔。这一点，皇帝陛下的登基大典上，我们亲眼所见。"

暴徒们连连附和。那时，网络与转播设备都还在，每一个人，都看到了玛薇丝与超级生命体苟合的场景。人们相信，她把灵魂献给了妖魔，以换取长生与权力。

喧嚣中，大臣们偷偷抬头，窥探卓王孙的表情，不敢轻易表态。

卓王孙注视着石棺，脸上看不出喜怒。良久，他轻轻说了两个字："开棺。"

所有人大惊。

"不可以！"克莉丝塔剧烈挣扎起来。

卓王孙没有说话，将她紧紧抱在怀中，重复了一遍："开棺。"

几位士官走上前，掏出刺刀撬动棺盖。随着一声巨响，沉重的棺盖落地。

月华如水，将凉亭照得透亮。棺中竟然空无一物。

所有人都呆住了。克莉丝塔身子一软，差点摔倒。

卓王孙伸出手，坚定而温柔地扶住她，交给站在一旁的相思，而后独自走入凉亭。他一直走到石棺前，伸出双手，扶住棺沿，长久沉默着。他的影子映在空空的棺底，就像是镜中的倒影。四周一片寂静，人们惊讶地看着他，不知他下一步会做什么。

卓王孙缓缓站直，摘下头上的皇冠，托于胸前。这个举动震惊了所有人。

卓王孙："这里，是玛薇丝女王的衣冠冢。她死的时候，没有留下遗诏，也没有留下躯体，却为帝国留下了基石。她曾犯下过很多错误，但过不抵功。

在我心中，她仍然是唯一配得上王冠的人。"

这番话如惊雷一样，击在所有人心上。皇帝陛下这是要做什么，为女王平反吗？可几个月前，他亲手公布了录影带。

"所有人都说，我推翻了她的国家，背叛了她的理念，只是为了成为皇帝。可她一定会明白，我是为了人类延续，才选择登上此位的。"卓王孙将手中的皇冠放入灵柩，"无论如何，一切已成过去。就让这顶皇冠和她一起埋葬。从今以后，我不需要皇冠。"

他转过身，目光扫过所有人，说："我会是第一位，没有皇冠的君王。"

众人迟疑片刻，随即爆发出一串掌声。这掌声一开始还比较零落，不久便汇聚成汪洋大海。之后，卓王孙当着辅政大臣的面，颁布了一条旨意——以先帝之礼，厚葬女王灵柩。杜若谷从此成为女王的陵园，任何人不得擅入，违令者死。

而后，他牵起克莉丝塔的手，向山谷外走去。这一次，卓王孙要将她带在身边，确保任何人都无法伤害到她。克莉丝塔顺从地跟在卓王孙身后。力量与温暖从卓王孙手上传来，让她感到前所未有的安宁。她抬头，望向卓王孙月光下的侧影，眼中不觉泛起热泪。

回宫后，皇帝颁布了几条密旨。

女孩们即日起搬出军事堡垒，迁入伊芙琳宫。妮可被派了过去，理由是教习礼仪，事实上却是被圈禁其中，不得外出。

相思也受到牵连。她以不遵皇命为由，被罚去了半年的俸饷，暂停守护骑士之职。等克莉丝塔留居皇宫后，她就被召入宫廷，日夜陪伴克莉丝塔。虽并没有禁足，但每次出宫，都需要经过皇帝同意。

好在，兰斯洛特有进出宫禁的特权，随时可以来探望她。就这样，波澜不兴地过去了六个月。

第七章　北境狩猎

初秋时节，晏执政在帝国东北境，自己的家族封地内，安排了一场大型狩猎活动。皇帝率领骑士们悉数参加。"未来"爆炸后，大部分人类退守到铁路沿线的城市里，田野、村落荒废，沦为野兽的乐园。

这场狩猎，一是鼓励民众走出城市，重拾渔猎传统，向大自然索取食物；二是作为小规模军事演练，实验战术，锻炼骑射。毕竟被狩猎的野兽，和帝国最大的敌人启同出一源。

狩猎持续了三日三夜，猎手收获颇丰，大到黑熊、灰狼、野猪，小到狍子、野兔，一层层堆满了仓库。嘉德骑士中垫底的是相思，三天来只用网活捉了一只小鹿。而夺得头筹的则是格蕾蒂斯，随从们的行囊都被她的猎物塞满，难以计数。第二名则是皇帝陛下，共猎得三头黑熊、五匹狼和十余只狐狸。

庆功宴在晏的私人宅邸举行。猎物被一一展示后，由名厨主刀，切下最精华的一小块，炮制后分飨众人。其余的则做成肉干，分发给城中百姓。欢宴一直持续到凌晨，狂欢的气氛感染了所有人，除了皇帝。他接过任何人的敬酒，都抬头饮尽，来者不拒。然而，从始至终，他的脸上没有过一丝笑容。

晏明白，六个月过去了，他心中的伤仍没有愈合，越快乐的时候，就越会隐隐作痛。他暗中叹了口气，适时结束了宴饮，邀请皇帝去自己的寝处休息，而他则留下来，继续与大臣们商议明天的分发仪式。

皇帝点了点头，起身离去，再不看桌上的美酒玉盘一眼。踏着晨曦的微光，他沿着曲径，踏进了青松簇拥下的庭院。这是一间日式小院，面积不大，却布置得极为精致。翠绿的松针与鲜红的枫叶错落有致，与白色石子造成的枯山水形成鲜明对照。晨风吹来，檐角风铃轻响，一切动与静、生与寂、芥子与宇宙，似乎都在这小小庭院中合而为一。皇帝没有进入大厅，而是沿着回廊走向浴室。他需要一洗身上的风尘，也洗去心中纷涌的情绪。

竹帘后雾气蒸腾，水已备好多时。皇帝直接脱去猎服，走入水池。直到水凉透，他才站起身，披上托盘内早已准备好的浴袍。

沐浴后，皇帝的心情也轻松了很多。他一面漫不经心地系着腰带，一面走向东边的茶室。走廊上的风带着微凉，掀起他宽大的浴袍，裸露出水迹未干的身体。皇帝并不在意。这里不会有第二个人存在。他终于可以脱下沉重的王室猎装，享受片刻自由。

茶室精致而华美。茶叶由名手揉制，茶具则多有数百年历史，是难得一见的奇珍。但这一切，都比不上摆在茶室正中的巨大画屏。

画屏共分七幅，描绘了明代万历年间的壬辰之战。金黄的底色上，工笔描绘着山川、河流、车马以及数以千计的人物，无不栩栩如生。其中，与太阁丰臣秀吉作战的少年统帅，尤其让人瞩目。他独自面对着千军万马。虽然看不清容貌，却能想象他有着目空一切的骄傲。皇帝长久凝视着画屏，注意力完全被画中人吸引。

一道轻柔的脚步声由远及近。皇帝虽有些意外，却并未回头："谁？"

细细的声音响起："陛下不记得了？我名槿，是那夜侍奉过您的女子之一。"

皇帝想了起来，她说的是那个漫长的雨夜。京畿堡垒中，雨气与爱懒花香纠缠，一场迷离的沉醉。在他的记忆里，只剩下似幻似真的片段。

皇帝放在画屏上的手停顿了片刻，淡淡说："知道了，下去吧。"

槿跪直了身子，振袖跪拜，却完全没有要退走的意思。

过了片刻，皇帝声音中有了一丝不耐烦："你怎么还在这里？"

槿："因为我有藏了很久的心里话，要对陛下说。"

皇帝仍注视着画屏，语气嘲讽："你如果想说，自从那夜之后，就真心爱上了我，要陪伴在我左右之类的话，就不必开口了。在你之前，有几个女人说过同样的话，她们都连同她们的指使者一起，被流放到了西伯利亚。你如果不想步她们的后尘，就赶紧出去。"

槿语气平静："陛下误会了，我并没有爱上您。"

这个回答，显然出乎皇帝的意料。他终于回过头，瞥了她一眼。那是一个身着和服的女子，黑色的长发一直垂到地上，和她苍白的肤色形成鲜明的对比。她眉眼细长，轮廓柔和，姬切式的额发下贴着花钿，像是一位安土桃山时代的美人，悄然走出画屏。

槿抬起眸子，柔声说："我只是爱上了那一夜的感受。"

皇帝眉头皱起，不明了她话中的含义。

槿："我很想再亲近您一次，希望您可以圆我这个心愿。"

这番话既荒诞又大胆，但她却说得大方坦荡。就像做客的时候，偶然喝到一杯美酒，看到一园美景，从此难以忘怀，因此找到主人，请求能够再来一次。但她谈论的，毕竟不是饮酒看花。对于情欲，很少有人能超脱其中的羞耻感，要么避而不谈，要么谈得粗鄙，令人掩耳。而这个女人不同，她能用最从容的语气，将情欲袒露在对方面前。这番原本荒诞的话，意外变得真诚起来。

皇帝冷冷看着她，目光宛如刀锋，想要撕开她的伪装，直刺心底。在他的审视下，槿重新跪好，郑重行礼："陛下不要误会。我既不觊觎皇后之位，也不想得到您的爱情，我所求的，仅仅是肉身上的欢愉，绝无其他。"

皇帝沉默片刻，冷冷地说了两个字："出去。"

"陛下不相信我所说的吗？"槿抬起头，直视着他，"还是不相信自己，不相信除了皇帝之位外，您也有令女人颠倒疯狂的魔力？"

槿细长的眸子中开始有了情感——却不是挑逗，而是挑衅。她逆着他的目光，追问道："难道，之前就没有人像我这样迷恋过您，不因为您是君王，而仅仅是男人？"

这一问，实在是放肆到了极点。

意外的是，皇帝并没有发怒，而是陷入沉默。他原本不会在意这种话，但芙瑞雅的离开，在他心底埋下了一颗不安的种子。在他心中，芙瑞雅有两个截然不同的身份：一是对弈天下的政敌，一是青梅竹马的恋人。前者对应着理性与权衡，后者则是爱与欲望。对于前者，他可以欣赏，也可以给予无情的打压；而对于后者，他始终无法湮灭自己的热情。

芙瑞雅是如何看待他的呢？是否也把他分为这样两个部分？关于对手，她的态度与他接近，而关于恋人，却似乎有着微妙的不同。

毫无疑问，芙瑞雅曾是爱他的。那份爱里有共同成长的回忆，有彼此陪伴的温暖，也有相知相惜的情谊，却唯独少了炽烈的欲望。那既不高尚也不复杂，是最原初也最单纯的本能。她从未表现过这一点。那么，除去皇冠与回忆，他本身，是否有着致命的、能让人欲罢不能的吸引力？就像她对他一样。

这个问题，他之前没有去想，现在却突兀地被一个不知从何而来，以奇怪理由投怀送抱的女人说了出来，真是荒唐至极。

皇帝脸色渐渐阴沉，整个茶室都变得寒冷："你怎么敢这样对我说话？"

槿："因为在我面前的，不是帝国的皇帝，也不是未来的丈夫，只是一个男人。"

她的回答理直气壮，毫无畏惧，竟令皇帝陛下的怒意为之一滞。

槿："其实，陛下很容易就能知道，我说的是真还是假。越是本能，越难作伪。即便作伪，也骗不过您。"

直到这一刻，她的语气才透出几分妩媚。虽然仍是漫不经心、若有若无，但毕竟是挑逗。这点挑逗打破了微妙的气氛，让一切变得熟悉起来。

皇帝脸色稍缓，恢复了冷漠："真假并无所谓，而是你根本没有提出这种请求的资格——毕竟那一夜，你和其他人一样，并没有给我留下任何印象。"这句话中有浓浓的讽刺与轻蔑，然而槿丝毫不为所动："陛下错了，我的确与她们有不同之处。"

皇帝没有急着反驳，等她说下去。

槿："我的特殊之处，就在于，我长得完全不像已故皇后芙瑞雅。"

听到这个名字，皇帝微微一震。这倒是实情。槿的容貌与芙瑞雅仿佛是天平的两极，毫无相似之处。难得的是，她仍然是美丽的，虽然这样的美已与这个时代渐行渐远。

槿平静地说下去："之前接近陛下的女人，都极力让自己更像已故皇后一点，以为这样就能讨陛下欢心，其实却南辕北辙。陛下现在最想做的，不是找一个她的替身，而是抹去她留在您心中的影子。

"可惜过了那么久，她留下的一切还在陛下心里。您无法肯定，接近别的女人时，是会不由自主地去寻找她的影子，还是真的放下了。所以，您干脆拒绝了所有女子。

"这不是长久之计。作为一国之君，您需要给自己的爱与欲一个新的安置之地，需要为困扰您已久的问题找一个答案——是否能坦然接受一个完全不像她的女人？是否不是为了用放纵来惩罚自己，也不是为了寻找她的影子，而只是单纯享乐？"

槿缓缓站了起来，迎着他的目光："我就是这个答案，是您切割过去的剑。"

皇帝并没有说话。

槿向他走去："如果陛下答允，今夜将变得很特别。我得到了肉身欢乐，您解答了心中的疑惑。各取所需，不是很好吗？"

皇帝仍然不答。

槿一步步走到他面前，止步，轻轻将头靠在他胸口上，双手缓缓环抱住他。皇帝一动不动，既不回应她的拥抱，也没有推开。

克莉丝塔抱着小鹿，穿行在晏的宅邸里。

她跟随皇帝，参加了这场狩猎。三天里，她一直站在场边，欣赏皇帝陛下的英姿。昨天狩猎结束后，相思将唯一的猎物送给了她。克莉丝塔欣喜若狂，给小鹿洗了澡，并让它睡在自己的床上。凌晨时，她被小鹿的哀鸣吵醒。鹿脚上被网缠住的地方，明显红肿起来，很可能是被网住时折断了腿骨。克莉丝塔很着急，想尽快找到卓王孙，请他为它治疗。当她沿着走廊来到茶室时，听到了女子柔软的低语，她立即怔住了，直觉告诉她，要赶紧走开，但不知为什么，她鬼使神差地推开了大门。

然后她整个人都呆住了。她怀中的小鹿哀鸣了一声，挣脱出来，一瘸一拐地钻入了草丛。

阳光照进茶室时，皇帝也微微一怔。

仅一瞬间，他便反应过来，一手轻轻推开女人，一手揽起凌乱的浴袍，果断而丝毫不见慌乱。

克莉丝塔尖叫出声，飞奔着向外跑去。随着这声尖叫，皇帝看清了来人是克莉丝塔，瞬间没有了刚才的从容。

"克莉丝塔！"他追了出去。

克莉丝塔不顾一切地在走廊上飞奔。皇帝追到转角处，刚要拉住她，却被匆匆赶来的相思撞了个正着。

"陛下……"相思刚一抬头，要出口的话变成了惊呼。

第七章 北境狩猎

此时，浴袍没有系带，被晨风向后吹起。而浴袍下的他，寸缕不着。相思惊惶地侧开头，脸上绯红。只这一顿，克莉丝塔的身影已经消失在小院外。皇帝只得停下来，随手一掩浴袍，怒道："你怎么在这里？"

相思："我来找她啊……她和我同住，可早上突然不见了……"语无伦次了半天后，她突然想起什么，警觉地看着他。

"不对，你为什么要追她？"她伸手指了指，"为什么穿成这样追她？"

"废话，给我让开！"

然而，相思不仅没有退开，反而挡住了他的去路："你如果不解释清楚，我是绝不会放你过去的，哪怕你是皇帝也一样。"她脸上满是义愤，看起来绝不会善罢甘休。

皇帝深吸了一口气。他知道，对这个女人发怒毫无意义，只会将更多人引来。而眼下自己这幅装扮，如果真的追出去，也的确会引起更多误会。他最终决定，不和这个活宝纠缠："好，就由你去把她追回来。如果她有什么意外，唯你是问。"

相思鄙薄地看了他一眼："这句话也是我想对你说的。"说完后，她转身追出小院。

皇帝看着她的背影，只觉得满腹怒气，却不知向谁发起。

皇帝走入议事厅时，晏仍然在埋头处理政务。他正要起身迎接，见皇帝脸色不善，便示意随从们全部退下。很快，大厅中只剩下两个人。

皇帝站在他面前："槿从一开始就是你的人吧？别人培养不出这样的人才。"

晏没有否认："是的。她是我同宗之女，经我安排住进堡垒，又经我指点，获得了妮可的信任。只有这样，她才能出现在雨夜的礼堂里。"

皇帝坐在晏原来的位置上："说吧，你的目的是什么？"

晏："我只是希望陛下能放下过去，轻装前行。"

皇帝看了他一眼："仅止于此吗？"

只这一眼，晏已然明白，皇帝已看穿了自己的心思，再隐瞒下去也没有意义，不如和盘托出。

"我想让陛下明白一件事。在芙瑞雅眼中，您只是她的玩伴、知己、对手。如果四岁的时候，被送到温莎城堡的是另一位公子，她也会建立起类似的感情。但这并不是男女之爱。"晏停顿片刻，"而至于对手、知己，亚当斯大公与女王就是如此。可这也不是男女之爱。"

皇帝的语气有一丝嘲讽："你想要说，她从一开始就不爱我，是我自作多情？"

晏："不。这些也是一种爱，比男女之爱要难得得多，足以支撑绝大部分人相伴终生。可您的问题是，在不知不觉中陷得太深了。您把心中太多的角色归属于她，每一项都不可取代。这对于您，对于帝国都非常危险。"

皇帝："你是想劝我忘记她吗？"

晏摇了摇头："这是不可能的。我只希望您忘记作为恋人的她。她已经离开，您必须把恋人的角色从她身上剥离，保留其他。只有这样，您才能理智地对待现在的她，也对待自己。"

他诚恳地看着皇帝："所以，请收下槿。我将她派到您身边，并不是要取代芙瑞雅。作为知己、玩伴、对手的芙瑞雅是独一无二的，槿能替代的，只是最世俗、最无关紧要的一部分。就让她为您提供一点微薄的慰藉吧。"

皇帝笑容中有一丝讥诮："你以为，我连自己的情绪与欲望都无法控制，还需要一个女人来慰藉吗？"

晏："陛下当然能控制，但您的精力，不该消耗在这样无价值的地方。她走了，是时候放下了。"

皇帝沉默片刻，缓缓点头："好，我会留下槿，让她代替莱拉，成为第一官方女伴。不过……"

"这是最后一次。"他深深看了晏一眼，目光冷峻，"从此以后，你不得再介入我和芙瑞雅的事。"

晏:"请陛下相信,我所做的一切,都是为了你,为了帝国。"

"我相信。"皇帝语气平静,"你是我最好的朋友。如果你派槿来是为了争宠夺权,或左右未来皇嗣,我都不会怪你。唯一不允许的,就是干涉我对芙瑞雅的感情——那是我唯一的私域。"

皇帝眼中透出一丝冷肃,这是在他与晏相处时罕见的:"能做到吗?"

晏脸色也郑重起来,躬身行礼:"是,陛下。"

三天后,皇帝抱着小鹿,敲开了克莉丝塔的大门。

他今天刻意穿上了白色衬衣与牛仔裤,衬衫上的每一颗扣子都端正地扣了起来,显得简单而整洁。进门后,他将小鹿放在玄关的地毯上,静静等待。小鹿的腿已经痊愈,发出欢快的呦呦声,四处跑跑跳跳。

克莉丝塔坐在不远处的妆台前,对镜梳妆,对他的到来,听而不闻。

皇帝等了一会,语气温柔地问:"马上要启程回京了,听说你还是不想出门?"

克莉丝塔回过头。她纯真的脸上描绘着明显的妆痕,金色眼线轻轻挑起,唇膏颜色仿佛春樱,鲜艳欲滴。

皇帝微微一怔,他还是第一次看到这样的克莉丝塔。

"我好看吗,陛下?"克莉丝塔偏了偏头,笑容甜美。

他注意到,她使用了敬称,而不是叫他哥哥,这是两人之前相处时从未有过的。皇帝轻轻叹了口气:"克莉丝塔,我很抱歉……"

"为什么要说抱歉?"

"抱歉让你看到了那一幕。"

克莉丝塔笑了笑:"这不是很正常的吗?是我不应该打扰你们。"

"我知道你还在生气……"

"不,我不生气,我只是在想一个问题。"她顿了顿,静静注视着他,

"你会不会，对我做同样的事？"

皇帝一怔，断然回答："当然不会！"

克莉丝塔："为什么，是怕姐姐生气，还是因为我没有吸引力？"

"克莉丝塔！"皇帝脸上有一丝怒容，"你还是个孩子，不许再说这样的话。"

"那如果等我长大了呢？你能回答我吗？"

皇帝深吸一口气，语气稍缓："是我不好，让你受惊过度。等回到帝都，我会让心理医生过来。我向你保证，没有人会伤害你，包括我。"

他犹豫了片刻，将手悬在她肩头，做了个安慰的姿势："不要害怕，一切都不会改变。"

"不怕吗？"克莉丝塔看着镜中的自己，轻轻笑了，"不，我的确害怕过。我不是害怕看到的一切，而是怕自己心中的某个东西，会因为看到的这一幕而崩溃——那就是我对你的爱。"

皇帝摇了摇头："克莉丝塔……"

克莉丝塔打断他："我也怀疑过，这不是爱，而是对兄长的眷恋，对强者的崇拜，以及对恩人的感激。那样的话，你在我心中，就该是一个只可远观的完美幻象。我推开房门的瞬间，就会感到幻灭，纯真的少女之爱就会灰飞烟灭。我会从此厌恶你，恨你，害怕你。"

皇帝皱起了眉头。克莉丝塔知晓的，明显比他预料的要多。

克莉丝塔："可是，这一切都没有发生。最初的惶恐后，我的心很快安宁了下来。我惊讶地发现，竟可以接受你衣衫凌乱的样子。"

她伸出手，按住了他悬在自己肩头的手："不仅是接受，我喜欢那时的你，喜欢你在晨光中裸露的身体，喜欢你流过颈侧的汗水，喜欢你血脉偾张的力量。而后我感到了另一种强烈的情绪——嫉妒。我嫉妒那个被你拥抱的女人，因此转侧不安。只有当把她想象成我的时候，这种妒火才会平息。"

她回头，直视着他："现在，你还觉得我是个天真烂漫的孩子吗？"

皇帝看着她，陷入了长久的沉默。

两人就这样对峙着。克莉丝塔咬着嘴唇，眼中有让人心痛的倔强。

终于，皇帝将手从克莉丝塔掌中抽了回来，淡淡道："想知道答案吗？你的确是个孩子。刚才那番话，和你脸上的妆一样，看似成熟，其实幼稚至极，完全是胡闹。"

克莉丝塔脸色变了，勉强维持的冷静分崩离析："不，我没有胡闹，我是真心想要做你的女人，而不是妹妹！"

皇帝语气平静："好，那我也真心回答你，不可能。"

克莉丝塔嘶声问："为什么？就因为我是她的妹妹？"

皇帝："因为你还太小，分不清什么是爱，什么是恨。"

克莉丝塔："我十六岁了。按照帝国法律，我已经成年（由于'未来'爆炸后劳动力匮乏，帝国将成人年龄下调到十六岁），可以谈婚论嫁！"

皇帝："我说的不是年龄，是你的行为。现在的你，幼稚得像一个六岁的小女孩。如果你非要向我示爱，也要等你真正长大了再说。"说完这句话，他没有给她任何反驳的机会，拂袖而去。

克莉丝塔刚要站起来，却感到一阵无力，跌坐回镜子前。镜中的她，眼泪不断滚落，打湿了精心描绘的妆容。

返回帝都的马车上，晏与槿相对而坐。

晏："今天过后，你会成为他名义上的女伴。虽然只是名义上的，但在其他人眼中，你就是继后首席候选人，因此要谨慎行事。"

"是，主人。"槿恭敬地回答，"但，我所说的话，陛下真的会信吗？您也应该清楚，那一天，什么事也没发生。"

那一夜，她在爱懒花汁中加入了别的药物，让喝下的人失去意识，沦入一场春梦幻境。

"我知道。"晏笑了笑，"我派你去，就是确保什么事都不会发生。毕竟，未来的皇嗣，不能落入妮可的手中。而这件事，不能被任何人发现。因此，所有喝下花汁的人，都最好相信这一切真的发生过。"

这段话有一点让人费解，槿沉默了片刻，缓缓点头。的确，真相并不重要，人们的想法才重要。只要所有人都以为发生了，就和真的发生过并无区别。

槿："我还想知道，为什么要这样做？"

晏："为了让他放下她。因为唯有放下，他才能成为一位真正的帝王，从此心无旁骛，杀伐果断。也唯有这样，他才能带领我们走出末日。"

第八章　大竞技场

帝国终于迎来了一次大丰收。蒸汽动力的加入，让规模化农业生产再现，化肥、农药也再次面市。尽管还很少，但粮食产量增长了十分之一。更多的蒸汽动力，更多的化肥、农药会被造出来，粮食的产量亦会持续增长。

这是帝国的报纸宣登的消息，引起了全国人民的欢腾。但实际呢？实际是帝国遭受了一次严重的减产。

科技的严重退化，使农业抵御灾害的能力大幅减弱。洪灾、旱灾、害虫……几乎一半的耕地荒废。

但这一消息不能披露出去，民众的承受力已到极限，再多哪怕一点，都可能会崩溃。于是，血公爵之战的规模再一次扩大。由十场赛，变为十二场、十五场。终于有一天，一位封爵重臣亲自驾驶蒸汽机体下场战斗。官方说法是，他冒犯了皇帝，必须在血公爵之战中洗清自己的罪孽。结果他战败了，在观众潮涌般的"杀死他！杀死他！杀死他！"的呼喊中，他的头被砍了下来。

这是第一个死在大竞技场上的封爵重臣，但不是最后一个。

越来越多的封爵重臣不得不亲自参与血公爵之战，这更加刺激了民众。每月一次的血公爵之战，已成为名副其实的帝国第一盛事，甚至比春节、圣诞节还要隆重。

它的每一条消息都被人津津乐道，出战名单、输赢预测、战败者的下场……报纸上不乏长篇累牍的报道。

胜利的骑士尤其是那些平民骑士，都拥有极高的人气，被称为"帝国之星"。这些平民骑士在血公爵之战中与封爵重臣对抗，已被视作民众的代表。这场战争就是民众与封爵重臣的战争。

而最热的莫过于"你最想在血公爵之战中见到的豪族榜"。这一榜单充分反映了民众对豪族的痛恨，理所当然收获了最多的热议。不少民众还请愿，要皇帝陛下依照这个榜单安排血公爵之战……

鲜血的盛宴掩盖了黑暗而贫瘠的大地，填补了黑面包的空缺，让帝国呈现出畸形的安宁与繁荣。一切仿佛风平浪静，帝国这艘破船在海面上平静前行。海面之下，早已经暗潮汹涌。

皇帝陛下亲自主持了几次大练兵，官方的说法是为了保持战斗力，有心人却发现，每次大练兵之后，都有几位封爵重臣亲自参与血公爵之战。他们，究竟是因为表面那些微不足道的罪名，还是不堪帝国的压力叛乱被平？

没有人敢去深究。

深夜，卓王孙站在伊芙琳宫的阳台上，望着大竞技场。只有几盏灯照耀下的大竞技场黑暗、寂静。所有的喧嚣都沉寂了，荣耀与争执消失无踪。

卓王孙出神地看着，一动不动，任由夜露打湿他的衣衫。他的面前，再度浮现出芙瑞雅努力微笑的样子。她的身影，与战败的骑士渐渐重合在一起，四周是山呼海啸般的"杀死她！杀死她！杀死她！"。

锋锐的寒冷闪过，鲜血绽放如花雨。

卓王孙清楚地知道这是一幕幻象，但又莫名地感到，这一幕迟早会发生。这个大竞技场，是为他和她而建的。他们迟早会在这里进行一场谢幕之战。

"留在卡乌斯季塔列亚吧，永远都不要再回帝国。我不想看到现在这样的你。"

第八章 大竞技场

七日后。

克莉丝塔主动报名参加血公爵之战的消息，第一时间传到了皇帝面前。卓王孙不禁大怒，立即结束御前会议，赶到克莉丝塔居处。没有人比他更清楚，血公爵之战不是小女孩赌气的游戏，而是真正的血战。他一定要劝她放弃。

然而，克莉丝塔房门紧闭，不肯见他。半小时后，侍女才送出来一封墨迹未干的信。上面用纤细的字体写道：

皇帝陛下：

那天你走后，我拜访了三个人，分别问了她们一个问题。第一位是槿。我问她，皇帝陛下是个什么样的人？她说，陛下不是一个理想的结婚对象，却是一个完美的情人。第二位，是正收拾行囊离开行宫的莱拉。我问她，陛下喜欢什么样的女人？她想了想说，如今的皇帝，心中只剩下政治与利益，因此，只会喜欢为他带来利益的女人。

第三位，是陛下的守护骑士相思。我问她，怎样才能变成陛下喜欢的女人？她想了想说，除非按照芙瑞雅的样子来改造自己。听到答案后，我沉默了。这是绝对无法做到的，天底下没有人能替代姐姐。

相思看到了我的失望，安慰我说，爱未必只有一种类型。旗鼓相当、心有灵犀当然是爱，但如果做不到，能站在恋人身后，为他解忧也是一种爱。她以自己举例。她和兰斯洛特之间也有很大的差距，她也曾怀疑过，那么出色的男子，为什么偏偏看上了她。兰斯洛特回答，因为她能够让自己忘记烦恼。

这些天来，我一直在想，陛下最在意的利益是什么？最大的忧愁又是什么？我到底要怎样做，才能为你分忧，才能成为一个能匹配你的，对你有用的恋人。

所以，我决定参加血公爵之战。我知道，血公爵之战是您政治理念中最重要的部分。而现在，它的残酷引起了很多人的质疑，迫切需要一个像我这样的人，出现在竞技场，以展现血公爵之战的公正。而我也希望有这样一个机会，为您做一件事，证明我真正长大了。

如果我战败了，请不要以皇帝的身份特赦我，让我接受民众的审判。我愿意将这个审判当成命运的裁断。这是我深思熟虑后的结果。请不要再劝我，也不要干扰我的比赛。我之前的人生，都由别人决定。这一次，我要自己做出选择。

你的
克莉丝塔

信件的末尾，又匆匆加上了几行字：

如果我活下来，希望你能成全我的心愿。

如果我死了，请不要难过自责。修道院的那一夜，我就该死去的，是你救了我，也让我重新看到了活下去的希望。如果我注定无法得到你的爱情，就让我把命还给你。

这样，就公平了。

卓王孙目光停驻在紧闭的房门上，握信的手一点点用力。这是什么样的胡话？他刚要强行推开大门，一阵钢琴声从门内传来。肖邦，升G小调波洛乃兹舞曲。卓王孙迟疑了片刻，没有继续推门，而是倾心聆听。琴声沉静、从容，又蕴含着一丝若有若无的决绝。只有足够平静坚决的心，才能弹出这样的曲子。

他静立在门口，直到一曲终了。终于，卓王孙放下手，将信重新看了一遍，而后缓缓收起。他叹息了一声，转身离去。

巴伐利亚森林深处的古堡。

"费兹本大人，真的不能再这样下去了！"数十名豪族再度聚集在一起密谋。他们脸上的表情全都有些神经质，混合着惊恐。

第八章 大竞技场

"皇帝陛下这是准备将豪族全部铲除啊！血公爵之战的规模越来越大，起初还仅仅是收缴粮食，死几个雇用骑士，但后来，上场的变成了我们！费格尼尼爵士与朗格伦爵士是真的想打血公爵之战吗？不，是他们密谋叛变被皇帝陛下发现，皇帝陛下逼他们上场的！我们已没有退路。"贝克尔男爵焦躁地说。

这是实情，随着一届届血公爵之战的举办，越来越多的封爵重臣被卷入其中。现在血公爵之战已举办了三年，哪里还有豪族敢囤积大量的粮食，就连私人土地，也吐出了不少。但，帝国的饥荒并没有得到根本的改善，原因就是耕地面积与产量都在萎缩。帝国的处境更加严峻，皇帝陛下架在豪族头上的刀，也就按得更紧。

谁都不知道，下一个要上血公爵之战的，是不是自己。他们数次想密谋反叛，但都因各种原因而未能成事，反而被皇帝陛下投入血公爵之战，用鲜血推高悲凉盛宴。现在，他们再一次被推到忍耐的边缘。

老辅政官重重叹了口气："那我们该怎么办？联合起所有的人跟皇帝开战吗？你要知道，若是败了，我们可是全部要被砍头的。出战血公爵之战，还有一线生机。"

"大人，已经没有了。以前是豪族骑士对战平民骑士，我们赢了就是赢了。但现在的赛制渐渐改成了豪族骑士对豪族骑士，无论输赢，都有一位豪族被杀啊！"

"有多少豪族在血公爵之战中家破人亡，罗德家族、纳斯塔塞家族、纽康姆家族……曾经多么声名赫赫，现在呢？光伯爵以上就死了十几个啊！费兹本大人，您真的不觉得害怕吗？"康纳斯爵士的话让会议的气氛更加沉重，"再这样下去，豪族迟早会被杀光的。"

这句话获得了所有与会者的赞同。

"你们说的，我都很清楚。"老辅政官额上的皱纹全聚在一起，显然这是个极为艰难的决定，"我们这几年一直在与皇帝陛下明争暗斗，双方的矛盾越来越尖锐，几乎已到水火不相容的地步。但是，真的要撕破脸皮，公开叛乱吗？"他的目光，扫视全场："我知道诸位中的很多，都已经做过打算，在海岛上、深山里设立了据点。以蒸汽文明的军力，很难摧毁这些据点。这是我们敢于跟皇帝陛下争斗的底气。但我要提醒大家一件事，就一件事。你们还记得，血公爵之战刚开始时，皇帝陛下准确地叫出了我们囤积的粮食数目吗？之后，我们对身边的人进行了大清洗。被皇帝陛下收买的人潜藏之深，让我们都震惊。那现在，我问你们一个问题，你们敢保证这些据点中，就没有皇帝陛下的内应吗？"

在场的豪族全部沉默。他们的确不敢保证！

这里的每个人，都见识过皇帝陛下的手段。皇帝总在他们自以为稳操胜券时，从他们绝对意想不到的地方出招，将他们击溃。没有人敢奢望，自己的据点完全瞒过皇帝陛下。

"所以，我的建议，是继续血公爵之战。我们并不是没有胜算。我又联系到了几位正式骑士，有他们的参与，我们的胜算会大得多。将争端局限在血公爵之战中吧……"

"我倒有个办法。"一人打断了老辅政官的话。说话的人是财政大臣费斯坦但提勒斯。他吃力地挪动着超过两百三十斤的身体，肥胖的脸上挂着和善的笑容，一副与世无争的样子。

"哦？那你说说看。"老辅政官丝毫没有被打断的不快。

"我听说，卡乌斯季塔列亚发展得不错。芙瑞雅陛下之所以能建起浮空岛，是因为她发现了一种能在末日用的新能源。据说这种能源不输电力，卡乌斯季塔列亚的现代文明已经重建起来了。"

"现代文明？我们现在也是现代文明，蒸汽文明而已。"

"不不不，卡乌斯季塔列亚的现代文明不一样。"费斯坦但提勒斯摇晃着头，"据说芙瑞雅陛下已建起一座巨型炼钢厂和一座重型机械厂。卡乌斯季塔列亚已经实现了半自动化，自来水通到了每家每户，街上跑上了自动雪橇，化肥厂与农药厂都已经开工，他们的粮食多到吃不完呢！"

"什么？这不太可能吧？"豪族们都有些不敢相信。这也怪不得他们，实在是他们听到的这些在末日都跟天方夜谭一般。巨型炼钢厂？重型机械厂？没有电力，这些都不可能被建起。没有这些，化肥、农药等都是无根之木。卡乌斯季塔列亚竟然有这些东西？这些东西，帝国都没有！

帝国在卡乌斯季塔列亚一侧屯兵二十多万，固然是防备着启的再度入侵，但也禁绝人类前往。合众国成立的消息虽然让帝国热议了一阵，但后来随着封锁越来越严密，合众国的消息越来越难传过来了。

"芙瑞雅陛下之所以能做到，是因为她发现的新能源，不受末日的影响。你们真应该去卡乌斯季塔列亚看看，那才是真正的现代文明。你知道当我打开水龙头看到水流出来，吃一口纯由白面做的面包时，有多感动吗？失去电力后，我们的磨坊再也磨不出那么细的面了。"

费斯坦但提勒斯摇头感叹着，似乎还在回味："那才是现代文明，我们三四年前还在过着的现代文明。蒸汽文明？倒退了几百年，还能叫现代文明吗？你们也看到了，蒸汽文明连让人吃饱饭都做不到，还要杀我们这些替罪羊。"

豪族们都沉默了。

"你去过卡乌斯季塔列亚？"老辅政官敏锐地抓住了费斯坦但提勒斯话中的一条线索。这实在有些惊人，要知道卡乌斯季塔列亚可是被帝国军严密地封锁着，他们只听从皇帝陛下的命令。

"这并不重要。"费斯坦但提勒斯仍旧维持着无害的笑容，"难道您不应该问问，我说的那个办法，究竟是什么吗？"

"那它是什么？"老辅政官感到一丝不悦，费斯坦但提勒斯似乎想掌控两人谈话中的主动权，这是对他的冒犯。

"我觉得，是时候让芙瑞雅陛下回来了。"费斯坦但提勒斯的一句话，震惊了现场所有人。

"什么？"

这个提议实在太惊人了，就连之前提议与皇帝陛下开战的康纳斯爵士，都不敢有此想法。因为，这是叛国。芙瑞雅陛下在卡乌斯季塔列亚重建合众国，那是另一个国家，应该是帝国的敌人。

"皇帝陛下之所以开启血公爵之战，杀我们这些替罪羊，归根结底是因为物资的匮乏，现有的科技生产不出足够整个帝国吃的粮食。要是能重建现代文明，我是说真正的现代文明，我们还用死吗？而芙瑞雅陛下就能重建现代文明。这是我想将她迎回来的原因，就这么简单。"

老辅政官沉稳地提出异议："我得提醒你，在一个小城镇里建起现代文明，跟在整个国家中建起现代文明，是完全不同的两码事。你虽看不起帝国的蒸汽文明，但，要是将帝国所有的蒸汽机械集中到一个小城中，也足够建起你所说的自来水与磨坊。"

"不一样。"费斯坦但提勒斯仍语气谦卑，"您要是去卡乌斯季塔列亚看一眼，就会明白，它们根本就不是一回事。我该怎么形容卡乌斯季塔列亚？末日前的罗马？抑或是伦敦？纽约？不外如是啊。"

"这么说，你的确去过。"

"是的。我还跟芙瑞雅陛下谈过，她答应了回来。"

"什么！"

费斯坦但提勒斯的话，再次让豪族们大跌眼镜。这个看起来人畜无害的胖子，不仅想出这么惊人的提议，还早就付诸实施了吗？

"芙瑞雅陛下有信心能在短时间内，在帝国范围内重建现代文明，尽管只是个雏形。但是，芙瑞雅陛下要想回来，还有一个阻碍。阻碍是，这需要启的帮助。于是，我又去北极找玄青谈了谈。"

这一次，所有人都说不出话来了。和玄青谈判？这可是杀头的罪名！

"玄青答应启可以帮忙，怎么帮忙都行。条件有两个：第一，要在启领地里建起同样的现代文明。这很合理不是吗？我跟芙瑞雅陛下都无法不答应。第二，是要皇帝陛下的命。这也很合理不是吗？毕竟皇帝陛下恐怕是启最痛恨的人了。"

众人点了点头，又警觉过来，赶紧摇头。

费斯坦但提勒斯摊了摊手："但是，芙瑞雅陛下不答应。我在卡乌斯季塔列亚和冰城之间跑了好几趟，肉膘子都掉了好几斤，终于谈妥了一个折中的办法：把皇帝陛下囚禁起来，启就会帮我们重建现代文明。"他微笑着望着豪族们："所以，现在我们需要发动一场政变，抓住皇帝陛下，将芙瑞雅陛下迎回来，然后重建现代文明。这就是我的办法。"

豪族们全都沉默了。这算什么办法？就算起兵反抗皇帝陛下，按之前的惯例，也不过是被逼打一场血公爵之战，还有一丝赢了便可保命的可能。但若是勾结敌国乃至启，那可是诛九族的大罪。就连康纳斯爵士，也犹豫起来："这，有些不妥吧？我觉得还需从长计议。"

"是的，如果我们还有时间的话，我也想再考虑得周全一点，最好有躺着什么都不用干就能成功的万全之策。但，我们有吗？我们还能撑过几轮血公爵之战？"他的目光扫过他们。微带调侃的话，让在场的豪族脸色变得严峻起来。是啊，他们还能撑过几轮？

"不可否认，皇帝陛下很英明，但帝国像个老妇人，拖着近百亿的人口，怎样英明的人都会被拖垮的。如果皇帝陛下肯狠心杀掉一半，所有的问题都不是问题，但他不肯。他把暴君的一面用在我们身上。或许，在他看来，我们的数量太少了，用我们的死换来百亿人的生，是理性者的博弈。但恰好我们就在该死的阵列里，我们不想死。我知道你们怕什么，你们怕皇帝陛下。我也怕！每天晚上我都睡不着觉，我怕正躺在床上时皇帝陛下的人就冲进来，我怕做的事情瞒不过他！我打心底承认我斗不过他，但有一个人，可以对付皇帝陛下，那就是芙瑞雅。"

"当初皇帝陛下多么想把她留在身边，可她就是逃走了。皇帝陛下亲自率兵去追，出动了半个帝国的军队，却还是无功而返。后来皇帝陛下远征北极,第一仗就差点让啓灭国,可两次和谈,都被芙瑞雅逼得不得不退兵。"

费斯坦但提勒斯的目光一一在豪族身上停留,看完后摇了摇头:"我们没有一个能斗得过皇帝陛下,看看我们在血公爵之战中如何被动就知道了。即使我们现在就联合起来造反,也逃不过最终被陛下剿灭的命运。我丝毫不怀疑这一点,真的。"

他的话,没有人反驳。

"芙瑞雅,就是我们唯一的希望。"费斯坦但提勒斯用这句话,结束了自己的陈述。

豪族们显然被他说动,开始你一言我一语,发表自己的看法。最终,同意费斯坦但提勒斯的人占据了上风。但他们也并非没有疑虑,他们想通过费斯坦但提勒斯的路子,前往卡乌斯季塔列亚一趟,亲自看看这座城是否真的跟费斯坦但提勒斯说的那样,也想亲口问问芙瑞雅陛下的意思。

最后,敲定了由鲁塞德斯基子爵与费斯坦但提勒斯及数名豪族前往卡乌斯季塔列亚。如果真像费斯坦但提勒斯说的那样,芙瑞雅陛下愿意保证豪族的利益又能承担起对付皇帝陛下的重任,他们愿意郑重评估冒这次险的可能。

"大家都决定好了吗?"费斯坦但提勒斯依旧带着他招牌式的笑容问。

见到几乎所有人点头后,他长长出了一口气:"那我们可以将费兹本老大人与奥勒流爵士抓起来了。"

"什么?"豪族们全都大惊失色。今天晚上费斯坦但提勒斯给他们的震惊已足够多,但无一比这句话更大。

"难道你们就没觉得奇怪吗?血公爵之战进行了这么久,我们屡次谋划想反抗,但都不了了之。是的,每次都有不了了之的理由,但,每一次的结果都这样,真的正常吗?"费斯坦但提勒斯眯起来的双眼,少有地露出了一丝锋芒,"他们两位,早就被皇帝陛下收买了!他们是我们豪族内部的奸细,也正是他们,帮着皇帝陛下瓦解我们的抗争。"

第八章 大竞技场

"费兹本老大人,要我一一将证据罗列出来吗?"

就在豪族密谋后的第三天,一支不起眼的车队驶出帝都,向北方边境行去。他们人虽少,车队却极为豪华,配备着这个时代罕见的蒸汽动力车。他们正是决定前往卡乌斯季塔列亚的豪族特使。

费斯坦但提勒斯最终说服了他们,让他们确信老辅政官费兹本与奥勒流爵士都已经被皇帝陛下收买,成为皇帝陛下从内部瓦解他们的助力。费斯坦但提勒斯之所以知道,是因为他也被皇帝陛下选为收买者。他赢得了皇帝陛下的信任,让皇帝陛下认为他已经被收买并为其服务,这才得知了另外两名收买者的身份。

这与血公爵之战最初开启时,仅有费斯坦但提勒斯与奥勒流爵士取胜之事相印证。而费兹本就是那个每次都举出可靠的理由来让他们的反叛不了了之的人。豪族们将两人抓了起来,为稳妥起见没有立即杀他们,计划从卡乌斯季塔列亚回来后再决定是杀是放。这在他们看来是个可进可退的稳妥办法。

等车队到达北境后,他们才明白为什么费斯坦但提勒斯能避开帝国军的封锁前往卡乌斯季塔列亚。原来,卡乌斯季塔列亚出动了一艘小型的"浮空岛"来迎接他们。

说它是"浮空岛"也许并不贴切,它比真正的浮空岛小了太多,直径只有几十米,但比浮空岛强的是,它通体都是钢铁制的,并非浮空岛那样是座冰山。它是垂直起落的,这让它看上去不像是电力时代的飞机,而更像是传说中的飞碟。来接他们的人称它为"浮空翼船"。

亲眼看见并乘坐这样的飞行物,让几位豪族特使对费斯坦但提勒斯的话更相信了几分。或许,芙瑞雅陛下真的能缔造出超过电力时代的现代文明,真的能对付得了宛如梦魇的皇帝陛下。

当翼船落地时,他们看到了卡乌斯季塔列亚。从第一眼看到它,他们就都生出同样的感觉：费斯坦但提勒斯说的没错，这座城市令他们想到了末日前的罗马，抑或是伦敦、纽约，曾经人类最繁华的超级都市，也不外如是。

第九章　天空之城

卡乌斯季塔列亚处在大陆的最北端,几乎常年被冰雪覆盖。即使在末日前,这也是个很小的城市。如果不是启在北极建国使这里成为战略要冲,没人会注意这里。

这里给人的印象是偏僻、窄小、安静、质朴。现在一切都已改变。

首先映入眼帘的是高楼。很难相信这里竟然修建了五十层以上的高楼,其建筑材料一半是钢铁,一半是冰砖,冰砖上镂刻着形式各异的符文,不时有淡蓝色的光脉从中流过,看上去有些奇幻。这样的高楼不止一座,卡乌斯季塔列亚中央大街两侧,几乎全都是这样的高楼,即使远离中央大街,这样的高楼也不少见。这些高楼鳞次栉比,往外蔓延着,让这座城市规模大到一眼望不到尽头。它们组成了一道起伏绵延的天际线。豪族特使们茫然地看着它,不禁怀疑:这还是卡乌斯季塔列亚吗?

是的,这已不是卡乌斯季塔列亚,这是一座新的城市,叫"白风城"。它是合众国的首都,虽然它是在卡乌斯季塔列亚的废墟上建起的,但它已不再是卡乌斯季塔列亚。它的规模是卡乌斯季塔列亚的十倍以上,人口更是远超十倍。这里已不再是个边境小城,或许应该被称为世界的中心。

而后，让豪族特使们更震撼的是，他们发现，浮空翼船在这座城市中并非只有一辆，而是满大街都是。它们在巷子里穿行着，随时飞到空中去，直接停降在钢冰高楼的任何一层，数目繁多，完全不少于末日前的汽车。这让豪族特使们有些难以接受，因为帝国虽然已制造出蒸汽动力，并进行了一定的普及，汽车也重新动了起来，但蒸汽动力车仍然是极为奢侈的东西，只有极少数人才能享有。当然他们就是极少数人之一，每次开着蒸汽动力车出行，都会惹来无数注目礼。但站在这里，他们简直就像是来到大城市的乡巴佬。这让长期自居为"文明中心"的他们，异常难以接受。

走进这座城市后，他们的震撼仍在持续。

两边商铺林立，里面放满了货物。虽然赶不上末日前种类那么丰富，仍然只是生活必需品的范畴，但的确看不出短缺来。衣服、食品、日用品，琳琅满目。要知道即使在帝都，绝大多数街道上都没有商铺。极度的物资匮乏完全毁灭了商业，即使豪族们贩卖囤积的粮食，也是在黑市中偷偷摸摸进行的。当然，黑市的繁荣又是另一番场面，但那是畸形的。在这里，他们重新看到了商铺、货物，人们随便拿着，随便看着。商贩们贴出告示，打着广告，想着法子兜售。居然货物还要求着别人买，真是太不可思议了。

然后，他们看到了一个咖啡馆。透过巨大的玻璃窗，可以看到咖啡馆里坐满了人，他们每个人面前都放着一杯饮料，或者是咖啡，或者是奶茶，或者是热巧克力。绝大多数人会再叫一盘面包，那分明是用现代工业生产线精研细磨出面粉，在自动面包机上搅拌发酵好面团，然后用精确控温的烤箱烤成的牛角面包，松软，色泽金黄，隔着玻璃窗都能闻到诱人的香气。而这个咖啡馆中显然开着空调，外面冰雪满地，里面则热腾腾的。顾客们脱下厚重的外套，随意坐着，喝着咖啡，聊聊天，不时掰下一块面包细嚼慢咽。

这在末日前是很普通的景象，但在这里，这时看到，却让几位豪族特使驻足，默默看了好几分钟。

"现在，你们相信了吧？只有亲自到这里看一看，才会明白什么是真正的现代文明。"费斯坦但提勒斯感慨着,"来到这里,我这个帝都中的上等人,百亿人类中的豪族,就像一个乡巴佬。"

"你们知道我每次来的第一件事是什么吗?就是到这个咖啡馆,狠狠地吃一顿牛角面包,同时用咖啡将肚子灌满。我在帝都真的不缺吃啊,但,但这里的牛角面包,才让我感觉,我不是活在末日里。真的,我之所以敢提议请芙瑞雅陛下回去,是因为,这样的牛角面包,只要一个,就能打败那些支持皇帝陛下的民众。"

豪族特使们最终没能抵抗住咖啡的香气,走进了咖啡馆。他们只有五个人,但足足叫了五十人份的咖啡与牛角面包,每个人都吃得眼角湿润。是的,这样的牛角面包,只要一个就能打败哪怕最顽固的民众。因为,它真的让人相信,他们不是活在末日里,而是活在拿着一张卡到咖啡馆里一刷,就有数不尽的咖啡与牛角面包供他们享用的现代文明里,完全不用担心有一天会吃完。

白风城里每个人身上干净温暖的衣服、闲适的笑容,已不再让他们震惊。如果说还有什么令人震惊的话,那就是这里竟然有很多启。就在这个风车咖啡馆中,启与人类杂坐,人们没有流露出一点排斥。甚至,有些启与人类还友好地问好,甚至热情相拥,显然彼此之间是有友谊的。

当然悉,大街上见到的启就更多了。甚至,帮他们登记入城的,就是位启。这位启显然还不熟悉人类的语言,磕磕绊绊但努力地想把音发标准。看着她身上的斑纹,鲁塞德斯基总担心她会扑上来咬自己一口,好在全程她都彬彬有礼,最后还伸出手来跟他握手。

鲁塞德斯基用尽了豪族所有的优雅,才克制住自己,跟她握了个手。他从未想到握手会这么艰难,但其实并不像他想的那么可怕,她的手很干净,还有软软的肉垫。

"现在,大家是不是有信心了?只要将这座城市展示到民众面前,他们自然会站在我们这一边,不是吗?"

豪族特使们都没有回答。说实话,他们真的被说服了,没人能抗拒这样的城市,这是真正的现代文明。白风城就像一个奇迹,令末日终结的奇迹。

"但我还有一个疑惑,芙瑞雅陛下能将白风城建成这个样子,但她能将整个世界也建成这个样子吗?这可是完全不同的两码事。"

"能源,我明白你说的问题。蒸汽文明最大的缺点,就是不能提供百亿人口需要的能源。我带你们去看另一件东西,你们就不会有这个疑惑了。"

费斯坦但提勒斯的笑容有些神秘,一副你们就等着再被震撼一次的样子。

费斯坦但提勒斯并没有带他们去别的地方,而是沿着白风城的中央大道向市中心走去。他们经过了一片遗迹公园,然后就来到了终点。

浮空岛。

即使早就听到无数关于它的传说,看过无数它的画像,甚至用老式照相机拍下过照片,但当真正看到它时,仍无法抵挡它所给予的震撼。那真的是见到了神迹的感觉。

两百米高的岛体,静静地悬停在空中,此刻很难再看出冰山的样子了。它几乎通体都变成钢铁,更像是一艘巨大的空天战舰,停在一千多米的高空中。一座有着尖尖立柱的高塔,拔地而起,一直抵达它的位置。看上去,高塔就像是它的支架,实际上它的重量并没有压在高塔上,反重力符文让它轻如鸿毛。不时有淡蓝色的光如潮汐般从浮空岛上沿着立柱传下高塔,然后通过高塔延伸,由几十根管道通向远方。

"这就是白风城的能源塔,名字叫'母体'。你们可以将它想象成一座超大的核电厂,它能生产出整个白风城需要的能源。"

一个城市需要的能源!这是人类早就遗忘了的概念。这是电力时代独有的概念,而在蒸汽时代,能源分散于一个个动力炉中,每个动力炉仅够一台机械所用,没有统一的能源供给。但白风城有"母体"。这的确是不输于电力的新能源，统一供给，可远距离传输，一个能源塔就能供给一座城市。只有利用这样的能源，才能建立现代文明。

"我想你们还是小看了它，我找女王陛下的首席能源师尾张先生咨询过，即使白风城的规模再扩大十倍，这座能源塔也能供给。我问他它的极限在哪里，尾张先生说，大概是十座像帝都那样的超级城市。"

这句话真的震撼了几位豪族特使。

"包括它们的近畿哦。"肥胖的财政大臣有点猥琐地加上了一句，但这已经不能再增加他们的震撼了。

"你们以为这就够了吗？不，我再带你们去看另一个东西。"费斯坦但提勒斯继续猥琐地笑着。

财政大臣熟门熟路地拦下一艘翼战船，谈好了条件，然后翼船就载着他们向城外出发了。看着他熟练的样子，几位豪族特使都暗暗疑心他到底来过这里多少次。

一路上，财政大臣跟翼船船主高谈阔论。豪族特使们这才发现，他居然在白风城还有一重身份，是位农场主。

财政大臣吹起牛来跟不上税似的，什么整个白风城的蔬菜都是他供应的，什么他的农场雇用了上万人，他种的南瓜包圆了每年的金南瓜奖，他刷满了镇上所有人的好感度……

豪族特使们都为他感到有些丢脸，翼船船主倒是被唬得一愣一愣的，不时惊呼："原来金钓竿被你赢走了！""您就是传说中的农场大亨吗？"

翼船飞了很长时间，豪族特使们都有些烦了，财政大臣的牛却还没有吹完。吹到他要去另一个小镇开个工坊时，翼船终于落地了。

"各位，欢迎来到我的——格里咕噜农场。"

几位豪族特使听到这句话时，差点栽倒在地。这个死胖子竟然真的在这里开了家农场？

随即他们就发现，费斯坦但提勒斯真的没吹牛，他不仅真的是这家农场的主人，这家农场也的确雇用了上万人，占地超过十万亩。它是这个名叫格里咕噜的小镇赖以生存的支柱，还曾因农产品品质优良受到过女王陛下的嘉奖。

他们有些目瞪口呆地看着广阔到几乎无边无际的沃野、十几米高的温室大棚、自动灌溉技术、半自动化生产……不知有多少艘翼船在农场里忙碌着，几乎每座温室里都硕果累累。

"我让你们看的不是它，"费斯坦但提勒斯胖脸笑得不怀好意，他很满意他们震惊的表情，"而是这个。"他换上一艘涂着农场广告的翼船，带着他们来到农场与小镇之间。这里，也有一座能源塔，只是比白风城里的那座小得多。"你们看到了吗？这叫伊什塔尔，它比母体要弱，能源量仅有母体的十分之一，但也够一整座帝都使用了。单这一座伊什塔尔，就供给附近几十个镇子，每个镇子上，都有不亚于我的农场这样的产业。这些产业加起来，都没有将伊什塔尔的能源利用完全。"

"而且，"费斯坦但提勒斯加强了语气，"伊什塔尔是母体造出来的，母体可以造出很多很多个伊什塔尔，起码上百个没有问题。"

这一点太惊人了。豪族们也多少了解些隐情，知道母体只有一座。但如果母体能制造次一级的能源塔，分散到世界各地，每一座伊什塔尔能源塔都能供给一座超级都市……那将人类重新带回现代文明就真的不是梦了！看着豪族特使们望着伊什塔尔的目光，费斯坦但提勒斯笑了："现在，准备好拜见女王陛下了吗？"

费斯坦但提勒斯驾着他那艘格里咕噜农场的翼船，带着他们绕了一大圈，参观了附近几座小镇上的炼钢厂、化工厂、肥料厂等，才重新回到浮空岛处。

一路上费斯坦但提勒斯不停地跟他们说着各种逸闻趣事，其中包括伊

第九章 天空之城

什塔尔的命名。据说当它被造出来后，能源师们问女王该叫什么名字时，女王少有地沉默了很久，似乎想到了很多，而后展颜一笑，说："就叫它伊什塔尔吧，纪念我终于从冥府走出来了。"

豪族特使们并不觉得这是浪费时间，实际上这一趟旅程非常重要，让他们的信心增添了不少。他们终于觉得，正面反叛，不是那么疯狂了。因为他们很清楚，当这一切冲破军队的封锁，摆到帝国面前时，将会对民众形成怎样的冲击。那时，他们拥立芙瑞雅陛下，就是大势。皇帝陛下再强，也强不过大势，他只有败路一条。

正如他们之前虽然联合起来势力在皇帝陛下之上，但迟迟不敢反叛一样，因为皇帝陛下已用血公爵之战将大势牢牢绑在他那一边。

大势虽看不见摸不着，但的确存在，而且非常重要，关乎成败。

费斯坦但提勒斯停好翼船，领着他们前去叩见女王陛下。

卫兵们检查过费斯坦但提勒斯的证件后，并未阻拦他。费斯坦但提勒斯熟练地将一个鼓鼓的钱袋子塞进卫兵的腰包。这又让特使们小小惊讶了一下，费斯坦但提勒斯竟然有直接觐见女王的权力。不过这对他们来说是好事，可以免了很多麻烦。

拜费斯坦但提勒斯所赐，他们登上了这座传说中的神迹之岛。当他们站在岛体上俯瞰大地时，没有人能形容自己复杂的心情。

之前他们无数次这样做过。当时，他们习以为常甚至不愿往舷窗外多望一眼，云海之上的瑰丽之景对他们毫无吸引力。但现在，只是一千多米高，就让他们倍加感慨。

费斯坦但提勒斯仍热情地跟浮空岛上的每个人打招呼，似乎这些人他都认识。这让豪族特使们不得不重新评估这个胖子，他不仅在帝都担任着油水最足的财政大臣之职，在白风城也能这么吃得开。对其中一名啓，费斯坦但提勒斯尤其热情，光是见面的拥抱就足足抱了一分钟。这名啓，就是他口中的尾张先生，女王陛下的首席能源师。

最终，他们见到了芙瑞雅陛下。

芙瑞雅并没有像别的君主那样，戴着王冠，坐在皇座上迎接他们。当他们见到她时，她身着工装，正同几个能源师研究着什么。他们讨论得很激烈，芙瑞雅陛下面带微笑地听着，在他们争到最激烈时，她介入，发言，然后，赢得了所有人的赞同。

几位豪族看到这一幕，总有种熟悉感。他们似乎见识过无数次了，甚至这一幕已烙印在他们的灵魂深处，似乎一个国家就该这样运转。但明明芙瑞雅才刚成为女王不久，这让他们见到芙瑞雅女王时，心里既熟悉又有些敬畏。她身上，已有了某个让他们不愿触及又无法忘记的人的影子。他们垂下了头。

芙瑞雅陛下转身，看到了费斯坦但提勒斯："你怎么又来了？我不是告诉过你了吗？我不会答应你的提议。"

听到这几句话，几位特使心中陡然升起一阵不祥之感。这个该死的胖子不会又有什么东西瞒着他们吧？

第十章　伊什塔尔

"伟大的女王陛下，您像春天的阳光照耀着我！"费斯坦但提勒斯谄媚的样子让特使们在心中痛斥他没有廉耻，但费斯坦但提勒斯完全不管，围着芙瑞雅陛下就是一阵夸赞，为"谀辞潮涌"做了一次教学式的演示。最终还是芙瑞雅忍不住了："停！你要是再说下去，我会让卫兵赶你走。"

费斯坦但提勒斯立即打住："女王陛下，您听我说，我已经跟玄青大人谈好了，他答应不需要杀掉皇帝，只要将他赶下台，关起来就行了。这次我带着帝国豪族的特使前来，我们豪族已决定，完全支持您，请您跟我们一起推翻暴君吧。"

芙瑞雅摇了摇头："我不会这样做的。"

一听此语，几位豪族特使大吃一惊。费斯坦但提勒斯不是说芙瑞雅陛下已经答应了吗？难道是骗他们的？

费斯坦但提勒斯脸上的表情没有丝毫改变："陛下，我知道您或许是不愿生灵涂炭，但有我们豪族从中襄助，可以不发动战争就让皇帝下台。您或许还不知道，现在帝国的形势有多糟糕。我带他们过来，就是想让您了解一下，帝国，正处在水深火热之中，除了您，没有人能解救得了。"

他退开一步,挥手示意鲁塞德斯基子爵上前。鲁塞德斯基子爵向芙瑞雅行了一礼。他的礼节与别人有些不同,芙瑞雅见了之后,瞳孔微微收缩。

这并非觐见女王的礼节,也不是贵族之间相见的礼节,而是仅在合众国第一大区中保留的中世纪觐见"庇护者"的礼节。这是由数十个家族共同遵守的,他们推选女王家族为他们的"庇护者",世代相守,将女王当成第一效忠对象。芙瑞雅很久没见过这种礼节了,这勾起了她很多回忆。

她禁不住问:"你是哪个家族的?"

"圣弥尔顿家族。"鲁塞德斯基子爵恭谨地回答。

芙瑞雅没有说话。

鲁塞德斯基等了一会,见她没有示下,就开始回禀帝国的近况。他从民众开始说起:物资短缺,食不果腹,饥荒随时可能发生,动乱、瘟疫,各种人力无法抵抗的灾难……然后是血公爵之战,平民骑士与豪族之间的战争。每一场血公爵之战都伴随着豪族的破落,他们用血让民众沉醉在仇恨盛宴中,忘记现实的残酷。死在血公爵之战中的豪族越来越多,甚至,连庇护者家族,都有几个在血公爵之战中陨落了。

芙瑞雅沉默了。显然,她也没想到,帝国的情况竟糟糕成这样。

"陛下,请您回来吧。只有您才能救得了我们。蒸汽文明或许能赢得战争,但它无法赢过饥荒,它的生产力太低下了,无法负担近百亿人。我们参观过您的新能源,只有您才能喂饱这么多人。您辛苦发展新能源,不也是为了这一目标吗?"他最后的这句话,打动了芙瑞雅。

"是的,我发展新能源,就是为了让人类能重建现代文明。但我不会用战争的方式,我也不会为了它而推翻谁。"

"我能理解陛下您的仁爱之心。或许您认为,只要建起白凤城,在城中展示现代文明,世界就会涌过来求您将现代文明普及。但事实不是这样。我们来到这里后,才知道白凤城已被建得如此繁荣,在之前,我们还以为这里是卡乌斯季塔列亚,一个人口不足十万人的小城。您在此所取得的辉煌成果，我们之前没听到丝毫。陛下，您明白这意味着什么吗？"

芙瑞雅沉默了良久，方才说："我明白。"

"和平方式，是不可能让白风城的现代文明传播到整个世界的。陛下，有些东西，我们注定要先打破。"

芙瑞雅："你说的我都明白，但，我不接受你们的方案。"

费斯坦但提勒斯："陛下，我可以安排皇帝陛下跟您见一次面。"

这句话倒是让芙瑞雅对他高看了一眼："你能安排？"

费斯坦但提勒斯："是的，很快就可以。"

芙瑞雅思索了片刻："如果你真的能安排，我就跟他见一面。我会说服他用'母体'重建现代文明，这样血公爵之战就没有存在的意义，你们也就可以安心了。"

"如果皇帝陛下不答应呢？"费斯坦但提勒斯追问了一句。

芙瑞雅没有回答。

"我认为，他没有不答应的理由。"

是啊，帝国最大的问题，就是饥荒。从白风城的现况来看，只要在帝国普及新能源，粮食问题很快就能得到解决。皇帝陛下为什么会不答应呢？

一下浮空岛，鲁塞德斯基子爵就一把掐住费斯坦但提勒斯的脖子："你竟敢骗我们！芙瑞雅陛下根本就没有答应！"

鲁塞德斯基长得牛高马大的，此时挟愤出手，费斯坦但提勒斯立即被掐得无法呼吸，拼命挣扎终于靠肥肉摆脱。见鲁塞德斯基又要扑过来，费斯坦但提勒斯慌忙躲到了另外几名特使身后。他胖归胖，倒是很灵活。

"停！我若是早告诉你们芙瑞雅陛下没答应，你们还会来吗？"

"可你这是让我逼迫芙瑞雅陛下。我们'守护家族'决不能这么做！"

费斯坦但提勒斯："但你们来白风城一趟，不觉得我这个主意才是唯一能救豪族的吗？"

他这句话倒是打动了鲁塞德斯基。是啊，白风城里的一切，是人类的希望。如果真能普及整个帝国，人类就得救了，豪族也得救了。如果他们不过来一趟，永远都不会知道还有这条路。

"所以，我们一定要说服芙瑞雅陛下，让她跟我们结盟，一起对付皇帝。"

"可你接下来要做的，不是让芙瑞雅陛下与皇帝见面吗？"

"让两人见面，就是说服她跟我们结盟一起对付皇帝的最好，也最快的办法。"

费斯坦但提勒斯少有地收起了他那招牌式的笑容，眼睛微微眯起，似乎看到了什么别人没有看到的。"你什么意思？"鲁塞德斯基微微一愣。

"我的意思是，皇帝不会答应让'母体'进入帝国的，绝对不会。"

"只要芙瑞雅陛下亲自出面，总能说服皇帝的。"

"亲爱的鲁斯，天真的鲁斯，你认为芙瑞雅陛下为什么已将白风城发展成这么繁荣，却还是不去跟皇帝陛下谈重建现代文明的事呢？她其实是知道的。"

"这……"

鲁塞德斯基沉默了。

另一位豪族听了费斯坦但提勒斯的话，暗暗惊心："可是，皇帝陛下为什么不答应呢？难道他不想解决饥荒吗？明明他那么迫切想解决！"

"这我不知道，但肯定有个原因，非常非常可怕的原因……"费斯坦但提勒斯的声音渗透着不祥，"只要让他们见面，芙瑞雅陛下就会发现，想通过皇帝在帝国重建现代文明是行不通的。唯一的办法，就是跟我们结盟。"

豪族们都沉默了。

他们的心情，让费斯坦但提勒斯说得有些沉重。

良久，一名豪族问："你要怎么让皇帝陛下答应跟芙瑞雅陛下见面呢？"

费斯坦但提勒斯又露出了他专有的带点猥琐和谄媚的笑容："只要是芙瑞雅陛下相邀，皇帝肯定会去的。"

第十章 伊什塔尔

费斯坦但提勒斯等人走后,芙瑞雅少有的将尾之一族的能源师们遣走,独自一人在空旷的主控室内坐着发呆。

路慢慢飘过来。尘光没有重量,可以用任何形式移动。

"那个胖子不像他表现出来的那么浅薄。他说能安排你跟卓王孙见面,想必一定能做到。"

芙瑞雅点点头:"是的。"

路:"你在担心什么?"

芙瑞雅:"没有。我在想怎么说服他。"

路:"我本以为你真的放下了他,但我现在觉得不是这样的,你还在乎着他。"

芙瑞雅:"不是你想的那样。路,我只是在想,说服他的难度有多高。你知道吗,从一开始,他就反对我走这条路。我本以为他是觉得这条路走通的可能性太小,但后来,我慢慢发现,他反对的,不是难度,而是这条路本身。"

路:"所以,你把白风城建得这么好,建成现代文明的模板,才敢找他谈?"

芙瑞雅:"是的。白风城已经很好了,但我总觉得还不够好,不够说服他。路,你说他究竟为什么要反对呢?难道他不想重建现代文明吗?但他也在向着蒸汽文明努力啊。"

路笑了:"还说不在乎他,你已经在为他开脱了。"

芙瑞雅:"这不是在乎他,而是要在人类中重建现代文明,就绕不开他。如果他成为我的阻碍,我将寸步难行。"

路:"可是费斯坦但提勒斯提供了另一种方法,按照我的评估,成功的可能性也很高。一旦成功,你就再也不需要绕开他了。你要是真的不在乎他,为什么不采取这种方法呢?"

芙瑞雅:"因为我知道他没有那么容易被打败。"

路："如果他可以轻易地被打败呢？没有人比你更清楚豪族在人类中的势力有多强。有他们做内应，再配合浮空岛斩首行动，我认为杀死卓王孙的可能性在70%以上。"

芙瑞雅："即使有70%的成功率，我仍不能冒这个险。"

路："可是之前你连1%的可能性都在博，现在有70%的成功率你却不肯了。确实不是因为卓王孙吗？"

芙瑞雅："真的不是因为他，你总该知道他对我做过什么。我不可能原谅他，更不可能为他考虑。我只是知道他有多可怕，如果我的对手是别人，那1%的可能性我都会去博，但如果是他，70%的成功率都不够保险。"

路："为什么这么说？"

芙瑞雅："因为他跟我一样，都是能用1%的可能性博成功的人。但他有一点胜于我，他可以将生命视为数字，而我不能。所以正面交锋的话，输的人很可能是我。"

路轻轻叹息了一声："但愿这是你真实的想法。可你知道吗？这很危险。如果你真这样想，那你已将他当成同类了。不是人类那样的同类，而是茫茫宇宙中，只有你们两个是相同的。没人比我更了解这种感受。人最恐惧的，除了死亡，就是孤独。孤独不是身边没有花草、宠物和生命，而是没有与你生息与共、跟你一样的同类。有可能他会对你好，有可能他会对你坏，但离开他，你就会孤独。你会忍不住去找他，哪怕千里万里，走过一个又一个世界，历尽千艰万险。等你找到后，哪怕他对你再坏，伤害你，让你付出血肉，你都不想离开，离开了也会再回来。同类就是这样的一种存在。你会因他而做出不理性的事，甚至赔上自己。听我一句话，无论什么时候，第一要考虑的，是你自己。这世界上，已经没有人关心你了。你只有自己关心自己才行。"

芙瑞雅的心绪有些波动，同类的形容，让她感触颇深。

"谢谢你，路。我会这样做的。我还是要说，我现在最想做的事，只有重建现代文明，真的没有别的。一切都要为之让路。"

路:"如果卓王孙挡在你的路上呢?"

芙瑞雅:"我真心希望他不要这么做。"

路:"可他如果就是要这样做呢?"

芙瑞雅沉默了。

良久,她轻轻说:"路,至少还有你是关心我的。"

路张了张嘴,想说什么,但最终什么都没有说。

如果芙瑞雅足够了解长生族的科技,就会发现,他身上的尘光又稀薄了些。

离她只能自己关心自己的时刻,已经越来越近了。

费斯坦但提勒斯并没有吹牛,很快他就传来消息,皇帝已答应会晤,地点选在白风城与人类驻地之间的一座小山上。从这座小山上,能眺望到北地群岛,将北冰洋的景色收入眼底。

芙瑞雅还记得这座小山。当她拿着用路西法之心制成的阿斯塔洛特,想杀死卓王孙时,卓王孙就约着她在这座小山上见面。之后,他说服她放弃刺杀,转而用阿斯塔洛特阻止了啓的入侵。这直接导致了她冒着生命危险流亡北极。现在,两人见面,还是在这座小山上。

芙瑞雅不得不思索,卓王孙是否真有什么用意。

同这个消息一起的,还有卓王孙的一句话:"带一包牛角面包给我。"

这句话,让芙瑞雅兴起了一丝希望。或许,卓王孙在见到白风城的成就后,会改变看法。

约定的清晨,芙瑞雅提着一篮从风车咖啡馆里买的牛角面包,坐着翼船来到了小山。刚下翼船,她就看到卓王孙坐在一张野餐垫上等她,周围一个人都没有。芙瑞雅挥手示意翼船离开,然后向卓王孙走去。卓王孙望着她慢慢走近。

他特别留意了一下她的表情，想看看曾经让他印象深刻的伤痛是否还留在上面，她努力凝起的笑容，是否能长久地停留在脸上。但就在这一刻，他感到了一丝厌恶。或许是厌恶自己，或许是厌恶他曾经看到的那个人，或许是厌恶他们这样的相会。总之，他有点不耐烦，挪开了目光。

极北之境的风很干，他微微坐直身躯，想让它吹走这些负面情绪。

野餐垫上绣着经典的英式小花，铺得很平，上面摆着一套英式红茶茶具。茶已经斟好了，深褐色的茶水在杯子中冒着热气，旁边摆着银匙、奶罐、糖罐。这次见面不像两位君主的会谈，而像一场温馨而浪漫的草地野餐。

这是晏特别安排的，卓王孙并不认为这有必要。因为他很清楚，这个女人约他相见，必然有正事相谈。在正事未谈完之前，她是不会关注这些细节的。

野餐的氛围让芙瑞雅犹豫了一下，她有些不适应与卓王孙离得这么近。

两人打量彼此的目光，都变得有些陌生。北极那场战争虽然结束了，但也许他们心中的战争，才刚开始。

"这是你要的牛角面包。"

卓王孙拿起一个面包，打量片刻，放到口中尝了尝："口味很正宗，让我想起了巴黎。"

芙瑞雅："巴黎已经吃不到牛角面包了。我听说那里的咖啡馆全都关闭了，每个人都食不果腹。"

卓王孙没有否认："而且，我们也没有磨面粉的机械，已经磨不出这么细，这么白的面粉了。"

"你们可以有。只要你答应，这些机械都可以造出来。"芙瑞雅看着卓王孙，准备尽最大的努力说服他。

卓王孙却打断她："这么快就进入主题了吗？我以为你会先喝完红茶，或者等我吃完面包呢。"

"好。"芙瑞雅端起红茶来一饮而尽，然后看着卓王孙，等他吃完。

卓王孙看着她："你没放糖，这不是你的风格。"

芙瑞雅："如果你还是这个样子的话，我会放很多很多的糖。"

她的习惯是，一旦心情不好，就会放很多糖。

"好吧。"卓王孙将剩下的面包放回篮子，"如果你不介意的话，一会走的时候我想把它们带走。现在，你可以说了。"

"我听说，帝国面临着严重的饥荒问题。我想请你允许我将母体能源带入帝国，有了它，帝国的农业甚至工业都可以快速复苏，饥荒问题会大大缓解。原先你反对我这样做，是因为你觉得这条路不可能成功。但现在，它已经成功了。而帝国的现状则说明蒸汽文明救不了末日，只有我的办法能。你若是觉得我会因此事而图谋不轨，影响到你的统治，我可以先跟你签下和约，也可以保证我不进入帝国，你可以派科技人员前来，等他们学会如何使用这种新能源，就可以将其带回去，白风城会提供技术支持。"她说这段话时，语气平静，显然经过了深思熟虑。

"看得出你很有诚意，为我设想了这么多……"卓王孙语气突然一转，"但，我不同意。"

"为什么？"芙瑞雅眉头紧皱。她早就对这个答案有所准备，但当真听到它时，仍然感到无比的失望。

卓王孙似乎想说什么，最终还是没有说出口。

他缓缓站起身，面色转为冷肃："你不需要知道为什么。你需要知道的是，母体及其相关的一切，都不许踏入帝国一步。"

芙瑞雅禁不住站了起来："为什么？你必须给我一个解释！"

卓王孙冷冷地看着她："当你驾着浮空岛来到卡乌斯季塔列亚时，你真以为能攻下它吗？诚然浮空岛拥有制空的优势，可惜它只有一座。而我有三十万大军。三十万大军齐上，万炮齐发，你觉得浮空岛一定能赢吗？就算你能赢，我只要不退，每天炮轰一次卡乌斯季塔列亚，它还能建立得起来吗？而且，你还有个致命的弱点，不敢杀死人类的平民。如果我不迁走卡乌斯季塔列亚的原住民，反而往里迁入更多的人，你还敢一战吗？"

芙瑞雅沉默。这的确是她的弱点。

"所以，卡乌斯季塔列亚，是我让给你的。我背负起这次远征失败，丧失一次帝国转嫁危机的机会，把它给你的。知道我为什么这么做吗？

"因为有一次，你对我说，你想要的是用现代工业生产线精研细磨出的面粉，在自动面包机上搅拌成发酵好的面团，然后用精确控温的烤箱烤成的牛角面包。它以前在大街小巷里遍地都是，几元钱就能买一大包。你想要一块，坐在空调房里，喝着咖啡，看着电影，一边听着音乐一边吃。你问我能否给予你，当时我无言以对。但这场战争结束时，我觉得，我还是能给你的。所以，我把它给你了。

"现在，你可以吃着牛角面包，喝着咖啡，未来还可能看到电影，听到音乐。你想要的，卡乌斯季塔列亚都有了。你该好好地待在这里，而不是奢望其他。

"这里，就是我给你画的边界。"

他的语气温柔，却让芙瑞雅的心不断下沉："我不明白，你为什么要这样做？"

她维持着冷静，试图让谈判继续下去："如果你觉得在那场战争里你身为皇帝的威严受到了损伤，我愿意补偿，以你觉得合适的方式。我是诚心想重建文明的，这应该是现在最重要的事情，不是吗？"

"不是。"他淡淡地回答，"芙瑞雅，我曾经无数次眺望你那座岛，眺望它上面的母体，每次我都在想，我能不能将它打下来？倾帝国之力，还是非常有可能做到的。我真的很想摧毁它。你一直问我为什么，我可以告诉你，因为，就是它，将你变成了一个我完全不认识的人。"

他凝望着她，目光仿佛能将她穿透："我真的很想毁掉它。但是，毁掉又能如何呢？你会变回来吗？留着吧。但请记住，那是我给你最后的礼物，也是我对你最后的宽容。以后，做好你自己，再也不要有任何逾越了。"

第十章 伊什塔尔

芙瑞雅本已打定主意，要心平气和地谈，听到这句话，仍忍不住变了脸色："这么说来，是我亏欠了你？我被你千里追杀，最后被逼到北极，这就是你给我的宽容？是的，我变成了你完全不认识的人，真是抱歉，但让我变成这样的不是母体，而是这个该死的世界和那些自以为是想要任意操控我人生的人。"

她上前一步，与卓王孙对峙，目光深处，有压抑不住的愤怒与悲伤。

卓王孙看着她，轻描淡写地问："那好，你回答我一个问题，为什么会有末日呢？"

芙瑞雅微嘲道："也许，是为了让某些恶魔显出形吧。"

卓王孙："我给你讲个故事。公主被恶魔抓走后，勇者历经千辛万苦，终于打败恶魔，救出公主。很完美的结局不是吗？但后来人们发现，所谓恶魔，只是公主编造的一个幌子。是她自己，想引来邪恶的力量，占据这个世界。你说，到底谁才是真正的恶魔？"

芙瑞雅："你到底想说什么？"

卓王孙："我想说的是，你有没有想过，真正的恶魔，不是我，而是你？"

芙瑞雅冷冷地说："你这个笑话不好笑。"

卓王孙："不好笑是吗？那我说个好笑的。卡乌斯季塔列亚太大了，我看着很不舒服。从今天起，你的都城，只能局限在一百公里之内，超出哪怕一米，都将会遭受帝国的炮击直至夷为平地。我只准许你保留母体与一座伊什塔尔，来维持卡乌斯季塔列亚的基本需求。多一座，帝国军就会攻击。你完全可以用浮空岛与他们战斗，我会发布命令，哪怕战死也不许后退。新的部队会接踵而至，直到它们被摧毁为止。"

"你疯了吗？"芙瑞雅吃惊地望着他。

"疯了？"卓王孙望着白风城的方向，自嘲地笑了笑，"也许早就疯了吧。如果我能料到你真的能将这条路走通，当初，我就该用锁链将你锁在深宫里，绝不放你离开我半步。"

芙瑞雅一时不知说什么好。她知道说服卓王孙会很艰难,却没想到他竟会如此不可理喻。他们两人有一点很像,就是都特别自信或者固执,认准了自己的道路就不会更改,永远都不会妥协、改变自己去适应别人。但她还是没有想到,他会如此蛮横,不仅拒绝了她的好意,还要碾碎她,控制她,否定她的一切,毁掉她的人生,却还理所当然。

一阵遥远的隆隆声传来。

"这是帝国军击毁伊什塔尔的声音。不过请放心,我会给你留一座的。"

硝烟从冰雪的大地上冒起,不止一处。芙瑞雅望着它们,这一刻异常冷静,没有愤怒,没有失望。她只是知道一件事,他与她之间,再不会有和谈。

第十一章　舞姬

芙瑞雅刚回到白风城，就接到了负贝长老的传讯，内容正是各地的伊什塔尔遭到袭击。负贝长老显然火气很大，正在召集人手，准备给人类狠狠一击。他要让人类看看，白风城的"翼战船"不是吃素的！

芙瑞雅让他中止行动，甚至连伊什塔尔的护卫也撤离。负贝长老很意外，追问为什么，芙瑞雅没有多做解释。

卓王孙说得不错，她的确不想屠杀人类。她辛辛苦苦为的是什么？还不是为人类重建现代文明。一旦屠杀人类，她就会成为人类公敌，这还如何让人类接受她？当卓王孙用这一点来要挟她时，她只能屈从。芙瑞雅面无表情地回到浮空岛。

尾张迎上前来："女王陛下，您去跟人类皇帝谈得怎么样？"

芙瑞雅："你为什么要问这个？"

尾张："费斯坦但提勒斯临走前，给了我一张纸条，说，要是女王见完人类皇帝后还没下决定，就把纸条交给您。"

芙瑞雅愣了愣，随即说："给我吧。"

尾张应命，从怀里掏出一张纸条，交给芙瑞雅。

芙瑞雅将它展开。纸条上的内容很简单，罗列着十个名字。最上面一行,写着这十个名字的用途:这是参加下一届血公爵之战的名单。名单上有一个名字,一个芙瑞雅很熟悉的名字。见到这个名字,芙瑞雅终于确认,卓王孙的确疯了。

她卷起纸条,对尾张说:"告诉费斯坦但提勒斯,我答应他的计划。"

白风城中,费斯坦但提勒斯正主持着一项机密会议。几乎帝都所有一流的豪族,全都派出了代表。议题只有一件事:如何推翻皇帝。这样的会议,不只举办过一次,而这次却格外不同。除了参与人数更多外,还有了一位女王的代表莅临。尾张先生的到来,让豪族们重新燃起了希望。然而,当尾张转述芙瑞雅的条件后,全场陷入了一片静默。

芙瑞雅不想用与人类战争的方式,结束帝国统治。她的手上,不该沾上人类的血。

豪族们面面相觑,不流血,如何推翻皇帝?这可给他们出了个大难题。

费斯坦但提勒斯清了清嗓子:"其实,不流血,也是有办法的。这个办法,就是刺杀。"

鲁塞德斯基子爵:"刺杀?这恐怕行不通。据我所知,皇帝陛下的警惕心非常高,而且晏执政对此防范甚密,成功的可能性几乎为零。"

费斯坦但提勒斯:"别人刺杀,可能性为零,但如果是芙瑞雅陛下行刺,可能性就高得多了。"

鲁塞德斯基:"这绝对不行!你这是让芙瑞雅陛下置身险地。万一计划不成功,芙瑞雅陛下会有生命危险的!"

费斯坦但提勒斯:"亲爱的鲁斯,别这么冲动,听我说下去。芙瑞雅陛下是唯一能让皇帝陛下放下戒心的人,这是刺杀成功的关键。这次两位陛下会谈,芙瑞雅陛下带去一篮子面包,皇帝陛下拿起就吃,什么检查都没做。这意味着什么?皇帝陛下会这么坦然地吃任何别的人敬献的食物吗?恐怕早就检查过无数遍了!这是机会,只有抓住它才能刺杀成功。"

第十一章 舞姬

他的话，让豪族们陷入沉默。

一位豪族："但是，如何让芙瑞雅陛下接近皇帝陛下呢？"

费斯坦但提勒斯："这个问题根本就不是问题。你觉得是问题，是因为你们不知道芙瑞雅陛下在皇帝陛下心中的地位。你们只知道皇帝陛下先扩建军事基地，后修筑伊芙琳宫，收各地美人填充宫掖。但你们可知道，皇帝陛下几乎从未留宿其中——除第二次从北极归来的那一夜以外。有传言说，那一夜是因为陛下在北极受了心伤，借醇酒妇人自污，以忘剜心之痛啊。"

豪族们听到他绘声绘色的陈述，都觉得有些好笑。

费斯坦但提勒斯："所以，你若问我如何让芙瑞雅陛下接近皇帝，我的办法很简单，就像埃及女王克利奥帕特拉觐见凯撒一样，把芙瑞雅陛下裹在毯子里，送到皇帝陛下面前。怎么接近的不重要，只要让皇帝认识到芙瑞雅陛下已无力反抗，下面的发展就是水到渠成。"

他说得过于夸张，但众豪族仔细想了想，又觉得似乎也有那么一点道理。起码……皇帝陛下对芙瑞雅的感情，他们或多或少是知道一点的。只是，这死胖子笑起来也太猥琐了一些。

鲁塞德斯基却连连摇头："还是不妥。皇帝毕竟曾是嘉德骑士，反应力、体力都远超常人。如果一击不中……"

芙瑞雅是他们唯一的希望，无论如何都不能冒这样的风险。看着众人纷纷摇头，费斯坦但提勒斯叹了口气："我也想到过这点，所以安排了备用计划。"

他拍了拍手。屏风后，一位身着舞衣的女子走了出来。所有人都大吃一惊——这位女子，实在太像芙瑞雅了！

费斯坦但提勒斯："这位就是芙瑞雅陛下的替身。我从上千万适龄少女中将她选出来，又经过了数次手术，才达到这样的效果。"

所有人打量着舞姬，仔细看时，的确能发现一点破绽。她浅金色的长发并非天生，而是精心染成的。

费斯坦但提勒斯讨好地笑了笑："当然，芙瑞雅陛下的美是不可复制的，我也只是拙劣模仿而已。"

他的语气转为得意："然而，替身也有替身的优势。过去的一年中，她一直在练一种舞蹈，一种能让观看的人心神动荡的舞。结束的那一刻，她会为皇帝陛下献上一杯酒。"

尾张："你想在酒中下毒？"

"不，不，不，我不会这么蠢。我知道，酒和酒具一定会经过严格的检查，所以，毒不在酒里，而在她的手指上。"

费斯坦但提勒斯示意女孩过来，小心地从她指间取出一枚软针："皇帝陛下一旦喝下被它沾过的酒，就会昏迷过去。我们不会杀死皇帝陛下，只会将他关起来。您放心，针上的药绝不致死，我可以用身家性命向您担保。"

尾张叹了一口气，环顾四周。坦率地讲，这个计划说不上高明，甚至有点拙劣。但如今，这已经是他们能拿出的最佳方案了。

尾张向众人鞠了一躬："我会将一切禀报芙瑞雅陛下的。"

帝都维持了一段时间的平静，距离下一次血公爵之战还有一段时间。上一次血公爵之战打得格外惨烈，有三名豪族亲自出战，都落败当场，被杀死在大竞技场上。这让民众热议了很久。街头巷尾，都是血公爵之战的后续故事。

而为皇帝陛下选后，也是民众最为关心的议题。因为此事不仅关系到皇帝陛下，而且牵扯极广。伊芙琳宫中超过百名，几乎出自所有豪族的女孩，长期霸占报纸娱乐头版。稍后，晏执政推荐的同宗之女获得专宠，更是引发了无数猜测。内幕消息不断传出，引人遐想。

后冠花落谁家，成为血公爵之战之外的另一大悬念。当然，也有不少人相信，这顶后冠另有主人，不在伊芙琳宫中。

各地豪族都不甘在这场战争中失败，不断地将各式各样的美人送来，

第十一章 舞姬

不乏揣摩上意到细致入微的。

让这些豪族讶异的是，一向并不掺和此事的费斯坦但提勒斯，今日居然也进献了一名美人。当雷斯林爵士奇怪地问他时，他遮遮掩掩的，只说别人都献了，若不献怕被皇帝猜疑，从众而已。

他越是这么说，其他豪族就越是觉得事情肯定没这么简单。尤其是费斯坦但提勒斯的敌人也并不是铁板一块，派系很多。费斯坦但提勒斯的财政大臣之位，就是踩着别人上去的。

他们知道这个死胖子看似人畜无害，实则阴险奸诈，不可不防。所以，他们刻意也选了同一个时间，将家族中精心准备的美人推荐给皇帝陛下。

每位美人都是家族中的名媛，深谙宫廷礼仪，温婉大方，容貌也无可挑剔。有两位还是皇帝陛下的旧相识。而费斯坦但提勒斯敬献的——据他自己介绍——只是位舞姬。

居然是位舞姬？让一位舞姬做皇帝陛下的女伴，入住伊芙琳宫？雷斯林爵士等人觉得费斯坦但提勒斯一定是疯了，心想他这次算是昏了头，说不定皇帝陛下一怒之下，就会砍了他的脑袋。

众人惊诧中，舞姬缓缓走了上来。她身着阿拉伯风情的纱裙，腰肢上挂满金色流苏，行动时发出清脆的声响。幽暗的光影与铃声中，舞姬揭下面纱。所有人都露出了震惊之色。他们的想法，也在这一瞬间分成了截然相反的两派。

一派是：完了，一直悬而未决的伊芙琳宫的主人，恐怕真的有了人选。

另一派则是：这个胖子疯了，马上就会招来杀身之祸。

这两种想法，都因舞姬的容貌，竟像极了芙瑞雅。

雷斯林爵士等人第一眼看到她时，甚至以为自己看错了。若不是芙瑞雅已是合众国女王，不可能出现在帝都，更不会身着如此俗艳的装束，他们肯定会认为，眼前的就是芙瑞雅本人。这些人很清楚，皇帝陛下一直让后位空悬的原因。这时，一个酷似芙瑞雅的舞姬出现在他面前，会发生什么？她会成为芙瑞雅的替代品吗？皇帝陛下会将他无处安放的爱，全都倾注到她身上吗？

这正是其中一派的想法。

而另一派则不这样认为。自从第二次北极之战后，芙瑞雅就成了皇帝陛下的禁忌。她的过往，都被史官们字斟句酌地定格成毫无生气的文字，挂在墙上供人瞻仰。而真正关于她的东西，全被封存起来，不容碰触，甚至不容提及。

伊芙琳宫中，曾有不止一位女子试图模仿芙瑞雅。这些人不仅没有得宠，反而引起皇帝震怒，举家被流放边陲。接下来到底会发生什么？事情将沿着哪个方向发展？所有人都将目光投向皇帝。

皇帝正一动不动地注视着这位舞姬。自她出现，皇帝陛下的目光就没离开过。这让雷斯林爵士尤其觉得不安。

这时，皇帝陛下微微坐直了身子："你会跳舞？"

舞姬点了点头。

皇帝陛下："那就跳吧。"

舞姬遵命走到花厅中央。

费斯坦但提勒斯面露得意，正要示意舞姬开始。突然，他的脸色变了。

"这……"他的声音高得变了调，与其说是惊呼，不如说是惨叫。所有人都皱眉看着他，不知发生了什么事。

一刻钟前。

更衣室里，舞姬已换好服装，随行的女眷正在帮她整理。一位乔装成化妆师的豪族妇女，一面为她修整着妆容，一面低声叮嘱注意事项。贵妇手沾胭脂，在她眉心点上一粒朱砂。这是最后一笔，画完后就该上场了。然而意外发生了，舞姬突然颤抖着跪了下去。她哭了起来，表示自己无论如何也不敢出场。她的理由让人意外，却也不意外——她第一次见到皇帝，就被他的威严震慑,不敢出手。

所有人的心都沉了下去。行动虽然演练了多次,但那些扮演皇帝的毕竟是演员,无法和皇帝陛下本人相比。

舞姬哭着说,刚才入场时,皇帝漫不经心地看了她一眼,已让她的心狂跳不止。之后,她越想越是害怕,最终情绪崩溃。

更衣室里陷入了短暂的沉寂。

大家明白,舞姬的恐惧不是毫无缘故的。今天的皇帝看似云淡风轻,享受群臣奉上的美酒、美人。但在他眼底深处,一直有冰冷的杀意在酝酿。一丝不祥的预感浮现:这次行动,只怕还未出手,就已经失败。可箭在弦上,已没有回头的余地。贵妇们用各种方式劝说,舞姬只是低头哭泣,颤抖着无法起身。

时间一分一秒过去。

贵妇们的脸色难看到极点,再拖下去,皇帝随时会发现。其中一位贵妇掏出了匕首,架在舞姬的脖子上,要逼她站起来。

一个熟悉的声音响了起来:"住手。"

众人一震,回头就见芙瑞雅一身黑衣,从侧门走了进来。

"陛下……"所有人赶忙跪地行礼,却被她止住了。

贵妇赶忙放下匕首,跪在芙瑞雅面前:"陛下,我们也不想逼她。可如果她再不出去,皇帝就会起疑心,会害死很多人的。"

芙瑞雅:"她现在出去,皇帝就不起疑了吗?"

看着脸色苍白,抖成一团的舞姬,贵妇万般无奈地道:"那该怎么办?"

芙瑞雅沉思片刻,拉起舞姬:"把衣服换给我。这是我和他的事,我来解决。"

众贵妇被惊得说不出话,想要反对,但想到目前的绝境,又把话咽了回去。芙瑞雅不顾众人目光,从容换上舞裙。一名贵妇捧上化妆盘,她却摇了摇头,时间紧迫,来不及了。她思索片刻,伸手沾上最红的胭脂,点在自己眉心。

猩红，夺目，一如战纹。

芙瑞雅挑起帘走了出去。纱裙在她身后扬起，不像舞衣，倒像是一袭战袍。

贵妇们发出一声惊叹。她们这时才明白，费斯坦但提勒斯说得不错，他精心准备的舞姬，的确是一个拙劣的仿制品，徒有其形。

费斯坦但提勒斯看着芙瑞雅装扮成的舞姬，先是愣了愣，随即发出一声惨叫，所有人都鄙视地看向他。只见他捂着肚子，脸憋得一片紫青，冷汗淋漓："不好，我中午吃坏了肚子……陛下，容我告退……"他一手捂着肚子，一手提着腰带，匆忙行了个礼，就一溜小跑出了花厅。粗鄙无礼的话语，让雷斯林几人都皱起眉头。他们不想离开，想要亲眼看看，这位舞姬究竟能跳什么舞。花厅中只剩下皇帝陛下、舞姬、雷斯林爵士几人。

舞姬终于开始舞蹈。

出乎雷斯林爵士意料的是，她的舞平平无奇，说不上好，也说不上不好，总之就是很普通，与想象中能魅惑皇帝、颠倒众生的舞没什么关系。

雷斯林爵士皱起了眉头，既然如此，费斯坦但提勒斯跑什么？

音乐结束时，舞姬捧起酒盏走向皇帝陛下。皇帝陛下静静地望着她，直到她来到自己面前，将酒送给自己。他没有接，而是继续望着她，淡淡地说了一声："不向我行觐见皇帝的礼吗？"

舞姬微微犹豫了一下，单膝跪倒，目光微微低下，双手将酒杯托起。

皇帝并不接："所有人都视我为暴君，包括你。但其实，我不是。在此之前，我几乎没有亲手杀过人，而是兢兢业业，想让这个帝国维持完整。但现在，我要做一件暴君才会做的事。

"我不能让任何人看到，你以这种方式跳这支舞。"

枪声骤然响起，雷斯林爵士惊愕地低头，一缕血从他胸口的洞里流出。

第十一章 舞姬

跟着，又是几个洞出现。雷斯林爵士恐惧地想说什么，但因力气迅速消失，只能软软栽倒在地。枪声稳定出现，花厅中的人一个接一个倒下。到最后，只剩下坐在王座上的皇帝与单膝跪地的舞姬。

新鲜的血散发出腥气，让花厅宛如炼狱。

舞姬猛然抬头，望着卓王孙。他的脸如岩石雕刻，浑身散发着冷冷的光。她试图站起来，但卓王孙伸出双手，阻止了她。他的手坚定而有力，落在她的肩上，压制着她，暴虐而威严，不容反对。

"是什么让你放弃尊严，做这样的事情？"他俯下身，似乎想将她看得更清楚。他直视她的眼睛，探入她的灵魂，在里面掀起轩然巨波。

"是为了这杯酒吗？"他从她的手中将那杯酒接过来，举到面前端详。烛光透过酒液，在他脸上投下变幻的光影。他的目光有几分嘲讽。

芙瑞雅的心抽紧，她知道，他已认出了自己。他会怎么做？杀死她？凌辱她？囚禁她？将刚建立起雏形的合众国完全摧毁？但出乎她意料的是，卓王孙仰起头来，将酒饮尽。

"再跳一支舞吧，这次专心些。"他重新坐直了身子，静静地看着她。

第十二章 刺杀

芙瑞雅长久地凝望着他,却从他的脸上看不出任何表情。他像是对待之前几位女伴一样,喝下她敬献的酒,随意吩咐她做点事情,欣赏着她取悦自己,脸上却没有任何愉悦。此外,再无其他。

她只好又跳了一支舞。鲜血涂成的丝路在地上漫长地延伸,她得格外小心,才不会踏上。

她一面跳舞,一面思索对策,偶一转头,却发现卓王孙已闭上了眼睛。裙裾垂落,扫过潮湿与血腥。她缓缓走到卓王孙面前。酒中的药已发作,他已陷入沉睡。费斯坦但提勒斯的计策成功了。漏洞百出、千疮百孔的行动,最后竟然成功了?容易到不可思议。

费斯坦但提勒斯并没有辜负芙瑞雅的期望,他早就与数十家豪族联络好,暗伏重兵在伊芙琳宫附近。芙瑞雅的讯号一发出,伏兵立即发动,闪电般向伊芙琳宫发动进攻。伊芙琳宫作为皇帝的行宫,当然防卫严密,光蒸汽机体就有几十架。但由于皇帝陛下中毒昏迷,无人发布命令,防卫混乱之极。

费斯坦但提勒斯命令士兵一面作战,一面呼喊着"皇帝陛下已被俘",声音响亮之极,甚至盖过了炮火声。守卫见皇帝陛下迟迟没有出现,人心惶惶,最终让叛乱的豪族攻下了伊芙琳宫。

直至进入宫内的花厅,看到装扮成舞女的芙瑞雅以及昏迷在皇座上的皇帝陛下,费斯坦但提勒斯才松了口气,擦了擦脸上的冷汗。这短短的一个多小时,对他来讲无疑是从死亡边缘打了个来回。与皇帝陛下作战的巨大心理压力,让他差点崩溃。随时会被皇帝陛下翻盘的恐惧,始终萦绕在他心头。

现在,他终于可以安心了。

他亲自捧着一个箱子,低头送到芙瑞雅面前:"陛下,请换装。"

芙瑞雅点点头,走进侧室。几分钟后,她恢复了来时的装束,重新出现。

费斯坦但提勒斯:"陛下,当务之急是赶紧将皇帝陛下送走,一方面是完成与玄青的和约,取得啓的支持;另一方面,绝对不能让皇帝陛下留在帝国,皇帝陛下在帝国一日,谁坐这个位子都不稳啊。"他指的是卓王孙仍坐着的皇位。

芙瑞雅没有反驳,他说的是实情。卓王孙这几年已坐稳皇位,经过数次铁血手段的清洗,反对者已不成气候。而且,借打击豪族、血公爵之战,他未雨绸缪度过了末日最艰难时期,在普通民众中赢得了极高的声望,不乏誓死追随者。只要他还在帝国国内,只要他还活着,谁坐这个位子都不稳。

芙瑞雅:"你一定要保证他的安全。我们只是将他囚禁起来,而不是杀死他。"

费斯坦但提勒斯:"这一点我们之前就讨论过。皇帝陛下会被移送到科西嘉岛上的一个秘密据点,具体地方无人知道。他绝不会有生命危险,但也不会被救出。"

芙瑞雅点了点头。之前他们做过长时间的讨论,拟定出万全之策,确保卓王孙只会被囚禁而非被杀死。为了保证这一点,芙瑞雅没有让豪族单独负责这件事,而是由尾之一族与豪族共同完成。尾之一族驾驶着翼战船在帝都之外暗伏候命。皇帝陛下被运出帝都后,会直接登上翼战船,飞往科西嘉岛。以帝国的技术实力,很难跟踪或者拦截翼战船。

为确保万无一失，芙瑞雅命负厩长老亲自负责这件事。她相信，负厩长老绝不会背叛自己。

很快，昏迷的皇帝陛下被装入蒸汽动力车中，火速运往帝都之外。一切都按计划行事，囚禁皇帝陛下的任务由负厩长老与费斯坦但提勒斯执行，而芙瑞雅则需投入让这个庞大的帝国改朝换代的任务中。虽然有众多豪族的支持，这个任务仍异常艰巨，光是如何应付以晏执政为首的死忠派以及压下人民的反弹，就足够让芙瑞雅伤透脑筋了。

她召集了以鲁塞德斯基子爵为首的豪族，前来参加会议。所幸被血公爵之战逼反的豪族实在太多，朝中半数豪族全都参与了这场叛乱。他们此时聚集在伊芙琳宫中，坚定地拥护芙瑞雅登基成为女王。这倒是让她稍觉安心。

皇帝陛下被囚后，极大地改变了形势。一些本首鼠两端者变成了坚定的支持派，甚至死忠派也暂时隐忍了下来。消息放出后，更多的豪族向伊芙琳宫赶来，目的当然是投诚。大势所趋，芙瑞雅的工作好做了很多。

随着会议的进行，一条条决议发出，一道道命令发布。有人自动请缨前去对付晏执政，有人去策反更多的豪族，有人接下宣传的工作准备发布前皇帝的十大罪名，有人则忙着为芙瑞雅上尊号、列功绩、营建新宫。

一直到次日凌晨，会议方才开完。但豪族们并未散去，仍停留在伊芙琳宫中，准备当天就给芙瑞雅加冕。只是，加冕仪式的对象，并非帝国女皇，而是合众国的女王。

芙瑞雅力排众议，坚持恢复合众国时期的政体。她推翻的不是卓王孙，而是独裁帝制。如果让她头戴皇冠，这一切还有什么意义？

完成这一切后，芙瑞雅感到非常疲劳。每一项决议都需要耗尽心力去推算，不容有任何失误。她需要稍事休息，为未来做好准备。

休憩间就在花厅的旁边。在路过花厅时，芙瑞雅突然鬼使神差地想进去看一眼。她不知道自己为什么会有这样的念头，只是随着某种莫名的指引，走了进去。

第十二章 刺杀

花厅里的尸体早就被抬走了，地上的鲜血被擦拭干净，没有半点让人难耐的气味。灯已熄灭，光线极为昏暗，看不清楚状况。芙瑞雅不知道自己进来做什么，或许是想悼念一下吧。

她突然发现，黑暗中，那个高大的皇座上，坐着一个人。她以为自己的眼睛花了，定神再看，上面的确坐着一个人。芙瑞雅皱起了眉头，拧亮了旁边的汽灯，花厅中立即亮了起来。

皇座上的确坐着一个人。他斜倚在椅背上，一手支着脸颊，维持着沉睡的姿势。灯光照在他的眼睛上时，他像是被惊醒了，坐直了身子，睁开眼睛，看着芙瑞雅："你的舞，跳完了？"

这个人，是卓王孙。

花厅中一片死寂。

芙瑞雅惊骇地望着卓王孙。瞬息能转动上千个念头的她，此时脑中一片空白，只有一个念头固执地嵌在里面，动都不动。

他不是被迷昏，带出帝都了吗？他怎么还在这里？

卓王孙缓缓起身，走向她，拉起了她的手："舞跳完了，就随我进宫吧。"

他牵着她，向外走去。芙瑞雅想反抗，却发现他的手特别用力，无法挣脱，只好放弃挣扎。

两人出了花厅，一路走进会议厅。众位豪族仍在热火朝天地讨论着，全都处于亢奋状态，幻想着新朝建立后他们会因拥立之功官升几级。更让他们愉悦的是，他们再不用面对血公爵之战了。这时，他们看到卓王孙面带一丝高深莫测的笑容，手拉着芙瑞雅，走了进来。会议厅里陡然变得一片死寂。所有人都惊愕无比地望着他，话全都卡在喉咙里，没人敢再说半个字！

卓王孙看都不看他们一眼，笔直走到会议厅的主席位，也就是芙瑞雅本来的座位上，坐了下来。

顿时一片椅子倒地的声音响起。他一坐下，就没人敢再坐着，所有人都站了起来。

费斯坦但提勒斯说得没错。只要皇帝陛下还在帝都,就没人能坐得了皇位。即使他手无寸铁,手中没有一兵一卒。这就是暴君的威势。

卓王孙的目光,徐徐掠过他们。所有豪族都低下头,大气都不敢喘,双腿抖得像筛糠。最终,他的目光落在芙瑞雅脸上。

芙瑞雅也冷冷看着他。两人隔着一步的距离,长久对峙着。

终于,卓王孙打破了沉寂:"你应该感谢她。"

芙瑞雅皱起眉头,并未明白这句话的意思。

卓王孙伸出沾着血迹的手,抬起她的下颚:"我本该判你死罪,但因为这张一模一样的脸,我决定赦免你一次。"

而后,他将目光转向其他人:"我说过,看过这支舞的人,会死。"

他的声音不大,却让在场所有人都面如土色。但没有任何人敢反驳,也没有任何人敢求饶。

芙瑞雅深吸了一口气:"这件事与他们无关。你想要报复,就冲着我来吧。"

卓王孙冷冷地看着她。

卓王孙:"我不明白,你究竟为什么要这样?"

芙瑞雅:"我是不会放弃重建现代文明的,这是我的道路,我一定要走下去,无论这条路上挡着什么,我都会挪开。我并不是反对你,这只是我想要前行不得不做的事。"

卓王孙认真听完她的话,思索了片刻,然后转头问那些豪族:"你们有没有觉得,真是太像了。"

没有豪族敢应声。良久,终于有人觉得让皇帝陛下等下去,后果会更可怕。鲁塞德斯基子爵战战兢兢地说:"陛下,什么太像了?"

卓王孙:"像芙瑞雅。你们不觉得她不仅相貌像已故皇后芙瑞雅,说起话来也跟她一模一样。这个世界,还真是奇妙。"

豪族们面面相觑，不知他究竟是什么意思。还是鲁塞德斯基子爵大着胆子说："回禀陛下，她就是芙瑞雅啊。"

"她就是芙瑞雅？"卓王孙脸上浮起一丝嘲讽，"你们都被她骗了，她不是芙瑞雅，而是费斯坦但提勒斯进献给我的舞姬。如果诸位不信，可以看看她来时穿的舞衣。"

随着这句话，一尊机体走进会议厅，向着卓王孙跪拜。它手中托着的，正是芙瑞雅在花厅侧室中换下的舞衣。

豪族们竟然完全不知道伊芙琳宫中竟然藏着一尊机体。究竟还有多少机体呢？皇帝陛下又为何如此有恃无恐地出现在他们中间？一念及此，豪族们不由得冷汗淋漓，心底最后的一丝妄想也被掐灭了。

卓王孙注视着芙瑞雅，轻声赞叹道："很好，费斯坦但提勒斯很忠心，献出的这位舞姬深得我心。"

他亲手将舞衣拿起来，披在芙瑞雅身上："我认为，她是整个帝国最出色的舞姬。你们觉得呢？"

"这个……"众豪族都觉得圣心难测，不知道该说什么。

卓王孙笑了笑，语气轻松："如果大家不同意的话，不如让她再跳一支舞？"

众豪族大吃一惊，连呼不敢。他们可不是雷斯林，知道这位可是如假包换的芙瑞雅，他们哪敢看她跳舞？一旦看了，两位陛下哪位不高兴了自己都是死路一条。真要看，他们宁愿挖下自己的眼睛。

卓王孙语气温和："她少不更事，为取悦我，演出这场闹剧，我不怪她。"

此言一出，所有人都是一愣，怎么芙瑞雅就成少不更事了？这可是叛乱啊，难道皇帝陛下将它定性为"闹剧"？

下一个瞬间，所有人都恍然大悟。他们争着抢着向皇帝陛下忏悔：自己简直太胡闹了，胡闹之极，竟然陪着舞姬做出如此荒唐的事情。他们表面上痛哭流涕，实则避重就轻，将今晚的事极力往胡闹上引，想趁着皇帝陛下脑子糊涂的时候，把这事糊弄过去。不少豪族打定主意，一旦离了伊芙琳宫，就赶紧远走高飞。

卓王孙看了他们一眼："既然如此，你们就全都留在伊芙琳宫，好好反省吧。"

忏悔声陡然停住。

卓王孙站起来，直视着芙瑞雅："至于你，帝国最出色的舞姬，欢迎你回到我的身边。"

卓王孙带着芙瑞雅离开伊芙琳宫，返回位于帝都中心的皇宫。这是皇帝陛下真正居留与办公的地方，也是芙瑞雅当年逃离之处。

伊芙琳宫进入戒严状态。对于这场叛乱，皇帝陛下没有半点隐瞒的意思。第二天，帝都的民众就全知道了，消息像飞一般传遍整个帝国。

大批的民众涌来，只见伊芙琳宫之外，豪族的伏兵正被蒸汽机体率领的士兵擒下，收缴武器，捆绑成俘虏。有些经多见广的民众已经从这些伏兵的衣着、徽章上猜出他们来自哪个家族，一个又一个如雷贯耳的名字被叫出来。一开始民众还兴奋于他们挖出了什么家族，但渐渐地，他们感到惊恐——竟然有这么多家族参与了叛乱。

让他们由衷感到安心的是，皇帝陛下竟然在如此短的时间内，就平定了这场叛乱。

接下来的几日，帝都的民众见到蒸汽机体带队封锁了一个又一个家族的城堡。这些行动完全没有避开民众，每一个著名的家族被封，都会引起帝都舆论的一次地震。

这些家族的下场已经注定，民众知道，他们下一次出现的场合，就是血公爵之战。他们迫不及待想在大竞技场中看到这些叛乱者在场地上洒血。他们一定会报以雷鸣般的掌声，再没有比这更让他们期待的了。

当然，芙瑞雅跟随皇帝陛下重回皇宫的消息，被严密封锁了。伊芙琳宫之外，除了皇帝陛下，没有人知道她回来了。

　　细雨蒙蒙的时节，芙瑞雅站在熟悉的宫门前。她突然想起卓王孙在贝兰加小山上对她说的话——如果我能料到你真的能将这条路走通，当初，我就该用锁链将你锁在深宫里，绝不放你离开我半步。

第十三章　爱的枷锁

　　皇帝的马车直接行驶到寝殿前才停下来。

　　夜色深沉，寝殿沿着廊柱点起灯火，照出庄重而神秘的影子，仿佛一只古兽，蹲伏在大地上。这里是原来的卓氏宅邸，帝国建立后皇宫扩建，将办公区域分离了出去，原来的大宅就成了寝殿。芙瑞雅下车时，所有人都被屏退。偌大的寝殿前，就只有他们两人。

　　卓王孙带着她，走进大宅，一直走上二楼。

　　走廊尽头，有一间房间没有亮灯，与周围的阑珊灯火形成鲜明对比。房门上有一把锁，上面锈迹斑驳，顶端还有断裂的痕迹，明显曾被砸开，然后又被接续在一起。

　　芙瑞雅的眉头微微皱了皱，但什么都没说。她已无心去想这些异样了，迫在眉睫的是，行刺失败，落在他手中，他会如何对待她——报复她？折磨她？她不认为卓王孙会放弃这样的机会，毕竟她才做过的事情，谁都不可能原谅。

　　卓王孙伸手入怀，从口袋里拿出一把钥匙，开了锁。

　　锁有些锈了，花了一点时间才打开。卓王孙推开沉重的大门，门轴发出一阵涩响。黑暗的寝宫，向两人开启。

　　卓王孙看了芙瑞雅一眼："这是你像的那个人住过的地方。她离开后，我就将它锁了起来。曾经有一个自视得宠的女子，觉得自己该住进这里，便把锁撬开了。第二天，她和她的家族，都被流放到西伯利亚去了。此后，就再没人敢靠近这里。"

芙瑞雅没有接他的话，举步走了进去。

卓王孙拧亮了桌上的汽灯。汽灯上的机关被触发，一盏盏亮起，瞬间，整个房间变得灯火通明。

只用看一眼，芙瑞雅就知道，房间中的一切摆设，都跟她走时一模一样。家具上面落着一层厚厚的灰尘，显然，连进来打扫的人都没有。

芙瑞雅冷冷笑了一声。这些对她没有意义。

卓王孙缓缓走到床前，握住白色盖布，用力一抖。白布与尘埃一起落地，露出天鹅绒的被子和一对绣着大丽花图案的软枕。

卓王孙面无表情地看了她一眼："上去。"

芙瑞雅怔了怔。她不是没想过这种惩罚，却没想到他竟将这件事说得如此直白，毫无遮掩。

卓王孙讽刺地看着她："你千里迢迢来到这里，不就是做这个的吗？"

芙瑞雅没有反驳。她知道，这时候一切反驳，都会引来他进一步的嘲讽与羞辱。

她冷冷地看着他："我最后问你一次，这样的疯话，到底要说到什么时候？"

"不会太久。我曾经颁布过一条旨令，芙瑞雅皇后已于北极殉国，现在白风城的那个，是启变幻出的冒牌货。为此我还专门举办了一次葬礼，听说过吗？"他若有深意地看了芙瑞雅一眼，"或许，不久之后，白风城真的会出现一位启假冒的女王陛下吧。你说呢？到那个时候，或许我就不再说了吧。"

芙瑞雅的脸色微微变了，这的确不是不可能发生的事，甚至，极有可能发生！只有她才能控制得了母体与浮空岛，如果，她不在了呢？白风城最强大的武器无法动弹，这座城市几乎处于不设防的状态！如果这时启攻过来，白风城被占据的可能性可以说是百分之百！

"害怕了吗？我说这个，只是想让你明白，这世上，做任何事，都会有代价。"

"我不用你教做人的道理。"

"我也没打算教你。说真的，我很讨厌现在的你，自以为是又一意孤行。为了所谓的理想，什么都可以放弃。"

芙瑞雅语气微嘲："哦？那好吧，皇帝陛下准备如何处置惹您厌弃的我？"

"就真的，做个我身边的舞姬吧。"

卓王孙转身，向外走去。尘埃因为他的动作重获生机，在寝宫中飞扬，让这废弃之地，有了一丝烟火气。

芙瑞雅在他背后喊："把克莉丝塔从血公爵之战中剔出去。"

卓王孙的脚步停下："哦？你就是因为这个才决定来刺杀我的吗？"

芙瑞雅："你可以这样认为。放过克莉丝塔，她是无辜的。"

"这件事很难办，因为这是克莉丝塔自愿参与的。"

"自愿？什么样的'自愿'？株连九族的那种吗？"

卓王孙摇头："你错了。她自愿参加血公爵之战，是因为她认定，只有这样才能抵赎家族的罪孽。我甚至阻止过她几次，都没有用。"

芙瑞雅眉头皱起。这段话初听不可信，细想却并非全无可能。克莉丝塔看上去柔弱，内心却有坚强的一面。她和芙瑞雅一样，将家族荣誉置于生命之上。为了帮助族人赎罪，她的确有可能主动走上战场。

卓王孙："不过，我可以给你个机会，让你去亲自说服他们，赦免克莉丝塔。"

"需要我付出什么代价？"芙瑞雅深吸了一口气。

"代价就是，我要你亲口承认，自己只是舞姬。"他看了她一眼，"是芙瑞雅皇后的拙劣模仿者。"

芙瑞雅沉默了片刻："好，我承认……"

卓王孙打断她："我知道你是谁，这句话不用对我说，而是，对民众。"

卓王孙把一套衣服抛了过来："换上这身衣服。"

芙瑞雅深深皱眉。她认识这套衣服，这是卓王孙加冕为帝国皇帝时她穿的冕服，帝国皇后的冕服。

"怎么，不假装我是舞姬了？"

"不，你就是舞姬。我要你在血公爵之战的会场上，穿着这身衣服告诉民众，你是被敬献入我后宫的舞姬。只要你这样说了，你就有劝说民众赦免克莉丝塔的机会。"这是他留给她的最后一句话。

芙瑞雅独自一人坐在寝宫里，甚至懒得去打扫那些灰尘，任由它们把自己包围。

卓王孙把她带到这里来，或许是为了追忆旧情，想用曾经的柔软来触碰彼此的心。为她留着现在的禁宫，永远保留着她走的那一天……或许他会觉得这是深情的表现，但在芙瑞雅看来，这座宫殿中留着的，全都是最伤痛的回忆。她不想想起，不想看到，就像此刻，她不想触碰宫殿里任何一件东西。

这就是伤人者与被伤者的区别。同一件事，在伤人者看来，不过是玩闹中的一次失手，回想起来仍是童年的珍贵记忆，但在被伤者看来，却是终生无法愈合的伤。

但芙瑞雅不能离开。她之所以下定决心参与这次谋反，一个很重要的原因是费斯坦但提勒斯传给她的纸条。纸条上是这一届血公爵之战的参战者名单，上面赫然有克莉丝塔的名字。

克莉丝塔自幼体弱多病，几乎从未参与过家族中的任何事务，她的人生中只有童话与善意的谎言。她天真得像一张白纸，从不会伤害任何人，可她竟然也出现在参战者名单上。

尤其，芙瑞雅清楚地知道，卓王孙曾经将克莉丝塔当成妹妹看待，而克莉丝塔对他怀有某种奇异的情愫，卓王孙也知道这一点。一直以来，他都是那么疼爱克莉丝塔，就如同对自己的亲妹妹一样。可他仍然将她放在了参战者名单上。她怎么可能赢得了那些骑士？她甚至连真正的机体都没碰过。

正是这条信息，让芙瑞雅断定，卓王孙的确是疯了。直到血公爵之战开战在即，芙瑞雅才下定决心，参与谋反。她必须得阻止他。

好在，虽然行刺失败，卓王孙仍给了她一个保证，要她亲口说服民众放过克莉丝塔。她不会放过这个机会。

第二天一早，卓王孙带着芙瑞雅出了皇宫，在浩大的随行车队的护卫下，向大竞技场行去。这次出行少有地采取了浮夸的形式，十二尊涂着金蓝二色皇室专用涂装的宫廷蒸汽机体，跟随在车队两侧，显示出皇帝不错的心情。这也惊动了帝都的民众。他们纷纷打开窗户，拥上街头，用欢呼声向皇帝陛下致敬。更有好事者扬起金蓝二色的纸屑，让其在中央大街上纷纷飘洒。

车队从漫天金蓝中走过，卓王孙望着窗外："喜欢吗？"

芙瑞雅面无表情："浮夸。"

卓王孙："这就是民意。能为玛薇丝女王的慈爱欢呼，也能真心为暴君的威严喝彩。"

芙瑞雅："他们是受了愚弄。"

卓王孙："受了愚弄吗？那你有没有愚弄他们呢？"

芙瑞雅："你到底想说什么？"

卓王孙："我想说，现在以看待舞姬的视角来看你，觉得你真实多了。"

芙瑞雅："是吗？然而戴上王冠的你，还是这样伪善。"

她闭上眼睛，不再理卓王孙。卓王孙深深看了她一眼，也不再说话。

大竞技场并不远，两人到达时，里面已经坐满了观众，就连场外也挤满了人。这个时代已经没有电视与转播，有些人看不到打斗的场面也要赶来，只为近距离地感受那让血燃起来的刺激。旧时代有许多人气极高的运动，足

第十三章 爱的枷锁

球、橄榄球、网球,但没有哪一种赛事拥有的关注度有血公爵之战这么高,它是名副其实的第一热门。当血公爵之战举行时,连最当红的明星都不敢发布新闻。

皇帝陛下的车队理所当然地引起了观众的欢呼,所有观众都站立起来,脱帽向皇帝陛下致敬。随即,整个大竞技场鸦雀无声。所有人都惊讶地望向从车中出来的两人。

皇帝陛下挽着一个人,这个人身着皇后冕服,华贵照人。所有民众对她都像对皇帝陛下一样熟悉,甚至有些人还要更熟悉她,因为她的画像从小就印在邮票、瓷器、各种纪念品上。每年国庆,她都会出席国庆庆典,是民众谈论的热门人物。她是公主,会永远烙刻在每个人的记忆里。对于绝大多数人来讲,她是他们十九年的青春中不能分割的一部分。

她,就是芙瑞雅。

没有人能想到芙瑞雅竟会在这里出现,而且是以如此亲密的方式跟皇帝陛下一起出现。她不是死了吗?皇帝前不久才为她举办了葬礼。

另一部分知情者也同样疑惑——她不是在白风城建立了合众国吗?她应该是帝国的死敌才对啊,那现在是怎么回事?

所有人,甚至包括豪族们的目光,都追逐着他们。他们缓缓从车队走向主礼台最显赫的位置。当然,豪族们的席位空了很多,其中将近半数都被关在了伊芙琳宫。大竞技场里静得连掉根针都能听得见。

不知是谁喊了一声:"公主殿下!"

更多的人几乎是下意识地跟着喊起来,声音越来越多,纯粹是因见到芙瑞雅激动,忘记了这个词带有深刻的合众国烙印,忘记了当着帝国皇帝喊出来,是何等不敬。这是自发的,没有预谋的,冲动的。但喊的人越来越多,到后来形成了整齐的声浪。

"公主殿下、公主殿下!"

芙瑞雅微微侧身,斜看了卓王孙一眼,没有说话。

卓王孙同样没说话，挽着盛装的芙瑞雅，步伐稳定，在一片呼喊声中，走到了主礼台上。他没有做出让民众的呼喊停止的表示，任由他们的声音一浪高过一浪。当声音稍微低一些时，他说了句话："我们的血公爵之战来了一位贵宾，请让她介绍一下自己。"

血公爵之战会场内响起雷鸣般的掌声。很多人兴奋得满脸通红，拼命鼓着掌，满含期待地望着芙瑞雅。

卓王孙静静地看着她。只有这时候才能看出，公主，在民众心中究竟有着多高的影响力。这影响力绝非一朝一夕所能凝就，无法分割，也就无法替代。灭日浩劫摧毁了文明，也渐渐淡化了民众最初的愤怒。他们渐渐开始怀念合众国，怀念那个繁荣盛世，怀念王冠下美丽高贵的微笑，怀念芙瑞雅。

但或许，就在今天，他会亲手毁掉它。

他身子微倾，在芙瑞雅耳边说了一句话："现在，去介绍你自己吧。"

芙瑞雅一凛，她突然明白，卓王孙的目的是什么。他给她劝说民众放过克莉丝塔的机会，但要她穿着这身冕服，亲口告诉民众，芙瑞雅已经死了，他们面前的，只是个长得跟她很像的舞姬。

没有什么，比这更能击碎民众心中的幻想了。当她身着盛装出现，勾起所有人的期待时，她却郑重地宣布，芙瑞雅真的死了，留在世间的，只有一些拙劣的替身。

也许是北风城中的邪恶女妖，也许是皇帝身边的低贱舞姬。无论如何，芙瑞雅的的确确不存在了。这样，他们对合众国仅存的一丝幻想，就会彻底陨落。

这样的结果，芙瑞雅一闪念就想清楚了，但她没有退路——她不能让克莉丝塔死在血公爵之战的战场上。

她面向民众，一字一句地说："谢谢你们的热情，但需要澄清的一点是，我不是芙瑞雅公主，只是长得像她而已。实际上，我是费斯坦但提勒斯爵士献给皇帝陛下的舞姬。"

第十三章 爱的枷锁

声浪与鼓掌声戛然而止,场中每个人脸上的惊愕,都与设想中的一模一样。她完全可以想象出,他们听到这句话时的失望。

芙瑞雅的心轻轻抽紧,却没有表现出来。这是她必须付出的代价,她只能承担它,继续前行。

卓王孙走到她的身边:"我同大家一样怀念芙瑞雅公主。所以,遍寻天下,才找到一位与她这么像的替身。你们觉得像吗?如果你们也觉得像,其实可以跟我一起,一直将她当成芙瑞雅。"

这句话说完,现场鸦雀无声。

卓王孙温柔地拍了拍芙瑞雅的肩:"去吧,发表你精心准备的演讲,看看他们是否会听。"而后,俯瞰涌动的人群,轻描淡写道:"你也该看一看,真正的民意,到底是什么样子。"

芙瑞雅沉默了片刻,走到了主礼台中央,面向所有人:"我虽然不是她,但你们可以把我当成她。因为我接下来要说的,和她想说的完全一样。"

她接着说:"我想问大家一个问题,这场血公爵之战,真的应该举行吗?"

她掏出费斯坦但提勒斯给她的名单:"我在上面看到了什么?克莉丝塔,她还不满十八岁。难道你们忍心看到一个未成年人被推上战场?想想你们自己的孩子,想想他们若是出现在这样的战场上,你们会是什么感受。"

卓王孙嘴角浮出一抹笑意。芙瑞雅的确很出色,然而她已在他挖下的陷阱里,努力挣扎,只会让她陷得更深。

第十四章　盛世的暗影

芙瑞雅的演讲极具感染力。每一位优秀的政治家都是演讲高手,她也不例外。

她为这场演讲准备了整整一夜,务求抓住这次机会,说服民众宽恕克莉丝塔。如果有可能,她甚至要揭露血公爵之战的本质,让民众从狂欢中清醒。这就是她酝酿的反击。

演讲声情并茂,逻辑严密而又情感真挚。随着她的讲述,邪恶的强权者对无辜未成年少女的迫害,隐然浮现。突然,观众席中响起一个声音:"但我们不觉得她无辜啊。"

"一个未成年,被推往殊死战斗的战场,还不够无辜吗?"

"可她不仅仅是位少女,她是帝国最大的豪族啊。她名下光庄园就有七十四座,每个大洲都有她的田产,总共加起来超过百万顷。我们饿得吃不上饭,可她的粮仓里堆放着数不清的粮食。她无辜吗?"一人从观众席中站起来,大声质问着。

芙瑞雅的心沉了下去。她未料到民众竟然是这么看待克莉丝塔的。在她心目中,始终认为克莉丝塔是个白纸一样的纯真孩子。或许她有庄园,或许她有田产,但在芙瑞雅看来,都是理所当然的,这是她的父辈留给她的,

第十四章 盛世的暗影

这与她的无辜与纯真没有关系。但芙瑞雅很清楚,这个问题是无法争论的,尤其是在这个物资匮乏的末日。

又一人从观众席中站起来:"要说这些东西本就是她的,我们也认了。可是,自从末日以来,她的财富不但没有减少,反而以惊人的速度增长着。我们都流离失所、食不果腹,可她却变得越来越富有!这,难道也本就是她的吗?她难道不是在吸食我们的膏血吗?"

又一人站起来:"帝国粮食短缺成这样,可是最大的囤积者是谁?就是她!血公爵之战开始后,所有豪族都不敢囤积粮食了,可她的党羽还仗着皇帝陛下的宠爱,大肆囤积市面上的粮食!"

"弗凯子爵为什么敢修建比皇帝陛下还豪华的城堡?背后的靠山就是她!投靠她的豪族不计其数,公然结党,甚至在朝中共进退,妄图把持朝纲,这些年制造了多少冤假错案?当真是罄竹难书!"

"她若是无辜,那天下的乌鸦也都是无辜的了,食人的秃鹫也都是无辜的了!"一个接一个的人站起来,越说越愤慨。

芙瑞雅不是没想过她会受到质询,但没想到竟会如此尖刻,让她无法反驳。她知道,这些事并非凭空捏造。

妮可虽是名义上的女王继承人,实则一直受到女王派系的抵制,这曾引发了妮可与女王派系的一次斗争,最终妮可怀恨离开。帝国成立后,妮可虽被封为女王,但实际上从未真正地被女王派系接受。女王派系效忠的对象,始终是芙瑞雅。在芙瑞雅反出帝国后,女王派系推举了克莉丝塔为其共主。

女王派系是个极其庞大的,拥有包括数十个守护家族在内的众多豪族的大团体,团体内难免良莠不齐,有结党营私之事,在所难免。克莉丝塔虽为其主,但芙瑞雅不用想也知道,她肯定是被架空了,只是名义上的主人而已。但当这个团体所做的错事被挖出来后,矛头对准的,一定会是克莉丝塔。

克莉丝塔所继承的财产,不仅来自查理曼亲王,还有女王。那是常人无法想象的巨大财富,真如刚才那人说的,横跨数大洲。这笔财富大到就连世界上最大的律师事务所与会计师事务所都无法打理，足足有上百家事务所为之服务。而这些唯利是图的事务所，在末日来临后，会做出多少让这笔财富增值的黑心事？

芙瑞雅敢保证，这些事，克莉丝塔全都不知道，她甚至对这笔财富完全没有概念，连签字都觉得头痛。但，这些罪孽，却都是她名下的。

愤慨声越来越大，声讨声响彻整个大竞技场，即使她再申辩什么，也没人听得见了。

芙瑞雅不再说话。她知道，民众是不可能说服的了。他们的愤怒，只有鲜血才能平息。

卓王孙上前一步："血公爵之战开始。"

他的声音同样也被民众的喧嚣淹没，没有扬声器的时代就是这么不方便。

但，大竞技场迅速安静下来，因为一架架蒸汽机体，随着皇帝陛下的话，从大竞技场的两侧，步入场内。观众立即忘了他们与舞女的争辩，注意力全被这些机体吸引。欢呼声响彻全场，他们期待着令他们热血燃烧的厮杀与死亡莅临。

或许同样燃烧的，是他们对末日的绝望。

民众都站起来嘶喊，全身心地投入战争的狂热中。豪族们却都坐了下来，准备仔细观赛，锱铢胜败，计算得失。

芙瑞雅也坐了下来，目光在这些机体中搜寻，试图找出哪个里面是克莉丝塔。但她看不出来，厚厚的机体将一切都阻挡。

第一场血公爵之战便异常惨烈，再没有最初的平民骑士敢拼命而豪族骑士不敢拼命的情况了。知道落败就会死后，豪族骑士也不再有任何保留。两架机体打到全身都是伤。最终，只剩下一条胳膊的豪族机体，将双腿全都被斩断的平民机体打倒在地。骑士被从机体里拖出来，芙瑞雅终于亲眼见识到了山呼海啸般的"杀死他！杀死他！杀死他"。最终，当鲜血从锋刃上喷出时，狂欢达到了第一个高潮。

芙瑞雅厌恶地皱起了眉头。她经历过太多生死，但仍不愿见到死亡。她始终相信，人杀死人，是最野蛮的。

之后是第二场血公爵之战，惨烈依旧，只是这次打输的，是豪族骑士。当骑士被拖出机体时，芙瑞雅愣住了，因为她认识那位骑士，他是守护家族的豪族之一，拥有子爵爵位，身世显赫，每次见到芙瑞雅都很恭敬。

他也在一片"杀死他！杀死他！杀死他！"的呼喊中被斩首。这一次，芙瑞雅的眉头皱得更紧。

第三场、第四场，每一场的出场者，都有参与叛变的守护家族，有的是被招募的骑士，有的是豪族亲自下场。落败的结果只有一个，就是被当场斩首，成为狂欢的助燃剂。

看完第五场后，芙瑞雅终于忍不住了，冷冷地说："怎么，这是专门为我准备的吗？"

卓王孙摇了摇头："你想多了，血公爵之战的参战者早就定好了，你不也拿到名单了吗？拟定名单的时候，我可不知道你要来。"

芙瑞雅默然。

卓王孙："不过，本次血公爵之战的主题，的确是守护家族，因为主赛者是克莉丝塔，其余参赛者也都选的是她的部下，并不是针对你。怎么，难受了？"

芙瑞雅不说话。

卓王孙："但我告诉你，他们没有一个人是无辜的。每一个家族，都是囤积粮食的巨头，他们在末日中疯狂收购田产，做了数之不尽的恶事。"

芙瑞雅："你当然可以这么说，你是皇帝，想给他们安什么罪名，就安什么罪名。"

卓王孙："守护家族的庇护者本应该是你，他们是什么样子，难道你不清楚吗？他们现在犯的罪，难道在合众国时，就没做吗？"

芙瑞雅怔了怔，没有反驳。

卓王孙："合众国分为三个大区，每个大区都有各自的利益，统治虽然是靠三位大公的个人能力，但更多的是靠相互之间的制衡。这就产生了'自己人'与'非自己人'这两个概念。出于政治的需要，对于'自己人'，往往睁一只眼闭一只眼，甚至，由于'自己人'强大起来对自己有利，而默许他们采取一些灰色手段。合众国的公主，对这些陌生吗？

"所谓的豪族，享受着荣耀与财富。他们的荣耀与财富，究竟有多少见不得光的东西呢？"

芙瑞雅仍旧没有反驳，卓王孙说的是事实。每个国家都有它的阴暗面，纯粹的光明是不存在的，她也没有天真到去追求那样的光明。

"有时我在想，合众国，到底是亡在谁的手上呢？是不是这些趴在它羸弱的身体上吸血的豪族？仅仅十九年，合众国就经不起任何风波，一有风吹草动就摇摇欲坠。它已经从骨子里烂掉了。"

"所以，你要用血公爵之战杀光他们？"

"不，你错了，我不是要杀他们，至少杀不是我的目的，我是在救他们。"

"救他们？"芙瑞雅像看着一个疯子，"用这种方法？"

"是的。"卓王孙却无比认真地回答，"其实从很久之前，我就在想这个问题：合众国怎么就变成这个样子了？要如何才能救它？最终，我想明白了。原因不是腐败，而是它太安宁了，太富足了，三位大公把它照顾得太好了。

"用现代工业生产线精研细磨出的面粉，在自动面包机上搅拌发酵好的面团，然后用精确控温的烤箱烤成的牛角面包，坐在空调房里，喝着咖啡，看着电影，听着音乐，这样的生活惬意吗？很惬意。但，如果每个人都过着这样的生活，没有敌国外患，最终的结果，就是走向朽烂。

"如果你不相信，我可以给你举个例子。当我重新造出蒸汽机时，我把子民叫过来。在我的设想中，他们肯定会以跟我一样的热情投入蒸汽机的研制中,让它形成产业,打败末日。但你知道结果是什么吗?没人肯干。豪族不肯干,是因为他们通过囤积粮食或者特权能获取更多的暴利,平民不肯干是因为见效太慢,他们更愿意要一块能直接填饱肚子的面包。你能想象我交出去几十套蒸汽机却收回一堆废铁的失望吗?那时候,我知道,这个国家病了,人们太习惯别人照顾自己,习惯有一位皇帝或者女王任他们祈求。他们唯一不习惯的,就是自己站起来。

"他们需要明白一个道理,这世上没有人能救他们,如果自己不肯救自己,那就只有死路一条。

"所以,我计划的第一步,就是消除所有的救世主。第二步,是让他们自己救自己。我不会把太平盛世直接给他们,但我会给他们建立太平盛世的工具,他们想要什么样的太平盛世,就自己去建造。

"我不会替他们解决所面临的灾难,末日、文明毁灭、启,我也不再会把文明建造好送给他们,他们必须学会去争,去抢,去付出代价获得回报。想不被打,就要自己强大。我也不会给他们持续的太平盛世,而是让他们不断面对敌人,始终活在忧患中,在忧患中学会自己救自己,学会让自己强大,学会不论文明毁灭几次都能靠自己的手重建。

"所以,你要问我理想中的国家未来是什么?我会回答,末日不会在几年内终结,而是持续三十至五十年。然后,与启的战争会再持续五十年。再之后,他们会发现皇帝陛下的暴政是他们的终极梦魇,他们会在反抗中度过接下来的几十甚至数百年,直至我再也无法控制他们。

"这是我为这个国家划分的三个阶段。我会让这三个阶段互相隔绝,在上一个阶段中,不会面对下一个阶段的威胁。是不是很像游戏中派出跟主角等级相当的怪物来陪着主角练级的魔王?是的,就是这样。我真正的职责,不是这个国家的皇帝,而是敌人。坐在这个皇位上,只是为了更好地履行这一职责而已。

"我不会给他们太平盛世,我也不允许任何人给他们太平盛世,除了他们自己。这些回答够不够让你明白你与我之间最根本的分歧在哪里？"

芙瑞雅没有回答。她不得不承认，他说得有一定道理。

在他看来，两人的分歧，就是"授人以鱼"还是"授人以渔"。芙瑞雅想找到新能源，建好现代文明交给人类，这是授人以鱼，而卓王孙则是授人以渔：他只确定方向，让民众自己去钓，钓不到就饿死。所以卓王孙的道路里，不能有救世主的存在，他要消除所有的救世主，民众才会自己钓鱼。芙瑞雅就是救世主，这是两人不得不敌对的根本原因。矛盾无法调和，除非一方放弃。

"我的悲哀在于，多数人真的不喜欢钓鱼。我都将钓具准备好了，他们仍然动都不动。所以，我只能启动血公爵之战，用死亡来逼迫他们。你以为我喜欢鲜血吗？我不喜欢，只是没有选择。看，效果很好吧。血公爵之战才打了几场，他们就开始研究更强的蒸汽机、更新的材料、更好的技术，他们开始发展文明了！

"他们需要一条鞭子，否则，他们就会停下来。他们必须不停地被抽打着，直至养成一些基本的习惯。我的残暴从血公爵之战开始，但不会终结于此，我会让血公爵之战的规模更加扩大，直到逼迫着他们把蒸汽文明扩展到其他领域。粮食、民生、社会……直到他们站到对抗末日的最前沿去。在此之前，我一面会为他们抵挡着啓，一面会残暴地对待他们。如果需要灾难让他们更清醒地认识到自己该做什么，我丝毫不会手软。

"而你所谓的找到新能源，帮人类重建一个现代文明，真是毫无意义。就算你成功了，也不过是又一个合众国而已。有朝一日，这种外来科技消失了，灾难再临，他们该怎么办？

"现在，你来到我面前，说你建起了现代文明，你的确建起了，但我认为，正是你这种双手奉上的现代文明，将人类推向灭绝。"

芙瑞雅没有反驳。她的艰辛，她的付出，她的探索，在他看来一文不值。谁没有思考过？谁没有悲哀过？不是只有卓王孙经历过痛苦，也不是只有他选择的路有道理。但，芙瑞雅不愿意在此刻触怒他。

"我承认你有你的道理，我只请求你放过克莉丝塔。只要你放过她，我扭头就走。她只是个无辜的小女孩，影响不了你的王图霸业。"

卓王孙："你还没明白，这个国家需要一位暴君。之所以是暴君而不是敌人，是因为暴君会维持国家的完整，让动荡局限在小范围内。他会用铁血及冷血的手段，强迫这个国家割下脓疮，换上新血。他要成为这个国家的敌人，搅乱让人躺下的安乐，但又控制局面，将暴力限制在恰当的区域里，比如，这个竞技场。"

"好，"芙瑞雅不想争辩，"但这与克莉丝塔无关。做你的暴君，放过她。"

"我说了这么多，你还是不明白。不是我不放过克莉丝塔，而是她明白了我的意图，愿意做这样的牺牲。"

芙瑞雅一直控制着自己，不想跟卓王孙争执，但这一刻，她再也忍不住了，冷冷地说："这就是你公布录像带的原因？"

卓王孙没有说话。

"你知道吗，无论你说得多么冠冕堂皇，我一个字都不会相信！你的逻辑，你的理想，你想拯救这个国家的伟大目标，在我看来，都是虚伪的。你知道为什么吗？"芙瑞雅的怒火在冰冷中燃烧，"因为你从来都是牺牲别人，先是母亲，再是我，现在是克莉丝塔！我现在只想问你一句话，伟大的皇帝陛下，你敢牺牲你自己吗？"

就在此时，骑士们的战斗已经打完，只剩下最后一场。

观众席上响起呼喊声："克莉丝塔！克莉丝塔！克莉丝塔！"

芙瑞雅猛然站起来，走向主礼台的最前端。

"你们之所以要让克莉丝塔站上血公爵之战的竞技场，是因为她的财产里藏着黑暗与罪恶，她的家族中作奸犯科的人很多，她虽然没有参与，却包庇了很多人。其实你们知道她本身是无辜的，但，她的爵位，她的出身，她的地位，让她无法无辜。她享受着这些，就该承担责任。"她的声音，在大竞技场中震响,"你们可以强迫我接受这一逻辑,但我要说的是,还有一个人,他的财产比克莉丝塔更多,其蕴藏的黑暗与罪恶一点都不少!他的家族中作奸犯科的人也很多,他麾下豪族的拥护者一点都不比克莉丝塔少,甚至更多,囤积的粮食也更多!如果你们认为克莉丝塔不是无辜的,为什么他就是无辜的呢?如果你们认为克莉丝塔该上战场,为什么他就不该呢?这个人,就是帝国的皇帝陛下。如果部下的错该由庇护者来承担,那他才是最应该站上这个大竞技场的人!"

"皇帝陛下,现在,我提议你接受血公爵之战的审判。你,同意吗?"芙瑞雅转身,目光中满带讽刺,望着卓王孙。

整个大竞技场都陷入死寂。她竟敢说出如此大逆不道的话?怎么可能让皇帝陛下打血公爵之战?

第十五章　未有之战

此刻，大竞技场上鸦雀无声，寂静得宛如坟墓。所有人的目光，都汇聚到卓王孙身上。

皇帝陛下正襟危坐，一动不动。他很清楚这些目光中有什么含义，或许是惊愕，或许是愤怒，或许是担心，但，更多的是欣喜与期待。皇帝陛下亲自来打这场血公爵之战，还有比这更刺激的吗？而若是发生了那千万分之一的机会，皇帝陛下战败了的话，皇帝的命将由他们决定。帝国最高统治者的生死，将操纵于他们手中！这足以让他们血脉偾张，心底的欲望之火被彻底点燃。

卓王孙很清楚，这火种，正是由他亲手埋下的。如果他真的死在竞技场上，算不算引火烧身呢？正是因此，芙瑞雅眼中才会有这么多的讽刺。

卓王孙抬头，深深望了芙瑞雅一眼，缓缓起身："她说的话没错，帝国有这么多豪族囤积粮食，我的确应该负主要责任。不管原因是什么，我都无法推诿，当然，我也不打算推诿。或许，这能让你们看到我惩处陈弊，领导这个国家走向新生的决心，因此，我，帝国的皇帝，一切秩序与正义的主持者，于此裁决，她所提请的血公爵之战，准予进行。"

"我将亲自出战，接下这场血公爵之战。"说完，卓王孙转身，向后台走去。

大竞技场沸腾了。

无论是民众，还是豪族，都没想到皇帝陛下真的做出出战血公爵之战的决定。这可是血公爵之战，多少位高权重者血染竞技场，皇帝陛下竟然会亲自出战？他的生命，可能真的会终结于此。

不一会儿，书记官出面，大声宣布由于事发突然，皇帝陛下需要将自己所用的机体调过来，这需要一段时间，希望大家能耐心等待。为了补偿，赛会方将提供免费的饮食。

话音刚落，立即引发了一阵欢呼。这意味着，他们能一面吃着汉堡，喝着啤酒，一面欣赏帝国历史上最盛大的血公爵之战。它将由皇帝陛下亲自出战，必会被载入史册。而他们即将在此见证历史。

随着工作人员将一筐筐饮食送上来，观众的情绪更加高涨。他们从未感觉自己是如此高贵——皇帝陛下竟愿意用自己的血，来取悦他们。

后台，皇帝专属的休息室中，卓王孙仍像在主礼台上一样，气定神闲地坐着，似乎完全未受此事的影响。

芙瑞雅的神情却有些不自然，卓王孙竟当众答应出战血公爵之战，而且不加准备，立刻下场，这完全出乎她的意料。她本能地觉得这件事没有那么简单。

卓王孙："怎么，是不是我的回答太出乎你的意料，让你吃惊了？"

芙瑞雅并未讳言："是的。"

卓王孙："看到了吗？我并不是一个只会牺牲别人的人，如果需要，我也可以牺牲自己。"

芙瑞雅干脆地打断他："你不会。"

卓王孙："你认为，我会在接下来的血公爵之战中作弊？毕竟没有哪位骑士敢真的跟皇帝陛下战斗，我有的是手段威胁他们，是不是？"

芙瑞雅："是的。"

卓王孙："看来你对我有很重的成见。但我要告诉你的是，我不会作弊，我定下的规矩，自己一定会遵守。等你看到我为自己选的对手时，你就会明白，这场血公爵之战，别人怎么战，我就会怎么战。这是一场公平的审判。"

说完，卓王孙不再理会芙瑞雅，眺望窗外。

芙瑞雅微微皱起了眉，卓王孙真的要打这场血公爵之战，真打？

虽然他说得冠冕堂皇，但芙瑞雅半个字都不会相信。她不会再相信任何他说的话，也不会再感情用事。经历了这么多后，她学会了用最严苛的理性与逻辑来对待他。这是她对自己曾遭受过的那些痛苦的尊重。理性与逻辑是，卓王孙不可能在明显能验证的事情上说谎，因此，他可能真的不会作弊，该怎么战就怎么战。但他为什么要这么做呢？就因为她当众的质问？因为质问的人是她吗？

芙瑞雅否定了这个可能，这也是理性。她在卓王孙的心中没有这么高的地位。

那究竟是为什么？

芙瑞雅突然发现，虽然她一直相信自己是最了解卓王孙的那个人，但现在，她有些看不透他了。或者说，这个末日让他也改变了太多，他已经不再是自己记忆中的那个人了。

一个小时后，在观众的欢呼声中，一辆重型蒸汽机车，拖着一架机体开进大竞技场。芙瑞雅只看了一眼，就知道它肯定是卓王孙的机体。它几乎与大天使东皇太一一模一样，无论涂装还是样式，甚至装甲、武器，只是体型小了很多，这是由于蒸汽动力比当初大天使战机采用的核动力弱了几个档次的原因。

直到这一刻，芙瑞雅才想起，卓王孙还有另一个身份：序列 26 的嘉德骑士。虽然他一直没展现出卓越的战斗天分，但他嘉德骑士的身份却是不含任何水分的。也就是说，他的神谕能力，并不弱于别的嘉德骑士。

这就是卓王孙愿意参战的原因吗？以嘉德骑士对战见习骑士，他不可能落败。

但随即，芙瑞雅就否定了这个猜想，因为她看到另一架机体进入场中。这架机体，也让她一见到就想起了大天使曙光。那是格蕾蒂斯的战机。卓王孙为自己选的对手，竟然是格蕾蒂斯？

芙瑞雅这次真的吃惊了。她很了解格蕾蒂斯，知道格蕾蒂斯是不会作弊的，尤其是战斗中的格蕾蒂斯甚至会有些失去理性，唯一记得的事就是摧毁对手。即使卓王孙有作弊的念头，格蕾蒂斯也不可能配合。虽然卓王孙贵为皇帝，但格蕾蒂斯远在北美，是实际上的独立君主，卓王孙的威胁她并不会放在眼里。还有一点，格蕾蒂斯的作战能力非常强大，堪称嘉德骑士之最。与她战斗，结局必然是输。

为什么会选她做对手？

卓王孙结束了眺望，缓缓起身："现在你该相信，我是想打一场真的血公爵之战了吧？我是否敢于自我牺牲，我究竟能否让这个国家获得新生，就借这场血公爵之战交予命运审判吧。但无论什么样的审判，都会以公平为前提。这场战争，属于全人类。我从未想过，让自己置身于外。"

卓王孙大步向外走去。

片刻后，他再度出现在大竞技场。他同别的参战骑士一样，从专属通道出来，在众人的欢呼声中，一步步走向自己的机体。而对面的通道里，也走出一个人，同样走向自己的机体，她是格蕾蒂斯。

很长一段时间不见，格蕾蒂斯没有丝毫改变，仍然英挺、骄傲。"我不会留手的。说实话，我对你这些年做的事很不满意。一会战斗开始时，我会狠狠揍你的。"格蕾蒂斯面色冰冷。

第十五章 未有之战

"随便。"卓王孙只淡淡地说了两个字。

这两个字明显让格蕾蒂斯的怒气更重,她握紧了拳头。

战前的寒暄到此结束,两人各自踏入了自己的机体。轰然声响中,两个庞然大物动了起来。现场观众的情绪,也被瞬间牵动。他们睁大了眼睛,生怕漏了任何一点细节。这可是帝国皇帝与泛美王国君主的战斗!

两位全世界身份最高贵的人,操控着全人类最强大的战机,在数万民众的注视下,浴血鏖斗。他们将接受民众的喝彩、欢呼以及最后的生死审判。这样的盛况,历史中从未出现,未来也不会再有。

两架机体才一交手,便明显与之前的战斗不同。格蕾蒂斯的战斗风格跟原来一样,暴力冲击,大开大合,以毫无花样技巧的重拳碾压一切抵抗。而卓王孙则相反,躲闪、抢位,尽量躲开格蕾蒂斯的正面袭击。这种不同风格的对撞在血公爵之战中观众看得多了,但两人对战术执行的程度,依然让人们大开眼界。

无论卓王孙怎么闪躲,格蕾蒂斯的重击一定能落在她想要落的位置上;而无论格蕾蒂斯发动什么样的袭击,卓王孙一定能让其威力减弱到最低。庞大的机体在他们的操控下展现出不可思议的灵活,简直比人体还要灵活。格蕾蒂斯机体左臂装配的旋转飞刃以每秒三百转的高速旋转着,而每次旋转,其攻击角度都不同,也就是说,每一次旋转,都在格蕾蒂斯的控制下,无一遗漏!而这些旋转砍击,也全都被卓王孙以青铜剑接住,无一遗漏!

战况几乎在一接触就进入高潮,然后持续攀升。

观众都屏住呼吸,连一丝声息都不敢发出。他们的注意力,完全被这场战斗吸引。这就是嘉德骑士,这才是真正的机体大战。换上之前的对手,恐怕连他们的一招都撑不住。与这场战斗相比,之前的血公爵之战,简直像是幼稚的游戏。观众席上,豪族们的脸色要多难看有多难看。他们终于明白皇帝陛下为什么将机体给他们了。同样的机体,在不同人的操控下,发挥出的作战能力完全不同。在嘉德骑士面前,他们的机体只有被屠的份儿。

而芙瑞雅眼中的战况，又有所不同。

与平民观众及豪族不同的是，芙瑞雅见过的机体战斗要多得多。这次机体大战，却极为特别。

无论是卓王孙还是格蕾蒂斯，两架机体的每个动作在她眼中都无比清晰。动作速度并未放慢，但每个细节她都看得特别清楚，也记得特别清楚。当她想要回忆任何一个时间点时，画面会瞬息回现。

不仅如此，她似乎能看到两架机体的"轨迹"。那是种很玄奥的感觉，机体刚做出某个动作，她就知道这个动作是做什么的，击向何方，用的是什么招式，甚至对其力量、速度、行进路线等都有量化的判断。这很像是预知，当然能预知的时间非常短暂，但也很惊人了。这使得两架机体的战斗虽然激烈，但在她看来，却像是弈棋一样，每一个步骤都排列整齐。

芙瑞雅并未感到惊奇，因为她早就知道这一天会到来。

这是她的父亲专有的能力，名叫"真神谕"。顾名思义，它比一般骑士具有的神谕能力更加强大。一般骑士的神谕能力再强，也是在驾驭机体，而"真神谕"却是与机体合为一体，所想即所行，不存在驾驭与控制。

她没有见过第一骑士，但母亲为她描述过，第一骑士看到的世界跟人类看到的不一样。他看到的每个物体，都有无数影子，有些影子是过去的，有些影子是未来的。所以，在战斗中，敌人会发动什么攻击，怎样闪避甚至发动反击，他都一清二楚。正是这种洞悉一切的能力，才造就了第一骑士的不败战绩。芙瑞雅很可能部分遗传到了这种能力，只是一直未显露出来。如今，数次经历生死之劫，又受到源核入体的影响，它竟有了一丝觉醒的征兆。

芙瑞雅没有为此而欢欣，因为她从未想过有朝一日亲驾机体上阵。这种能力只是让她可以清晰地判断出，卓王孙虽看上去与格蕾蒂斯打得平分秋色，实际上已被完全限制住，他主动攻击的次数越来越少，落败已成定局。这与她战前的判断吻合。卓王孙不可能是格蕾蒂斯的对手。

她不相信他自大到连这一点都看不出来，毕竟自小他就不知被格蕾蒂斯揍过多少次，也没见他驾着大天使去找回场子。那他为什么要答应打这场血公爵之战呢？

形势一如格蕾蒂斯所料。没过多久，就连观众，也看出皇帝陛下的形势不妙了。而格蕾蒂斯没有任何手下留情的意思，她是为战斗而生的女武神，在她的眼中，神圣的战斗只有胜与败，不是做样子给别人看的。

随着一声暴响，青铜剑终于防不住转轮飞刃，被搅得脱离了机体飞向空中。转轮飞刃随即围绕着东皇太一展开精密的攻击，飞刃每一下的落点都不相同，但全都斩在东皇太一机甲连接最脆弱之处。光芒似乎仅是一闪，却已发出了上百次攻击，东皇太一的连接被全部斩断，机体完全报废，就像是人全身的筋被斩断，什么动作都做不出。曙光一脚踢在东皇太一胸前，东皇太一被踢得向天上飞去。就在到达最顶点时，曙光凌空出现在它的正上方，背后剑出鞘，一剑刺入东皇太一身体，猛地向下压去。

天崩地裂的巨响中，东皇太一砸在地上。这一剑已将它拦腰斩断，它被分为两截，躺在地上不能动弹。曙光踏着东皇太一的残骸，提剑在手："你比以前长进了很多，但选我做你的对手，仍是自寻死路。"格蕾蒂斯的声音中，没有丝毫对皇帝的尊敬。

"你败了，该让民众决定是否宽恕你了。别怪我没提醒你，自从血公爵之战开始以来，没有一个失败者得到宽恕，他们全都死在了战场上。你以身犯险，又选我做对手，真是愚不可及！"格蕾蒂斯的这一剑，将东皇太一斩成两段，同时又将驾驶舱切开，却一点都没伤到卓王孙。嘉德骑士对剑的控制力，宛如手术刀一样精确。长达三米的巨剑，就横在驾驶舱外。

每一个落败者，走出驾驶舱后，都会听到山呼海啸般的"杀死他！杀死他！杀死他"。然后，他们的身体会被巨剑剖开，这场血公爵之战会成为他们的终结。

欲望如山火，一旦点燃，便无法扑灭。末日的重压，让他们沉湎在血公爵之战中,寻求着绝望中的刺激。末日如永恒漫长,没有终结。他们的绝望深入骨髓,还有什么比亲自操纵皇帝的生死,更刺激的呢?

帝国的皇帝,会像之前的落败者一样,死在这里吗?

第十六章　民众的裁决

卓王孙从驾驶舱中走出。

东皇太一巨大的残骸宛如废墟，横亘在他面前，他没有绕开，而是径直从废墟上跨过。他身上的戎装已被鲜血浸透，随着他的动作，血滴落在地上。民众惊讶地看着这不可思议的一切。机体疮痍遍体，皇帝则血透重衣。赤红在大竞技场上蔓延，残破一如被末日深埋的黑夜。

皇帝迎着所有人的目光走来。他的脚步有些吃力，显然，受伤不轻。战斗的残酷在这一刻体现得淋漓尽致，他承受着与其他人一样的创痛，每一步都步履蹒跚。

主礼台上，芙瑞雅的眉头皱起。现在，她再没法怀疑，卓王孙的确打了一场真正的血公爵之战，格蕾蒂斯没有留手，两人的战斗也不掺杂任何水分。他身上的伤，以及身后完全报废的机体，就是证明。他为什么要这样做？就只是想要向她证明，他不仅可以牺牲她，也可以牺牲自己吗？当她要他站上血公爵之战的竞技场来证明自己时，他用死亡来证明？

她本完全不考虑这一可能性，但看着全身浴血的他，心底竟有了一丝动摇。有没有那么一丝可能，他真的是为了让这个帝国延续下去，为了让百亿人在末日得以生存，才那样去伤害她，伤害她的家族？有没有一丝可能，他的杀戮、独裁并不是为了权力，只是为了让大家度过这该死的末日？尽管这可能性只有万分之一，但有没有可能？

芙瑞雅默然，望着卓王孙踏着满地血迹，走向竞技场中央。

大竞技场中的观众，也都沉默地望着卓王孙。他们没料到皇帝陛下竟会打得如此惨烈。

合理的过程，不是应该来一场表演吗？以皇帝陛下嘉德骑士的身份，甚至不需要做得那么假，找一位见习骑士做对手，那些豪族的对手不都是这样选的吗？皇帝陛下完全可以瞬杀对手，怎么潇洒怎么来，最后再破例赦免对手，既展示了强大，又展示了仁慈。多么完美的政治表演！虽心知肚明，观众也会报以雷鸣般的掌声。

但现在是怎么回事？他是真打吗？真的进行了一场胜负未知的血公爵之战？

虽然事实如此明显地摆在面前，绝大多数人还是接受不了。因为这太不可思议了！皇帝陛下竟然是怀着可能会死的心情来打这场血公爵之战的！

"你们看到了，我为自己选的对手，是号称最强骑士的格蕾蒂斯。我用这架机体和这身血，"他指向已如废墟的东皇太一，"想向你们证明，每一个站在这个大竞技场上的人，都有二分之一的可能性会死，谁都不例外。当我站上竞技场时，绝没有必胜的把握。

"但是，血公爵之战不是为了杀人，它的残酷是我们不得不做出的牺牲，是为了我们终有一天能度过末日。当我面对这个目标时，我也没有必胜的把握。但，我会去战斗，我会用尽一切手段，付出一切代价去取得胜利。我坚信，我一定能做到。再强大的对手，哪怕它是格蕾蒂斯，是啓，是末日，都击不倒我。

"有人说我是暴君，甚至将我与尼禄相提并论。告诉我，这是你们的答案吗？我知道你们食不果腹，面对末日绝望而恐惧；我知道你们没有信心，

第十六章 民众的裁决

人类的文明在你们看来已经终结,遍地都是荆棘。你们认为血公爵之战只带给你们麻醉与狂欢,让你们把激情挥霍完就可以接受明日之死。但我告诉你们,你们错了。"

"我会带着你们度过末日。"卓王孙说到这句话时,语气无比坚定,"这世界上没有人能做到这一点,只有我。

"说我是暴君?是的,我是!说我是恶魔,是的,我是!但,我是你们的皇帝,我为了庇护你们不择手段,我为了你们成为暴君。

"现在,我的性命就在这里。如果我的暴行,让这个国家蒙羞,如果你们要杀死你们的皇帝,那么,现在就喊出那句话——'杀死他'。我的血,会立即染红这里的土地。但如果,你们把我当成你们的皇帝,相信我,接受我的暴虐与残忍,则我在此发誓,会带着你们度过末日。没有人能打倒我,末日也一样!

"决定吧!"

卓王孙说完最后一句话,便站在大竞技场的中心,一动不动。

曙光站在他身后,三米长的剑锋离他的后颈不远。当观众的呼声响起后,巨剑很可能一斩而下,将他断为两截。无论他有什么样的雄心或欲望,都将在此终结。但他的双眼中没有丝毫恐惧,沉静得像一汪潭水。仿佛他等待的,不是对他的裁决。这是傲慢,抑或是疯狂?

大竞技场中一片静寂。

主礼台上,芙瑞雅也沉默了。这是卓王孙与她的不同。他总是那么自信,从不怀疑自己要做的事情,也总是可以用最有效、最直接的手段得到自己想要的。他总是能漠视那些伤害与痛楚,这让他有她所不能企及的强大。而她,则会彷徨、顾忌。她时常会软弱,会停顿下来,只有找到更强的理由,才能继续走下去。即使战败,处于敌人的剑下,他也这么从容,坚信自己一定能走下去,无所畏惧。他相信他的暴虐,是这个时代的选择。

如果决定他的生死的不是民众，而是她，她会杀死他吗？

大竞技场里突然响起一个声音："宽恕！"

零零星星的赞同声响起，越来越多，到后来，整齐的声音在大竞技场中回荡。

"我给你宽恕，我给你宽恕，我给你宽恕……"

不知什么时候，这个声音转变为对皇帝陛下的欢呼。多数人声嘶力竭地喊着皇帝陛下的尊号，不乏"万岁""伟大"等字样。

卓王孙慢慢举起右臂。观众的欢呼声更加激昂，逐渐变得整齐划一，引得整个大竞技场都震响起来。那是对皇帝陛下的尊崇，抑或服从。

卓王孙举起的右臂仍有鲜血流淌，但在漫天欢呼中，它像一杆旌旗，矗立在大竞技场的中心，虽不起眼，却有种屹立不倒的感觉。欢呼声更加响亮。

这一刻，有一种类似于希望的东西，被种入人们心中。在压抑而绝望的末日中，第一次不再只是麻醉与狂欢，他们开始相信，真的能走出末日，在这个狂人的带领下。

卓王孙转过身来，挥舞在空中的右臂落在背后的巨剑上，将之推开："格蕾蒂斯，无论什么时候，都记得对你的皇帝陛下保持敬意。"说完，他再也不看这个差点杀死自己的对手一眼，大踏步走入休息室。他没有在休息室做任何停留，甚至没有更换衣服，就来到了主礼台上。

"我的血公爵之战打完了。我输了，但我得到了观众的宽恕。"如雷的欢呼声仍在震响着，他凝视着芙瑞雅，脸色依旧冰冷而沉静，"你浪费了我给你的机会，你没能救得了克莉丝塔。"

芙瑞雅没有反驳。

"能不能告诉我，你为什么答应打这场血公爵之战？"她深深地凝视着卓王孙，"在北极时，我总是对别人说我最了解你，但没预料到你会这样做。"

第十六章 民众的裁决

"你了解我？"卓王孙眼中闪过一抹讥嘲，"那我能不能问你一个问题，你认为末日之前的我，是个什么样的人呢？"

芙瑞雅说不出话来。在末日之前，她对卓王孙的印象跟其他人差不多，认为他耐心不足，很容易烦，看不起任何人，无论对谁都高高在上，当然，还有些成事不足败事有余。他被戏称为"大公子"，如果不是大公继承人的身份，他早就被社会教了不知多少次做人。现在想来，何其可笑。他不是耐心不足，不是容易烦看不起任何人，而是他的确比所有人高明，可以将所有人玩弄于股掌之上，生杀予取尽由其主。末日之后，他的形象发生了天翻地覆的变化，可笑的是，之前没有一个人看得出来，包括她。

"不好回答吗？那我换一个问题，末日之前，你究竟喜欢我哪一点呢？"

芙瑞雅的身子僵了僵。这个问题，她仍旧无法回答！

这样的一个人，她怎么会喜欢呢？要知道她可是嘉德骑士团的代行团长，未来女王的法定继承人，而且是合众国公认的最美丽、最高贵的公主，她怎么会喜欢一个耐心不足，很容易烦，看不起任何人，无论对谁都一副高高在上的样子，成事不足败事有余的人呢？

"或者，只是因为我是未来的大公？"

这样的话惹恼不了芙瑞雅，甚至无法让她产生被羞辱的感觉，她大可以淡然一笑，说出数十种冠冕堂皇的回答。但奇异的，她没有这样做，而是真正思考起来。她不是要回答卓王孙，她是要回答自己。是啊，当时为什么会喜欢卓王孙呢？现在想来，他几乎毫无优点，脾气不好，不会照顾人，耐性又差。要说有什么突出的，那就是长得还不错，但也还没有到颠倒众生的程度。她怎么就看上他了呢？难道是因为从小青梅竹马？但他四岁时就被送到温莎城堡，也是出于政治考量。说来说去，真的是因为他是大公继承人？

不需问为什么喜欢芙瑞雅，喜欢芙瑞雅可以有一千种理由，每一种都能说服人。但喜欢卓王孙，也许就只剩下这一种理由了。

芙瑞雅沉吟片刻，道："神话说，人本来长着双手双脚两张面孔，力量强大到让诸神畏惧。为了削弱他们，神将之劈成两半，所以后来的人终生都在寻找自己的另一半。而另外有一个人则说，人寻找的不是被切下的另一半，而是同类。同类就是跟自己感受、想法都相同的人，在一起就觉得欢喜，失去后不管身边多少人都会觉得孤独。"

"你觉得我是你的同类？"

"是的。"芙瑞雅点头，"曾经我是这么觉得的，虽然你那时表现得跟所有人都格格不入，但我就是觉得你能理解我，即使有时做一些出格的事情，你也总是站在我这边。"

她认真思索着，觉得这是唯一的理由："不要说什么大公继承人了，就算我是个爱慕虚荣的人，这个身份也不够让我屈从。"

的确是不够，身为未来的女王，她的确不必仰视一位大公。

"我是你的同类吗？"卓王孙嘴角又浮现出玩味的笑容，"你肯说出这样的话，让我有些意外。是因为刚才的血公爵之战吗？觉得我并不像你想的那样坏，至少还有那么一丝担当？"

芙瑞雅没有否认。

"看来，你真是不了解我啊。"卓王孙笑容中讽刺的意味更浓，"你要是真的了解我，就不会问我为什么答应打这场血公爵之战，我本以为你要问的是另一个。"

"你以为我要问什么？"芙瑞雅心底突然升起一丝不祥。

"我以为你要问的是，"卓王孙一字一字地说，"如果民众不宽恕我，我会怎么做？"

芙瑞雅陡然觉得阳光冷了下去。她一直告诉自己无论前路有什么，都要勇敢面对，因为逃避是没有用的。但这一刻，她实在不想继续下去。她不敢问出这个问题。

"看到那座新修的弗凯子爵的城堡了吗？比以前更高大、更辉煌了是吗?那里面,总共驻扎着一千三百二十四名重机枪手,每人手上有三挺机枪以及五整箱子弹,机枪每天都会保养,子弹每十天会换上全新的一批,确保机枪始终处于完美状态。"卓王孙用平稳至极的声音继续说下去,揭开最残酷的面纱,"如果民众不宽恕我,我会发出一个号令,这一千三百二十四名重机枪手接到这个号令后,就会开枪。大竞技场上,除了我之外,将不会再有一个活人。

"然后,我会制造豪族们又一次叛乱的消息,将这场屠杀推到他们头上。不必担心有人会识破,连照相机都是奢侈品的现在,真相不会被传播。

"再然后,我会在全国戒严,用严刑酷法管理他们。我会把他们当成猪,当成羊,当成草木。天地不仁以万物为刍狗,我就是天,就是地,他们就是刍狗。

"想过这个答案吗?"

芙瑞雅一个字也不能回答,她的手轻轻颤抖,这是前所未有的。这意味着,她的心中有了畏惧。无论面对什么样的困难都不曾被打倒的她,望着眼前的卓王孙,终于感到了害怕。

"感到害怕了吗?那我再告诉你一件事。其实,蒸汽文明远比你想象的更成熟,我已研发出更强力的蒸汽机,并找到大量生产的方法,足以解决粮食问题让整个帝国都不挨饿。但这种方法被我雪藏起来,不准推行。大半个枢密院的人不服从,下场你可以想象得到。我就是要让整个帝国徘徊在死亡线上,用他们的死,鞭挞他们前行。他们想活下去,唯一的办法,就是自己站起来,变得强大。我现在手里有吃不尽的粮食,但我不会给他们。我欢迎他们从我手中抢东西,抢走这顶皇冠都可以,只要他们做得到。但要我给他们?不可能。

"是不是觉得我特别冷血,特别邪恶?是的,我的路是唯一能救这个国家的方法,所有人都必须陪我走下去,需要谁死,谁就得死。"

"所以,我问你,你了解我吗?"卓王孙身子微微前倾,俯向芙瑞雅。

刺目的阳光穿过他,将阴影投射在芙瑞雅身上,恰好完全覆盖。芙瑞雅看过去,只见一片黑暗。

　　恰如日食。

　　从大竞技场回去的路上,芙瑞雅觉得自己全身发冷。一些话执拗地在她耳边回荡,让她感到恍惚。

　　"童话中总是说勇士能战胜魔王,救出公主。不管魔王多么强大,勇士都会一点点赶上他,战胜他。我是这个世界的魔王,可你不愿意做公主,要拿起剑去做勇士。可惜你永远都不可能战胜我,知道为什么吗?因为你有所求。你要保护你的人民,在我看来这是弱点,随便一个人都会让你死无葬身之地。

　　"所以,不要再忤逆我。否则,你会害死所有想要保护的人。

　　"也不要试图再跟我争论谁的路才是对的。在我看来,就只有一条路,没有第二条。所有不同的路,都会被我视为阻碍,禁止在这个世界上出现。

　　"只有我的路才能救这个世界,这一点毋庸置疑,也不容置疑。

　　"我会把这个国家变成一个修罗场,我要用残酷的环境,逼迫他们站起来,强大起来,学会自力更生,习惯想获得什么就去斗去抢。想要自由,想要新生,就只有一个办法:打败我。现在,你了解我了吗?

　　"了解了,就绝望吧。"

　　蒸汽动力车的速度并不快,响声却很大,车身也不断摇晃。每晃一次,都让芙瑞雅的头痛加剧。一个问句,偶尔会出现在这些执拗的话中:我原来到底喜欢他什么?

第十七章　白风城

皇宫中灯火通明,金蓝二色仪仗护卫的车队驶入宫中后,便朝寝宫行去。中途,一辆车悄然离队,驶向侧翼。

皇宫前方是广阔的杜乐丽公园,它完全向民众开放。一条宽阔的马路将公园与皇宫隔开。马路这侧,是个拥有上千年历史的古竞技场,皇宫围绕着古竞技场的三面而建,呈半环形,有着长长的左右侧翼与连接在一起的上百个房间。

车驶向的是右侧的黎塞留侧翼。卓王孙从车上下来走入暗红天鹅绒包裹的枢机厅时,晏执政早已等候多时。两人会面时,照例没有第三人在场。

"血公爵之战的反响如何?"卓王孙自己脱下外套,语气轻松。

"非常好。您亲自下场出战,证明了血公爵之战的公正性。即使是原来对血公爵之战颇有微词的人,这次也无话可说了。而且,您的终场演讲气势十足,在民众中广受好评,对您是暴君的非议下降了不少。"

"豪族那边呢?"

"震慑效果十足。参与叛乱的豪族虽被关在了伊芙琳宫,但还有很多同党在暗中策划营救。帝都可以说是暗潮汹涌啊。陛下您与格蕾蒂斯大公的一战,展现出了嘉德骑士超卓的战斗能力，震慑住了他们。起码有一段时间，他们不敢动了。"

"那有没有消息，他们下一步准备怎么做？"

"仍然是个好消息。陛下，您的此次出战，让这些叛乱豪族看到，您不是要操纵血公爵之战屠杀他们，您也遵守血公爵之战的规则。他们看到了活下去的希望，开始研究如何在血公爵之战中获胜。他们知道自己不可避免要打血公爵之战了，原先他们担心血公爵之战只是个形式，纵然胜了陛下仍会用其他手段追究他们的叛乱之罪，现在相当于给他们吃了颗定心丸。"

"定心丸吗？"卓王孙嘴角浮现出嘲讽一笑。

"晏，你觉得我们还有多久才能从末日中走出来？"

"陛下，我们看到希望了，您的道路是正确的。血公爵之战这柄悬在头上的达摩克利斯之剑，让所有豪族都不敢轻松，他们全都用尽各种办法提高机体的作战能力，就算不需参加血公爵之战的人也在未雨绸缪。血公爵之战存在的这三年，围绕着机体，已形成了遍及整个帝国的庞大产业，几乎所有豪族都参与了进来，直接核心人员高达数十万，外围相关者则不计其数。它大大促进了蒸汽文明的发展，诞生出的新东西，有些连我都感到惊叹。更重要的是，其技术积累已开始向别的行业扩散，虽然还未下探到农业，但的确在我们生活中出现了更多的蒸汽动力。"

晏叹了口气："一开始，我还不相信他们能做到。毕竟，在合众国时，整个国家是何等的暮气沉沉。末日来临时，几乎所有人都放弃抵抗，不是消沉就是疯狂。我当时觉得这个国家不会再有崛起的一天，迟早会分崩离析，重归蒙昧。人类或许会把启当成众神，在他们的统治下经过数个纪元，才会慢慢复苏。但您只花了不到五年的时间，就用严刑酷法强迫他们站了起来，从安享太平到挣扎求存，恢复了点血气之勇。而后，与启的战争，虽然互有胜负，但已为民众注入了信心。尽管现在整个国家还面临着严峻的问题，但我的确看到了希望。不管长还是短，只要这样走下去，帝国迟早会走出末日，而且，不会重蹈合众国的覆辙。"

卓王孙点点头，突然问了一句："晏，你知道母体吗？"

晏："知道，没有人比我更了解了。"

卓王孙："那你觉得，有没有可能把它移到我们的体系中？"

晏坚决地摇了摇头："不可能。"

卓王孙："为什么？"

晏："因为它太强大了。它会让度过末日变得太容易，几乎所有问题在它面前都不是问题。有了它，不会再有人相信艰苦奋斗。他们很快便会重新腐化堕落，帝国必然会变为第二个合众国。但这还不是最可怕的，可怕的是它超出我们的科技太多，会使我们的科技不再循序渐进地发展，必然会出现一个跨度很大的断层。我们的科技，将会围绕着它，在这个断层上发展。如果有一天，母体不在了，我们的科技体系将会全面崩塌，甚至连现在的水平都无法维持。那时就真的只有回归蒙昧这一条路了。而您应该明白，它被毁掉的可能性有多大。"

卓王孙："的确太大了。它的出现，会使无数野心家展开争夺，争夺不到，会有很多人希望它毁掉的。"

晏点头："是的。它实际上是个炸药桶。基于它的未来，看上去很美好，但无异于在炸药桶上看烟花。"

卓王孙："完全没有可能吗？如果不是现在，而是等人类真正站起来后呢？"

晏："还是不行。它会让人重新躺下。越强大的力量越容易让人迷失，对人类来说，它太强大了，人类还不具备驾驭它的能力。"

卓王孙沉吟着，似在犹豫。

晏补充道："我并不是说人类真的用不了它，只是得等很久以后，等我们的科技跨过那个断层，我们已完全了解它、掌握它、驾驭它，等我们有能力接受它，不会再将它当成神迹迷醉或崇拜时，母体就可以成为我们的力量了。"

"我明白了。"卓王孙轻轻叹了口气，"那还是让它留在白风城中吧。"

晏停顿了片刻，犹豫是否说出自己的建议。他犹豫，并不是因为畏惧皇帝的威严，而是他清楚卓王孙在想什么，更清楚，这个建议会令他感到难受。但他最终仍决定说出来。

"实际上，把它留在白风城，仍是件很危险的事情。您也知道，浮空翼船出现后，我们的边防越来越形同虚设，越来越多的人去过白风城，见过浮空岛。您可以想一下，他们当时的惊讶与艳羡。当他再回到帝国时，无论您有着什么样的苦心，他都不会再认可了。他会千方百计地加入白风城。

"您现在是领着一帮又累又渴又饿的人在沙漠里跋涉，而白风城则是海市蜃楼。只要它存在，这些人就不会再跟您走下去。"

卓王孙沉默了。

晏："有些东西，是注定不能共存的。白风城与您的路就是这样。它的存在，将必然决定您的路不可能成功。您的路要想走下去，就必须得除掉它。陛下，您睿智过人，不会看不出这一点。"

卓王孙："你建议我怎么做？"

晏："下策是偷袭白风城，摧毁浮空岛，上策是……"

他住嘴，没有继续说下去。

卓王孙："说下去吧，晏，你是我唯一不会怀疑有私心的人。"

晏叹了口气："上策就是除掉芙瑞雅。"

卓王孙沉默了。这一次，他沉默了很久，很久。

晏："您的路或许会获得任何人的支持，但绝不会包括芙瑞雅。因为，她也找到了她的路。她的路与您的路，是相悖的。她要将现代文明直接送给民众，而您则要鞭挞民众自己去建造现代文明。这两条路注定是互不相让的，必然要以一方的毁灭为结果。除掉芙瑞雅，您的路就不会再有敌人，浮空岛也会随之消亡。而且，这次叛乱我们虽然捉住了很多豪族，但女王系豪族的势力未损。他们非常谨慎，只是派出了一小部分人来到伊芙琳宫，主力仍在暗中观望，因此也保留了下来。这次叛乱等于双方摊牌，他们不会再跟我们妥协，战争越来越近了。留着芙瑞雅，他们就相当于有了一位能力超群的君主，我方胜算大降。她必须消失！"

他深深地望了卓王孙一眼："现在，她被囚于皇宫，这是个绝佳的机会。"

卓王孙沉默良久，笑了笑。

"你是觉得，我还念着旧情，不肯杀她是吗？不怪你这么想，当我从北极铩羽而归，所有知情人都认为她才是真正的原因。毕竟，我两次同意了和谈，最终还为了信守一个无足轻重的承诺，让她建立了白凤城。做出这一切的我，怎么看都是旧情难忘。

"但你们多虑了。我不会。

"知道为什么吗？当她假扮舞姬，向我敬酒时，我的确看出这杯酒有问题。我想看看她究竟想干什么，就喝下了这杯酒。由于早有准备，我没昏睡，随后就联系上了你，在他们觉察之前，用替身将我换了下来。就在换下来的三分钟后，我亲眼看见了城门外的那场劫杀。

"十三艘翼战船，撞在了押解我的替身的翼船上，一切都被撞得灰飞烟灭。如果我在那艘船上，我已经死了。"

他嘴角挑起讥嘲的笑容："晏，我已经死了。"

晏的神色黯了黯："我想这件事芙瑞雅公主应该不知情，她一直坚持要将您囚禁起来而非杀死。想要杀死您的是玄青。"

卓王孙："是的，驾驶那些翼战船的，都是启。这场劫杀，很可能是玄青策划的。他假装答应芙瑞雅将我囚禁，但在我被抓住运往囚禁之地时，发动突袭杀我。的确，不用费多少事，就查清楚了，的确是这么回事。芙瑞雅是被蒙蔽了。但是，晏，她会这么容易被蒙蔽吗？"

晏说不出话来了。

卓王孙："至少说明，对于她来讲，我的生死，并不是多么值得关心的事情吧？活着，就扔到科西嘉岛上自生自灭；死了，也就死了。"

"既然如此，你还觉得，我会念旧情吗？"卓王孙说完，抓起挂在衣架上的外套披在身上，走出了枢机厅。

皇宫中依旧灯火通明，衬得夜色格外深沉。

枢机厅中，晏望着卓王孙的背影，轻轻叹了口气。这的确是杀死芙瑞雅的绝佳机会，但卓王孙真的会动手吗？

会，那自然是最好的。如果，不会呢？

晏对芙瑞雅有着很好的印象，毕竟很长一段时间内，他都把芙瑞雅当成卓王孙未来的妻子。以他与卓王孙的关系，他曾竭尽所能地在芙瑞雅眼中树立起良好的形象。他并不愿意谈论芙瑞雅的生死。但，他非常清楚那条路对卓王孙的重要性。如果说白风城是个炸药桶，那芙瑞雅就是它的启动键。

当芙瑞雅将浮空岛带到民众面前时，卓王孙的道路注定会失败。人的惰性决定了没有人愿意选艰难的路。芙瑞雅的路或许会通向成功，或许不会。但只要它出现，哪怕只有微弱的走通的可能，也意味着卓王孙满盘皆输。他绝不容这样的事情发生。

他拿起笔，简短地写了一封信："把这封信交给费斯坦但提勒斯，他应该已经在白风城了。"

阴影中一只手伸出来，接过信，然后消失不见。晏没有再关心这件事，他知道，这件事必定会办成。他对阴影的力量信心十足。然后，他回到厅中，望着墙上挂着的巨幅地图。地图的上方，白风城旁，浮空岛被极简的笔法勾勒出，非常醒目。

是时候在上面画上一个叉了。

清冷的夜露中，卓王孙推开寝宫的门。

芙瑞雅独自坐在寝宫的地板上。她只把这一块——大约半米见方的地方打扫了一下，仅够自己容身。她闭着眼睛思索，有太多的东西需要担心。

她还是不能放弃克莉丝塔,想救克莉丝塔出来,也有些担心白凤城,自己已离开得太久了。当然,向卓王孙推行源核动力失败,也让她感到压力。

这时,她听到有人进来,睁开了眼睛。看到是卓王孙后,她并没有惊奇,也没有起身,甚至连话都没说一句,依旧继续着自己的思考。

卓王孙也没说话,转身走了出去。

接着,一队队皇室服务人员进来,开始打扫整座寝宫。他们扫除灰尘,整理房间,摆正家具,将坏的旧的移走换上好的,打开灯,铺好床,给寝宫通风。十五分钟之后,整座宫殿焕然一新,丝毫看不出已四年多没住人。

他们做这一切时,芙瑞雅坐在地板上一动不动。他们小心地避开了她身周,不让灰尘及打扫时的嘈杂打搅到她。清扫完成后,所有人悄然退走。然后,卓王孙重新走了进来。

芙瑞雅的话语不无嘲讽:"怎么,不再保持着我离开时的样子了吗?"

卓王孙淡淡地说:"本来就没想保留,只是觉得没有用不必理它而已,现在用到了,自然就要打扫干净。"

芙瑞雅无心与他纠缠:"说说看吧,你要怎么样才能放过克莉丝塔?我不觉得你有必须让她打血公爵之战的理由。"

"这件事并不由我做主,我无法向你允诺什么。我有另一件事要跟你谈。"

"那也要先排个顺序,把克莉丝塔的事情谈完再说。"

"我认为你会对这件事更感兴趣。刚才晏提到一个很有意思的观点:我和你的目标是一致的,都想让这个国家走出末日,但我们选择了不同的路,这两条路是相悖的,互不相容。一条路的成功,必须以另一条路的毁灭为代价。所以,我要想走通我的路,就必须先毁掉你的。"

他拉过一张椅子坐下,望着芙瑞雅:"他还说,浮空岛对我的路来说是毁灭性的存在,当他们知道可以轻易获得能源、食物、现代生活时,没有人会再愿意过艰苦的日子。我的路,会瞬间土崩瓦解。"

芙瑞雅沉默了。她没有露出惊讶之色，显然，她早就想到了——这个答案加深了卓王孙心底的不快。

"晏执政给我的建议是：下策，毁掉母体；上策，杀掉你。现在，给我一个不杀你的理由。"

芙瑞雅脸上平静无波。这个问题，她根本不想回答。

卓王孙拿出一沓东西放在芙瑞雅面前："你也跟他一样认为，我不会杀你吗？那好，给你看看这个。"那是十四艘翼战船撞在一起，炸得粉身碎骨的照片。

芙瑞雅一惊。

卓王孙玩味地看着她："你惊讶什么？是我怎么没死？还是我怎么得知的？"

芙瑞雅翻阅着照片，很快就把事情经过猜了个七七八八。她很清楚卓王孙让她看这些照片的用意——他认为她要杀死他。

"我若说我对此真的不知情，你会相信我吗？"

"我相信。"卓王孙点了点头，"但同时我会说，你没有做错。我向你说这些，并不是想听你解释，而是想让你明白，我们之间已经回不到过去了。你必须清楚，我们现在的关系。"

"我清楚。"

"好，现在，给我不杀你的理由。"

他注视着她，语气平静，却有种让人彻骨的寒冷。

芙瑞雅深吸了一口气。她能听出来，卓王孙并不是在开玩笑。如果她不能给出一个理由，他或许真的会做出某些可怕的事情。他在大竞技场中所说的话，到现在还让她不寒而栗。让整件事失控的一点是，她已经不再了解卓王孙了。

卓王孙已完全不是她熟悉的那个少年。又或者说，她从未真正认识他。那么多年，她所熟悉的、爱过的、怀念的，只是一个幻象。

第十八章　囚禁

猜不到他下一步将做什么，她只能先按照他的要求做："我们的道路的确是相悖的，我深知这一点。但，无论什么样的路都需要人来执行，而人是可以合作的。我想与你合作，而不想要战争。我们的合作，可以以你为主，我不要权力，不要地位。我的愿望只有一个：重建文明。只要能实现这一愿望，我可以不计较手段，甚至，不计较过程。你所有的作为，我都可以睁一只眼闭一只眼。"

她的话，让卓王孙深深看了她一眼。显然，这个问题她早已思考了很久，回答得并不仓促与草率。她做出了极大的让步，不再是那个"你征服不了我"的她了。为了实现目标，她学会了妥协与忍让。

她会变得越来越庸俗，被磨平棱角吗？

"你觉得你能做到吗？"

"我能做到。"芙瑞雅坚定地说，"我也可以答应你，我的领地，永远只有方圆一百公里大小，不会超出一寸。我只为你制造伊什塔尔并提供技术支持，你如何使用它，什么时候使用它，我都不干涉。我唯一的要求，是你答应我，一定要用它们建成现代文明。"

卓王孙："我没想到，你竟能让步到这个程度。我开始相信你的诚意了。不过，晏还有另一层顾虑。母体科技领先人类太多，如果在地球上推行它，势必会造成科技上的巨大断层。这个断层大到无法弥补。而受到母体力量的诱惑，人类不会按部就班地去弥平这个断层，而是会以母体为中心，重新建立科技体系。这种科技体系会是空中楼阁，一旦母体被毁，整个科技体系都会崩溃。关于这一点，你怎么看？"

听到卓王孙的这段话，芙瑞雅久久没有说出话来。她沉默了很久，终于做出了一个艰难的决定："我要告诉你一个秘密，这个秘密，在这个世界上，只有我一个人知道。现在，我要告诉你。我希望能以这个秘密证明我要与你合作的诚意。希望你听完这个秘密后，认真考虑一下与我的合作。"

"我已经在认真考虑了。"

"母体，是用一种叫源核的东西制造的。源核拥有强大的近乎无穷的能量。在这个世上，总共有两颗源核可以制造母体，一颗在浮空岛上，另一颗……"说到此处，芙瑞雅再度犹豫了一下，显然，这是她最大的秘密，要将它说出来并不容易。

"在我体内。"

"你说什么？"卓王孙的脸色骤然改变。

"如果真有那么一天，母体被毁掉，你可以用我体内的源核将它重造。所以，请放心，有我作为备份，就算母体被毁，科技体系也不会崩溃。"

"源核为什么会进入你的体内？"卓王孙完全没在意她说的其他话，继续追问。

芙瑞雅脸上有一丝忧伤："为了获得力量，我不得不这样做。"

卓王孙脸色变得极其难看。

晏曾经向他解释过长生族科技中的几个核心概念。源核，就是蛰龙。石星御将它从遥远的时空带到这个世界，并用它控制宇宙众生。换一种人类能够理解的语言去描述，它是可以寄生的种子，灌注了龙皇的意志与力量，类似于神魔的元神灵胎。他原本以为，芙瑞雅体内的蛰龙，是被石星御暗中植入的，后来又被玄青以邪法控制。但现在，他知道自己想错了。源核，也

第十八章 囚禁

就是蛰龙，竟是芙瑞雅主动放入体内的。直到这一刻，他终于明白了这场令他们都痛不欲生的悲剧，到底因何而起。

是她！她主动将蛰龙纳入体内，任由它逐步侵吞了他们还未出世的孩子。为了修造母体，为了浮空岛，为了合众国的"盛世"。

灯光照不到的阴影中，卓王孙的手在缓缓握紧。坚硬的胡桃木扶手，几乎要被握出印迹。

芙瑞雅并未察觉到他情绪的变化："你该明白这个秘密的重要性。我把它告诉你，是真的有诚意与你合作。请你认真考虑。"

卓王孙注视着她，想透过她脸上的平静，看出一些其他的情绪。然而，他什么也没看到。这一刻，他感到前所未有的愤怒。是什么，让这个女人的心披上了如此坚硬的铠甲，能对一切无动于衷？经历了这么多事，他也学会了接受现实——接受她已经不再是之前的她，接受她不在乎他，甚至开始接受，她不在乎他们的孩子。但当他听到，她将自己当作母体的备份，完全不在意源核的侵蚀时，他几乎无法控制自己的怒意。他恨不得立即转身离去，传令三军，不惜一切代价将浮空岛摧毁。

然而，他最终什么也没有做，只是深吸一口气，让自己冷静下来："你真的想合作吗？"

芙瑞雅毫不犹豫地回答："想，哪怕仅仅是一次尝试。"

卓王孙微微欠身："好，那想听听我会怎么使用母体吗？"

芙瑞雅示意他说下去。"我会先用它，壮大我的禁卫军，让豪族们再也不敢兴起反对我的念头。然后，我会用它将反对者彻底铲除。再然后，我会把它应用到血公爵之战中，或许它能让蒸汽机体进化为大天使？我期待着那一天，那样的血公爵之战，才是真正的血公爵之战。母体不会带给帝国安宁、富饶，而是杀戮、血腥。这个结果，你满意吗？"

他的目光刺在芙瑞雅脸上，像蛇形短刃，想刺穿她的铠甲，剜出她一心掩藏的脆弱。

芙瑞雅沉吟了良久，终于说："我不满意，但，我也不反对。我说过，我不计较过程。"

"不计较吗？"卓王孙满是嘲讽地打量她，"是不是觉得自己付出了最大的忍耐，做出了最大的让步，心中充满了牺牲感与伟大感？可惜的是，我仍然不会同意。"

他冰冷而坚决地总结："我不会让母体进入帝国。"

芙瑞雅眼中原本燃起的希冀，陡然熄灭："为什么？"

卓王孙轻轻靠在椅背上："不为什么。你出卖身体交易力量的样子，让我感到厌恶。"

芙瑞雅的嘴唇剧烈地抖了一下。这算是什么理由？明明是最有利的条件，他竟然说拒绝就拒绝，就为了这荒唐的理由。她皱眉看着他，想从他脸上找出答案，却徒劳无功。她的确不了解他，不了解这个喜怒无常的暴君。她甚至不知道他到底想要什么，自己该如何说服他。终于，她低下头，不再说话，无力感瞬间蔓延全身。这种感觉，已经很久不曾有过了。

卓王孙看着阴影中的她，终于从她脸上读到了痛苦与疲惫。也从这一刻起，他的怒意渐渐平复。房间里只剩下长久的静默，直到汽灯光线暗淡。

卓王孙转身而去。

目送他的身影消失后，芙瑞雅就地坐下，面对着大宅恢宏而阴森的残骸，静静思索。关于合作，她已拿出了最大的诚意，做出了最大的让步。她想不出还能加上什么砝码。难道，她要让人类重建文明，就必须打倒他吗？

一场战争？这是她承受不起，也不想承受的。现在的人类，经不起这样的折腾。任何动荡，都可能让脆弱的人类分崩离析。这是她不想与他一战的根本原因。何况，启还虎视在侧。玄青对卓王孙下的黑手，无疑宣告了他从未放弃过灭绝人类的野心。而由于她的失误，让卓王孙面临了一次死亡危机。这个错误很严重，而且时机非常不巧，直接摧毁了两人合作的基础。

第十八章 囚禁

芙瑞雅叹了口气。没想到，经过那么多苦难，终于为人类找到了新能源，但，她面对的却是绝境：她被阻挡在人类阵营之外，不得而入。

会有办法的，她咬着牙对自己说。她强迫自己先将这个问题放下，思考另一个更紧迫的问题——克莉丝塔。她必须救出克莉丝塔。她只剩这一个亲人了，她不能坐视克莉丝塔死于血公爵之战而不管。

直到现在，她还不能相信，卓王孙真的忍心将克莉丝塔送去血公爵之战。难道，他真的丧心病狂到如此程度了吗？为了所谓的道路连人性都泯灭了？如果他真的是这样的人，还有合作的必要吗？一想到此，芙瑞雅就觉得今晚的夜格外黑暗。

这时，她又听到有人进入寝宫。她的眉头皱了起来。卓王孙是阴魂不散吗？她现在的耐心可非常不好。

"姐姐。"一个清脆柔和的声音传来。

芙瑞雅吃惊地抬起头，见到一个身穿王室礼服的少女，站在寝殿门口。

"克莉丝塔？"芙瑞雅起身，向她走去。就在快接近时，克莉丝塔却退了一步。她向芙瑞雅行了一礼，恭敬而又疏远。

"姐姐，我想和你谈一下血公爵之战。"克莉丝塔的语气让芙瑞雅有一丝陌生。从幼年开始，她就总是跟在芙瑞雅身后，芙瑞雅去哪里，她就去哪里。在她眼中，芙瑞雅是无所不能的，自己什么也不用想，什么也不用怕，有姐姐在就好。有时候，芙瑞雅嫌她太缠人，想扔下她一个人出去，克莉丝塔就会牵着衣袖撒娇，让自己不得不退步。长大后，她们在一起的时间变少了，但芙瑞雅仍然是克莉丝塔最信任的人。哪怕少女最懵懂的秘密，她都会第一个同芙瑞雅说。她们之间，从不会如此疏远。

芙瑞雅认真地看着她，心中微微抽紧。也许是太害怕了，才会让克莉丝塔变得冷漠。她很理解，对于一个即将走上血公爵之战战场的少女，怎么害怕都不为过。她握住克莉丝塔的手，柔声说："不用怕，我不会让你参加血公爵之战，无论有多么难，我都会把你救出来。"

克莉丝塔笑了："不，姐姐。我不需要你救。"

她将自己的手从芙瑞雅的手中抽离，笑容里有一点苦涩："参加血公爵之战，是我主动向哥哥要求的。"

芙瑞雅一震："为什么要这样做？这是血公爵之战，你从未受过机体训练，很可能会死的！"

"是的，我会死，但这会让哥哥爱上我。"克莉丝塔平静地回答。

她的话宛如惊雷，在芙瑞雅耳边震响："你说什么？"

克莉丝塔："我说，让哥哥爱上我。你应该知道的。"

芙瑞雅沉默片刻。这并非没有端倪。从幼年起，克莉丝塔就一直闹着要加入她与卓王孙的游戏。甚至，克莉丝塔也曾对芙瑞雅说过，她很喜欢卓王孙，希望长大后能找到一个像他一样的恋人。但芙瑞雅将这当成孩子气的玩笑，就像小女孩在谈及未来的丈夫时，会说想找一个和爸爸一样的人，如此而已。何况，这一代家族中女孩居多，卓王孙的出现，恰好弥补了长兄角色的空缺。她依恋他，是很正常的。芙瑞雅也一直将之当成是妹妹对哥哥的感情。

芙瑞雅："克莉丝塔，有很多事你还不明白。"

"我的确不明白。"克莉丝塔抬头，幽幽看了她一眼，"姐姐，你既然不爱他，又为什么要回来呢？留在白风城，让他慢慢忘记你，不是很好吗？"

芙瑞雅叹了一口气："这件事，不是一两句话能解释清楚的。无论如何，不要去竞技场。那不是游戏。"

克莉丝塔笑了笑："姐姐，你还是将我当成小孩子，但我已经长大了。我非常清楚自己在做什么，有什么后果，该付出什么代价。姐姐，我比你勇敢，也比你更懂他。我知道他很伟大，也愿意为了他的理想牺牲自己，而不是像你那样，非要与他分出个高低。"

芙瑞雅深深皱起眉头，这番话让她感到有些陌生。以前的克莉丝塔，是那么信任、依恋自己，从不会这样对自己说话。到底是什么改变了克莉丝塔？

第十九章　克莉丝塔

克莉丝塔仿佛看出了芙瑞雅的疑惑："姐姐，自从你离开后，我过得很不好。家族的人分为两派，一派把我当作旗帜，用我的名义，暗中集结力量，对抗帝国；一派把我当作可利用的棋子，逼我做你的替身，去接近哥哥。他们每天都在争吵，每天都在施展手段，唯独没有把我当成一个活生生的人。那时的我很痛苦，找不到生活的意义。好在，哥哥保护了我。他把那些逼迫我的人流放到了西伯利亚，再把我送到修道院保护起来。

"修道院里很安静，后院是一片玫瑰花海，里边有一座石亭。我每天都去那里祈祷，从清晨到日暮，看着白色玫瑰花在光线下变出不同的色彩，我的心也变得宁静起来。那时我甚至希望，就这样度过一生。"

芙瑞雅沉默了。她很想说，你的一生才刚刚开始，却没有说出口。她能理解那种痛苦，被至亲之人裹挟、逼迫、出卖的绝望。

克莉丝塔停顿了片刻，继续说下去："可有一天，一群暴民闯了进来，要烧掉我祈祷的凉亭。如果我不让开，他们就会撕碎我，侮辱我。我已经做好了死在那里的准备。这时，哥哥又一次救了我。当他向我走来的时候，我感觉好像看到了一道光。"

"克莉丝塔,我能理解你对他的感激。但爱不是这样……"

"不,你听我说完。最打动我的,并不是他救了我,而是他之后做的事——他将自己的皇冠脱下,放入了凉亭内的石棺中。"

芙瑞雅一怔。

"你一定很奇怪,石棺是从哪里来的吧。这是哥哥为女王设立的衣冠冢。帝国建立后,他几乎每周都会来看这具石棺,一站就是一整夜。我祈祷的对象,宁死也要守卫的也是它。"

芙瑞雅的手不由握紧。她很想问一句"它在哪里",最终却没有问出来。

"在众目睽睽下,哥哥斥退暴民,将皇冠放入了棺里。他说,女王是唯一能配得上皇冠的人,他要用这顶皇冠为她陪葬。他说这些的时候,是那么真诚,那么悲伤。也就在这一刻,我真的爱上了他。"

克莉丝塔脸上露出甜美的微笑:"我相信了一件事,他成为暴君,不是为了他自己,而是为了人类,为给他守护的人一个未来。伤害女王的名誉、摧毁合众国,是他不得不付出的代价,他也为此深深痛苦。他没有辜负女王,他对她的爱,绝不亚于你我。"

芙瑞雅陷入沉思。卓王孙的所作所为,到底是演戏,还是真情流露,或者二者兼而有之?她更相信是最后一种。

"至于血公爵之战,他从来未向我提过任何要求。但我知道,他需要有一个人,代表合众国顺从他,瓦解豪族的抵抗;也需要一个他真正在意的人参战,彰显血公爵之战的公正。大局稳定后,他还需要一个人陪在他身边,替他打理皇帝不能做的那些事。这些我都能做到,我比你更适合他。"

"你能给我这个祝福吗?姐姐。"克莉丝塔望着芙瑞雅,"这对我很重要。"

芙瑞雅深吸了一口气:"克莉丝塔,不是我不肯祝福你。无论你爱上谁,我都会给你祝福,但唯独是他……"

克莉丝塔:"因为你还爱他吗?"

"不。我不会再爱他了。我劝阻你，只是因为他真的不适合你，你并不了解他是个什么样的人。"

"我知道。他所做的每一件事，我都知道。我并不认为杀多少人是评判一位皇帝的标准。如果我不知道，我就不会自愿出战血公爵之战了。"

当她说出"我并不认为杀多少人是评判一位皇帝的标准"时，语调中有让人不寒而栗的冷漠。这或许是超越年龄的成熟，又或许是少年男女特有的残酷与漠不关心。无论如何，都不是芙瑞雅想看到的。她不想克莉丝塔被这个末日的世界浸染，只想她像以前那样，无忧无虑地生活。

"克莉丝塔，如果你觉得自己已经长大了，那我们就像成年女孩那样对话。"芙瑞雅用平静的语气说，"他这个人，就像一团火焰，耀眼、强大、变化无常，这是他对你有巨大吸引力的原因。但同时，他也有巨大的破坏力。靠近他，就意味着危险，只有处处小心，才不至于焚身成灰。否则，就是飞蛾扑火……"

"我愿意。"克莉丝塔没有让她说下去，执拗地问，"请祝福我好吗？姐姐。"

芙瑞雅摇了摇头："不，我真心劝你不要这样做。"

克莉丝塔注视着她，长长叹了一口气："那么，你就是我的敌人了。"说完这句话，她便转身走入黑夜中。她的动作决绝，没有丝毫的迟疑。

芙瑞雅站在劫灰里，长久无语。她甚至怀疑自己是不是得了什么病，判断力严重下降，先是低估了行刺的难度，然后是没有算到玄青的黑手，再就是完全没想到克莉丝塔参加血公爵之战，真的是自愿的。

更可怕的是，这自愿的原因，是一份炽烈的少女之爱。从刚才的话可以看出，克莉丝塔已深陷其中，无法自拔。爱到刻骨的少女会做出什么样的牺牲，她很清楚。克莉丝塔说，卓王孙没有提过任何要求，这很可能是真的。这是个不惧燃烧的年龄，每爱一次都轰轰烈烈，特别伟大，又特别卑微，完全不把死亡放在心上。但她不能让克莉丝塔死。她在这个世界上，已没剩下多少朋友了。

如果克莉丝塔是被迫参赛，无论多难，她都会将其救出来。她甚至不惧再次与卓王孙交锋，为克莉丝塔赢得生机。但现在，克莉丝塔的话让她感到一阵无力。

还能做什么呢？难道眼睁睁地看着克莉丝塔披上铠甲，在爱与牺牲的幻象中，走向死亡？

不行，她还要再试试。芙瑞雅向着克莉丝塔离开的方向追了几步，就被一位穿着黑色洛丽塔裙的少女拦住。

缇娜向芙瑞雅行了一礼："请回去吧。克莉丝塔小姐要准备明天的血公爵之战，不能打扰。"

"就在明天吗？"芙瑞雅先是一惊，随即冷静下来，"对手是谁？"

缇娜："泛美王国之主，格蕾蒂斯陛下。"

芙瑞雅感到一阵发冷。对手竟然是格蕾蒂斯！格蕾蒂斯在战场上不会展现任何怜悯。当她站在战场上时，就只会有一个念头：打倒敌人，无论对手是谁。上一次比赛中，纵然是卓王孙，当今的帝国皇帝，格蕾蒂斯都没有任何留情。

何况，格蕾蒂斯与卓王孙的血缘关系，芙瑞雅知道得一清二楚。严格来讲，卓王孙是格蕾蒂斯最亲的亲人，但就算如此，格蕾蒂斯出重拳时也没有半分犹豫，旋转飞刃斩向卓王孙时也没有半分避让。这是格蕾蒂斯之所以强大的原因，曾经让芙瑞雅很是佩服。但，作为对手，就太可怕了。

克莉丝塔能撑得到宣告失败的那一刻吗？她会不会才一交手，就被格蕾蒂斯斩成两截？她能挡住格蕾蒂斯一招吗？

芙瑞雅压制住怒意："谁指定的对手？"

缇娜："克莉丝塔小姐自己指定的。"

芙瑞雅深吸了一口气："我要见你们的皇帝，请他取消比赛。"

第十九章　克莉丝塔

缇娜："没有用的。这场血公爵之战是克莉丝塔自愿发起的，除非她愿意，否则没人能取消。何况，她知道你去见皇帝陛下，应该会更生气吧？"

芙瑞雅沉默了。克莉丝塔对她的敌意那么明显，她若去劝，恐怕反而会激怒克莉丝塔，让事情朝着更不好的方向发展。

芙瑞雅："好，那开战的时候，我要和她一起。"

缇娜："不用急，明早陛下会亲自来接你。你一定可以见到克莉丝塔。"

第二天黎明，皇宫车队一早就出发，向大竞技场行去。虽坐在同一辆车里，但两人谁都没说话，一路静寂。车队到达大竞技场时，民众早已将这里围得水泄不通。

第一豪族家主，对战战斗力最强的嘉德骑士、泛美王国的君主，这场血公爵之战卖点十足。他们在末日受的所有的罪，都可以在这场血公爵之战中宣泄出来。

车队是在震耳欲聋的欢唱声中进入大竞技场的。民众的歌声，从一开始就没有停过。车窗外，攒动着一张张激昂亢奋的脸。这让芙瑞雅更加忧虑。他们会宽恕克莉丝塔吗？

当芙瑞雅登上主礼台，意外地发现，克莉丝塔竟然早就在大竞技场中了。她脱下了长裙，换上了一身戎装。她那头女王家族专属金发，被编成了辫子，牢牢盘在头顶。她全身上下没有任何装饰物，简洁、干净，目光中透出某种决然。

芙瑞雅从未见过这样的克莉丝塔。在她的印象中，克莉丝塔永远在粉色蕾丝的簇拥下，像个洋娃娃。现在的她，更像一位国家覆灭、父兄尽亡的公主，在最后时刻换上戎装登临城墙，面对敌人的千军万马，有一种绮丽而悲壮的美感。

她身后，是一架粉白色镶着金纹的蒸汽机体。金纹盘旋成玫瑰的样式，点缀着暗红。这架机体让芙瑞雅想起了大天使维纳斯，克莉丝塔的父亲查理曼亲王的座驾，二者都纤瘦富有艺术气息，美得不像是战争机器。查理曼驾驶着维纳斯时，创下过赫赫战功。克莉丝塔呢？克莉丝塔没进行过系统的骑士训练，她怎么可能打得过格蕾蒂斯？

芙瑞雅怔怔地望着克莉丝塔。克莉丝塔一动不动，纤细的身形与机体形成鲜明的对比。

随着皇帝陛下在主礼台落座，观众纷纷进入大竞技场，响彻四方的欢唱也终于停歇。他们迫不及待地想要看到这场血公爵之战开始。格蕾蒂斯与她的机体，也进入场内。

格蕾蒂斯与克莉丝塔是两个极端。克莉丝塔纤瘦、娇小、稚气未脱；而格蕾蒂斯强大、成熟、英气逼人。格蕾蒂斯像一位习于征战四方的将军，一个眼神就能震慑对手。二人的机体也是两个极端。相较于维纳斯的艺术气息，曙光机体足足高了四分之一，威武庄严。二者一对比，便高下立判。

这更增加了观众的兴致。他们想看到的，就是这位纵容手下囤积粮食、作奸犯科的第一豪族家主在大竞技场上被打得血泪横流，跪地哀求。而他们则毫不留情地呼喊着"杀死她！杀死她！杀死她"，让她得到应有的惩罚！

他们饿着肚子，连饭都吃不饱，衣不蔽体，每天醒来就是绝望。凭什么她就可以锦衣玉食，住着宫殿，过着奢靡无度的生活！他们的痛苦，全都是像她这样的人造成的！

本次血公爵之战，皇帝陛下并没有做例行的开场演讲，只是挥了挥手，示意开始。

"等等。"芙瑞雅站起身，"作为她姐姐，我可以代替她出战。"

卓王孙看了她一眼，淡淡问旁边的人。

"可以吗？"

书记员："如果参战双方都同意的话，理论上是可以的。"

芙瑞雅走到主礼台边，看着格蕾蒂斯，用唇语缓缓说："还记得吗，

第十九章 克莉丝塔

你欠我的。"

当初卓王孙公布女王影像时，芙瑞雅看出了视频中的男子是亚当斯大公，权衡后却引而不发，保全了第二区的声誉。这，的确是一个巨大的人情。格蕾蒂斯沉默片刻。她深知这个人情的分量，想要偿还，不仅要同意芙瑞雅上场，还需要在接下来的比赛中手下留情。这显然有悖于她一直以来的信念，但出于愧疚，她只能答应。

格蕾蒂斯点了点头："我同意。"

芙瑞雅松了一口气，这就是她能想到的可以解救克莉丝塔的方法。她查验过血公爵之战的规则，双方骑士打成平手时，由皇帝裁决，一起赦免，或一起杀死。

显然，卓王孙不可能判她和格蕾蒂斯任何一人死刑。这是所有方案中最可行的一个。现在，轮到克莉丝塔做决定了。

克莉丝塔平静地面对主礼台："我不同意。她不是我的姐姐，而是献给皇帝的舞姬。"

芙瑞雅一惊："克莉丝塔！"人却被卓王孙拉住。

附近民众笑了起来："舞姬，你入戏太深了。"

克莉丝塔看了芙瑞雅一眼，钻进了维纳斯机体的驾驶舱。

随着巨大的轰鸣声，蒸汽机体启动，克莉丝塔一手拔出腰间的细剑，另一手则握住背上的蒸汽重炮，摆出战斗姿势。格蕾蒂斯对芙瑞雅摊了摊手，也走进机体，在最短的时间内做好战斗准备，发动了旋转飞刃。场边的书记官大声宣布血公爵之战开始。

极其少有的，格蕾蒂斯并未在战斗一开始就立即强攻。曙光机体中传出她的声音："克莉丝塔，我姑且把这当成是你的胡闹。如果你现在认输，还可以少受一些伤。"

"不，我不会认输的，因为我要战斗给一个人看。"

"愚蠢，战斗不是小女生的游戏！"

蒸汽曙光猛然发动，暴冲至蒸汽维纳斯面前，重拳狠狠轰在它的胸口。曙光的速度如此之快，维纳斯根本来不及做出任何反应，就被轰得离地而起，呈15度角向空中飞去。曙光闪电般追了上来，旋转飞刃发动二连击，刃片切向维纳斯的关节。

格蕾蒂斯准备用对付卓王孙的招数来对付克莉丝塔，不同的是，卓王孙是在一场鏖战后被格蕾蒂斯击中的，而克莉丝塔，则是在一开始就遭受了这落败之击。这就是两人之间的差距。胜负只在一招之间。观众席上发出一阵整齐的叹息，似乎在怅惋这场盛宴结束得如此之快。但就在此时，意想不到的变化出现了。

维纳斯右手的细剑突然刺出，一连十三剑，每一剑都刺中旋转飞刃，准确无误！它也因此获得了足够的动力，在空中拔高上飞，拉开了与曙光的距离。轰！一声暴响，它左手的蒸汽重炮轰出，巨弹夹杂着焰火，垂直而下向曙光轰去，而它则借着反向作用力再度拔高上冲。蒸汽重炮稳定维持着每秒钟一发的轰击速度，维纳斯盘旋上升，越飞越高，而正下方的曙光，已被蒸汽重炮的火焰包围！

这一突变让观众惊愕地张大了嘴巴。克莉丝塔竟然有这么强的神谕能力，将蒸汽维纳斯操控得这么好。这已不弱于资深的见习骑士了。

格蕾蒂斯冷冷地说："看来，你父亲暗中教了你不少东西啊。可惜，就连他也是我的手下败将！"

曙光的身影自重炮焰火中出现，只一闪就摆脱了火焰的包围。一枚炮弹射过来，格蕾蒂斯看都不看，旋转飞刃撩出，重弹已四分五裂。它的身形一闪再闪，维纳斯已无法再锁定它，重炮失去了目标。而维纳斯也达到了最高点，无法再借重炮的反推之力继续上升，不可避免地向下落去。格蕾蒂斯就守在它的下落之处！

维纳斯虽借重炮调整了下落点，但这已是纯粹的防御，最终未能躲过那记重拳，再度被轰得斜斜飞出。这一击比方才重了许多，驾驶舱内的克莉丝塔受了波及，一阵晕眩。维纳斯摔倒在地，还未能站起，就被曙光重新踩进了土里。

"有点小想法，但完全不够看。克莉丝塔，这不是你该在的地方，认输吧！否则，我认真打起来的话，你等不到观众的宽恕就会死在场上。"

"我说过，我要战斗给一个人看，我不会认输的。"

"可笑的坚持，那就让我教你怎么放弃吧。"

钢铁巨脚抬起，狠狠地踩在维纳斯的左臂上。咔嚓一声响，左臂断裂，脱落。随之脱落的，还有挂装在左臂上的蒸汽重炮。

维纳斯趁着这个时机，右臂在地上用力一撑，脱离了蒸汽曙光的掌控。它在离曙光四米远处站住，样子已有点凄惨。左臂缺失，加之主要热兵器被解除，它的实力至少减损了六成，只剩下右臂的细剑了。

"认输吧。我并没有认真作战，否则，方才你逃离不了我的掌控。我会在你逃离的瞬间发动攻击。"

"我不会认输的！"

细剑摆出攻击的态势，维纳斯闪转，划出一道椭圆形的轨迹，从左侧翼向曙光发动攻击。但这些都没有用，格蕾蒂斯看都不看，旋转飞刃暴力砸了过去，先是将细剑砸断，跟着砸在了维纳斯机体之上，将其前冲遏制住，再度砸了回去。

维纳斯又一次重重摔在了地上。

"还是不认输吗？"

"不！"

"那看来我不应该还给你留一条手臂。"

曙光前冲，失去武器的维纳斯躲闪，但克莉丝塔很快发现，曙光的行动轨迹复杂到她不能理解。随着每一步逼近，她觉得自己能躲闪的地方越来越小。到最后，已无处躲闪，尽管她身处大竞技场的中央，四处全都是空地。

在观众看来，曙光的速度越来越快，而维纳斯则越来越慢，轻易被曙光追上。重拳狠狠轰在了维纳斯的胸口。维纳斯仰面后倒，而它的右臂则被旋转飞刃刺中，搅成无数飞散的零件。维纳斯再度砸在了地上。随后，它艰难地爬了起来。

克莉丝塔的声音里夹杂着轻咳："这就是嘉德骑士与见习骑士的差距吗？"

"不，这是我和你的差距。"格蕾蒂斯冰冷的声音传出，"不要再挑战我的耐心了。"

"格蕾蒂斯，战斗对你来讲意味着什么呢？"

"不是真正骑士的你理解不了。"

"不，我能理解。战斗，就是为了证明你自己，证明你是最强的，证明你独一无二，证明至少在战场上，没有人能让你屈服。这场战斗，我也是来证明我自己的。我想证明，我长大了。"

格蕾蒂斯用嘲讽的语气说："那你该拿着出生证去民政部，而不是来这里。"

"格蕾蒂斯，你爱过一个人吗？你知道你非常非常爱他，但他总把你当成小孩子，摸着你的头说'等你长大再说'是什么感觉吗？我现在站在这里，就是想证明，我长大了，我可以承担责任，可以受伤，甚至，我可以死！"

维纳斯冲了上来，双臂折断的它将自身当成武器，撞向曙光。但曙光只轻轻抬臂，就挡住了它的攻击，随后一记重拳，将它击飞。曙光没有追击。出于对芙瑞雅的愧疚，格蕾蒂斯并不准备下杀手。她只是警告克莉丝塔，不要再做无谓的挣扎，赶紧投降认输。但，维纳斯没有放弃。它再一次艰难爬起，再一次扑向曙光，再一次倒地。不管维纳斯被击倒几次，它总会爬起来，踉跄着攻击。每一次，它都会更残破，它的攻击，也会更加缓慢无力。

这不是战斗，是惨烈的杀戮。

一开始，观众纵情欢呼，慢慢地，欢呼声弱了下来。他们望着双臂折断的维纳斯，感到一种难言的恍惚。

第十九章 克莉丝塔

粉白色镶着金纹,金纹盘旋成玫瑰,玫瑰点缀着暗红。鲜明的艺术气息,带着旧时代的颓废与纤细,与粗鄙简陋的末日格格不入。虽尘土满面,双臂断折,它仍是那么精致,不像机体,而像传说中爱与美之女神的雕塑。

民众心底涌起了一丝悸动,那似乎是同情。他们在同情克莉丝塔吗?她可是帝国最大的豪族,是趴在他们身上的吸血鬼,是他们灾难的源头啊!他们无论怎么恨她都理所当然,她落得什么下场都罪有应得,怎么会有同情?

但,当她说着"我要证明我长大了""长大了就可以爱他",一次次向对手冲去,无论多少次都不放弃时,他们的心仿佛也在不由自主地抽紧。

这样的举动,太幼稚了,幼稚得就像是……他们的童年。或者,他们的孩子。

第二十章　浴血的维纳斯

一记重拳轰在维纳斯胸前,将它远远击出。这一次,维纳斯在地上努力挣扎,却再也未能爬起来。一缕醒目的血迹,从维纳斯的驾驶舱中流出,在大竞技场的地面上蔓延开来。

曙光向前,拔下背上的巨剑,一剑将驾驶舱斩开。舱内的克莉丝塔露了出来。她的脸色极其苍白,嘴唇上还残留着咳出的血迹。她身上的戎装已经被血浸透,左肩露出一道触目惊心的伤口,鲜血以肉眼可见的速度向外流淌,瞬间打湿了竞技场的沙土。

格蕾蒂斯走下机体,转向民众:"胜负已定,宣布你们的决定吧!"巨剑毫无怜悯地架在了克莉丝塔的脖子上。

芙瑞雅倏然站了起来,但卓王孙的手坚定有力地抓住了她:"坐下,认真看。"

"你想让我看到什么?她的血吗?"

"不,我想要让你看的,是帝国的希望。"他眺望着竞技场内,神色前所未有的认真。

芙瑞雅的手有些颤抖,她几次想挣脱,最终还是强忍着坐了下来。巨剑离克莉丝塔的脖子只有几毫米,剑身上的冷气,让她白皙的肌肤惊起了一层寒栗。她的生死,已在大竞技场观众的掌握之中。只要他们一声呼喊，她就会生，或死。而之前，除了皇帝陛下的那场血公爵之战，所有的战败者，都在一片整齐的"杀死他！杀死他！杀死他！"的呼喊中被枭首。这次，依旧是他们痛恨的豪族。

大竞技场中一片寂静。所有人的目光，都落到这个重伤的少女身上。这是这场欢宴的高潮，他们本就是为此而来，只有她的死才会让他们餍足而归。芙瑞雅几次想起身，都被卓王孙强行止住。场内寂静得让人感到寒冷。

不知是谁，取下座椅上的白色布套，扔向场中。

白色布套似乎是想攻击曙光，却由于距离太远，最终落在了大竞技场的边缘。这个举动，就像是一只蝴蝶，落到即将涨满的水池，轻轻一碰，就让绷紧到极致的水面倾泻而下。越来越多的人取下白色布套，扔向曙光。不知多少只白色布套，在空中飞舞着，占满了整个天空。上万观众竟不约而同地保持着沉默，竞技场陷入了一种难以形容的寂静之中，只有白色布套簌簌落地的声音。

芙瑞雅突然明白了。她抬头，望着漫空的白，那是雪，是她努力微笑时，所望不见的雪。卓王孙松开一直紧握着她的手。漫天飞舞的白色布套，终于都落地。大竞技场变成了白色。

格蕾蒂斯缓缓收剑。

卓王孙慢慢站了起来，走到主礼台的边缘，俯视整座大竞技场。

"一直以来，血公爵之战都是审判，是将那些有罪的人，置于场中，让场外的你们审判是否宽恕他们。每一次，你们都做出了自己的选择。这一次，我相信你们已经明白，血公爵之战审判的不仅是场上的他们，还有你们自己。可喜的是，你们让我看到了帝国的希望。你们，向我展示了，血公爵之战不只有仇恨，更重要的是——宽恕。这也是我想让你们明白的。只有宽恕，才能带领我们走出末日。"

他的声音在大竞技场中回荡着，每个人都静静地聆听。皇帝陛下的话，深深打动了他们。这一刻，他们忘记了腹中的饥饿、自身的渺小，感觉自己像是个什么人物。是的，就在此地，他们展现了宽恕，伟大的宽恕。

这是他们寻常人生中，最值得铭记的事。

卓王孙徐步向大竞技场走去，一直走到破碎的驾驶舱前，搀扶着克莉丝塔起身。

"你做到了。"他望着克莉丝塔，目光中有温暖。

"我真的做到了吗？"克莉丝塔苍白的脸上浮现出一抹嫣红，她完全不顾肩上的伤，盯着卓王孙追问，"我真的做到了吗？"

"真的。"

"那你答应我的事情呢？"

卓王孙下意识地抬头望了芙瑞雅一眼。

芙瑞雅在礼台边缘，扶着栏杆注视着他们。她脸上有关切，也有欣慰。克莉丝塔死里逃生，她心头最沉重的负担终于放下。这一刻，卓王孙有些犹豫。这时他听到了一声轻轻的咳嗽。尽管竞技场如此大，这声咳嗽仍清晰地传入他耳中。他知道，那是晏在提醒他，必须按照既定的仪轨来做，不容有半分闪失。他的帝国，不容有半分闪失。

卓王孙轻轻叹了口气，携着克莉丝塔的手缓缓举起。

"她所说的那个等她长大的人，就是我。我曾与她约定，等她真正长大了，就嫁给我。现在，她已经证明她长大了，而我也该履行自己的誓言。我，帝国的皇帝，在此宣布，克莉丝塔为帝国皇后。"

整座大竞技场一时鸦雀无声，所有人都震惊地望向卓王孙。他们想不到，皇帝陛下，竟会如此随意地宣布这么大的一个消息。那可是空悬了多年的皇后之位啊，如今，终有所属，属于克莉丝塔——他们刚刚宽恕的少女。

观众席上的豪族，也被这个消息震惊了。克莉丝塔成为帝国皇后？这意味着帝国最大的旧贵、女王家族，再度出了一位皇后。这是足以改变帝国政治格局的大事。豪族们的心思全都高速转动起来，思索着这件事会引发什么样的后果。每个人的脸上都神色复杂,掺杂了太多利益,变得模糊。唯一感受到单纯的幸福的,是克莉丝塔。她像个孩子一样跳了起来,紧紧地抱住了他。卓王孙并没有回应她的拥抱,而是第一时间回头,望向礼台上的芙瑞雅。

除了惊讶,她脸上什么表情都没有。这让卓王孙有些失望。

之后,皇帝陛下又宣布了一件大事:为了庆祝大婚,举行大赦,监狱中的犯人全都罪减一等,除了十恶不赦者,全都免除刑罚。命令才一公布,便欢声雷动。

末日之中,多少人为生计所迫铤而走险,几乎每个家庭都有直系亲戚因犯罪被关押了起来。监狱早就不够用了,政府也无力养着这些犯人,于是便将他们发派到各个厂子劳作,以劳代罚。他们全都在这一大赦范围内。这可以说是惠及全民的恩典。

随后,一队穿着囚衣的人被带进了大竞技场。观众并未觉得异样,还以为是大战后的余兴节目。然而一见到他们,豪族们全都坐直了身子。这些人,就是因上次支持芙瑞雅公主叛乱,而被关押在伊芙琳宫中的豪族。带他们来此,是何用意?

皇帝陛下很快就揭晓了答案:他们也在大赦之中。

此语一出,众人又是一片惊愕。他们犯的可是弑君之罪,属于十恶之首,历来不在大赦范围之内。竟连他们都被大赦了?

皇帝陛下给出了原因:宽恕,亦是这次血公爵之战所表达的主题。他必须做一位皇帝该做的事情:让帝国前进。为了达到此目标,没有什么是他不能做的。他的个人荣辱生死,将会放到第二位。

随后,他宣布了对这些叛乱豪族的赦免方案:所有豪族都降为庶民,免除一切爵位与官职。但,如果他们愿意参与血公爵之战且获胜,则爵位与官职尽可保留,此后也不会被追究任何责任。

这一方案让豪族们大吃一惊：虽是大赦，但这处罚也太轻了吧！一场差点让皇帝陛下驾崩的刺杀，竟然没有一个人获得死刑！最后，皇帝陛下举起克莉丝塔的手："要感激，就感激新任皇后吧。"

大竞技场的观众都有种不虚此行的感觉。他们本以为此场血公爵之战的高潮是克莉丝塔的战斗，没想到战斗之后，真正的高潮才降临。他们亲眼看见并参与、成就了历史。他们笃信，这一幕必将成为历史，并深刻改写帝国的未来。无论庶民，还是豪族，都这样认为。他们唯一没想到的是，这仅是序曲，真正的高潮还隐身其后，尚未来临。

听到克莉丝塔被立为皇后时，芙瑞雅并没有什么特别的感觉。这件事在她心中，并不如克莉丝塔得救重要。如果勉强说感觉的话，应该是如释重负。她从四岁时就与这个男人结下的牵绊，或喜，或乐，或悲，或苦，都终结了。再谈及国家大事时，终于可以不用掺杂个人情绪了。这样说来，是好事。

大批的美食被运送进大竞技场，免费供给观众。这里成为狂欢场，酒液与肉香夹杂在一起，桑巴与手风琴自然地加入。大竞技场持续喧嚣与沸腾，夜色被点燃。

卓王孙与芙瑞雅返回皇宫，克莉丝塔并不与他们同行。定下婚约后，彼此反而不能见面了。两人依旧同乘一辆车，归途仍然寂静。

车进入杜乐丽公园前的大道时，卓王孙终于开口："不准备对这件事说点什么吗？"

芙瑞雅沉默着，蒸汽引擎的轰鸣声在车厢里回响。良久，她才说："恭喜。"

"是恭喜吗？"卓王孙的声音里有一丝怅然，"想必你永远都不会原谅我了吧？"

"我说过，我不再在乎你做的那些事。它们都已经过去了。我不恨你，对你也没什么特别的好感,就是这样。"

"真的吗?"卓王孙认真地看着她,"可我总觉得,我欠你一次道歉。为了表示歉意,我向你解释一次。

"就算没有末日,合众国一样会灭亡,末日只是加速了这一过程而已。合众国的问题,在于内部,在于它习惯了伟大人物的照顾,丧失了自己站立的能力,再给它一个伟大人物,再给它一次现代文明,也只是延缓它死亡的进程而已。它真正需要的,是归零、混沌,是将它所有依赖的、信仰的都拿走,让它不得不站起来,去开辟新的天地。不是别人给它的新天地,而是它自己开辟的。

"这就是我的路,我把它称为'零'。我所要做的事,就是将帝国所有的庇护者都毁掉,让帝国归于'零',然后让它自己去产生'一'。它需要把旧的一切都铲除,产生出自己的英雄、庇护者,或者神明。我不知道这个'一'是什么样子,无法描绘,但相信它是人类唯一的出路。

"正是基于这个原因,我才公布了那卷录像带。我非常清楚它对你造成了什么伤害,对不起,你可能认为我的道歉并没什么诚意,但,这是我打心底认为我欠你的。"

"只欠我一个道歉吗?"芙瑞雅抬起头,看着车顶上的天窗。天窗已经关上了,但还是有些刺眼。

"我欠你的很多。曾经我说过,我讨厌你为了实现目标什么都可以牺牲,我又何尝不是这样呢?我讨厌你,是因为我厌恶自己。我们理性地做出选择,却让我们之间的感情承担选择的痛苦。最终,当它承受不了的时候,就会死去,只剩下理性来衡量我们必须做出的那些牺牲。"

卓王孙的声音中有一丝罕见的感伤:"你说,要是我们不是这样的人,我们会幸福吗?"

芙瑞雅沉默了,会有那样的可能吗?

她不会放弃一切去寻求重建现代文明的希望,他也不会为了让这个国家走上他认定的路而成为皇帝。他们各自治理自己的国家，忙于永远都忙不完的事务。他们不会成为彼此的敌人，不会彼此伤害，不会形同陌路。

会有那样的可能吗？

芙瑞雅的心在轻轻抽搐，不愿，也不敢再想下去。

"你，为什么非要成为这样的人？"

"可能，"卓王孙沉吟了片刻，"可能是不幸遭逢了这个时代吧……"

芙瑞雅没有说话。她能理解这个答案。如果一直身处合众国那样的盛世，卓王孙可能会一直做大公子，而她则一直做公主。他们会看到合众国的弊端，却不会有勇气去改变，只是继承长辈们制定的框架，缝缝补补也就过去了。但这个时代不同，突如其来的灾难打碎了一切，大厦必须从头建起。

"不要恨我。"

这句话语气很轻，几乎让人听不到，却让芙瑞雅全身一震。她从没听过，也从没想过，他会说出这样的话。

卓王孙轻轻抬头，注视着她的双眼，一字一字地说："我也像你一样，想守护她留下的世界。"

他深黑色的眸子中有微光闪烁，那是不容造伪的真诚。这一刻，芙瑞雅竟有种冲动，想要原谅他。或许，他真的是在煞费苦心地撑起这个国家。这样的想法差点冲破她为它设置的枷锁，但瞬间就被理性重新压下。

她语调冷漠："什么时候放我走？我想我也应该在大赦之列吧？"

"等我与克莉丝塔的婚礼结束吧。"卓王孙偶尔展露的感性，也迅速被抚平，"你不会想错过这场婚礼的。"

芙瑞雅没有回答。她的确不想错过，因为她从他身上看到了久违的情感，或许他并不是她想象中的魔王，或许她再努力尝试一下，就可以促成双方的合作。她不知道的是，当太阳将要坠落时，最后的余晖总是特别温暖，特别让人眷恋。但它终将坠落，让一切陷入黑暗。

第二十章 浴血的维纳斯

芙瑞雅仍然居住在寝殿中,卓王孙再未出现。和克莉丝塔的婚约,彻底将两人分开了。

克莉丝塔倒是偷偷来拜访过她一次。她对芙瑞雅已不再有仇恨,脸上全是心愿得偿的兴奋。她信誓旦旦地向芙瑞雅保证,一定会劝说卓王孙释放她。当然,她也不时规劝芙瑞雅,不要再与卓王孙为敌。

芙瑞雅只是微笑着,并不反驳,感受着克莉丝塔单纯的喜悦。脱下戎装的克莉丝塔盘起了长发,这让她显得成熟了一点,真的像一位准备婚礼的新娘了。四月的风吹起克莉丝塔耳边的碎发,很美,也很温柔。她身上传来薰衣草幽远的香,这让芙瑞雅感到莫名的温暖。

克莉丝塔临走时,犹豫了一下,停下脚步:"姐姐,虽然这样很失礼,但我还是想向您提这个请求,请祝福我好吗?"

芙瑞雅的身子颤了颤。克莉丝塔殷殷地望着她,仍带着稚气的目光中全是期待。可以看出,这个祝福对克莉丝塔多么重要。这似乎是克莉丝塔心中的一个坎,她必须拿到这个祝福,才能够跨过去,心安理得地取代芙瑞雅,成为他的新娘。

芙瑞雅深吸了一口气。她的眼前,突然闪过卓王孙偶尔显露的情感,想到自己惊悸的冲动。它们像一小串孤岛,在波涛怒啸的大海中浮沉着。那片大海是她的痛苦,是她无边无际,仅剩下几座孤岛的痛苦。

她张开口,感到自己的声音是那么遥远,干涩得连自己都有些认不出来:"我祝福你。"

然后,她看着克莉丝塔绽开笑容,走远了,就像原来一样。或许,克莉丝塔是唯一一个没被末日改变的人。

很久以后,她才走上前,将花厅的门关上。就在门快关上的时候,她发现仿佛有个人站在院子的阴影里,望着她,但她看不清楚。

她关门的动作没有停顿,合上了门最后的缝隙。

花厅中没有点灯。灯就在离芙瑞雅不到一尺的地方，但芙瑞雅没有伸手将它打开。她坐在黑暗中，深深吸气，然后呼出，重复着这个单一的动作。这是这么多年来，她做过无数次的动作。这个动作，能让她在情感即将冲出枷锁时，将它锁住。她从未像现在这样，渴求自己变成一个纯粹理性的人。

纯粹的，只计较得失成败的人。

第二十一章　又一位温莎家族的皇后

这场血公爵之战一如在场观众所认为的那样，广受瞩目，影响深远。

克莉丝塔出战血公爵之战，一度被认为是皇帝与女王系豪族正式宣战。联系到那次差点令皇帝陛下驾崩的叛乱，帝都甚至全国的豪族们人心惶惶，不知暗中进行了多少次密谋。

他们笃定地认为，皇帝陛下本着"擒贼先擒王"的原则，想要先除去女王系豪族的领袖，让他们成为一盘散沙，再一一剪除。这的确是条有效的计策。克莉丝塔虽然不掌实务，却是女王系豪族的精神领袖。没有了她，光是争这个领袖之位，就会让女王系豪族自己先乱起来。

谁都没想到，这场血公爵之战竟会出现如此峰回路转的变化。克莉丝塔不但没死，还成了帝国的皇后。之后由皇帝陛下亲自主持的大赦，则被认为是与女王系豪族和解的橄榄枝。那些因叛乱而被囚禁在伊芙琳宫的豪族们，当天就被释放了。当他们被亲族好友簇拥着，品尝着美酒美食，享受着久违的自由时，他们还觉得不太真实。而当第二天，参加了豪族聚会——当然是为他们庆祝而设，他们才真正地感受到，自己的确自由了。

这令他们对皇帝陛下的感观有了180度的转变。这转变也影响了其他的豪族。他们开始相信，皇帝陛下鼓捣出血公爵之战这玩意，或许真的是想以它为由头，引领着帝国向前，从而保护高门大族长治久安。

类似的聚会，举行了好几次，豪族们的意见出奇地统一——该是他们表现善意的时候了。最好的表现时机，当然是这场婚礼。他们决定，将克莉丝塔与皇帝陛下的这场婚礼，办成前所未有的盛举。

哦，现在该称之为"皇后陛下"了。

大婚在两周之后的一个吉日举行。

这对于帝国皇帝、皇后而言，是仓促了一些。符合仪轨的做法至少需要半年的准备时间，包含各种冗长的步骤。但这次无人反对。几乎所有人都盼着这场婚礼早日举行。

民众期待着，因为他们已经太久没有听到真正的好消息了，他们渴望能找个狂欢的理由，哪怕只有一天。皇帝陛下难得地展示了仁慈与宽容，帝国所有的大城市都可以领取免费的庆典食物，甚至还有一点酒。婚礼前后七日，所有城市都会举行日常庆祝活动。在婚礼的当天，还会有整天的假期。看得出来，皇帝陛下非常想让所有民众都分享他的喜气，而这，正是民众所需要的。

豪族们也期待着。血公爵之战、叛乱，导致豪族与皇帝的关系日趋紧张，一场大动荡即将到来。这些既得利益者并不想动荡，没有人比他们更想安享太平。最近两场血公爵之战所展现的善意以及婚礼，让豪族们全都松了口气。尤其是女王系家族，克莉丝塔成为皇后，无疑会让他们的地位水涨船高，也可以大大缓和他们与皇帝的关系。

克莉丝塔自然是期待的。她像个真正的准新娘一样，巨细无遗地关心起婚礼的每个细节，确保它完美。每个人都能理解她的心情，也体谅她随时推倒重来的孩子气，一遍遍修改方案。毕竟皇帝说过，凡她所愿，皆须满足。

打开婚纱时，克莉丝塔忍不住惊叹了一声。她面前展开的不仅是缀满珍珠的纱裙，也是花团锦簇的未来。

皇帝应该是期待的。当晏送来吉日供他选择时，他选了最近的那一个。

芙瑞雅也期待着。她说不出自己期待的理由，却本能地希望，这一切能尽早结束。如果有人要成为帝国的皇后，克莉丝塔是她最容易接受的那一个。毕竟，这样可以保护她的亲族，也圆了克莉丝塔的心愿。更重要的是，这场婚礼，可以让她为自己的情感画上一个句号，和那个纠缠不清的人，从此陌路。

在所有人的期盼中，帝国皇帝的大婚之日，终于到来。

婚礼举行之地，就在伊芙琳宫。

这半个月，伊芙琳宫被彻底改造了一番。宫殿全都漆成了金色和蓝色，这是皇室专属的颜色；玫瑰装饰则几乎挂满了所有地方，这是皇后的家族徽征。二者仿佛在宣告，皇室与皇后家族从此将紧密合一，荣辱与共。

宫中的女孩们全被迁出，偌大的宫殿等待着它真正的女主人降临。侍卫、女官则全都换上了新人，其中一半来自皇后家族，以确保皇后不会有陌生感。

而伊芙琳宫外的大竞技场，此时张灯结彩，装饰华丽。它已变成婚典时的露天宴席场。这里将不间断地举行三天三夜的宴会，不管是谁，只要说一句对皇帝皇后以及帝国的祝福，就可以入座饮宴。这是专为民众设的宴席场，表达了皇帝普天同庆、与民同乐的愿望。豪族们当然也有专属的宴席场，就在中央大厅。这个大厅其实是皇帝在宫中的大臣接见地，就算几百号人同在都不拥挤。但今天，这里显然也不够用了，又加上近侧的几个大厅与走廊，才勉强摆下宴会桌。

帝国几乎所有的豪族都出席了这次婚典。在人们心中，它象征着旧势力与新势力的结合，两个王朝的联姻，是比帝国成立还要隆重盛大的大典。

芙瑞雅也参与了婚礼，只是她的身份尚未恢复，无法公开出席。好在，她也不想在民众前露面。

清晨，她独自走到宫殿北面的钟楼前。这是附近建筑中，唯一没有被翻新的。它有十层楼高，可以俯瞰宫殿主体以及大竞技场。芙瑞雅沿着旋转楼梯上行，直到顶楼。她穿过巨大的齿轮与机簧，走到窗前，倾听外面的喧嚣与欢庆。能远远看到克莉丝塔得偿所愿，便也够了。

大竞技场里的欢呼声不时传来，想必那里已经坐满了人。宴会一波接一波地开，如山般的美食，如海般的酒液，每个人都乘兴而来尽兴而返。婚仪的声音也从花厅的方向隐约传来。克莉丝塔想必正牵着卓王孙的手走过红毯。此刻的她一定双颊飞红，满脸都是喜悦。

芙瑞雅突然生出一丝懊恼，应该把母亲留下的项链送给克莉丝塔的。那是她保留下的，女王为数不多的遗物。

在这些欢庆的声音外，还有机械运转的声音。那个时钟拥有两百年的历史，还在缓缓走动。它屹立于此，不知见证过多少庆典。政权的交替，人事离合，欢喜与悲伤，荣耀或耻辱，都已成过往，只有时间是永恒的。

婚典按照程序进行，从白天一直持续到夜晚。

夜晚的伊芙琳宫更加美丽，灯光与焰火将它装点得宛如仙境。皇室的穷奢极欲在这时表现得淋漓尽致。漫天的焰火自夕阳落下的那一刻起，就没停过。各种欢庆声响彻四面八方。

芙瑞雅静静地靠在窗前，看着这与末日格格不入的繁华。渐渐地，她脸上露出一丝欣慰而苦涩的笑容。

很好，两大家族、两代王朝的联姻，终于有了结果。虽然，新娘不是她。

今夜过后，帝国将进入新的纪元。克莉丝塔收获了想要的爱情，他也终于有了地位匹敌的妻子。帝国的旧贵与新贵，将以帝后联姻为契机，取得微妙的平衡。女王系家族，也会在最大程度上得到保全。长久以来，自己背负的责任，终于可以放下了。这样的结局，皆大欢喜。

芙瑞雅叹了口气，莫名地觉得这是她在帝都的最后一晚。这一晚过后，她将回到白风城，继续为重建文明这个渺茫的目标努力。所以，她很想再多待一会，多听一会。

夜色在喧嚣中，渐渐深沉。芙瑞雅点燃了一支蜡烛，不是为了照明，而是为了陪伴自己。烛光将她的身影投照在时钟上，为这个狂欢之夜点染上一笔忧伤。

午夜已过，大竞技场内的欢宴仍在继续，民众过剩的精力仍在持续宣泄，而宫殿内则陷入了沉寂。豪族重臣表示完善意与顺从，便该陆续告退了。没有人愿意打搅皇后与皇帝的新婚之夜。就在这时，一阵脚步声传来。芙瑞雅有些奇怪，谁会在这个日子想到她呢？

门被推开，让芙瑞雅吃惊的是，竟然是克莉丝塔。作为新娘的克莉丝塔，描摹着精致而浓烈的妆容，身着洁白如云的拖尾婚纱，披戴着传承百年的王室珠宝。这时的她的确像一位帝国的皇后，光彩照人。

芙瑞雅："克莉丝塔？你怎么会来这里？"

克莉丝塔没有回答，而是笔直走到她旁边的椅子旁，坐下。然后，便一直这样坐着，不说一句话。

芙瑞雅觉得自己有点失职，身为克莉丝塔唯一的亲人，在她人生最重要的盛典上，自己应该陪在她的身边。纵然是最幸福的新娘，在婚礼上也会感伤。童话结局的来临，让她忐忑；与原生家庭的分别，又让她彷徨。

芙瑞雅走过去，柔声安慰："克莉丝塔，不用担心，你会过得很幸福的。"

"姐姐。"克莉丝塔将脸藏在阴影里，声音有些沙哑，"你说，我是不是错了？"

"你怎么会这样想？"芙瑞雅握住她的手。她的手指冰冷，微微发颤。

芙瑞雅叹了口气："没事的。他虽然是个暴君，但一定会好好对你的。这一点，我可以向你保证……"

"他们都睡着了。"克莉丝塔突然轻轻笑了，"所有人都睡着了。真奇怪，才喝了几杯酒，他们就睡着了。"

芙瑞雅心底陡然升起一阵强烈的不安。这时，她发现克莉丝塔拖尾婚纱的一角，竟然浸着一抹血痕。

芙瑞雅一惊，强行将她的脸转向自己："克莉丝塔，你受伤了？"

克莉丝塔无力地摇了摇头。她的脸上虽带着微笑，却极为勉强。尤其是她的眼睛，就像是受到惊吓的小鹿，大到极致，却无法聚焦。

"我没受伤。我只是奇怪，为什么他们会睡着。"

芙瑞雅："谁？"

克莉丝塔答非所问，只重复着一句话："都睡着了……都睡着了……"

芙瑞雅忍不住探身向楼下看了一眼。中央大厅的方向，寂静无声。她的心突然沉到了谷底。这时，新一轮的烟火冲天而起，变幻的光影与硝烟气息，让她一阵阵晕眩。她很想关上窗户，把这一切都隔绝在外，但她知道，必须去看看。那里，一定发生了什么。这是她必须知道的。

芙瑞雅走出殿门，向中央大厅走去。大竞技场内的喧嚣仍持续地传来，天空中的焰火不时照亮她，但她每走一步，就觉得静寂加重一分。

中央大厅里灯火通明，但没有一点声音传出来。她想，与会的宾客是不是都已经走了。

她总共迈了两百三十八步，终于走完了这段路程，进入大厅。然后，她发现自己错了，没有一位宾客离开，他们全部都在。

宴会采用的是复古分食制，每人面前都有一张桌案，席地而坐。案上堆放着各种酒杯与餐具。大厅四面的门敞开着，与近侧几处宫殿及走廊连在一起。那些宫殿与走廊里也都摆满了桌案，形成一处联通的空间。

五百多名豪族，就在这里欢宴。他们全都身着最隆重的礼服，歪歪倒倒地坐在桌案后，仿佛陷入了沉醉。

广阔的大厅中，没有一点声息。

要走得足够近，才能看到，一线血痕，从这些人的嘴角溢出，流淌到地上。除了这一点外，他们的神态都很安详。有的人趴伏在桌上，手中还握着酒杯；

有的人脸上还残留着笑容，似乎想要和旁边的人推杯换盏。

死亡仿佛是瞬间降临的，将大厅定格在某个杀戮时刻。

已变成黑色的血，缓缓渗出，在丝绒地毯上连成一道刺眼的惊叹号。

卓王孙坐在唯一的皇座上。他是这场欢宴中唯一活着的人。

他隔着身前的桌案，俯视着死去的宾客，脸上没有任何表情。仿佛从亘古以来，他就在这样俯视着他们。

这一幕是如此震撼，让芙瑞雅大脑中一片空白。她用力阖上双眼，而后再度睁开。眼前的惨景并未消失，反而更加清晰。

她茫然地问了一句："这是怎么回事？"

直到此刻，她还不能相信，竟会有这样的事情发生！这几乎是帝国豪族的八成，他们全都死在了这里！

卓王孙："我杀了他们。"

他的语调中没有任何起伏，分外平淡。

芙瑞雅："你杀了他们？你怎么可以杀了他们？"

卓王孙："我早就想杀他们了。从帝国建立的第一天，他们就跟我作对。他们从未真正服从过我，心心念念旧日的好时光。无论我做什么事情，他们都会阻挠。有他们存在，我的路就不可能走通。晏将他们称作'帝国的毒瘤'。我一直想除去他们，但他们的势力太大，没有一场浩劫般的战争很难清除。现在好了，我几乎没费什么代价，就将他们全都杀死了。帝国，终于真正掌控在我手中了。"

他像是在叙述一件再平常不过的事。但他说的每一个字，都让芙瑞雅身上更冷一分。

"你是说，这场婚礼，是你早有预谋的，目的就是杀掉这些豪族？"

"是的。血公爵之战，还有这场婚礼，都是计划的一部分。我做这些，只有一个目的，就是让豪族相信我真心想与他们修好。否则，这场婚礼到场的豪族不会超过三分之一，我永远不可能找到将他们一网打尽的机会。"

他淡淡看了芙瑞雅一眼："你的行刺，是个意外。好在，它并没有改变整件事的走向。"

芙瑞雅深吸一口气："克莉丝塔呢？她是不是意外？"

这一次，卓王孙没有回答。

芙瑞雅提高了声音："回答我！"

卓王孙："是。原计划她会最先醉酒，人事不知。等所有人毒发身亡后，我会将她带到南方行宫。在那里，她会带着自己的梦想，幸福地活下去，永远不会知晓今夜发生的一切。可惜，因为某种原因，她提前苏醒了。"

芙瑞雅："你杀光了她的族人还不够，还要将她软禁起来，哄骗一辈子？"

卓王孙："这是我能想到的最好的办法。"

芙瑞雅缓缓点头："那她对你的爱呢？是意外，还是你的引诱？"

卓王孙的脸色冷了下来。

他实在不屑于回答。且不说他真心视克莉丝塔为妹妹，即便功利地讲，这个计划的施行，也并不需要克莉丝塔的爱，又何必节外生枝。他意外的是，芙瑞雅竟然会这样问。这简直是对他的侮辱。

芙瑞雅并未停止追问："为了你所谓的帝国，连她都忍心利用吗？"

卓王孙沉默了片刻，目光落在芙瑞雅身上："我本来想利用的人，是你。"

芙瑞雅突然想起，一直以来，卓王孙都想让她回到帝都。本来她以为，这是他余情未了，没想到，他竟然是想以她为饵，将豪族全部钓出来铲除。

她的手不由自主地颤抖起来。就算在冰城，她都没感到如此寒冷。

"你应该感到开心，因为我消除掉后顾之忧后，就可以跟你谈合作了。你之前所列的条件，我还是很感兴趣的。豪族还在时，我无法与你合作，因为那无异于引狼入室。"

芙瑞雅笑了："你还想跟我合作？"

"为什么不？他们的死，是这个帝国获得新生所必须付出的牺牲，是归零的必经阶段。"

芙瑞雅看着他，眼中是浓浓的讥嘲。他的话，她一个字也不肯再信。

卓王孙伸手指向遍地尸体："你有没有想过，这些人不仅是帝国的毒瘤，也是合众国的毒瘤？覆亡合众国的，不是我，是这些蛀虫；将女王送上祭坛又摧毁的，不是我，而是他们！我杀掉他们，就是在为人类消弭祸根。他们囤积的财富，会为我所用，成为文明重建的基础。"

芙瑞雅断然摇头："历史上多少次王朝更迭，哪一次没有杀光权贵重新来过？但最终又怎样呢？人不能长久在严刑峻法下生活，也不可能不分化出阶层。不过几十年，就会有新的权贵出现。可能是开国功臣，可能是你的亲信。而你们的亲族，也可能会利用这份特权牟利。他们中，有的罪有应得，有的并不知情。那时你会怎么办？是按法律审判，还是再来一次无差别的杀戮？"

卓王孙："无论什么时期，无论是谁，包括我自己，都一视同仁。"

芙瑞雅："这是行不通的！你杀掉的，不仅是一个个活生生的人，还是人们对秩序的信心。你释放出的血腥暴力、毁灭与掠夺，不能解决根本问题，只会带来动荡与恐慌。最终，会有一个比你更残忍的恶魔，杀掉你，取代你，重新血洗一遍世界。这是永无终止的轮回！"

卓王孙淡淡地说："换作是你，会怎样做？"

芙瑞雅："我会依法查清他们贪腐的数目，让重罪者得到应有的惩罚，轻罪者则施加罚款。至于其他权贵，我会用征税、与政府合作等方式，让他们把财富拿出来，投入流通领域。最好是教育、医疗、公益，其次是奢侈消费、商业投资，让他们的财富下行，最终普惠于民。"

卓王孙语气微嘲："这种缝缝补补，你母亲做了二十年，结果如何？"

芙瑞雅："和母亲不同的是，我已找到新能源，第四次科技革命就在眼前。技术的进步最终将普惠底层，供给百亿人口。这，才是出路。"

卓王孙："假设你的方法有效，那要多少年？熬得过即将到来的大饥荒以及灾疫吗？"

芙瑞雅没有回答。她很清楚,自己的计划不是一时半会儿能完成的。

卓王孙:"你的方法,我不是没想过。我逼他们拿出部分财富,投入血公爵之战,以此推进民生。我忍了三年,忍不了的,反倒是他们。但凡有一丝可能,他们肯放下复辟的想法,服从于我,我也不会用这最后的办法。或者说,他们的死,要归罪于你。如果你肯降服于我,他们就不会这么顽固地一直与我作对。"

芙瑞雅沉默了。卓王孙端坐在皇座上,遍地尸体环绕着他,他就像冥界的王者,对芙瑞雅说着生之诱惑:"不必太在意这些蛀虫的死亡,同帝国的新生比起来,这又算得了什么呢?要想终结末日,总得有牺牲者。"

他对着芙瑞雅伸出了手:"我会以最大的诚意与容忍来与你谈合作。我向你保证。"

"诚意?容忍?"芙瑞雅倏然抬起头,望着他,"你知道吗?当你跟我说'不幸遭逢这个时代'时,我真的有原谅你的冲动。但现在我终于看清,你就是个疯子,你已经疯了!"

"芙瑞雅……"

"巧言令色,掩盖不了你的疯狂。你根本不在意别人,你觉得什么人挡了你的路,就一定会将他们铲除。是的,你的确保住了几十亿人的性命,这一度让我强逼自己不去恨你。但现在,我才明白,那只是因为这几十亿人活着符合你的目标,如果有一天他们也挡在你的路上,你一定会毫不犹豫地将他们除去!

"毁掉这个世界的,不是启,不是'未来',不是短缺的粮食,而是你!你就是这个世界的末日!"

"我是这世界的末日?"卓王孙笑了。

他停顿了片刻,仿佛在回味这句话的独特:"说得很好,那又如何呢?我不会因为任何人的质疑改变自己的道路。你说我疯了,也许吧。这是帝国新生必须付出的代价。"

芙瑞雅："够了，你没有资格讲什么帝国新生！一直以来，我忍受着你。每次看到你，我都一遍遍对自己说，我不能恨这个男人，我不能杀死他，因为杀了他，我的国家就会分崩离析，我的人民就会经受更大的灾难。

"但现在，我才明白，你才是这个国家最大的危险！"

卓王孙语气嘲讽："这一点，你应该在十年前就明白的。"

芙瑞雅注视着他，脸色渐渐变得郑重："我，以正义与秩序之名，以亡父亡母之名，以守护我们的美德不被邪恶侵染的骑士之剑为名，在此宣誓，我当——"

"诛除暴君！"说这四个字的时候，她缓缓站直了身子，双手悬空拱立，仿佛手中握着一把无形的长剑。这是嘉德骑士的宣誓之姿。直到今天，芙瑞雅仍然是嘉德骑士团的领袖。从法理上讲，她仍然是所有骑士的共主。

"诛除暴君？"卓王孙眉峰微挑，显然没将她的誓言当成一回事，"不怕掀起一场足以毁灭人类的大战了？"

"我怕。"芙瑞雅冷冷看着他，"我一直都怕，所以忍让着，一退再退，谋求合作。但现在，无论付出什么样的代价，我都要除掉你。你不死，人类必将会被你拖入地狱！"

"下定决心了？"卓王孙看着她，轻轻摇了摇头，"可惜，我不想与你一战。你知道吗？我已经决定跟你合作了，你同意或不同意，合作都要进行。我还记得你那些条款，真的退让了很多。其中一款就是，你为我制造伊什塔尔并提供技术支持，我如何使用它，什么时候使用它，你都不干涉。我在想，既然如此……母体不是更应该掌控在我手中吗？"

第二十二章　血与火之誓

"芙瑞雅,你怀念白风城吗?也许,你离开得太久了。"这句微带戏谑的话,让芙瑞雅的心笔直下坠。

"你对白风城做了什么?"

"没什么特别的,也就是你能想到的那些。"卓王孙的语调一如初始的平静,"攻破城池,杀掉强硬者,俘虏软弱者,抢走城中最珍贵的瑰宝,进献给皇帝陛下——从亚历山大到拿破仑,两千年来我们不都是这么干的吗?"

"想亲眼看看吗?跟我来。"他示意芙瑞雅与自己一起来到露台。

芙瑞雅眉头紧皱,还是跟了过去。随着他的一个响指,露台地板突然动了起来。它在蒸汽轮机的轰鸣声中,徐徐上升,一直升到最顶层。从这里看出去,伊芙琳宫的周围一览无遗,可以一直望到曾经属于弗凯子爵的城堡。大竞技场旁的宽阔大道上,数十辆蒸汽机车正拖着一个庞然大物,缓缓行来。它赫然就是浮空岛。只是,它再也不复昔日荣光,浑身布满弹痕,就连底部的钢板都被穿透出几个大洞,淡蓝色的符文光芒也熄灭了,显得灰暗而破旧。它躺在由上百个卡车车厢拼凑而成的巨型平台上,长达两百多米的身躯被无数锁链捆绑,就像是同奥林匹克诸神战斗而陨落的提坦巨人，只剩下庞大的身躯供人瞻仰。

蒸汽机车的轰鸣声惊动了仍在大竞技场狂欢的宾客，他们纷纷走出来，漫天的焰火，照亮了匍匐的浮空岛。这一幕，是如此震撼。如果说浮空岛是启的神迹，那浮空岛的陨落，就是人类的神迹。他们亲眼看见神迹的降临，爆发出如雷的欢呼。

身处七层高台上，卓王孙将这一幕尽收眼底。他回头，戏谑地望着芙瑞雅："现在，不想再诛除暴君了吧？像以前一样，一面恨着我，一面忍耐我，幻想我与你一样，在拯救这个国家，不是很好吗？"

"来，站在我身边。"他伸手，对芙瑞雅做了个邀请的动作。

芙瑞雅一动不动，任漫天的焰火在她脸上投下光影。

卓王孙维持着邀请的姿势，语气温柔："不用怕，我不会杀了你。毕竟，我们是唯一的同类。我曾一度很困惑，命运为何一定要拆散你我。直到最近我才想通，它只是在逼迫我们换一种方式相处。

"我们始终会在一起。后世人们提到我，会冠以'史上第一暴君'之名，而我名字旁边，一定会有你。史书大概会这样写，史上第一暴君，以及他祸乱天下的舞姬。"

芙瑞雅："舞姬吗？"

"是的，这就是命运希望我们相处的方式。舞姬，比皇后更适合你。尤其是，"他看着她，挑衅地笑了笑，"当你一无所有的时候。"

这句话并未激起芙瑞雅的怒火。她只是怀着最后的失望，看了他一眼。这一眼，让卓王孙脸色微变。因为他发现，她的目光中除了怒火，竟然还有怜悯。他眉头皱起，不知自己是否看错了。

"把我当成舞姬，困锁在你的深宫中，当你到来时为你跳掌上舞，这样的幻象，让你兴奋吗？当着所谓的皇帝却始终不被旧贵承认，让你压抑太久了吧？你以为掌控了局势，那只是因为你无知。你理解不了新的能源、新的文明，所以，你也理解不了，浮空岛，不是区区几根锁链能够困住的。"

芙瑞雅抬起手，遥遥伸向浮空岛。一声嘹亮的龙吟，从浮空岛上响起。这座斑驳破损，没有半点生机的岛上，突然亮起了淡蓝色的光。光流过岛的各个部分，那些散裂的符文，竟然在迅速地重聚、修补，发出明亮的光芒。一股围观者无法理解但的确存在的波动，从岛内部传出。岛开始晃动起来。缠绕在它上面的锁链绷紧，而后断裂。庞大的岛体缓慢上升，断裂的锁链越来越多，有些卡车仍吊在它身上，但丝毫影响不了它。最终，浮空岛显示出它的真正面目，通体散发着淡蓝色的光，悬浮在半空中。

所有围观者都震撼地张大了嘴巴。他们只有一个念头：这才是真正的神迹。

浮空岛猛地落下来，砸在了伊芙琳宫上。巨大的宫殿被砸碎了三四层，引得大地一阵轰鸣震荡。所有人都重心不稳，摔倒在地上，建筑物一阵猛烈摇晃，就像是遭遇了地震。浮空岛的入口，恰好对准了芙瑞雅，她只需向前一步，就能走入其中。

卓王孙就没有这么好过了。他被巨大的摇晃震得差点摔倒，扶着柱子才勉强站定，灰烬尘埃落了满身。帝国皇帝从来没有这么狼狈过。他的脸色难看到了极点："你怎么还能控制它？"

"你理解不了。"芙瑞雅冷冷地说，"还是想想该怎么临终忏悔吧。"她再不看他，走入岛内，浮空岛缓缓上浮。芙瑞雅站在这座半空中的神殿上，俯视着下方。震荡的余波尚未消失，倒地的人还未能爬起来，但他们全都忍不住将目光集聚在浮空岛上。这是超出他们想象的存在。

"在这座宫殿里，有超过五百人死去。这是你们的皇帝制造的血案。这足以证明他的残忍、暴虐。他不是引领你们走向光明未来的明君，血公爵之战中展示出的公正、宽恕，只是他让豪族上钩的诱饵。他是个真正的暴君，他的疯狂已在毁灭的边缘。"

她的话音刚落，超过上万枚带着淡蓝色光晕的炮弹便从浮空岛上射出。它们划出优美的椭圆形弧线，向伊芙琳宫射去。这个弧线使它们在到达伊芙琳宫时，反而是从下向上的。爆炸声响起，整座伊芙琳宫被炸得向上掀起，又被下一波炸弹炸得向旁边飞去。中央大厅的惨案，显露在所有人面前。五百多名豪族，被死亡定格在某一时刻，流淌的鲜血宛如冥界的三途河。

所有看到这一幕的人，都被震撼到失声，脸色瞬间苍白。这场婚礼上，竟然发生了如此残酷的事。五百多名豪族被杀，被皇帝陛下杀了，而他们亲眼看见了。这一定也会是历史，但他们完全没有亲眼见证历史的兴奋，反而恐惧异常。每个人的心头都只有一个念头：我肯定会被皇帝陛下灭口的！

帝国将走向何处？人类的末日还能终结吗？没人去思考这些问题，唯一能思考的是：我还能不能活下去？

"我，以正义与秩序之名，以亡父亡母之名，以守护我们的美德不被邪恶侵染的骑士之剑为名，在此宣誓，我当诛除暴君。这个国家，不应该跟着暴君一起毁灭。"她说出这段誓言，转头望着卓王孙。

"忏悔完了吗？"卓王孙脸上并没有太多的慌乱，反而出现了一抹笑容，"你杀不了我。"

回应他的，是浮空岛底部的一道巨大无比的淡蓝色光柱。轰隆一声巨响，光柱狠狠轰击在他立身处的宫殿残垣上。巨大的震荡中，尘埃漫天，随即，浮空岛升空，向白风城的方向飞去。

帝国与合众国的战争，终于，还是开始了。

当浮空岛飞出帝都时，芙瑞雅已经恢复了冷静，但与卓王孙开战的决定，并没有变。这次，她坚定了信念，一定要将他赶下皇位，不惜一切代价。这个国家在他手中没有未来，他随时可能会令这个国家毁灭。

她之前犹豫不决，是因为两个原因。一个原因是卓王孙保住了这个国家，无论如何，他都让绝大部分人度过了末日。另一个原因是，与卓王孙开战会引起极大的动荡，轻易便会令上亿人死亡。芙瑞雅不愿意背负向人类开枪的罪名。而现在，这两个理由，因这五百人的死，不复存在。这个国家，执掌在卓王孙的手中，才是真正的危险。她必须将他赶下台去。

芙瑞雅有种莫名的预感，卓王孙不可能死在她的那一炮下。尽管那一炮威力非凡，足以将半个伊芙琳宫砸得粉碎，但芙瑞雅就是感觉，卓王孙不会死，就像玄青笃定地认为卓王孙会死在翼战船的对撞中，但卓王孙却毫发未伤一样。他肯定有某种保命的绝技，芙瑞雅对这一点毫不怀疑。她必须做好面对一场苦战的准备。

浮空岛以最快的速度行进，仅用半天时间就回到了白风城。

当再见到白风城时，芙瑞雅舒了一口气。虽然帝国军发动的袭击很突然，甚至还可能有内应，但城市几乎看不出破损。只是城中各处都驻扎着帝国军，蓝色的军服看上去格外刺眼。

芙瑞雅这次再没有客气。浮空岛径直飞临帝国军在白风城外的驻地，坠星炮落下，将驻地夷为平地。紧接着，白风城外的所有军事目标都遭到了攻击，它们无一例外损失惨重。而后，浮空岛飞临白风城上空。

悬殊的战力对比，让白风城内的帝国军放弃了抵抗，悉数投降。下定决心后，芙瑞雅没有再给他任何机会，以雷霆手段夺回了白风城。当回到这座城市后，她才知道，这段时间的损失究竟有多大。

负赑长老死了，死在了那次由玄青策划的，想要杀死卓王孙的翼战船对撞中。那次对撞没能杀死卓王孙，但同行的负赑长老未能幸免，甚至连尸体都没能找到。

帝国军的突袭很快攻陷了白风城，但在夺取浮空岛时，他们遇到了凶悍的抵抗。那一仗堪称惨烈，数量占据绝对优势的帝国军用炮火无休止地轰炸着浮空岛的每个角落，但尾之一族就是不肯投降。最后的结果是浮空岛被打得伤痕累累，而尾之一族则有超过一半的族人死在了这一战中。幸存的那些族人，也被帝国军囚禁起来，受到非人的虐待。白风城里几乎所有的武器装备都被搬走，运往帝都。

第二十二章 血与火之誓

除了浮空岛。

这场对手是整个帝国的战争，芙瑞雅几乎要从零开始，但她的脸上没有丝毫畏惧。她亲自为负屃长老建立了衣冠冢。在葬礼上，她接见了每一位尾之族人，安抚他们，并发誓会为他们报仇。对于尾之一族的牺牲，她同他们一样悲痛。

然后，她来到母体的安放处，见到了久违的身影。

"路，和我一起拟定作战计划，我要用最短的时间除掉他。"

小型的路出现，深深看了芙瑞雅一眼，似乎想从她的表情里探寻出她真实的想法。

"你想杀死他？"

"是的。"芙瑞雅的回答斩钉截铁，没有丝毫犹豫。

"为什么突然下定了决心？"

"因为这次帝都之行，让我看清了他是比尼禄更可怕的暴君的事实。我决定了，将发动靖难之战，不除掉卓王孙，就不会终结这场战争，不管牺牲有多大。"

路沉默着，似乎在思索她的话，慢慢点了点头："我明白了，但我必须得提醒你，他是个可怕的对手。"

芙瑞雅："这我很清楚。他是人类皇帝，整个人类都在他的掌控之下，他能调用的资源不是我能比的。而且，他在战场上比我更冷静，无论是对敌人、对部下还是对自己都比我更狠，这让他比我更能抓住战机。能在末日初期就把启压在冰城打，坦白说，我做不到。"

路："这的确是他的可怕之处，但最可怕的不是这些。他应该有几张超出我们想象的底牌。"

芙瑞雅："这我也想到了。他之所以能从翼战船的对撞中逃走，应该就是因为一张底牌生效了。我对着他轰了一记坠星炮，但我感觉他不会死。这张底牌的确够强大，这也是他明知我要刺杀他，但还是等着看我如何刺杀的底气所在。"

路:"是的,这是一张底牌。但他应该还有别的底牌。"

芙瑞雅:"别的底牌?"

路:"末日造成的最大破坏,不是使汽车、战舰不能动弹,而是使人类丧失了制造汽车、战舰的能力。制造它们的生产线是离不开电的。想象一下上万吨的液压机、光刻机,蒸汽动力能复刻它们吗?不可能。但,冰城之战才进行多久,卓王孙就能成批次地制造蒸汽巨舰了。第一次和谈后,他应该是有实力攻破冰城的,这你也感觉到了。问题在于,在没有电的情况下,他是如何在这么短的时间内具备制造蒸汽巨舰的能力的?"

芙瑞雅皱起眉头,联想到卓王孙曾说的一段话:"其实,蒸汽文明比你想象的更成熟,枢密院已研发出更强力的蒸汽机,并找到了大量生产的方法,足以解决粮食问题,让整个帝国不再挨饿。但这些被我雪藏起来,不准推行。"

这与路的推论一致。如果卓王孙的底牌是蒸汽机,那它不仅仅是"更强力",已在某种程度上堪比电力了!这仅仅是他们推测出的卓王孙的底牌。他还有没有别的底牌?

答案是肯定的。

而这无疑说明芙瑞雅将要面对的形势多么严峻,她取胜的可能性被进一步压缩。

"他或许还有很多底牌,但我并不惧怕。现在,我已明白,想要拯救这个国家,就必须打倒他,那么,无论他多么可怕,我都不会退缩。"

"那好吧。"路点点头,"我给你的建议,正好也是,迎难而上,直捣黄龙。"

芙瑞雅的预估没错,卓王孙没有死。他的脸上有几道血痕,左臂上缠着绷带,显然,他并没有完全躲过坠星炮的轰击,但这些伤都是皮肉伤,并没有危及性命。他缓步向前走去。

一个胖子跪在地上，不住发抖。

卓王孙走到他面前，微微俯身："费斯坦但提勒斯，你说，我该怎么惩罚你呢？"

猥琐的胖子此刻抖得跟筛糠一样："陛下！我忠诚的陛下，我伟大的陛下，用光芒照耀着我的陛下！我在您面前就是一粒微不足道的尘埃，我唯一的愿望就是歌颂您，效忠您，您怎么可以惩罚我呢？我对您的忠诚无以言表！"

"你效忠我？"皇帝陛下微微眯起眼睛，这让他的眼神显得无比尖锐。熟悉他的人都知道，这是皇帝陛下发怒的征兆。

费斯坦但提勒斯显然也知道，蜷缩得更厉害了："当然！绝对的忠诚，我的每一滴血都愿意为陛下而流！"

"那你告诉我，你将浮空岛运来时，为什么不将它的内部全部破坏？难道你不知道，芙瑞雅能启动它吗？如果你敢说不知道，我现在就杀了你。"

费斯坦但提勒斯脸上的肥肉颤动了一下："我知道。"

"那就是说，你的确有弑君之心了。"

"不不不，陛下，您听我说。我是基于对您的忠诚才这样做的。"

"哦，那我得听听了。这个说法倒是新鲜得很。"皇帝陛下转头吩咐了一声，"暂缓行刑，让他的家人活到他解释完。"

费斯坦但提勒斯的身子一软，差点瘫倒在地："陛下，您知道吗，我是您最忠实的拥趸。我无比认同您的路，万般期盼您能够成功。有人说您是暴君、昏君，这我打心底里不认同。如果您真的是暴君、昏君，您何必救这么多人呢？背负着这么多人在末日中前进，对您而言才是最艰难的吧？所以，我就想，有没有什么办法，让帝国的人口减少1/2，甚至更多。起初我的设想是，夺到浮空岛后，我就开着它乱轰一气，哪个城市大就轰哪个，等把人口轰掉一半，我再缴械投降。陛下您带领着这么少的人，应该就能轻松战胜末日了吧！但不行啊。这该死的浮空岛竟然完全不听我的控制，我只好行此下策，故意把它送到芙瑞雅手中，这样芙瑞雅就能逃走，您与她的战争也会开始。战争一打起来，那不得有几亿的伤亡？最后，双方打够了，只能和谈。陛下您带领着这么少的人，应该会轻松许多。"

他用袖子擦了擦汗："这就是我，一个您最忠诚的拥趸的真实想法。如果能够，我愿意做您御前的一条恶狗，为您担起反人类的罪行。而我英明的、伟大的陛下，您就负责做光耀万世的明君吧。"

卓王孙听完他的话，微微点头："这种说法，倒是出乎我的意料。费斯坦但提勒斯，你比我疯多了。"

费斯坦但提勒斯尽力露出谄媚的笑容："不敢不敢，我哪里有您……"

他下半句话本来是"疯得厉害"，出口的瞬间便发现不妥，只好生生咽了下去，改口道："不不不，我比您还……"显然，这句话也很不妥。他脸憋得通红，狠狠扇了自己一记耳光。

卓王孙冷冷看着他表演："既然你对我这么忠诚，我有项差事交给你去办。消息称，芙瑞雅正向帝都急行军，我要你替我守住金月城。我不管你用什么手段，但此城若破，你就提头来见吧。"

费斯坦但提勒斯苦着脸："陛下，我的长处在阴谋诡计，不擅长打仗啊，不如还是让我做您御前的一条恶狗……"

卓王孙："滚。"

费斯坦但提勒斯吓得一颤，从地上弹起来拔腿就跑。自始至终，他都没敢向卓王孙要求放掉自己的家人。

卓王孙望着他的背影，直到他消失不见。

"晏，你怎么看？"

晏走了过来："费斯坦但提勒斯并不重要，豪族已被铲除了七八成，他不敢再耍什么花招。虽然此事令陛下的声誉大跌，但我们在帝国的阻力的确小了很多，各项政策终于可以推行下去了。我们的计划是正确的，长痛不如短痛。"

卓王孙："这场战争呢？"

晏："芙瑞雅皇后既然要打，那就打好了。只是不知道陛下要打到什么程度？"

卓王孙："能打到什么程度？"

晏："下策是偷袭白风城，摧毁母体；上策仍然是杀掉芙瑞雅皇后。"

卓王孙沉默了。他专注地思考了几分钟，然后说："就没有折中的办法吗？"

晏："芙瑞雅皇后不是个容易放弃的人，只要母体还在，她就能快速地恢复实力，因此，她会一次次地向着目标努力——发动战争，打倒我们。毁掉母体，会让她沉寂很长一段时间，却无法让她放弃，她会去寻找新的力量，等找到后，她又会成为帝国最大的敌人。所以，真正解决问题的办法就是杀掉她。"

卓王孙绕开了话题："晏，你觉得这次屠杀豪族，是我太过残忍了吗？"

晏："成大事者不拘小节，要建造罗马，就必须搬空周围的采石场。"

卓王孙笑了笑："是啊，有得必有失。世上从没有两全其美的选择。可是晏，为什么我每次失去的，都是最重要的东西呢？再这样下去，我就要一无所有了。"

晏皱眉，就连他也猜不透，这句话是皇帝陛下的真心感慨，还是一句反讽。他沉吟片刻道："其实，费斯坦但提勒斯的提议虽然疯狂，但也有一定的道理。如果这场战争真的让帝国人口大幅减员，我们或许可以找到别的出路……"

"不，晏，这不是我的选项。既然芙瑞雅要战争，那就给她战争吧。我会在这场战争中给她一个深刻的教训，让她在面对我时，再也不敢提起战争——这，算不算折中的办法呢？"

晏没有立即回答。从卓王孙这几句话中，他已听出了腥风血雨，这场战争的走向可能比他预料的还要残酷，当然，那是对于芙瑞雅来说的。他丝毫不怀疑卓王孙能做到这一点，他怀疑的是，皇帝能否完成。当卓王孙披坚执锐，寸寸摧毁芙瑞雅，将梦魇送到她面前时，真的不会停手吗？卓王孙真的会摧垮她，让她再也不敢反抗吗？让她不再是之前的芙瑞雅，让她永远恨卓王孙，让她从此生活在黑暗中？

晏斟酌着，最后说："陛下，我只想提醒您，我们的计划已进展到成功的前夜，很快，您的所有谋划都会成真，但一旦您停步，我们所有的努力都将白费，五百位豪族会白死，玛薇丝女王的牺牲也将毫无价值。与整个人类比较起来，个人是不值一提的。"

"晏，不用再提醒我，我很清楚。这座天平就摆在我面前，时刻提醒着我一百亿人比一个人、两个人重要多少。我努力过，所以我知道我不会有好结局。我也知道你的上策是最理性的，是对国家，对这一百亿人最好的选择。但是，晏，我是一个人，我做不到放弃所有情感仅依赖理性生存。所以，你所说的上策，是对这个国家，对这一百亿人的，不是对我的——我绝不会考虑它。"

晏沉默着，认真地思索着卓王孙每个字的含义。最终，他恭谨地行了一礼："谨依尊令。"

卓王孙笑了笑："那么，就让我们开始这场注定让我心疼的战争吧。"说完这句话，他的笑容凝结，面容重新变得冷峻。

第二十三章　明光城之战

帝国五年秋九月，合众国的芙瑞雅女王公开颁布了一篇檄文，列举卓王孙的种种罪状，其中最主要的一条就是以卑劣的手段谋杀了五百位豪族。芙瑞雅将他比作古罗马的皇帝尼禄，号召帝国的子民与她一起讨伐暴君。而后，她亲率由白风城的公民组成的军队，向帝国边境进发。

在这场战争中，浮空岛展现出了压倒性的强大力量。飞翔在数千米高空的它，可以完全无视帝国的枪炮，没有任何攻击可以威胁到它。而坠星炮的梭形冰柱经过如此长距离的加速，轰击地面的杀伤半径扩大到惊人的数公里，一整支军队也经不起几炮轰击。堡垒、城墙在它面前都形同虚设，飞行能让它越过任何障碍，而防御工事几乎处于纯挨打的境地。

芙瑞雅干净利落地赢得了第一场胜利，白风城周围的帝国军事设施全被击毁。一直驻守在边境线的帝国军队不得不仓皇后撤，而芙瑞雅则衔尾追杀过来，如一柄利刃，凿进了帝国的腹地。

与启决战都未受到影响的帝国本土，终于燃起了战火。

战报第一时间就以加急的方式从帝国北境传到了帝都。尽管是蒸汽时代,但战报的传递仅用了半日,可见其紧急。带着硝烟与灰烬的战报,此刻就搁在帝国皇帝的案首。卓王孙仔细地看过后,将之交给晏执政。

晏执政接过来,亦逐字逐句地看了数遍。闭目思索了片刻后,他缓步走到墙上挂着的军事地图前,提笔在地图上画了一个圆圈。圆圈内,是明光城。

"芙瑞雅皇后此次来势汹汹,又有浮空岛这一神器,可以说是势如破竹。但她的弱点是太过于依赖浮空岛。除了浮空岛,剩余的五万军队的战斗力便低了很多,根本不是帝国正规军的对手。我们可以利用这一弱点。明光城是她的必经之地,我们可以在这里与她好好打一场。"

由于帝国与合众国互不承认,晏仍然依照旧日习惯,称芙瑞雅为皇后。

卓王孙:"你准备怎么打?"

晏:"召集附近几座城里的驻军,凑足二十万大军,分六路围攻芙瑞雅皇后,同时命令明光城誓死抵抗,绝不投降。利用人多的优势,让她顾此失彼,哪怕牺牲几路,也要拖住浮空岛,趁机将她的五万军队消灭。没有了军队,只凭一座浮空岛,独木难支,还谈什么打仗、讨伐?"

卓王孙点点头:"这个计策很好,就是有点低估了芙瑞雅。她不是那种会被我们牵着鼻子走的人,必须得考虑她破局的可能性。"

晏:"就是要让她破局,陛下。"

卓王孙若有所悟,轻轻点了点头:"那就这样做吧。"

当芙瑞雅率领着五万军队赶到明光城时,二十万大军与坚城深池的明光城已经在等着她了。第一次交战,兵分六路的二十万大军就给了芙瑞雅一个深刻的教训:浮空岛差点被拖住,五万地面军队险些全军覆灭。芙瑞雅及时调整了策略,转攻为守,浮空岛不再脱离地面部队,总算挽回了颓势。但这样的结果使她完全陷入了挨打的局面,六路大军连番对她发动攻击,摆明了就是想利用人数的优势，逐渐消耗她的兵力。

芙瑞雅的军队与帝国军队完全不在一个数量级。帝国报纸甚至用上了蚍蜉撼树、螳臂当车一类的形容词。而就在此时，局势发生了变化。明光城的尼布甲尼撒伯爵突然叛变，杀了守城的将军，大开城门，迎接芙瑞雅入城。尼布甲尼撒伯爵的两个哥哥和四位堂兄弟、表兄弟都在那被杀的五百豪族之中，他本来也要去参加皇帝大婚典礼的，一场突如其来的重病让他逃过一劫。尼布甲尼撒伯爵见了芙瑞雅女王后，跪地号啕大哭，当即断指血誓，愿追随芙瑞雅女王征讨暴君，只要暴君不死，他便任由女王差遣，无怨无悔。

尼布甲尼撒伯爵的投诚，让芙瑞雅女王的军队由五万扩展到八万，尤其重要的是，她得到了明光城。这座城池本是拿来对付她的，如今却变成了她应对六路大军的后盾。五万大军有了明光城的保护，再也不怕被帝国军反围，而芙瑞雅亦可无后顾之忧地驾驭浮空岛频频出击。

形势开始对征讨军有利起来。但六路帝国军并没有撤退，反而围住明光城，摆出攻城死战的架势。

夜晚，芙瑞雅站在明光城头，望着城外数不清的灯火。那是帝国军安营扎寨的灯光。数不尽的灯光，代表着数不尽的生命。

路悄然在她身侧出现："你真的要继续这场战争吗？"

芙瑞雅："没错。"

路："这次战争，跟以往的不一样了。你的对面是人类，战争进行下去，他们会死，并且是死在你的手里。你的手上会染上他们的血，而且不是一两个人，是数千人上万人。你之前一直小心规避着，不让自己与人类为敌。现在，你真的要继续吗？"

芙瑞雅沉默了片刻，淡淡一笑："现在合众国与帝国是两国交兵，殊死的战争中总会有牺牲。至于我的手上是不是会染上人类的血——谁会在乎这种事呢。"

说完，芙瑞雅转身走下了城头。

望着她的背影，路有句话卡在嘴边，没有说出。那句话是："可是我知道，你在乎。"

清晨，惨烈的攻城战打响。战斗整整持续了四天三夜，留下了遍地尸体与无数块毁而又建的城墙。战斗中，芙瑞雅并未固守城中，而是频频主动出城攻击。帝国军的兵分六路此时成为它们致命的弱点，她死咬住逐一击破。浮空岛的机动性与明光城的防御力，都让她如虎添翼。但她仍低估了帝国军的作战能力，他们在数度遭到毁灭性的打击后，仍不撤退，依然顶着浮空岛的压力同芙瑞雅作战，明光城几次差点被攻破。

四天三夜的大战只是第一次交锋。帝国军撤退后便立即做休整，随后调整了战略，将六路大军合到一起，再次对明光城发动猛攻。这场战争僵持了半个月，在二十万帝国军损失过半，而明光城的防御却越发坚固时，帝国军方才黯然撤退。

这是一场完胜。原先觉得芙瑞雅征讨暴君是不自量力的那些人，都大跌眼镜。他们本以为这场战争会在短时间内结束，现在不得不承认，这场战争可能会持续很长时间，帝国恐怕会遭受一场前所未有的浩劫。

明光城之战的结果，依旧在第一时间便送到了帝国皇帝的手中。

晏执政并未感到意外："芙瑞雅之前一直不愿与人类为敌，就连在被追杀时，也尽力避免双手染上人类的血，但这次，她丝毫没有手软，十万帝国军死在这一战中。看来，她已决心要与陛下死战到底，将道德枷锁全都挣脱开了。"

卓王孙注视着战报，似乎注意力完全被吸引，随口回应着："是啊，她把自己看作人类的庇护者，这次，想必是痛苦到极点了吧。"

晏叹了口气，没有再说下去。宫殿内一片静默，直到皇帝陛下将战报看完。

第二十三章 明光城之战

"战后,她还发表了一场演讲。她说:她的刀锋,笔直指向暴君,凡是阻挡在她面前的,都是暴君的帮凶,对于他们,她必会将之击溃。"卓王孙扬了扬手中的战报,"她还是过不了内心这一关,在给自己找借口。"

晏执政望了他一眼,试探着说:"陛下,您有什么新的指示吗?"

卓王孙摇了摇头:"晏,你以为我是在可怜她吗?不。如果这会让她背上沉重的心理压力,那这正是我想要的——我要让这场战争成为她的梦魇。让我们按照既定的计划走吧,说说你对这场战争的分析。"

晏执政没有立即接话,仿佛在品味皇帝陛下的言外之意。然后,他慢慢说:"这一战的价值所在,不是胜败,而是让我们认清这场战争中将面对什么样的对手。我们不能再根据以前的印象来看待现在的她,那会造成极大的误判。"

卓王孙:"晏,我明白你的意思,你是想让我看到芙瑞雅的改变。你放心,我不会让白凤城之事重演。我明白自己面对的是一场什么样的战争;我更明白,我的路一旦选定,就必须走下去,无论敌人是谁。"

晏执政:"您能悟到这一点,那真是太好了。不过,看来芙瑞雅皇后也决心要打赢这一战,我们必须得做好苦战的准备。这一战将会艰难至极。坦白来讲,我都有些不敢相信,她是怎么敢仅凭五万人就与帝国开战的?要知道,帝国轻易能聚集起百万人的军队。难道仅靠浮空岛吗?可一旦战线全面铺开,仅有的一座浮空岛又如何对抗多点进攻?我看不到她的胜算在哪里。"

卓王孙:"那是因为你不够了解芙瑞雅,她从来不做没有把握的事,我也从未见过第二个像她一样思虑周全的人。我们都看到了她力量的不足,她也一定看到了。既然她敢与帝国开战,就一定还有底牌。"

晏执政:"可这底牌是什么呢?总不能凭空变出百万人的军队吧?"

卓王孙沉思良久,摇了摇头:"的确,不可能凭空变出百万人的军队。我也猜不透她的底牌是什么,但,你要记得一点:她一定有底牌。"

晏执政点点头:"我会牢牢记住的,陛下。芙瑞雅皇后是我从不敢小觑的人之一。看来，我们应该多试探一下她，最好将她的底牌逼出来。"

卓王孙："是的。芙瑞雅前进的方向是金月城，我期待着费斯坦但提勒斯能给我些惊喜。"

晏执政："您期待费斯坦但提勒斯能挡住芙瑞雅皇后，甚至逼出她的底牌？"

卓王孙："我期待。"

晏执政："陛下，我不得不说您可能高估了这个无耻的胖子。我不觉得费斯坦但提勒斯会是她的对手。"

卓王孙："是你低估了这个胖子。统兵打仗他的确不行，但他的长处是毫无下限，行事不择手段而且怕死，只要在他头上悬上一柄达摩克利斯之剑，他会用出一些连我们都想不到的无耻之招。你不是想看看我们究竟面对着一个怎样的芙瑞雅吗？费斯坦但提勒斯会给我们一个满意的答卷。"

晏执政对费斯坦但提勒斯的信心显然不如皇帝陛下那么足："可是，费斯坦但提勒斯终究是个小丑，如果让芙瑞雅皇后再攻下一座城，恐怕……"

卓王孙："是啊，费斯坦但提勒斯终究是个小丑。那么，就在金月城给芙瑞雅一个深刻的教训吧。"

晏执政："是。我会安排的。当然，会在费斯坦但提勒斯的惊喜之后。"

攻下明光城，打败了六路大军的围剿，让征讨军的士气为之大振。本来面对帝国这个庞然大物，征讨军多少都有些信心不足，尤其是他们的对手是卓王孙——白风城的每个人都非常清楚当初卓王孙如何在极度劣势的情况下压制啓。他们面对的这位少年皇帝，并非仅是杀戮无数的暴君，更是位足以被神化的传奇将领。这令他们缺乏取胜的信心，总感觉帝国若是认真起来，征讨军会被立即打散。

二十万大军的围剿，足以说明帝国认真起来了。征讨军不但没被打散，反而取得了一场大胜。芙瑞雅不失时机地展开宣传攻势。胜利的信念，终于在征讨军中慢慢树立起来。

代价当然也异常惨重，五万大军，减员到了三万五，三成的战损，虽然比起帝国军已好了很多——五成的战损。无奈的是征讨军承受不起这样的战损，他们的底子实在是太薄了。

尼布甲尼撒伯爵的投诚，无疑是雪中送炭。他并不是一个人，而是率领着四支小豪族一起投奔了芙瑞雅。他带来了将近四万人的军队。这使得征讨军的规模扩大至七万五，比战前足足多了五成。

本来如此大规模的扩编，会导致军令不通畅，新来者不一定会那么严正地遵守原来统帅的命令，但这次却没有这些问题。帮芙瑞雅扫清这一障碍的，是卓王孙。这四支小豪族，都与尼布甲尼撒伯爵一样，直系亲属死在卓王孙手中，对卓王孙恨之入骨，但他们无力与卓王孙相抗，只能忍气吞声。芙瑞雅的讨伐无疑让他们看到了复仇的希望，因此，他们毫不犹豫地将一切都交给了芙瑞雅。他们当着芙瑞雅的面，亲口训斥自己的军队，宣布他们连同自己从此将成为芙瑞雅女王的部下，以后不会再有他们的命令，只有芙瑞雅女王的命令，干脆利落地将权力交给了芙瑞雅。这让整编工作进行得出奇顺利，仅用不到一天就完成了。

尼布甲尼撒伯爵与四位小豪族并未对芙瑞雅阳奉阴违，而是忠心耿耿地履行起下属的职责，不但不排斥对芙瑞雅的效忠，反而觉得理所当然。这是因为他们或多或少心怀合众国，总想着有一天芙瑞雅会成为女王，这一想法早就在他们心中根深蒂固了。

他们第一次正式朝觐时，不约而同地穿上了当年合众国的礼服，这让芙瑞雅有种重见旧时衣冠的慨然，差点落泪。虽只有五名豪族，王廷草草，却颇具气象。这也让几位豪族大受鼓舞。看到芙瑞雅盛装出现，他们都有了一丝错觉。她的身影与记忆中的玛薇丝女王完美重叠。恍惚之中，时光仿佛退回了合众国十九年国庆。那时，盛世犹在，歌舞升平。

随后，芙瑞雅又发现了一个惊喜。她竟然在他们的队伍中，发现了数量不少的蒸汽机体。她马上命令路展开对蒸汽机体的研究，希望尽早掌握它的科技并加以提升——浮空岛的军事力量还是过于单一，对付数万军队还勉强可以，战线拖长就会捉襟见肘。她与卓王孙的战争，未来会在数个战场同时开启，仅依靠一座浮空岛是不够的。她迫切需要在战斗中提升实力，尤其是常规作战能力，蒸汽机体无疑是一个很好的切入点。

路立即投入研究中。不知为何，他最近一直以小型的形象出现，极少幻化出与真人等高的样子。

朝觐中，几位豪族表示完对芙瑞雅女王的忠诚后，也都提到征讨军的力量太过弱小，最好沉寂一段时间发展壮大。但芙瑞雅女王否决了这一提议。她宣布，朝觐之后，便会立即挥军南下，直指帝都。

四位豪族与伯爵面面相觑，都不理解这一决议。这在他们看来与送死无异。出于对女王陛下的尊重，他们没有出言反驳，但心中全都藏着疑虑。

第二天，七万五千人的大军以最快的速度向前急行军。拦在她面前的第二座要塞，就是金月城。此时，城里的人已等她很久了。

金月城的城主本是西拿基立伯爵。他是仅有的几位没有直系亲属死在大婚中的爵士之一，勉强还保持着对皇帝的忠诚。当然，这忠诚有多少来源于畏惧，就不得而知了。

当接到芙瑞雅女王将要打来的消息后，西拿基立伯爵依循惯例开始动员、备战。这时，费斯坦但提勒斯带着皇帝的手谕空降，接管了金月城的军防，西拿基立伯爵被降为他的副手。伯爵的手下十分不服，想给费斯坦但提勒斯一个下马威，被伯爵严令制止了。在伯爵看来，这个城主之位，此刻是个十足的烫手山芋，有人接管，正中下怀。况且皇帝荡平豪族的意图如此明显，他若是公开抗命，说不定正撞在枪口之上。

金月城一切人等，在西拿基立伯爵的严令下，不得不百分百配合费斯坦但提勒斯。这让他们见识到了新城主究竟有多胆小。他既怕芙瑞雅女王，完全没有信心与她正面作战；又怕皇帝陛下，不敢逃，不敢后退，甚至不敢露出任何逃或后退的意思。他胆小到不论部下提出什么方案，都觉得不够保险，一次次折磨部下以求得到更好的方案。半个月来，金月城的大小官员被他折磨得个个顶着黑眼圈，一副要崩溃的样子。

几乎每一天，新城主都以这样的形象出现：嘴里不停嘟囔着"我与此城誓存亡"，眼睛却四下溜着，一副随时要跑但又不敢跑的样子。这让人不由得心生诧异：这句悲壮的话，竟可以被说得如此猥琐。

当芙瑞雅统兵来到金月城时，她看到了一座乌龟壳一样的城池。几乎所有能想到的防御措施，都被加上了，不管是古代的还是现代的，东方的还是西方的，有用的还是没用的。

城墙足足加高、加厚了一倍，每个垛口上都安上了大炮。城墙外钉满了钢刺，淋上了油。墙外是刚疏通好的护城河，河水的颜色是暗绿色的，不知加了什么毒物。让人不能理解的是，里面竟然还移栽了海带，初衷可能是想用它们来缠住攻城者，但这些植物在毒水中早就奄奄一息，哪里有防御作用。

护城河外是足足一里地的拒马，再外面是乱石与铁蒺藜。如此多不同风格的防御混在一起，竟让人有种无从下手的感觉。

芙瑞雅巡视城墙后，平静地下令："准备，进攻金月城！"

帝国皇宫中灯火通明，不断有信使、将领匆忙出入。

一座巨大的战争沙盘摆在办公桌上。红色区域囊括了东西南三面，代表帝国军的阵地，北下的蓝色箭头则代表征讨军。金月城就像一面旗帜，突兀地伫立在红蓝交界的最核心处。蓝色箭头最顶端，放着一只高脚水晶杯，它像是一把伞，笼罩在金月城上空。这是皇帝陛下刚刚放上去的，代表征讨军的最高战斗力——浮空岛。

皇帝身后是晏执政，对面则围着几位高级将领，他们每人手中都握着几面旗帜，每一面上都描绘着不同军团的徽章。将领们按计划将旗帜放在沙盘上，在复杂的讨论、计算后，又陆续拿下。

这是大战来临前的最后推演。

就在一天后，很多人的生命，也会像这些旗帜一样，从沙盘上轻轻抹去。无论旗帜从哪种角度发起攻击，水晶杯都纹丝不动，始终牢牢占据着制高点，仿佛不可攻破的空中堡垒。将领们的脸上都露出忧虑之色。

脚步声响起，一位戎装少年从角门处走了进来。他就是原第三区骑士、帝国第三集团军军长白夜。他直接越过所有人，来到皇帝身边，附耳道："兰斯洛特少将拒绝执行计划。"这句话很轻，轻到只有皇帝本人与晏能够听到，却仿佛一道雷霆，让晏的脸色瞬间改变："怎么可能！"

白夜摇了摇头，没有说话。

皇帝沉吟片刻，将指挥杖轻轻放在桌子上："看来，我得亲自去见他了。"说完这句话，他转身向宫门外走去。

"白夜，继续指挥演练。晏，你跟我去，带上我为他准备的礼物，一份都不能少。"

晏瞬间明白了他的意思，抱起两个一模一样的精致礼盒，跟了上去。

沙盘前的将领们不明所以，面面相觑。这不是他们第一次，跟不上陛下的思路了。

兰斯洛特少将（这是他在帝国建立后，重新取得的军衔）的居住地离皇宫并不远，当皇帝陛下驾临时，他没有任何准备，正在书桌前撰写计划书。

兰斯洛特刚刚站起来，皇帝就已走到他面前，并将他按回到椅子上。

卓王孙冷冷地看着他："白夜说，你拒绝了'破空'计划？"

兰斯洛特语气平静："是的。"

卓王孙放上他肩头的手，缓缓握紧："你总该知道，制空权对帝国意味着什么。"

兰斯洛特没有回答。他当然清楚，浮空岛在这场战争中的意义。

这座浮空岛的升空高度，超过了帝国军重炮的射程。对帝国军而言，它就是一座不可攻破的堡垒。更可怕的是，这座堡垒还有无可比拟的机动性，可以迅速到达任何地方，利用陨星炮发动攻击。

帝国目前研制的蒸汽机体，都不具备飞行功能。缴获芙瑞雅的翼战船之前，偌大的人类帝国甚至没有空军。这就意味着，一旦大规模战争展开，整个帝国的领空都将沦为对方肆意驰骋的游猎场。而浮空岛，则是帝国头上高悬的利剑。它存在一天，帝国的每一个人，都无法安然入眠。

兰斯洛特斟酌着词句，尽量不触怒皇帝："如果浮空岛只是纯粹的武器，我会毫不犹豫执行计划，哪怕以生命为代价。但，事实并非如此。在战争升级前，浮空岛更像是一座避难所。它不仅庇护了启，也庇护了很多北境人类。就目前的局面而言，还不到必须摧毁它的时候。"

卓王孙："不到时候吗？你错了！无论浮空岛之前是什么，现在都已经是屠城灭国的武器了。从明光城到金月城，芙瑞雅毫不犹豫地发动陨星炮，摧毁了无数帝国军队。这还不足以说服你去摧毁它吗？"

"不足以。"兰斯洛特的回答没有犹豫，"浮空岛储藏着新能源的种子，保存着人类的另一种可能。我如果摧毁它，就会成为历史的罪人。"

卓王孙将手收回，缓缓站直了身体，脸色微嘲："即便你不执行这个计划，我也能毁掉浮空岛，只不过要付出万千生命为代价。那个时候，你就不怕成为历史的罪人吗？"

兰斯洛特："陛下就没有想过，除了摧毁浮空岛外，还有另一种办法吗？"

卓王孙："哦？"

兰斯洛特："议和。在我看来，您掌握着军事、物质上的绝对优势，芙瑞雅则拥有制空权。如今双方都有可观的筹码，自然也该到了坐下来谈判的时候了。"

"不可能。"卓王孙的语气不容丝毫商议。

兰斯洛特："关于您和芙瑞雅的道路之争，我思考过很久。结论是，二者并不是无法兼容。我正在考虑，如何在现有条件下，将生物能纳入帝国能源体系。方案我已经写了一部分，相信再过几天，就能呈交上去。"

卓王孙一把抓起墨迹未干的计划书，那上面密密麻麻，写满了关于生物能与蒸汽动力共存的设想。

"兼容？"卓王孙冷冷一笑，将计划书挥手抛开。

兰斯洛特眉头皱起，一动不动，看着自己苦心撰写的纸页，飘散到房间各处。

卓王孙："写了这么多废话，你知道生物能到底是什么吗？"

兰斯洛特："生物能是启体内存在的源核的力量。"

卓王孙："源核又来自哪里呢？我替你回答，来自龙皇！所谓源核，其实不过是龙皇在众生体内种下的蛰龙。当他想要的时候，便可以通过蛰龙操控所有生命。如此邪恶的力量，你要请进来，让它与人类共处吗？"

兰斯洛特："这个问题我想过。我相信不光是我，芙瑞雅也一定思索过。如果龙皇还在，源核的确是一颗随时会爆的炸弹，太过危险。但龙皇已经消失，至少在他消失的这段时间内，源核的能量是安全的，可以供人类所用。"

卓王孙："是啊。龙皇消失了，于是有了玄青。玄青消失了，还会有其他超级生命体。只要掌握了唤醒蛰龙的方法，随时可以向人类发动致命一击。白凤城中，我曾亲眼见过蛰龙发动的样子……"说到这里，他突然停顿了，再也说不下去。

芙瑞雅眼中的绝望，他身上的挫骨之痛，还有那个仅有名字的女孩。

卓王孙猝然阖上双眼，深吸了一口气，让自己平静下来："退一步说，源核没有反噬人类，只是停止了供能，那时候，已高度依赖源核的人类，又该如何应对呢？繁华的城市、富足的生活又有什么用呢？不过是'未来'爆炸的重演，再一次灰飞烟灭罢了。"

兰斯洛特沉默了。他本想说，没有任何一种能源是绝对安全无害的，就如第一次驯服野兽、二战时第一次利用核能。在获取资源的过程中，总要冒着风险，付出代价。人类应该做的，是控制风险，评估收益，而非因噎废食。但他最终什么也没说。令他沉默的，不是皇帝身上的帝王威严，而是一种伤痛——皇帝从未在人前流露过的刻骨之痛。

兰斯洛特禁不住想，在白风城，卓王孙到底经历了什么。蛰龙到底有多可怕，能洞穿他心灵的战甲，撕开永远无法愈合的创口。

卓王孙目光重新变得坚定："将人类的文明，建立在随时会爆炸的武器库上，而炸弹的引线，就在敌人手中——这就是芙瑞雅的道路。我不允许这种道路存在，哪怕仅仅是尝试，也不行。"

"浮空岛，必须被摧毁。"

兰斯洛特仍然静静地坐着，没有点头，也没有摇头。

卓王孙做了一个手势，晏将两个礼盒抱过来，并排摆在兰斯洛特的书桌上。盒身长约三尺，宽五寸有余，通体用胡桃芯木雕刻而成，有着精致的纹饰。它们一左一右，毫无区别。

卓王孙打开左边盒盖。白色丝缎中，躺着一支细长的牙杖，杖顶嵌着青铜铸成的龙首钺，上错金色云纹，整体古朴而威严。

卓王孙："这是大元帅节钺，象征着统帅三军的大权。"

兰斯洛特眉头皱起。大元帅吗？按照帝国军制，在战争时期，可于海陆空各路元帅之上，增设大元帅一职，统帅三军，其下才是上将、中将、少将、准将等各级将官。但帝国建立以来，连元帅都没授予过，更不要说大元帅一职了。

卓王孙："这一战后，如果你活着回来，我会当着天下人的面，宣布你为帝国第一任大元帅；如果你不幸战死，我仍会以大元帅之礼，为你举行国葬。如果，你不接受……"

他没有说下去，而是打开了另一个盒子，里边是一柄短剑。剑身细而薄，锋刃上闪烁着幽微的寒光。这种剑，并不适宜杀敌。

大战之前，皇帝亲临，将这种剑赐给自己，其中的含义再明显不过。

兰斯洛特的笑容有一些苦涩。

卓王孙:"我给你一点时间考虑。天亮前,我要听到你的最终答案。"

说完这句话,他转身走了出去。

第二十四章　姐妹

皇帝陛下离开后，晏仍然一动不动，站在房间入口处。

兰斯洛特："你留下来，是想替他说服我吗？"

晏："不，我不会做没有用的事。但在你做决定前，有一件事你必须知道。"

兰斯洛特点头，示意他说下去。晏讲起了白风城中发生的一切。蛰龙是如何随源核一起潜入芙瑞雅体内，又如何被玄青控制，最终将她体内的孩子吞噬。

兰斯洛特露出震惊之色。他没有想到，芙瑞雅和卓王孙之间居然发生了这么多事情，更没有想到，如今势如水火的两个人，竟有过一个孩子，一个注定无法出生的女儿。他也终于明白卓王孙眼中的伤痛从何而来，也了解了卓王孙对生物能深恶痛绝的理由——源核中潜藏的风险，的确不是核裂变能比拟的。核能虽然危险，但引爆的开关还算掌握在人类手中。源核则不一样。它从一开始，就不属于人类，而属于曾毁灭了人类文明的启一族。

兰斯洛特叹了口气："我理解陛下制定'破空'计划的原因。但，我还是拒绝执行它。"

晏："为什么？"

兰斯洛特："因为芙瑞雅。白风城中发生的事，无论对陛下造成了多大的痛苦，都必然会十倍作用于她身上。我无法想象，她失去浮空岛的样子。抱歉。"

晏："为了她，就可以将全人类置于危险之中吗？"

兰斯洛特："我并不认为会这样。浮空岛的确是个威胁，但好在，它目前仍控制于芙瑞雅手中。罗马尼亚人有句谚语：敢以恶龙为坐骑者，必有驯龙之法。我相信，她不会将人类置于火堆之上。"

晏："如果到最后，一切失控了呢？"

"真到那个时候，帝国仍有很多应对的方法。不是吗？"兰斯洛特看了晏一眼，晏没有回答，他继续说下去："我拒绝的另一个理由是，陛下手中还有很多筹码，而这座浮空岛，已经是她仅有的了。"

最后这句话很轻，却也很真诚，让晏无法再反驳。沉默良久后，晏轻声道："如果我告诉你，只有摧毁浮空岛，才能救她呢？"

这一次，轮到兰斯洛特震惊了。

晏平静地说下去："为了迅速建成浮空岛，她以自己的身体为载体，将体内的脉络当成能量回路。这样一来，浮空岛的每次运行，都会给她带来持续的伤害。这将大幅缩短她的寿命。"

兰斯洛特深吸一口气："她知道这样做的后果吗？"

"当然。不仅是她，陛下也知道。"晏看了他一眼，"现在你总该明白，陛下为何要摧毁浮空岛了吧？浮空岛早一天摧毁，源核就早一天消失，而她承受的戕害也就早一天停止。"

兰斯洛特沉吟着。他施展真神谕的力量，迅速调集脑海中所有的相关信息，印证这段话的真伪。

晏耐心等待着，目光坦然。这些话，每一句都基于事实，并无伪造。

兰斯洛特的验证有了结果。以人类之躯运行源核，需要付出巨大的代价。浮空岛的每次运行，都会创伤她的身体。更不幸的是，即便现在摧毁浮空岛，她的寿命也无法复原，但至少，可以避免进一步的损耗。

晏走上前来，捧起大元帅节钺，郑重地举到兰斯洛特面前："接过它吧，终结芙瑞雅的痛苦，也终结他的。"

晏注视着兰斯洛特，目光诚恳："对你，对芙瑞雅，对皇帝陛下，乃至对全人类，都是最好的选择。"

兰斯洛特沉默良久，终于叹息一声："请转告皇帝陛下，我会执行任务——只以我个人的身份。"

他轻轻推开面前的节钺："这个，就请皇帝陛下赐予其他人吧。"说完这句话，他头也不回地向门外走去。

次日，金月城。

一名武官匆匆走进市政厅："城主大人，敌军开始攻城了。"

费斯坦但提勒斯本能地想抽身向后堂跑去，但某柄达摩克利斯之剑发挥了作用，将他的脚步钉住。官员们齐刷刷地望着他，等待着城主大人定夺。费斯坦但提勒斯脸色阴晴转换了好几次，终于一咬牙："不用怕，我已有退敌良策。一会打起来时，你们都聚在我身边，自然能保住你们的命。"

一名官员问："城主大人，您是要带着我们躲进防空洞吗？"

费斯坦但提勒斯："不，我要站在守城的最前线。"

官员："最前线？城主大人，恕我直言，枪炮无眼，您连自己都不一定保得住，何况是我们啊。"

费斯坦但提勒斯露出成竹在胸的神色："放心好了，我自有办法保得住你们。像我这么胆小怕死之人，若没点底牌，怎么敢上前线？"

这倒是有道理。只是，城主大人的底牌到底是什么，这倒让官员们有些猜不透了。

一行人很快来到城头。这时，对面征讨军已完成集结，七万五千人黑压压的一片，在金月城外列阵听命，真有几分"黑云压城城欲摧"的感觉。

尤其让人心惊胆战的是征讨军上方那座神迹般的浮空岛。据说它发出一枚炮弹就能引发一场小型地震，无论多坚固的城防都挡不住几次轰击。而它飞行起来可以越过任何障碍，帝国最先进的重炮都无法击中它。

金月城的官员们全都心惊胆战地望着浮空岛，忍不住将它与本城的防御相比较。城主大人虽整出了十几种防御体系，但能经得起它几炮轰击？就算是真的轰不破，但它飞到城中来上几炮，金月城还能剩下什么？

几乎所有官员都后悔跟着城主来到城头上，这不是来送命的吗？浮空岛飞到他们头顶来上一炮，整个金月城就会和他们一起化为灰烬！

但，费斯坦但提勒斯一副成竹在胸的样子，拍了拍旁边官员的肩膀："干吗这么怕？我都说过了，一定能保住你们的性命，你们要相信我。"

一阵嘹亮的军号声响起，七万五千征讨军像潮水一样向金月城涌来。第一批炮弹已密密麻麻地落下，当然十几种风格混杂的金月城防御也并非虚有其表，将其完全挡住。但恐怖的是，浮空岛以极快的速度飞临金月城城头，岛上淡蓝色的符文闪烁，梭形冰柱已然开始加速，坠星炮就待轰下。

几名官员吓得发出一声声哀嚎。浮空岛的速度太快了，快到他们连逃跑的时间都没有。这一炮轰下，他们如若不死，也必会重伤。

费斯坦但提勒斯依旧信心满满，含笑仰头，向浮空岛上的芙瑞雅挥手致意。

这个该死的胖子，他果然是疯了！

浮空岛上，芙瑞雅低头望着城上的这一幕。她再度觉得有些看不透费斯坦但提勒斯，帝国的财政大臣不该只是个小丑的。但她没让这个小小插曲影响战争的进程。

"不必理睬他，继续攻击。"

"是。"尾之一族的符战师们答应，快速调整着坠星炮的角度。梭形冰柱只延迟了一小会，依旧向下坠落。

第二十四章 姐妹

这时,芙瑞雅突然觉得不对,她急忙喊了一声:"停!"

芙瑞雅走到浮空岛的边缘,往下望。

费斯坦但提勒斯的身边,站着一个三十岁左右的贵妇。芙瑞雅依稀认得,这个人,是克莉丝塔的使女。从温莎城堡到修道院,这位使女一直陪在克莉丝塔身旁。婚典那天,她是离克莉丝塔最近的人。她出现在金月城,实在令人意外。更让芙瑞雅感到不安的是,这很可能意味着,克莉丝塔也在。

难道,费斯坦但提勒斯真正的护身符,不是那面可笑的旗帜,而是克莉丝塔?

但芙瑞雅很快又打消了这个念头。根据她的消息,大婚之夜后,克莉丝塔就以体弱多病为由,被送到行宫疗养去了,她不会出现在这座摇摇欲坠的孤城里。

费斯坦但提勒斯仰望着芙瑞雅,缓缓举起使女的手,向她致意。唯有这时,他的笑容,才真的像个小丑。

似乎在回应芙瑞雅的疑问,金月城中传出一阵嘹亮的号角声。

听到号角声的征讨军有些不敢相信自己的耳朵,这分明是进攻的号角。金月城要主动进攻?这实在太出乎他们的意料了。

芙瑞雅来到浮空岛边缘俯瞰。金月城的城门大开,一支军队向外冲了出来。它的主体是蒸汽动力机车部队,由二百多辆各式战斗车辆组成,配备着近万人的步兵方阵以及五十余架蒸汽机体。这是帝国标准的战斗队型,可攻可守,保持重火力覆盖又不失灵活性,威力十足。

高层们大喜:"他们竟然出城了?这是出了一招昏招啊!"

金月城的层层防御体系,虽然无法阻止它沦陷的命运,好歹也能拖延一段时间。在敌人有制空权的局面下,放弃城墙庇护,出门野战,无疑是自寻死路。

有人发现了什么:"费斯坦但提勒斯也在其中!金月城几乎全部高层

官员，都在其中！"

费斯坦但提勒斯特殊的体型格外显眼，想认错都难。他还怕别人看不到他，坐在一辆敞篷蒸汽车中，不时用大喇叭喊话。在他身后，几十辆车中坐满了金月城高层。

众人精神都是一振。一炮下去，金月城的高层指挥岂不是被一网打尽？当真是天赐的良机！

征讨军高层们不再耽搁，立即行动起来。计划很简单，坠星炮轰下，引发一场小型地震，无论是蒸汽动力车还是蒸汽机体都将报废，步兵方阵也将受到沉重打击，然后再由地面部队包抄收尾。简单，且万无一失。

战略拟定，便分头行动。尼布甲尼撒伯爵等人下了浮空岛，与地面部队会合，浮空岛立即向帝国军上空飞去。出乎所有人意料的是，这并未引起帝国军的恐慌，费斯坦但提勒斯还在笑着向浮空岛挥手打招呼。

芙瑞雅看着这个小丑，心头升起一丝不祥的预感。费斯坦但提勒斯不像是在送死，绝不像。刚才的疑问又涌上心头，克莉丝塔会不会也在其中？

帝国军开始冲锋，速度越来越快。冲在最前面的，是蒸汽机体的方阵，五十多架机体高速前进，宛如泰坦巨人，声势极为骇人。

它们的体型、涂装，几乎完全一样。它们都有着金蓝二色的涂装，左手重炮右手巨剑。它们也有个领导者，那是一架冲在最前方的机体，它的涂装与别的机体不同，粉白色镶着金纹，金纹盘旋成玫瑰的样式，点缀着暗红，纤瘦富有艺术气息，美得不像是战争机器。

芙瑞雅不由得失声惊呼起来："克莉丝塔！"

这架机体，正是蒸汽维纳斯，而它的主人，就是克莉丝塔！

几乎是出于本能，芙瑞雅关闭了浮空岛的攻击系统。她眼睁睁地看着五十余架蒸汽机体组成的方阵，像一柄锐利的尖刀，向征讨军扎去。而此时征讨军已按之前的安排，组成了包围圈，只等帝国军被炸得人仰马翻，便开始四面合围，痛打落水狗。但让他们意外的是，浮空岛迟迟没发出坠星炮，而蒸汽机体方阵，却离征讨军越来越近！

尼布甲尼撒伯爵心中焦急，但没办法联系上芙瑞雅女王，只好命令信号兵向浮空岛打出旗语，一遍遍地催促女王陛下进行攻击。但这些旗语全如石沉大海，得不到回应。

而蒸汽机体方阵，已经刺入了征讨军中。

征讨军的合围阵型，成为致命的缺点。合围使兵力分散，无法凝合在一起。而五十架蒸汽机体爆发出的战斗力强大无比，征讨军顿时被杀得人仰马翻，仅仅十分钟，就被杀了个对穿。蒸汽机体方阵掉过头来，再度向征讨军杀了过来。同时，紧追在蒸汽机体方阵后面的蒸汽动力机车部队与步兵方阵，也与征讨军杀在了一起。此刻，帝国军蓄势待发，而征讨军则士气大沮，节节后退。

尼布甲尼撒伯爵尽力收拢兵力，但前线征讨军败逃，很快会引起连锁反应，将变成全部征讨军的溃败。

尼布甲尼撒伯爵大脑一片空白。他实在无法相信，大好局面，竟会出现这样的转折。没有人比他更清楚，征讨军经不起一次失败，此次若是败了，他们就再无法东山再起，只能任人宰割了。

金月城外，漫山遍野都是撤退的征讨军，而他们身后，以蒸汽机体方阵为首的帝国军，则衔尾追杀，准备收割他们的生命。

浮空岛上，芙瑞雅忧心如焚。她绝对接受不了这场失败，但她也不能杀死克莉丝塔。这让她最为仰仗的浮空岛，几乎没有用武之地。

"路，降低浮空岛，靠近克莉丝塔！"路按照她的命令行事，浮空岛在空中划出一道椭圆形的弧线，向蒸汽维纳斯前方飞去。岛身越降越低。

当浮空岛来到蒸汽维纳斯的正前方时，距地面只有几米的高度。芙瑞雅垂下绳梯，攀爬下去，站在维纳斯身前。维纳斯机体立即停住追击，向着芙瑞雅摆出战斗的姿势。它是机体中最为纤细的，但也有将近三米高。芙瑞雅站在它面前，仿佛是童话中的少女遭遇了怪兽。

浮空岛并未停止运行，轰鸣着吹出狂风。芙瑞雅站在风中，长发逆风飞扬。她脸上毫无惧色，静静地看着维纳斯。维纳斯收起了武器，静立在风中。它身后，整个蒸汽机体方阵齐刷刷地停步。它们直属于帝国皇室，最重要的任务就是保护皇后陛下的安全。机体方阵一停，后方的蒸汽动力机车部队也只好停下来。

费斯坦但提勒斯驱车来到蒸汽维纳斯旁边，大声喊道："克莉丝塔皇后，不能停啊，一定要将叛军全杀光！"

回应他的，是机体里冰冷的声音："我说停，你不遵吗？"

费斯坦但提勒斯像被噎住一样。公然违抗帝国皇后的命令？他万万没有这个胆子。他立即恭谨万分地行了一礼，缩着脖子退了回去。

芙瑞雅："克莉丝塔，你在做什么？"

克莉丝塔："姐姐，你认为我是什么样的人呢？"

这句话让芙瑞雅感到一丝陌生，所以，她没有回答。

"我是帝国的皇后啊，来此平叛，不是理所当然的吗？"

是的，她们已经是敌人了——当初克莉丝塔对她说过的话，如今在这个战场上兑现了。

"这也是姐姐你一直教导我的，身为皇室，就该为国家奉献一切。国家需要我做什么，我就该做什么。晏找到我，说我该帮着哥哥平定叛乱，这是身为皇后的责任。所以，我来了。

"我要让所有人看到，我，是帝国的皇后。

"现在，我要依照嘉德骑士最古老的传统，向你提出决斗的请求。以正义与秩序为名，我提议背叛了国家的芙瑞雅·亚历珊德拉·温莎，已不再适合担任嘉德骑士团的领袖，我，廿二骑士的继任者，帝国皇后，愿向其发出决斗的请求，如我获胜，将从其手中接过骑士团的权杖。"

维纳斯机体举起细剑："你接受不接受？"

芙瑞雅突然感到一丝放松。决斗，或许是好的解决办法，可以将对克莉丝塔的伤害降到最低。

芙瑞雅："好，我接受。但，既然是依照骑士最古老的传统，那就不能用机体作战，而应该用剑——像中世纪的骑士那样决斗。"

克莉丝塔："我接受。但你也不能用符咒的力量。"

芙瑞雅："好。"

驾驶舱门打开，克莉丝塔走了出来。令人惊讶的是，克莉丝塔并没有穿骑士服，而是一身皇后的礼服，白色皎洁如天上的云。她的头上戴着一顶皇冠，这是大婚之际，卓王孙亲手为她戴上的。克莉丝塔一手提着细剑，一手提着礼服的裙角，款款向芙瑞雅走来。她从未像今天这样美丽过。芙瑞雅一直将她当成是未长大的妹妹，但今天，她脸上有一道令人动容的光芒。

这是深陷于爱情，愿意为之焚身成灰的女子才有的光芒。也因此，她的美丽中有了几分决绝与哀伤，绽放出震撼人心的力量。

望着克莉丝塔，芙瑞雅的心情变得极度复杂。她唯一的亲人，无比珍贵的妹妹，此刻于战场上与她兵戎相对，把她当成敌人。

芙瑞雅静静地看着克莉丝塔："克莉丝塔，在你对我挥剑之前，我要对你说一句话：他不值得你这样做。"

"不，他值得。"克莉丝塔语气笃定，"他是唯一爱我的人了。"

芙瑞雅深深地看了她一眼："你还记得他做过什么吗？"

克莉丝塔："你是说，婚典那夜的事吧？一开始我也很伤心，三天三夜，我不吃不喝也不睡，感到自己的灵魂堕入了无边的黑暗。但最终，我从地狱里爬出来了。我终于明白，之前的苦难都是命运的考验。我看清了，到底谁值得倚靠，谁才能真正保护我。

"死去的那些人，虽然和我有血缘，却一直在利用我，欺骗我。他们，是我的枷锁、我的负担。"

她笑了笑，笑容中有天真的残忍："他们死了，我也解脱了。可以无牵无挂去做帝国的皇后、他的妻子了。"

芙瑞雅深深叹了口气。她知道,克莉丝塔已陷得太深,不可能被说服了。唯一的办法,就是打败她,强行将她带在身边。只有这样才能保护她。想到这里,芙瑞雅心中惕然而惊。这个方法,似极了卓王孙对自己做的。莫非,在敌对的局面下,为了保护心爱的人,最后都不得不走上这样的道路吗?

芙瑞雅摇了摇头,将这种危险的想法甩出脑海。她不会成为卓王孙,绝不会。

克莉丝塔依照骑士礼节向她行礼,这表明决斗正式开始。芙瑞雅的心中还没拿定主意,不知道这场决斗该怎么打。

克莉丝塔提起细剑,深深望着芙瑞雅。她的脸色格外苍白,没有一丝血色,就像是最细腻的白瓷,精致到一碰就碎。风吹过,皇后礼服的裙摆飘起数米长,像是为她生出了长长的尾翼。她静静地站着,似乎随时会乘风而去。

第二十五章　浮空岛之陨落

克莉丝塔挽起一个剑花，这意味着，她决定抢先攻击。芙瑞雅侧身抵挡。

作为王室成员，两人都受过剑术训练。当然，程度并不相同。作为王储，芙瑞雅的剑术课程由女王守护骑士休亲自指导。虽然当时的她并没有太当回事，三天打鱼两天晒网，但几年下来，也勉强可以参加实战。克莉丝塔就差得更远，只是学会了几个起手式，摆摆样子。两人的水平决定了，这场与精彩无缘的比赛，将在五分钟内决出胜负。然而，让所有人意外的是，本毫无悬念的决斗，竟异常激烈。

克莉丝塔步步紧逼，细剑不断刺出，却一味用狠，破绽百出。这种战法如果遇到真正的高手，无异于送死。芙瑞雅一次次抬剑将克莉丝塔挡开。她本有很多机会可以一击制胜，但这毕竟不是剑术课上的配对练习，而是真刀真枪的决斗，她并不想让克莉丝塔受伤。她的战术也很简单，拖。芙瑞雅很清楚，克莉丝塔自幼体弱，这样的战法只靠血气之勇，根本支撑不了太久。于是，克莉丝塔锋芒毕露，只攻不守；芙瑞雅见招拆招，只守不攻。两人就这样缠斗下去。片刻后，克莉丝塔的额发已被汗水浸透，喘息越来越明显，握剑的手也开始颤抖。

芙瑞雅微微用力，架住她的剑："克莉丝塔，放弃吧，你赢不了的。"

"不！"克莉丝塔用尽全力，将芙瑞雅的剑推开。

两人身形交错，芙瑞雅正要再劝，扑面而来的剑风让她声音一滞。

克莉丝塔脸色苍白，脚步踉跄。此刻她的出剑已全无章法可言，只是追着芙瑞雅劈刺。她的喘息已经化为剧烈咳嗽，却仍没有住手的意思。

芙瑞雅看准机会还击，剑尖弹在她的剑柄上。一声脆响，克莉丝塔手中的细剑被折断。

芙瑞雅本意是让她就此弃剑认输，没想到的是，她竟然抄起剩下的半截断剑，回身向芙瑞雅胸口猛刺。这一击，出其不意，芙瑞雅不得不全力抵挡。剑身重重拍在了克莉丝塔的肩头，将她打飞出去。落地处正好有一块巨石，克莉丝塔这一下摔得不轻。她挣扎了几次，都没能爬起来。芙瑞雅急忙冲上去扶住她："为什么要这样拼命？你明知赢不了的！"

"是啊，我赢不了的。"克莉丝塔的笑容有些苦涩，"可我向你挑战，并不是为了赢。"

芙瑞雅全身一震："你在说什么，克莉丝塔？"

克莉丝塔深深看了她一眼："我来，是为了拖住你的，姐姐。"

说完这句话，她低下了头。一阵剧烈咳嗽后，鲜血染红了雪白的衣襟。

芙瑞雅抽出丝巾，为她擦拭："别说了！"

克莉丝塔摇了摇头，努力坐直了身子："你是不是觉得我来平叛，跟你决斗很任性、很胡闹？但其实，这是晏哥哥的计划，目的是将你骗离浮空岛，并借决斗将你拖住。而这段时间里，他会乘机毁掉浮空岛。"

芙瑞雅眉头紧紧皱了起来。

克莉丝塔："听到这个计划后，我没有犹豫就答应了。我知道这样做对不起你，可这是我作为帝国皇后的使命。"

芙瑞雅："除了我，没有人能控制浮空岛。"

克莉丝塔："是的，晏哥哥也看到了这一点，并找到了对策。"

她苍白的脸上浮起一丝苦笑："晏哥哥说，浮空岛是长生族的科技。从某种意义上讲，这座岛也具有生命力，一旦认定了主人，就不会被其他人驱使。它认定的标准，不是密钥、指纹、虹膜，而是血脉。这就是上次你转败为胜的原因。但姐姐，你忘了有一个人，和你有着极为近似的血脉。以长生族的标准，几乎就是一样的。

"那个人就是兰斯洛特。他不仅是女王的孩子，还是具有真神谕的长生族。他体内的真神谕，也来自第一骑士。所以，浮空岛能识别所有的外来者，唯独不会排斥他。

"兰斯洛特，已经在浮空岛上了。等血脉识别完成后，浮空岛就会被夺走。

"这场决斗，我已经尽了全力，希望能为他争取到足够的时间。"

她挣扎着坐起来，直直地注视着芙瑞雅，目光渐渐失神："对不起姐姐，我真的不想伤害你。但，我是他的皇后啊……"说完这句话，克莉丝塔耗尽了全身的力气，昏倒在芙瑞雅怀中。

芙瑞雅脑中一片空白。她突然感到，周围的世界是如此陌生，就连怀中的克莉丝塔，都让她感到无比陌生。此刻，巨大的轰鸣声传来。

芙瑞雅抬头，只见浮空岛动了起来，而它飞向的，赫然是征讨军的方向。显然，克莉丝塔没有说谎，浮空岛真的被帝国夺走了。望着浮空岛飞行的方向，芙瑞雅心中陡然感到一阵不祥。征讨军发出阵阵凄厉的呼喊，拼命地想躲闪，却徒劳无功。浮空岛很快就追上了他们，淡蓝色的符文亮起闪光，一枚梭形冰柱高速落下，在征讨军中炸裂。

冰柱砸中地面时爆发出巨大的冲击力，使得地面上的物体全都被弹起了数十米高。士兵、蒸汽动力机车、枪炮、防御工事……无一例外，而后，又狠狠地砸回地面。地面上明显可见道道波纹褶皱出现。剧烈的震荡与晃动被引发，一切全都在崩裂。

这就是坠星炮。

能毁天灭地的坠星炮曾经是征讨军最大的仰仗,而今却成为他们最大的梦魇。

梭形冰柱落下的核心区域,数百米内,没有任何生命迹象,甚至几乎没有物体能保持完整。所有的一切都像是从铰肉机里倒出来的,融在一起,琐碎,荒诞,像是画布被无限放大后的像素点。而数百米之外到数千米之内,则是地面崩裂,建筑倒塌,地形发生了巨大的变化,幸存的征讨军连逃走都做不到。这一炮,让征讨军的十分之一直接被消灭,五分之一则失去反抗能力,束手待宰。

这就是坠星炮。

这就是浮空岛。

此刻它宛如收割生命的恶魔,缓缓移动着,向另一个方向飞去。它的目标很明显:消灭所有的征讨军。

芙瑞雅最后看了克莉丝塔一眼:"克莉丝塔,我不会怪你。无论你做了什么,我都会原谅你,那不是你的错。我只希望等你醒来时,这场战争已经终结了。"

她轻轻将克莉丝塔放在地上,然后,站起身来,深吸了一口气。阳光有着扎眼的灿烂,而她感受到的却是黑暗。她体内有某种情绪涌动,鲜血在每一寸血脉中沸腾,想要挣脱身体的束缚,暴露在冰冷剑锋上——连同敌人的血。但她没时间伤感,也没时间悲痛,甚至没时间去体会她体内爆发的究竟是什么。她只能带着伤痕,赶往下一场战争。

那场战争,就在浮空岛上。

她抬头,目光锁住天空中的浮空岛,那里有火焰在燃烧。她从未像现在这样,痛恨这场战争。无论是谁,利用克莉丝塔做这样的事,都该死。

她大步走向蒸汽维纳斯机体,踏入驾驶舱。舱门关上,机体发动。这架机体中残存着克莉丝塔的气息,让她恍惚觉得她们是在并肩战斗。

第二十五章　浮空岛之陨落

蒸汽维纳斯瞬间动力增加到极限，飞步向浮空岛奔去。它左手的重炮垂直向下轰出，巨大的反作用力让它凌空飞了起来。它的机身格外纤细，借由重炮的反作用力，能短暂地飞在空中。这是维纳斯独有的技能，克莉丝塔曾在与格蕾蒂斯一战中展示过。

维纳斯机体像鸟儿一样在空中飞翔着，浅粉色与金纹镶嵌成的玫瑰在阳光下熠熠生辉，越来越接近浮空岛。

芙瑞雅不间断地尝试与浮空岛取得联系，却没有得到回应。路用长生族的科技，建立的她与圣体之龙的源核间的联系，被彻底切断了，她无法再控制浮空岛。虽然她还没有想明白，以人类的科技是如何做到这一点的，但她并不畏惧。失去的，她会亲手夺回来，带着愤怒！

就在此时，浮空岛到达既定的位置，蓝色的符文再度亮起，梭形冰柱开始加速，又一枚坠星炮将要轰出。

浮空岛的正下方，是另一个方向的征讨军。若这一炮落下，又将有十分之一的征讨军被直接消灭，五分之一则失去反抗能力。这样一来，那就将失去很多的有生力量。

芙瑞雅猛一咬牙，改变了方向。蒸汽维纳斯机体飞向的，不再是浮空岛的边缘，而是中心，是那枚正在加速，即将喷吐出超过一吨重的炮弹的巨大炮口。

晴朗的空中，一只鸟儿，飞向死亡。

淡蓝色的符文越来越亮，梭形冰柱被注入恐怖的势能，眼看就要脱离炮口，将死亡带给征讨军。与此同时，以重炮为尾翼的蒸汽维纳斯机体以义无反顾的姿态，笔直地从下方撞中梭形冰柱。巨大的冲击力把机体的头部直接压扁，接着便是身体。

正面硬撼坠星炮几乎等同于自杀，但芙瑞雅没有退缩的念头。她心中燃烧着一团火，这团火让她只想前进，哪怕烧尽自己！巨剑轰出，砸在冰柱上，硬生生在冰柱上破开一个缺口，重炮火舌喷吐，强大的后坐力推着机体硬生生地向冰柱钻去。炮火全都轰在梭形冰柱上，令冰柱崩裂，瓦解，维纳斯机体用粉碎自己的方式，在冰柱中悍然前行。

冰柱仍高速下坠，但冲出炮口的，不再是完整的梭形，而是大大小小的碎块。当它们划过长空到达地面时，已变成了雨点。冰之雨纷纷坠落，而维纳斯机体则逆空而上，强行穿过冰柱，降落在浮空岛上！

这一击，让蒸汽维纳斯机体付出了惨重的代价，它已无法维持机体的外形，装配重炮的左臂完全脱落，只剩下挥舞巨剑的右臂。机体外壳遭受到无法修复的创伤，所有的装饰与花纹都被毁去，甚至，连驾驶舱的舱门都在这次对撞中脱落，芙瑞雅完全暴露在外。

她的长发逆风飞散，额头破开一个很长的口子，鲜血顺着眉心流淌，划过格外苍白的面颊。这只是她伤痕中的一小部分，这次对撞几乎将她置于死地。和维纳斯一样，她也遍体鳞伤。然而，她的双目中仍然燃烧着火焰，死死盯着浮空岛宫殿的入口。

入口已被轰破，两扇大门倒在地上，里面一片漆黑，仿佛通往地狱。芙瑞雅没有任何停顿，操纵维纳斯像折翼的飞鸟，冲进入口。然后，她听到了一阵八音盒发出的乐声，那赫然是《生日歌》，简单，清脆。

"芙瑞雅，喜欢我给你的生日礼物吗？"

入口处的黑暗与宫殿内的光明的转换，让芙瑞雅有短暂的视力模糊。她恍惚地看到有个人坐在宫殿中的王座上。等视线恢复后，她看清了，那个人是卓王孙。

他身前，两侧各有九架蒸汽机体，威严地护卫着他。蒸汽机体之后，停泊着几艘翼战船。芙瑞雅才看了一眼，就明白他正是用这些翼战船登上浮空岛的。翼战船本为白风城独有，却在被攻陷的那一次，被大量运到帝都，成为为帝国夺取浮空岛的利器。

在蒸汽机体与翼战船的环绕下，卓王孙端坐在王座上。这个王座像是为他而做的。他高高在上，掌控一切。

第二十五章 浮空岛之陨落

芙瑞雅盯着他,双眸中燃烧的光芒陡然变得炽烈。血,从她的眉心滴落,染透衣襟。烧灼与刺痛,在她心底浮现。那高高在上的姿态,让她觉得格外刺眼。

"我没想到,你竟然卑鄙到这个地步,连克莉丝塔都要利用!"

卓王孙叹了口气:"芙瑞雅,这就是战争。一旦开始,所有人都会被卷入其中,没有例外。现在,你有一个终结它的机会,只要你肯认输,一切就会结束,每一个人都会安全。"

芙瑞雅断然回答:"不可能。"

卓王孙笑了笑:"我就知道,你不会同意的。好了,能不能先不谈这些,今天是你的生日。"

芙瑞雅微微一怔。她这时候才记起,今天的确是她的生日。二十五年来,她的每一个生日,都会有一场盛大的庆典。女王、克莉丝塔、韩青主都会和她一起庆祝。

当然,一定还会有他。每年午夜,庆典结束、众人离开后,他会带她来到花园深处,为她打开八音盒,放一束小小的烟花。合众国灭亡后,她四处奔波,完全忘记了自己的生日。听到这两个字时,竟有恍如隔世之感。

芙瑞雅冷冷地看着他:"谢谢你提醒我。你放这首歌,是想表明你记得这一天吗?你送我的生日礼物,就是夺走这座浮空岛?"

卓王孙没有回答。

芙瑞雅的眼中有一丝讥诮:"很好,这的确是帝国皇帝才能做出的事情。但我告诉你,没有人能从我手中夺走它!"

卓王孙沉默着,似乎在回味芙瑞雅的怒火。

"芙瑞雅,你错了。我从未想过要夺走它。这个八音盒……"他把玩着手中的八音盒,"其实是个启动器,当它开始歌唱时,就已经启动了。等它唱完后,安置在浮空岛上的三百九十六枚炸弹就会爆炸。"

他面无表情地做了一个压破气球的动作。

"砰，从此，再不会有浮空岛了。

"克莉丝塔的事我很抱歉，我从来没想过要伤害她。这一点，我是真心的，可以用性命担保。我送你的生日礼物，是彻底毁掉这座浮空岛，以及岛上的母体。我很清楚这是你重建现代文明的底牌，是你苦苦寻找到的新能源，是你的精神支撑。是的，我知道，所以我要彻底毁掉它，让它成为你的梦魇。我要你用亲眼看着它毁灭的绝望，永远铭记，向我宣战意味着什么。也许这样，我们之间，就不会再有第二场战争了。"

八音盒的旋钮旋转着，盒子上的小人鞠躬，舞蹈。绑着缎带的红舞鞋踩出《生日歌》的节奏，一个接一个音符，祝福与倒计时。

芙瑞雅的身子颤抖起来，她从未觉得如此寒冷。失去浮空岛，她还有什么？从帝都逃走直到现在，她所有的成就，都凝聚在这座岛上。它是她对抗卓王孙，相信自己的路是正确的唯一支撑。现在，他要将它毁去。他明知这一切还要将它毁去，就为了让她得到足够痛的教训。

她想笑，却笑不出来。

卓王孙好整以暇地把玩着八音盒：

"还有点时间，我们聊聊吧。

"不要试图攻击我，一旦八音盒坠地，爆炸立即就会发生。

"你不好奇我们是如何进入浮空岛的吗？"

芙瑞雅深吸一口气："是利用兰斯洛特，骗过了系统吧？"

卓王孙："是的。但这并不容易。上次你逃走后，晏与枢密院做了很长时间的研究，终于想出了一个可以骗过它的办法，就是这台仪器。"

卓王孙手托着八音盒，慢条斯理地解说。芙瑞雅思索着破解之法，却也忍不住被他的话吸引，向母体看去。

母体旁边有一台芙瑞雅从未见过的仪器，它与母体连在一起，母体放出的能量完美地跟它融合在一起，释放出淡蓝色的纽带。沉睡的圣体之龙竟没有任何排斥，就像是芙瑞雅亲临一般。而圣龙面前，站着一个人。

第二十五章　浮空岛之陨落

兰斯洛特。

他静静站立着，左手伸出，悬于圣龙头顶。白色战斗斗篷向后扬起，仿佛张开了巨大的羽翼。蓝色光芒流经其上，将他与整座浮空岛连为一体。

这台仪器，显然是用兰斯洛特模拟出了芙瑞雅的气息，骗过了圣体之龙，让圣体之龙以为跟它接通的人是芙瑞雅。当圣体之龙将控制权交出后，即使真正的她再发布命令，母体也接收不到了。

毫无破绽。

的确是二十五年来，最用心的礼物，却是为了摧毁她。

芙瑞雅注视着卓王孙，心中下了决断："我承认你的计划很完美，但，它有个致命的破绽，八音盒的音乐结束之前，就不会爆炸！"

维纳斯机体陡然发动，瞬间爆发出最快的速度，折翼飞鸟再次在地面奔行，向卓王孙冲去："只要抢在倒计时结束前，毁掉它就行了！"

"护卫吾主！"十八架蒸汽机体同时发动，有的向前，有的向后，相互交叉，组合成一个复杂的阵势，将卓王孙严密地护住。

芙瑞雅强忍着身体的痛与虚弱，调动真神谕的力量。十八架蒸汽机体的轨迹，在她面前隐约浮现。她操纵着维纳斯，沿着轨迹交叉的空隙，向前飞掠。同时捕捉十八架机体的轨迹，对她而言还是太难了，维纳斯所受的创伤也影响到了速度。在前行的过程中机体不断被斩中，一件件零件从它身上脱落，但芙瑞雅完全没有后退的意思，依旧向前！

卓王孙望着维纳斯战斗的姿势，目光有一丝惊愕。这还是他第一次见到这样的她。的确，已恍如隔世。他手一抛，八音盒向空中飞去。

"没用的。我说过，八音盒坠地，爆炸立即就会发生。"

八音盒在空中划出一个很短的弧线，翻滚着升向最高点。然后，它便会坠落，而芙瑞雅仍深陷于十八架机体的包围中。

芙瑞雅猛然阖上双眼，全身的血像燃烧般，飙升到极高的温度。这是她全力运转真神谕的迹象。她的真神谕并不完整，不能用于操控机体，只能用于判断。在她眼中，十八架机体的轨迹，突然变得清晰。轨迹交叉，没有空隙。维纳斯向前冲去。一阵钢铁的碰撞声响起，真神谕帮助芙瑞雅选择了受伤最小的那条路，但，她仍然遭受了二十多次的斩击，到最后，装甲几乎完全瓦解。这还是因为离皇帝陛下太近，护卫机体不敢动用热兵器。

在八音盒落地前，她接住了它。

"没想到你还有这样的能力，真令我刮目相看。"卓王孙冷冷看着她，从王座上起身，"既然你还是收下了我的礼物，就好好善待它吧。芙瑞雅，我真诚地祝你生日快乐。"

芙瑞雅："我也真诚地祝你，早日恶贯满盈！"

维纳斯挥动巨剑，猛地向卓王孙砍过来。巨剑在真神谕的加持下，瞬间便闪到了卓王孙身前。雪亮的剑光倒映出他惊愕的目光。但就在此时，浮空岛传来一阵猛烈的晃动。维纳斯机体立足不定，巨剑剑锋偏转，砍在了王座上。

连绵的爆炸声传来，浮空岛剧烈晃动着，向下坠落。

芙瑞雅终于看到了那些炸弹。它们被绑缚在浮空岛的底座上，密密麻麻，威力巨大，每一枚炸弹爆炸后，都会破坏一大片反重力符文阵。随着爆炸越来越多，浮空岛下坠的去势也越来越快。半分钟后，它就会陨落于地。

芙瑞雅握紧双拳。这个男人肯定没说实话，爆炸启动器肯定不止八音盒一件，抢到八音盒也根本不会终止爆炸！

芙瑞雅猛然回头，看到卓王孙已踏进一艘翼战船中，向她挥手致意。翼战船升空，向外飞去。其余战船纷纷起飞，组成翼护阵型，将之拱卫其中。

卓王孙的声音传来："我知道一次失败不会摧垮你，所以会有第二次，第三次。记住，唯一不让失败降临的方式，就是认输，永远不要再发起战争，芙瑞雅。"

维纳斯冲上前去，却只能眼睁睁地看着翼战船编队脱离浮空岛，越飞越远。

巨剑狠狠地砸在地面上。芙瑞雅燃烧着火焰的目光,紧盯着翼战船。

"我不会输!"她一字一字地说着。

翼战船渐渐飞远,卓王孙从舷窗回望浮空岛,看着它从庞然大物变成小黑点,从高居半空到坠入尘埃。

"给晏执政发信,告诉他,我们的计划虽有波折,但仍完成了。我方的战略目标已达成,准备后续的计划。"

副官恭声答应,急忙准备传信。没有电力后,远距离传输情报是件相当奢侈的事情,只能用最原始的方式:每隔一段距离,用光信号的明灭来传递摩斯码,这是帝国军方才能做到的事情。

卓王孙往翼战船的后背上靠了靠,脸上闪过一阵阴霾。这次胜利,并未让他感到欣喜。

就在这时,副官突然惊叫起来,他的手指向舱外。卓王孙向舱外望去,就见一艘翼战船正划出一条飞鸟般的弧线,从侧后方追上来。翼战船的顶上,蹲伏着一架蒸汽机体。那是伤痕累累,几乎解体的维纳斯。

一见此景,卓王孙心头便生出不祥之感。不用他下命令,随航的三艘翼战船自动向维纳斯发起攻击,猛烈的炮火交叉射向维纳斯。透过舷窗,卓王孙看到维纳斯被炮火吞没。

战局并不复杂,三艘翼战船的火力可以完全压制维纳斯。但没来由的,卓王孙预感到,这三艘翼战船一定不是芙瑞雅的对手。果然,仅仅过了几十秒,一艘翼战船便化成火团,坠落。然后,是第二艘,第三艘。最终,只剩下卓王孙乘坐的这一艘。维纳斯没有再攻击,它身下的翼战船猛地加速,笔直撞了过来。

轰,两艘翼战船撞在了一起,共同燃烧成火,向下坠落。失重感传来时,卓王孙唯一的念头是:她疯了,她一定是疯了。

第二十六章　偿还

芙瑞雅醒来时，已是夜晚。

剧痛从身体各处袭来，她发现自己被卡在了破损的机体中，似乎每一丝血肉都与钢铁连接。四周万籁俱寂，只有水滴落的声音——那是她自己的血。芙瑞雅想从钢铁废墟中挣脱出来，右腿上传来一阵剧痛，再度昏迷过去。

之后，她做了一个梦。美丽的烟火中，女王带着微笑，出现在她面前。

"生日快乐，芙瑞雅。"

"母亲……"芙瑞雅脸上闪过一丝惊喜，又瞬间暗淡了，"抱歉，我最终没有赢得这场战争。"

"为什么要这样说？"

芙瑞雅笑容有些苦涩："他摧毁了浮空岛，一切都结束了。"

女王轻轻抚摸着她的头发："不，一切还没有结束。我的孩子，你还不能放弃，要继续战斗。"

芙瑞雅投入她的怀抱："可是母亲，我真的好累。让我再梦一场，多和你待一会吧。"

女王怜惜地看着她，语气温柔又坚定："不，芙瑞雅，你必须醒来。"

第二十六章 偿还

"芙瑞雅,醒来!"一个声音贯穿了梦境,直抵现实。芙瑞雅勉强睁开双眼。

正午的强光射来,让她一阵晕眩。过了片刻,她才看清,眼前的人竟然是卓王孙。芙瑞雅本能地想挣扎,理性与疼痛让她停了下来,冷冷地看着他。

他也血透重衣,脸上都是刮痕与焦灰,看来并不比自己轻松多少。

看到她苏醒,卓王孙明显松了口气,但瞬间又变得冷肃:"你是疯了吗?想和我同归于尽?"

芙瑞雅一言不发,用力想从废墟中挣脱,却被他一把按住。

"别动!你想下半生都坐在轮椅上吗?"说着,他将堆叠在芙瑞雅身上的机体碎片掀起,远远扔开。

芙瑞雅抬了抬眸子,望向他身后。堆积如山的金属残骸已被清理出一条通道,有十余米长,通道另一头指向对面的山坡,上面是一架翼战船的残骸,那正是他坠毁时的座驾。看来,他是先寻找到自己,再独自挖开通道的。以通道的规模来看,他至少挖掘了整整一夜。

芙瑞雅的心泛起了一丝涟漪,但又瞬间凝结。她冷冷道:"皇帝陛下,你这是演的哪一出呢?既然想杀我,放我在这里等死就好,又何必费这样的周折。"

卓王孙从旁边找到一根金属杆,用力插入机体缝隙:"你错了,我并不想杀你,只想摧毁浮空岛。何况,即便我真要杀你,也会亲自动手,给你准备个恰当的死法,不会让你死在垃圾堆里。"

芙瑞雅满脸嘲讽:"哦,那可真是谢谢了。"

卓王孙冷笑:"那是当然。"他突然用力下压,芙瑞雅一声痛呼。

酸涩的声音响起,变形的机舱被强行破拆出一条缝隙。芙瑞雅脸色惨变,卓王孙不由分说,一把将她抱了出来。他抱着她向废墟外走去,刚走了几步,就因体力极度消耗,一阵踉跄。芙瑞雅趁机挣脱出来,扶着机体残肢站起身。这个简单的动作牵动了她的伤口。她的伤口涌出大量鲜血,但她死死咬住嘴唇，没有发出半点声音。然后，她开始撕下衣角，包扎身上的伤口，实在无法包扎的，就用带子缠紧止血。

自从被她推开后，卓王孙就再没有去帮她，他只是静静地望着她。

从她的动作中，他看出了莫名的熟练感，似乎，这样的事，她不知做过多少遍了。然后，她脸上的平静映入他的眼帘，有些刺眼。他受的伤有多重他很清楚，他已几乎无法行动，虽强行忍耐着但已到达极限，连站立都很勉强。她的伤比他更重，但她却这么平静地处理，这么熟练地包扎。

她应该很清楚，这样粗糙的处理会留下疤痕，甚至会给自己带来更大的伤害，但她的动作没有丝毫的停顿，仍干净利落地做完了这一切。这只有一种可能，就是她早就习惯了这种伤害。这就是合众国的公主、帝国的皇后的习惯。

卓王孙犹豫了一下，似乎因某件事下不定决心。而在此时，芙瑞雅处理好了伤口，并毫不犹豫地向坠落的机体走去。

卓王孙："芙瑞雅，认输吧。"

芙瑞雅停住脚步，没有回头，也没有说话。风吹过她的长发。发上沾着血，倔强地不肯随风飘扬。

卓王孙深吸了一口气："帝国虽然恢复了些元气，但也经受不住一场大规模的战争。而我的蒸汽文明复兴计划也处在关键阶段。因此，如果你继续的话，我会不惜一切代价快速摧毁你。像刚才那样的事情，会一次又一次地发生。实际上，后续行动已经开始了，向你投降的豪族中有我布下的内奸，攻打白风城的军队也已到城下。你会受到一连串的打击，你拥有的一切都会被寸寸剥离。这是我与晏制定的作战计划，目的是让这场战争成为你的梦魇，让你一想起向我开战就绝望，再也不敢发起第二场战争。"

他把作战计划详细地告诉了她，包括下一步如何对付她。这些计划一旦说出，就再也不会起作用，但他并没有犹豫。

"但我不会这么做。我诚恳地向你请求，认输吧，结束这场战争。我不想再让这场战争伤害到你。"

芙瑞雅终于说话了:"如果我不认输呢?你会怎么做?再杀我一次,或者,再囚禁我一次?"

卓王孙摇了摇头:"我说过,我不想杀死你,或者说,我只想杀死那个作为敌人的你。正如晏所言,你在我心中,有太多角色。这让我们的关系变得复杂。浮空岛坠毁的那一刻,我感到分外轻松,不是因为我赢了,而是因为,我终于消灭了令我不得不伤害你的理由。从此之后,我可以不再将你视为帝国的最大威胁,你的角色,只剩下你本身——那个我爱过、还爱着的女人。"

他向她伸出手:"我想跟你回到从前。"

芙瑞雅笑了,充满嘲讽:"从前,你想要什么样的从前?"

卓王孙:"和我们小时候设想的一样,共同统治这个世界。如果你愿意,我也可以更改国号。"

芙瑞雅:"真是了不起的让步,连国号都可以改。"

她的笑容在一点点消失:"可是,你觉得我会跟一个侮辱了我的母亲、利用了我的妹妹的人一起坐在皇座上吗?不,我不会。你毁了我的国家,毁了我的人生,毁了我的一切!"

这一刻,她努力维持的平静终于溃散,海上强烈的风吹不散她双眸中的火焰,那是某种刻骨的恨:"你与我不再有从前,也不会有未来!"

卓王孙眼底有一丝痛楚:"芙瑞雅,你是一个理性的人,应该做出最理性的选择。你赢不了这场战争,认输吧,我真的不想再伤害你。"

芙瑞雅嘴角挑起一丝冷笑:"你真的以为,我对帝国的威胁,只来自浮空岛吗?不,你摧毁了浮空岛,我还可以将它再造出来,一切还没有落定,我们的战争,也还没有结束!"说完这句话,她转身向外走去。褴褛的上衣和裙摆上,浸出殷红的血。这些,是他给予的。

她身上斑驳交错的伤,她眸子里的火焰,她的恨,她的倔强,都是他给予的。他真诚地想终结这一切，想对她好，但她的拒绝让他认识到，她说得没错，他们已回不到从前，也不会再有未来。

他唯有维持既定的计划，继续伤害她，一次次给予她梦魇，让她痛苦，让她绝望，用这种方法让她远离战争，保住她的性命。但，当那一刻到来时，她会是什么样子，卓王孙不敢去想。

他举起手，指环上是一个机械发射装置，装置中传出一阵有规律的蜂鸣。这声音极为特殊，芙瑞雅不得不回头。

卓王孙："只需要五分钟，晏就能确定我的所在——一切真的结束了。"

芙瑞雅抬头，天际已经隐隐有蒸汽飞行器的声音，那是帝国援军。海浪的声音变得隐约，仿佛苦涩的倒计时，在风中回响。

五分钟，四分钟，三分钟，两分钟，两个人一直相对无语。直到只剩最后一分钟的时间。

帝国翼战船编队，已经在附近空旷地带登陆。螺旋桨激起巨大的漩涡，吹得两人身边树叶飞舞，尘土蔽天。

卓王孙："芙瑞雅，还没有过二十四小时，这一分钟依旧是你的生日。"

芙瑞雅："那又怎样？"

卓王孙："我放下皇帝的身份，以自己之名，向你提出一个要求。"

芙瑞雅没有说话。这个时候提出的要求，不过是城下之盟。甚至，连城下之盟也不必有。他已占尽胜势，只是在戏弄猎物而已。

她冷笑："你还想要什么？"

卓王孙注视着她，神色渐渐变得郑重："我想和你约定，从现在开始，暂时忘了战争、合众国与帝国的一切。这最后的一分钟里，我不是你的敌人。"

芙瑞雅微微一怔。突然地，他将芙瑞雅拉了过来。

正准备指挥救援的晏执政惊呆了，帝国将士们也惊呆了。

人们惊讶地看着眼前的一切——他们无所不能、杀人无数的陛下，正在拥吻敌军主帅。援军竟一时忘了登上战舰残骸。

突然，卓王孙的动作变得僵硬。芙瑞雅轻轻推开他，用一柄精致的手枪指着他肋下："对不起，一分钟过了。"

她散乱的长发被风吹起，微微抬头，仰望天空："是的，我输了。不过如果帝国的皇帝战死在此，我也算转败为胜了吧？"

卓王孙看着她："你不会杀我。"

芙瑞雅冷冷看着他，不动不语。

卓王孙："和我一样，如果你真的想要杀我，可以找到无数的机会，不是吗？"

芙瑞雅没有否认。从一开始到现在，无论两人下过多少次决心，内心深处，都不想真正杀死对方。否则，这场战争早就结束了。

他看着芙瑞雅，目光坚定："你不会杀我的。直到现在，我仍然坚信这一点。"

芙瑞雅轻描淡写道："我也不想杀你，只是要诛除暴君。"这句话的语气与他"我并不想杀你，只想摧毁浮空岛"一模一样，显然是一次回击。而后她话锋一转："可惜，我不像你，能把这两个角色分开。"

"啪"的一声，她拉开保险栓，手指握紧扳机。一瞬间，所有人都发出惊呼，子弹纷纷上膛，对准芙瑞雅。

卓王孙笑了，笑容中有几分自嘲："好。"

突然，他一把拉起她的手，用力抵住自己的额头："诛除暴君吗？那就向着这里开枪！"

两人的目光激烈撞击在一起，寸步不让。

四周鸦雀无声，每个人都屏住了呼吸，只有海浪一声接着一声。他们就这样对峙着。从彼此的眼眸中，他们看见了五千八百四十个一起度过的日与夜。温莎城堡中的初见、舞会上的不辞而别、垦利小镇上的同生共死、蛋糕秘境中的耳鬓厮磨……还有那些刻骨伤害中的不舍，缠绵相拥后的诀别，以及他们曾共同拥有过的，名叫安妮的小女孩。

时光在两人的对视中凝结，仿佛只过去了一瞬，又仿佛已是永远。一切刻骨铭心，都化为迷离的光影，在腥咸的海风中浮沉，最终吹成泡沫。

突然，晏的心抽搐了一下，他预感到一丝不祥。

一抹微笑，缓缓浮现在芙瑞雅脸上。她的声音很轻，仿佛来自天际："如你所愿。"

枪声响起，子弹直接洞穿了额头。卓王孙的目光中满是惊愕，直到此刻，他仍然不相信，她真的会扣动扳机。海风中，他的头发被逆向吹起，半掩住额头上狰狞的血迹与创口。他仰天倒下，在意识模糊前，一滴眼泪从他脸上坠落。

整个世界沦入黑暗之前，他听到了她嘶哑的声音："再见了，我的王子。"

扣响扳机后，芙瑞雅感到自己全身的力气都被抽空，缓缓跪倒在地上。这一瞬间，整个世界都失去了声音与色彩，化为一片寂静的灰色。

她看到，晏冲了上来，将血泊中的卓王孙带走。

她看到，在晏的命令下，帝国军队正在退走。

她看到，翼战船编队腾空而起，飞向帝都。

奇怪的是，晏竟没有下令杀死她或俘虏她，而是将她留在了孤岛上。一切都变得不合情理，就像一场荒诞不经的梦。因此，她的心，也不必悲伤。

芙瑞雅静静地坐在原地，一动不动。不知过了多久，四周再度响起了人声——那是从金月城赶来的己方援军。

援军首领喜出望外："陛下，终于找到你了！"

芙瑞雅轻轻抬头，面无表情地问："今天是几月几日？"

援军首领怔了怔，还是回答："今天是第二合众国元年，12月23日。"

芙瑞雅的笑容有一丝苦涩："已过去三天了吗？"

"是的，您失踪三天了，我们都在到处找您……"

第二十六章 偿还

她完全没有听援军首领的话，而是将目光转向天际："今天，我二十五岁零三天了。"

这句话有些莫名其妙，援军首领怔了怔，不知该如何回答。

芙瑞雅长叹了一口气，将目光收回，声音重新坚定起来："走吧，回金月城。"

芙瑞雅随援军回到金月城时，看到了满目疮痍。

一发坠星炮加上浮空岛的坠毁，让征讨军足足减员六分之一。金月城外山峦改易，面目全非，不幸的是，这发生在征讨军的营盘，主要的伤亡都由征讨军来承担。士兵中能正常作战的，还不及战前的一半。

而更大的打击，是浮空岛。这座被芙瑞雅与征讨军视为最大仰仗的神迹，已经坠毁，在地上砸出了一个巨大的深坑。岛的下半部分完全碎裂，上半部分也坍塌下去。反重力符文阵彻底被摧毁，坠星炮的炮身也毁掉了近九成，完全不可能再用。

曾经的神迹，化为不可修复的废墟。

芙瑞雅虽早就预料到这样的结果，但当真的看到时，仍不禁眼前一阵阵发黑。这是她的心血，她寻找到的路，她生命的寄托。这场战争，她还拿什么打？

她深深吸了口气。

还不能倒下。无论遇到什么，都要将它当作前行路上必须跨过去的阻碍，不要想能不能跨过去，而要想怎么跨过去。

她走向征讨军。穿过营地时，她看到满地尸体根本来不及掩埋，幸存者几乎都在救治伤员，腾不出手来做其他的，伤员多到连最简易的棚子都不够用，大多数只能露天安置。到处是鲜血与呻吟，每个人脸上都有绝望。他们不时转头望着坠毁的浮空岛，失魂落魄。

芙瑞雅从一名士兵手中接过绷带，半跪下来，娴熟地为伤员包扎伤口。

在白鲸之谷中，她不知做过多少遍。士兵与伤员认出了她，吃惊地想要俯倒行礼，芙瑞雅止住了他们，细心地将包扎做完。

"你们一定认为，我们败了。失去浮空岛，我们再不是帝国的对手。但我带回了一个好消息，我们不会输。"

她没有说这个好消息是什么，但她流露出的自信感染了他们。伤员努力地坐直身子，点头："我们相信您。我们都看到了您对坠星炮的攻击。您这样的统帅，我们会跟随到底。"

周围的士兵纷纷点头，无论是受伤的还是未受伤的。芙瑞雅的归来，让萎靡的士气重新振作。

芙瑞雅详细地询问着伤员的伤势及救治情况。得到一切都好的答复后，她再转向下一个伤员。一名伤员接着一名伤员，她的回归之途特别缓慢且长。但，女王陛下回归的消息，以极快的速度传播了出去。越来越多的人知道了，并向这边聚拢过来。

当然，其中也包括尼布甲尼撒伯爵这些豪族。

当芙瑞雅走到第五位伤员身边时，尼布甲尼撒伯爵率领所有征讨军的高层赶来了。他们也都很狼狈，大多数都带着伤。尼布甲尼撒伯爵的左臂用绷带吊在胸前，伤得相当不轻。他们并没有打搅芙瑞雅对伤员的慰问，只是沉默地等在一边。

而芙瑞雅也未因他们的到来而停止慰问。她照旧给伤员包扎好，询问他受伤的细节，鼓励他振作。等这些做完后，她站起来，环视着周围上百名士兵与征讨军高层，说："你们知不知道我带回来的好消息是什么？如果我说这场战争已经终结，你们会相信吗？"

所有听到这句话的人，都吃惊之极。他们甚至以为自己出现了幻觉。

"女王陛下……"

但芙瑞雅随即说出了下一句话："我杀死了帝国皇帝。"

什么？那个暴君死了？短暂的沉默后，人群中爆发出激烈的欢呼。

第二十六章 偿还

那个暴君死了!

卓王孙还在时,就算有浮空岛,征讨军仍觉得自己身处劣势,帝国军随时可能将自己剿灭。听说卓王孙已死后,就算浮空岛被摧毁,部队遭受毁灭性的减员,征讨军都觉得有了胜利的信心。在此之前,哪怕用一半的减员去换帝国皇帝的死亡,大家也都觉得非常值得。

他是所有人的梦魇。有他在,任何人都不敢说必胜。没有了他,将再没有人反对芙瑞雅。迎回芙瑞雅,帝国重新变为合众国,将势在必行。就算有波折,也可以谈判。而芙瑞雅陛下是最擅长谈判的。

帝国皇帝的驾崩,的确相当于战争的终结。

直到此刻,压抑已久的哭泣终于爆发出来。那是欢喜,也是悲伤。

征讨军虽损失惨重,却也不是没有收获。收获之一,就是俘虏了兰斯洛特与包括费斯坦但提勒斯在内的金月城所有官员。

浮空岛坠毁时,兰斯洛特没有按原计划逃离。当征讨军到来时,他不知出于什么原因没有反抗,任由他们将自己关押起来。芙瑞雅听到这一消息后,并没有去探望兰斯洛特,只是传令善待他。

她召见了费斯坦但提勒斯。

胖子一见到她,就跪倒在她面前,痛哭流涕地说一切都是卓王孙逼他的,他其实一心向着女王陛下,是典型的"身在曹营心在汉"。

芙瑞雅只跟他说了一句话:让金月城举城投降。然后,征讨军便兵不血刃地占领了金月城。毕竟,全部官员都被俘虏,金月城的指挥体系已完全瘫痪。被胁迫的豪族们也全部被释放。当他们见到芙瑞雅时,有种重见光明的解脱感。

这时,他们听到了皇帝陛下驾崩的消息。

金月城,名副其实地化成了一轮金色的月亮,成为不夜城。城市的每个角落都在庆祝,庆祝这场战争终于终结;同时也在哀悼,哀悼为这一战丧生的战友们。

大悲大喜，都在这一夜宣泄。酒敞开供应，所有人都可以一醉方休。

费斯坦但提勒斯只喝了一杯麦酒，就醉了。醉了后，他号啕大哭，谁也不知道他在哭什么。

芙瑞雅孤身来到浮空岛的废墟旁，沿着倾斜的岛身往上攀爬。原先那座恢宏的宫殿已在坠毁中完全垮塌，龙皇留在其中的防御力量也消散不见，这让浮空岛从根本上失去了被修复的可能。

芙瑞雅终于攀爬上了中枢处。这里，也是安放母体的地方。

母体身上永远绽放着的淡蓝色光芒，已经熄灭。它黯淡，毫无光彩。母体体内的圣体之龙从沉睡中醒来，也受了极重的伤，趴在地上一动不动。见到芙瑞雅后，它发出低沉的悲啸。

它的一只翼翅被坍塌的宫殿砸断，伤势严重。浮空岛的毁坏造成能量逆流，超过极限的能量冲回它的源核，源核上裂开了一道裂纹。淡蓝色的光芒从裂纹中溢出，璀璨如星河。但这流失的，也是源核的本源之力，亦可以说是圣体之龙的生命。

芙瑞雅轻轻抚摸着圣体之龙的额头。源核之间的微妙联系，让她对它的痛苦感同身受。但她却救不了它。

或许长生族的科技能修复源核，但这与重建一座母体的难度差不多，在地球上是不可能的。她只能眼睁睁地看着它的源核流失，直到彻底消失的那一天。

幸好，这场战争已经完结，由她亲手完结。

芙瑞雅的心里突然有了一丝恍惚。她对任何事情都失去了兴趣，赢得胜利、夺回帝都、光复合众国、领导人类重建现代文明，似乎都没有了意义。她不知道自己怎么会突然变成这样。或许是因为这个世界又少了一个她熟悉的人吧，尽管她是如此恨他。

第二十六章 偿还

她陪着圣体之龙，在残破的浮空岛上，度过了漫长的一夜。

第二天清晨，路出现了。他拿着一张纸条，径直走到芙瑞雅面前："尼布甲尼撒伯爵在帝都的线人传来消息，皇帝，还活着。"

第二十七章　初拥与重生

　　纸条是尼布甲尼撒伯爵在帝都的线人传来的，他在皇宫中担任要职，因此能接触到皇帝陛下的一些机密。他说，当夜晏执政便将皇帝陛下带回宫中，连夜进行抢救。抢救的过程极为隐秘，并没有医生，而是由晏执政亲手操持。好几台奇形怪状的仪器被运了进去，其中有大量的血液。而之后的种种迹象，让他推断出，皇帝陛下受伤虽重，但没有死。

　　芙瑞雅盯着纸条，久久不语。

　　她很难接受这个事实，毕竟，是她亲手将子弹轰入卓王孙的头颅。在那么近的距离下，她不可能打空，也不可能看错。她亲眼看到他额头上那个鲜红的创口，飞溅的鲜血甚至模糊了她的双眼。

　　但，纸条上说得那么详细，那么肯定，恐怕她再不愿接受，也必须得面对这一事实：卓王孙真的没有死。那么，征讨军所面临的，将是前所未有的严峻局面：失去浮空岛，地面部队损失将近一半，她能调动的武力，只剩下不到四万人，而面对的，则是整个帝国。

　　她很清楚，随着那一颗子弹的出膛，她与卓王孙之间的最后一点羁绊，已烟消云散。她杀死了他的一部分，作为玩伴、知己、恋人的那一部分。此后，两人之间便只剩下殊死的战争。他一旦复原，定会用雷霆之势，将她碾压得粉碎。而现在的她，并没有力量抵抗。

芙瑞雅很仔细地将纸条折起来，放到旁边。她仰头，望着浮空岛之上的天。天是倾斜的。

"路，我接下来该怎么办？"

路沉默片刻，说："你已经尽力了。芙瑞雅，爆炸来临前，我为你保存了一小部分母体的残块，它可供你带着少数的人，建造一个世外桃源。地方虽然不大，但足以让你们平安度过一生。"

躲入深山孤岛，在新能源的庇护下，度过余生。这也许是最好的结局。

芙瑞雅的笑容有一丝凄凉和伤感："谢谢你，但我不接受这样的结局。我会战下去。"

路："可你这样会死的，你很清楚这一点。"

芙瑞雅："我很清楚。但我一定要战，就算是死也一样。"

路："为什么？"

芙瑞雅："这不仅是我和他的战争，还是合众国与帝国的战争。为了重建文明，那么多人跟随我出生入死，牺牲了生命，我不可能抛下他们，去世外桃源里过日子。我不会放弃重建文明，会尽我的全力去找第二条路，如果的确找不到，那么就让我和他们一起战死在战场上。这才是我作为女王的结局。"

路注视着她，没有反驳。他能理解这种选择，视名誉、理想、责任高于自己的生命。这正是人类这种初级生物，幼稚又迷人的地方。

芙瑞雅停顿片刻，轻声说："路，我能拜托你一件事吗？"

路："请讲。"

芙瑞雅："等我死后，找一个无人的小岛，把我的骨灰埋在那里，用一截木板做我的墓碑，上面只写一句话：她不曾被征服。然后就不要管它了，它被风吹倒也罢，被海浪卷走也罢，年深月久腐烂也罢，都由它去。路，你能做到吗？"

　　路再一次沉默了。他微微偏头，凝视着芙瑞雅。他的灵魂有很小的一部分已与芙瑞雅融合在一起，能很清楚地感受到浮空岛的摧毁对她的打击有多大，她方才的话，无疑是在交代后事了。但她的心并不恐惧，反而前所未有的安宁。她贯彻着她的信念：她不会认输，即便死，也要死在追寻的路上。这让他不由得想起一位古哲人对死的形容：若丧而归。

　　路古井无波的心，突然感到一丝隐痛。这丝痛像光，照亮了他，让他突然看清了许多东西。

　　"其实，不必这么悲观。"路斟酌着词语，"你的路并没有走完。"

　　芙瑞雅："路，不用安慰我，我没那么脆弱。"

　　路："我能修复母体。"

　　这句话犹如一道光，粉碎了她眼底的绝望："你能修好母体吗？"

　　路："只是母体，不是浮空岛。这意味着你不再拥有能够飞翔的空天战舰，要靠刀枪去与帝国战斗了。但，只要有母体在，你的路就没有走完，不是吗？"

　　母体，是浮空岛动力的来源。只要它能被修复，即便失去浮空岛，至少能供给己方能源与物资。它保留着重建现代文明的希望，保留着芙瑞雅继续战斗的信心。

　　芙瑞雅站起身，急速地踱着步："你说得没错，只要有母体在，这场战争就还能继续下去。我可以设法反败为胜！"

　　路感觉到她的思维以极快的速度翻腾着，一个个念头此起彼伏。

　　路："我想讲个故事给你听。"

　　芙瑞雅略显惊讶地望了他一眼。在她的印象里，路不喜欢多说话，两人合作得虽多，但交流极少，绝大多数时间都是默契地各自知道该干什么，就分头去干了。

　　路："很久以前，我遇到一个人。他在自己的时空里过得很不好，命运不断夺走他的一切,先是理想,然后是恋人,再后来是健康。他身穿孝服,拿着确诊通知单,独自一人坐在摩天大楼顶上,从黄昏一直到黎明。那一夜他很痛苦,很想一跃而下结束自己的生命,最终却没有。朝阳照入他眼睛的时候,他感到顿悟般的轻松。他接受了命运注定掠夺众生的现实,并学会与之坦然相处。而后,他沿着消防梯,一步步走了下来。他的步伐越来越坚定,越来越无所畏惧。在短暂的余生里,他改写了那个世界的历史。"

"很简单是吗?"路用很平淡的语调说完了这个故事,没加任何夸张与修饰,然后平淡地问芙瑞雅。

芙瑞雅:"你想告诉我什么?"

路:"我什么都不想告诉你。这个故事藏在我心里很久了,我第一次讲给别人听。现在,我讲完了。"

芙瑞雅微微皱了皱眉头。她觉得路今天有点奇怪,但也说不出奇怪在哪里。

路:"我要开始修复母体,你也应该有很多要做的,我们就分头行动吧。"

芙瑞雅点点头,转身向浮空岛下走去。她的确有很多事要做。走到半路时,她回头,发现路并没有开始行动,而是站在原地,静静地望着她。这时,她才发现,路一直用虚影的形态出现,她已经很久没见到正常形态的路了。

帝都皇宫。

随着皇帝在战役中负伤的消息传来,宫中警戒上升到了最高级别。从皇宫入口到寝宫,都由嘉德骑士层层把守。大臣们只看到不断有物资被运输进去,却无法近前。

流言在暗处传播。

皇帝是如何受伤的,敌人是如何逃走的,兰斯洛特是如何被俘的,都有着若干迥然不同的版本,唯一确定的是,陛下还活着,且正在缓慢康复。整个帝国,都在猜测与不确定中饱受煎熬。

夜半时分，一个纤细的身影走入宫禁。

克莉丝塔。

她身着白色长裙，神色从容，步伐不快不慢。每到一处关卡，她会停下来吩咐两句，值守的人便恭敬行礼，放她通过。直到寝殿门口，原第三区的嘉德骑士缇娜与艾薇娅拦住了她。

缇娜微微欠身："克莉丝塔小姐，请留步。执政说过，任何人不得进入。"

克莉丝塔看了她一眼，冷冷道："你叫我什么？"

缇娜一怔。

"我是帝国的皇后，陛下合法的妻子。进去探望他的伤势，不是天经地义吗？"

缇娜："可是执政吩咐……"

"晏？"克莉丝塔打断她，"让他出来见我。皇后驾临，作为臣子的他，难道不该出来拜见吗？"说这句话的时候，她目光冷峻，的确有作为皇后的气势。

缇娜一时语塞。一天一夜的救治后，晏执政体能极度消耗，已陷入沉睡。这一点，当然也不便告诉克莉丝塔。

她还想说什么，艾薇娅已侧身让出去路："皇后陛下说得对。作为皇帝最亲近的人，她要进去探望，没有人可以阻拦。"

克莉丝塔看了她一眼，略略颔首，径直走了进去。

缇娜不敢阻拦，只好狠狠瞪了瞪艾薇娅。艾薇娅冷笑道："我是为你好。既然皇帝病危，若真有个山高水低，就该皇后摄政。这丫头没有你想的那么简单，我劝你还是不要得罪她。"

芙瑞雅走下浮空岛时，面临的情况没有任何改善。就算修好了母体，浮空岛也已坠毁，不可能再有战斗力。她能动用的，仍然只有不到四万人的军队，面临的却是帝国军百万正规军、不知数量的蒸汽机体与这个人口接近百亿的庞然大物。她仍然可能在下一次作战中全军覆没，但她已不再绝望，又有勇气继续前行，不论遇到什么样的阻碍。

这场战争打不倒我。她重新找回了在白鲸之谷中，面对巨龙时的信心。

她很清楚当帝国皇帝未死的消息传出时，会对征讨军的士气造成什么样的打击。她有办法应对，能重振他们的信心，让他们与她一起坚定地走下去。

她也很清楚征讨军与帝国的力量对比有多么悬殊。她有信心在这场战争中保全他们，卓王孙有底牌，她一样也有。她会让他们看到，她并不是只仰仗浮空岛，她开启这场战争，是有把握的。

有了母体，她的路就还没有到尽头。

芙瑞雅向金月城走去，步伐显得格外坚定。

克莉丝塔缓缓走入寝殿。

偌大的寝殿内没有点灯，却笼罩着一层月白色的光芒。沿着光芒看去，只见辉夜姬机体侧卧在宫殿尽头，仿佛一尊巨大的女神雕塑。光芒从她体内逸出，织成一张细密的幔帐，覆盖着身前的一张圆形大床。奇怪的是，这光芒无比柔和，还在以某种难以察觉的韵律，轻轻震颤。这绝非蒸汽机体发出的照明光，而是具备某种生命力，似极了长生族的科技。

克莉丝塔被眼前的景象惊呆了。过了一会，她的双眼才适应了光线，隐约看见光之幔帐后的景象。丝绒层层叠叠，堆满了圆形大床，在光照下显出妖艳的深红色，不知是本来的颜色，还是因为浸透了鲜血。重伤的皇帝就在血色中沉睡。他的整个身体，也笼罩在月白的光芒之下。一条条光之纽带，将他与辉夜姬连接起来。纽带在半空中汇聚，展开一道道光屏，上面闪烁着各种符号。

克莉丝塔从未见过这些符号，但隐约能猜出，它们代表着皇帝的生命体征。她很快找到了最大的光屏，一条蓝色的波纹有规律地跃动着，这应该是心跳。

　　面对这诡异的一幕，克莉丝塔丝毫不感到害怕，而是既欣喜又委屈。欣喜的是，神听到了她的祷告，他真的还活着；委屈的是，对他遭受了什么样的痛苦，她一无所知。作为皇后，作为妻子，她竟是无足轻重的。

　　克莉丝塔穿过光之幔帐，紧靠在他身边坐下。

　　他身上盖着丝绒床单，此外寸缕不着。克莉丝塔并不觉得难堪，轻轻揭开床单，仔细查看他的伤势。在入宫之前，她已得到消息，皇帝陛下中了一枪。没有人知道伤在哪里，伤得多深。她仔细查看后，却没有发现任何伤痕。皇帝静静地沉睡着，没有痛苦，也没有体温，就连呼吸，也轻到几乎无法察觉。

　　克莉丝塔心生疑惑，向上寻找。只见皇帝凌乱的额发下，盖着一张白色手绢，上面浸出鲜红的血迹。

　　难道中枪处是额头吗？不可能，如果子弹击中这里，他不可能活到现在。克莉丝塔颤抖着伸出手，将手绢挪开。出乎她意料的是，手绢下并没有狰狞的血洞，只有一个浅浅的口子，周围已有愈合的迹象。

　　这怎么可能？克莉丝塔伸出手，在他脑后摸索，很快在枕骨处也找到了同样的创口。这意味着，曾有一枚子弹，从前额穿入枕骨后穿出，洞穿了整个头颅。

　　为什么他还活着？克莉丝塔的脸上满是惊愕。

　　三日前。

　　就在这间寝殿里，晏执政与皇帝曾有一场不为人知的会面。皇帝伫立在落地窗前，似在眺望远方。然而，窗上覆盖着厚厚的帷幕，什么也看不到。

　　过了很久，他终于收回目光，淡淡道："是时候了。"

　　晏："你决定了吗？"

　　皇帝："是的。这个帝国需要永生的君主。"

　　晏没有反驳，脸上有一丝悲伤。

第二十七章 初拥与重生

帝制最大的弊端就是君主无法永生。皇权传递时，会在无形中遭到削弱。从开疆辟土的伟大帝王，到长于深宫的末代君主，只需要十几代甚至几代的时间。更何况，集权下的继承制度本身就是一个隐患。无论父死子继，还是兄终弟及，都代表了核心利益集团的更迭。一朝天子一朝臣，新君即位后，会将之前的制度人事推翻重来，甚至可能发生兄弟阋墙、父子相残的悲剧。如果开国之君可以永生，一切都会得到解决。难怪历史上秦皇汉武，曾倾举国之力寻找永生之法。这样的永生之法，不在海外仙山上，而存在于长生族的血液里，就在晏的身上。

他可以赋予皇帝永恒的生命，也让帝国永远安如磐石。

皇帝回头看了他一眼："你在犹豫什么？我们早就说好了，在需要的时候，将我转化。"

晏："我是答应过，但不是需要的时候，而是万不得已之时。"

皇帝："明天的浮空岛之战，将决定帝国的命运。我很可能会重伤，甚至死去。只有完成初拥，才能确保我活下去。这还不够万不得已吗？"

晏："可我必须提醒你，因为代系的原因，转化的过程将格外漫长而痛苦，而你失去的将与获得的同样多。"

皇帝："我会失去什么？"

晏："作为第三代长生族，转化完成后，你的神谕能力会得到一定提升，但不会到真神谕的程度。代价是你会对外界的变化异常敏感，一声蝉鸣都能令你烦躁不安。得到长生及自我修复能力的同时，你也会渐渐惧怕阳光，最终只能隐藏在黑暗中。此外，你还会丧失嗅觉和味觉，即便尝尽人间的美酒美食，也不会感到一丝快乐。"

"转化后的你，将不再是你自己，也不会成为玛薇丝女王或者第一骑士，而是接近于传说中的……吸血鬼。"晏叹了口气，"可悲的是，你无法死去，也无法终结这样的折磨，只能永远承受下去。作为朋友，我恳请你再考虑一次。"

皇帝沉默了片刻，回身挑起厚重的窗帘。朝阳如流水倾泻而下，照亮他雕刻般的侧颜，让他整个人笼罩在绚烂的光芒下，壮丽而悲伤。

以后，再无法看见这样的日出了吗？他脸上的笑容有一丝苦涩："我考虑过了，既然选择了这条路，就该付出这样的代价。"

克莉丝塔伏在他身上，将左耳贴在他的胸口，倾听他的心跳。响声微弱而散漫，在她心中却无比清晰。偌大的寝殿中，只有垂死的皇帝和一架诡异的机体。然而，她却一点也不害怕，反而感到难得的安宁。只有在这个时刻，他才是属于她一个人的。

渐渐地，她伏在他胸口睡了过去。寝殿里寂静无声。突然，一阵莫名的悸动让克莉丝塔从梦中惊醒。她愕然发现，光屏上的曲线，正在归于平静。

她的脸色陡然变得惨白："陛下，陛下！"

毫无回应。

克莉丝塔慌乱起来，按照急救课程上所学，跨在他身上，用双手按压他的胸口。然而，无论她多么用力，光屏上的线仍是笔直的。

她一遍遍呼唤着，声音变得嘶哑："回来，不要走，不要走！"空旷的大殿里，回荡着她悲伤的哭声。

克莉丝塔力气耗尽，忍不住停下喘息。此时她视线中的一切都被泪水模糊，她什么也看不到了。在迷离的光影中，她虔诚祷告：只要这个男人能活下去，她愿意付出一切代价。

就在此刻，她感到手腕突然一紧。克莉丝塔一惊，皇帝竟再度睁开了双眼，将她一把拉住。她本能地看了看他，又看了看光屏。让她惊讶的事发生了——这一刻，所有的数据都化为碎屑，陨落消失。

皇帝缓缓坐了起来。他的肤色因失血而极度苍白，眸子却比以前更黑，看上去如古潭照影，深不可测。

克莉丝塔惊喜万分："你醒了？"

皇帝没有回答，直直地凝视前方，眼神却无法聚焦。他的神色很奇怪，仿佛第一次打量这个世界。一切都是新的，又仿佛，一切都不存在。克莉丝塔甚至不清楚，他到底能不能看到自己。她伸手在他眼前晃了晃："陛下，是我。"

皇帝这才注意到眼前有人，于是收回目光，打量着她。良久，他的脸上露出一抹微笑："是你？"

克莉丝塔感到一丝陌生，之前，从未见过他这样纯粹的笑。她连忙点头："你等等，我去找人。"还不待起身，她已被他一把拉入怀中："不，你不能走。"克莉丝塔想要挣脱，就听他用极轻的声音说："不要离开我……芙瑞雅。"

克莉丝塔的心在下沉。她明白，在劫后余生时，他把自己当成了别人。她本想推开他，告诉他自己是谁，却无法说出口。她从未见过这样的卓王孙。不仅是她，世界上从没有人看到过。

他的脸色是如此苍白，呼吸是如此脆弱，仿佛轻轻一碰就会重化灰烬；他的拥抱却是如此不顾一切，耗尽全身力气。

克莉丝塔一动不动，任他抱住自己，仿佛要将身体揉碎。她听到，微弱的心跳声再次响起，将他从死亡的深渊中带回此界。这让克莉丝塔感到难得的安宁。她将头埋入他的胸口，感受着他身体上逐渐恢复的温度，心中终于释然——何必计较呢，他活着就好。

克莉丝塔抬起头，伸手碰触他的额头。伤口几乎已经看不到了，只剩下浅浅的红痕。手指渐渐用力，沿着额头一路向下，抚过他的脸、肩膀及胸膛。突然，她闪电般地抽回手，仿佛触到了灼烧的温度。这一刻，少女的羞涩让她本能地侧开头……

第二十八章　错付

克莉丝塔醒来时，已是正午。她感到一阵晕眩，下意识地望向身旁。卓王孙还在，只是有意和自己隔开一点距离，坐在另一侧的床边。他身上仍只斜披着一条丝绒床单。克莉丝塔脸上泛起红晕，将身体往被子里缩了缩。

"你醒了。"他没有回头，平静地说。

克莉丝塔点头。

"那我上朝去了。"他背对着她站起身，抖手将身上的床单扔开，一件件穿起衣服。

克莉丝塔："我……"

他没有停留，径直走向门口："等你休息好了，晏会送你回去的。"

克莉丝塔看着他，心中升起一种错觉，他走出去后，就不会回来了。

"等等！"

卓王孙站在门口，仍没有回头。

克莉丝塔："你还记得，昨天发生了什么吗？"

他的语气平静："我记得。"

克莉丝塔深吸一口气："那你就没有什么问题，想要问我吗？"

卓王孙沉默片刻："我昨夜……说了什么？"

第二十八章 错付

克莉丝塔的心在下沉。他并没有问自己昨夜做过什么,显然这个问题,他不需要问。他想知道的是,在拥抱她的时候,自己到底说了什么。因为那些话,不是对她说的,而是在意识模糊时,对另一个人的真情流露。

克莉丝塔的心在抽紧。过了很久,她用平静的语气,重复了昨夜他说过的话:

"不要离开我,我爱你。

"只要你肯,我立即终结这场战争。

"我爱你,胜过这个世界及世界上的一切。"

重复这些话的时候,她尽力剥离一切感情,让语调波澜不兴。只是不住滚落的眼泪,透露了她心中的悲怆。自始至终,她都没有说出那个名字,但两人都心知肚明,那些话到底是对谁而说。

卓王孙沉默良久,说:"从现在起,这些话我从没有说过。"他走出了房间。

与以往的早晨一样,晏在餐厅里等候,与皇帝陛下共进早餐。长桌上已经摆好了鲜花与早餐。

早餐异常隆重,各地美食摆得满满登登,丰盛得不像早餐。这是晏有意安排的。转化已经开始,卓王孙的味觉会迅速退化。在这之前,他希望能让皇帝陛下多享用一些人类的食物。皇帝陛下从门外走进来,一言不发地坐在晏对面。

侍者上前询问,需要茶还是咖啡时,皇帝陛下说了一个字:"酒。"还补充道:"最烈的那种。"

侍者将一瓶伏特加放在桌上,然后遵旨退下。

晏皱起眉头:"你不能喝酒。现在是转化的关键时期,酒会让血液流速过快,产生类似切割的痛苦。换句话说,这杯酒喝下去,就相当于受一次酷刑。"

皇帝为自己倒了满满一杯："很好，这是我应得的。"说完，抬头饮尽，再斟了满杯。他就这样一杯接着一杯地喝着。

晏担忧地看着卓王孙，并没有阻止。因为他知道，这时所有的劝阻都是徒劳。

直到酒喝尽了，皇帝才停下来，静静地看着晏。

"帮我做一件事，写信给教皇，让他宣布我与克莉丝塔的婚姻无效。"

"无效？"晏大吃一惊，"可婚礼才刚过去一个月，帝后婚变，将极大地影响皇室形象，更何况，那些对女王家族仍有感情的人，会将之视为公开决裂。这将不利于政局稳定，甚至会引发内乱。"

皇帝的笑容有一丝苦涩："你说的，我都想过了。"

这一次，晏没有顺从他的旨意："那请至少告诉我，到底是为了什么？"

"因为……"皇帝停顿了一下，目光有几分自嘲，"我不能让她，嫁给一个我这样的畜生。"

晏万分震惊地看着他——皇帝陛下是在说他自己吗？为什么要这样说？

"昨晚，我在意识模糊的时候，把她错当成了芙瑞雅，然后我……"他原本平静的声音一滞，没有说下去。

晏怔了怔，明白了他的意思："你和她本就举行过婚礼，这不算什么。"

"你和我都知道，为什么会有那场婚礼。一开始，是为了扫清豪族，后来，是为了实现我对她的承诺，再后来，我有了一些私心，想看一看，芙瑞雅得知我要娶克莉丝塔后，会有什么反应。我利用了她，仅凭这一点，就已经足够卑鄙了。但我心中还有一个底线，就是不会真的和她发生关系。毕竟，我见过她还在褴褓中的样子，拿玩具逗过她笑，牵着她的手去过海边……就像亲妹妹。"

晏："陛下，你不要这样说。她和你，并没有真正的血缘关系。"

皇帝忽略了他的安慰，自顾自地说了下去："我原本想，让她做我名义上的皇后，这样就能保护她。等过了这段动荡期，她真正了解了我，也许会放弃这段感情。那时，我可以为她寻找一个真正爱她的人。"

晏："恕我直言，克莉丝塔真正爱的人，就是你。事已至此，为什么不索性接受她呢？"

皇帝笑容苦涩："是啊，我也想过。但最可悲的是，我做不到。今天醒来后，我甚至不敢看她一眼。我第一次知道，原来自己是如此无能。"他说得很慢，每一个字都像来自心底深处，带着掩不住的悲怆。

晏宽慰道："这一切都是转化引起的。从人类到长生族的过程是极度痛苦的，每个人都会短暂失控，您也不例外。"

皇帝抬起头，目光笔直地望着他："我伤害了她，却不敢面对她，也和转化有关吗？"

晏沉默了。

皇帝自嘲地笑了笑，提高声音追问："昨夜，我念着另一个人的名字，也和转化有关吗？"

晏无言以对。

皇帝低下头，双手扶在额前。手掌的阴影下，他的嘴角止不住地颤抖。晏知道，是那瓶酒开始起作用了。他赶紧起身，拿出一瓶血液提取物，倒在杯中。只要皇帝喝下去，就能缓解痛苦。但皇帝将杯子推开，低声道："去吧，替我把一切能给的补偿都给她。"

晏迟疑良久，终于答应了一声："是。"他转身离开，剩下皇帝一个人，在堆积如山的美食与美酒前，承受生与死之间的阵痛。

对于芙瑞雅而言，这一天格外漫长。直到星辰布满天空，她才忙完了所有工作，收获差强人意。

当她公布帝国皇帝未死的消息时，征讨军的反应未出预料，绝大多数人的脸上呈现出狂欢后宿醉未醒的麻木。

帝国皇帝如同黑色的梦魇，压得所有人喘不过气来。有他没他，将是两场完全不同的战争。

芙瑞雅并未气馁。她像之前慰问伤员一样，一个一个地跟他们谈话，倾听他们的顾虑，用自己的信心影响他们。每个人的顾虑，她都认真倾听，认真解答。

本来，她最担心的是征讨军的高层，但后来发现这其实是最不用担心的，因为这些高层知道，他们没有退路。他们只有两个选择，死或者战斗下去。

于是他们分头行动，全部投入对征讨军的动员工作中。芙瑞雅要求他们务必细致，哪怕一天只做一个人的工作，也要做通，然后，再让这个人加入进来，继续去做别人的工作。这样虽然开始缓慢，但会越来越快。面对困难时没有捷径，只能脚踏实地，一步一个脚印。

第一天，他们说服的人，连一百个都没有。虽然芙瑞雅的信心很难被动摇，但现实也有些沉重。

这时，遥远的沉寂的浮空岛上，突然透出一缕淡蓝色的光。熟悉的轰鸣声从上面传出，跟随的，是一声高昂的龙吟。龙吟中没有痛苦，全是喜悦。同一时刻，所有征讨军抬头，向着岛的方向张望。淡蓝色的光，照进了他们的眼睛里。

芙瑞雅能明显地感觉到，他们眼睛里沉寂的光被重新点燃。

"那是什么？"正与芙瑞雅交谈的征讨军士兵迷茫地问芙瑞雅。

"那是……"芙瑞雅脸上泛出微笑，"那是母体被修好了。"

晏是在皇后寝宫中找到克莉丝塔的。她没有召唤任何人，自己走了回去，而后沐浴更衣，跪在圣像前虔诚祈祷，仿佛昨天什么也没有发生过。召见晏时，她礼数周全，先是代表皇室褒奖了他的忠诚，然后关切地询问皇帝陛下的健康情况。她的一言一行里，有远超她年龄的成熟与从容。

这是真正的成熟，还是在掩饰心中的不安？晏无法判断。迟疑良久，他终于将皇帝的想法，用尽可能温和的语气说了一遍。出乎他意料的是，克莉丝塔既没有悲伤，也没有愤怒，只是长久的沉默。

"陛下是想宣布我们的婚姻无效吗？"

"是的，他会找出一个合理合法的理由，让这段婚姻作废。你放心，一切过错，他都会承担。"

"可是，我们在神的面前，宣誓过。"

"陛下考虑到这一点，会请教皇来宣布婚姻无效。陛下说，他并不信神，但这是你的信仰，所以他会遵守。"

克莉丝塔轻轻笑了："合理合法，又不违背教义……真是用心良苦。"

晏感到一丝内疚："根据教义与法律，在几种特殊情况下，一个月内解除婚姻，并不算离婚，而是婚约不存在。虽然很少见，但历史上也有过先例。"

克莉丝塔点头："那你们考虑了那么多，有没有考虑过我的意愿呢？"

这句话，让晏一时无言以对。是的，一切都想好了，唯独没考虑她的意愿。不是不考虑，而是不能考虑。

晏叹了口气："克莉丝塔，有些事我本答应过他，不对任何人提起。但我觉得你有必要知道。今天早晨，我曾问他，为什么一定要宣布婚姻无效，而不是维持名义上的夫妻关系？这样对政局、王室声望都最为有利。但他说，再拖下去，只会伤你更深。如果不爱你，就必须给你自由身。这样当你遇到真正喜欢的人时，才不会受这一段婚约的束缚，毫无负担地去做新娘。我还问他，用什么理由，才能合理合法地做到这一点。他说，必要的话，可宣称自己有不宜结婚的疾病。这样，在民众眼中，你是受害者，一切污名由他承担。"

"我能看出来，陛下很爱你，却是兄长的爱。这一点，不可改变。及早抽身吧，克莉丝塔。离开他，就是为你最大的考虑。"

克莉丝塔聆听着，脸上露出思索的表情："谢谢你劝我，但我仍要说出我的意见。那就是——不同意。"说这句话时，她苍白的脸微微抬起，仪态骄傲，目光坚定。

晏眉头皱了皱,不愧是温莎家的女孩。只可惜,她的坚持注定没有结果,陷得越深,只会伤得越重。终于,他狠下心:"无论你同不同意,陛下都不会再见你了。"说完后,他站起身,等着承受她的眼泪与怒火。

然而一切都没有发生,克莉丝塔只是轻声说了一句:"我明白了。"

芙瑞雅顾不上疲惫,匆匆赶往浮空岛废墟。

她想亲眼看到修好的母体,还有很多很多事情要跟路谈,关于怎么利用母体,怎么一面作战一面重建现代文明。没有了浮空岛,也就意味着失去了制空权。她必须重新制订作战策略,路是她最强有力的支撑。

越向上攀爬,母体的光就越强。源核间的感应,让她清晰地知道,圣体之龙的源核已被修复,正稳定地为母体供给能源。这意味着母体也被修好了。很快,芙瑞雅就来到了那座坍塌的宫殿中。她一眼就看到了母体。

母体并不像最初被造出时那样光洁、鲜亮,全身布满了修补的痕迹。让它崩坏的那几道巨大的伤痕依然存在,只是被像缝衣服一样补了起来。这使它看上去不再像充满玄幻感与未来感的仪器,而像破碎后又修复的水晶。但它的功能已基本恢复,仪表上那条直线明确地指示,它依旧输出着永恒不息的能源。

圣体之龙躺在母体里面,身上的伤痕虽然仍在,但源核已修补完整,不再有淡蓝色的光点溢出。芙瑞雅按捺不住欣喜,用手指轻轻抚摸着母体。失去了浮空岛虽然可惜,但只要有它,她就有战斗下去的信心。

洁白的光芒照耀下,她的思维前所未有的活跃,一个个计划拟定而出,然后被完善。她要依托母体,在帝国这个庞然大物的阴影中杀出一条路。

过了许久,她才意识到有些异样。路并没有出现。

"路去哪了?"她问圣体之龙。按照路的习惯,母体修复完,他应该自行开始下面的计划了。

圣体之龙没有回答,依旧哀声啸叫。芙瑞雅突然有了一种不祥之感。

第二十八章 错付

圣体之龙的声音里并没有源核被修复好的喜悦,而是悲伤。

"路去哪了?"她加重了语气。

圣体之龙无法回答,只是转头看着母体。它用头上的角,轻轻触碰着母体修补好的部分。芙瑞雅突然明白了它的意思,难道……

她想起路曾经说过,构成他的尘光,是长生族的最高科技,可以幻化万物。

幻化万物?她的身子轻微地颤抖着,望着母体。几行字映入眼帘:"芙瑞雅,你应该已经猜到,我用什么办法修好母体了。是的,就是用我自己。我的身体是由尘光构成的,它具有幻化万物的能力,这是唯一能修好母体的办法。不要为我难过,我的生命太漫长了,安息对我而言是解脱。

"很高兴遇到你。一开始,我只是想夺走你的身体,后来,我改变了主意。与你共度的这段时光,我看到了很多新的风景。这是我走过那么多的时空里,最幸福的事。我不是个擅长告别的人,就不当面跟你告别了。

"不要把所有事情都背在自己肩上。如果你没拯救得了这个世界,那不是你的错,但你若没开心地活着,就是你的错了。

"希望你开心的时候能记起我,所以,多开心些。"

芙瑞雅一个字一个字地将它全部看完,努力维持着微笑。因为她不想在被别人叮嘱要开心的时候哭出来。

"不要为我考虑这么周全。路,没有你,我可以照顾好自己的。"

虽然这么说,眼泪还是流了下来。因为,这是这么长时间以来,她收到的唯一一句关怀。是他在永别的时候,说给她的。

七日后。

晏执政托着最后一盘医疗物品走进宫殿时,他认为自己已经把戏做够了。皇帝陛下不需要再让人们认为他仍在接受治疗。他已到了理所当然能够康复的时候。但晏仍按照既定的计划,将医疗仪器、药物、监测报告都伪造得天衣无缝。当然，这些东西在出宫殿之后便会被销毁，这也是做给宫外的人看的。

宫殿中一片黑暗，没有一盏灯。

皇帝站在黑暗中，望着墙上挂着的巨大的帝国地图，一动不动，一言不发，不知看了多久。

转化已经完成，他的身体完全康复，额头上已看不到那一枪的痕迹。唯一的留念是周围断了一截的头发，以及格外阴沉的眼神。

那一天，在重生的剧痛里，他将自己所有的脆弱、彷徨都重新深埋起来。之后的日子里，他在以肉眼可见的速度恢复。重生的不仅是身体，还有内心。他的心重新变得强大、冷漠、坚不可摧。

望着黑暗中的他，晏脸上露出欣慰的微笑。漆黑的眸子、苍白的肤色，以及身上冰冷的气息，都让晏感到亲切。卓王孙终于成了和自己一样的人。

晏将医疗物品放在桌上，退到一旁，静静等待。

皇帝："晏，你是在哪座岛上发现我的？"

晏这才走上前，与他并肩而立，手指点在地图上的一个点上。

皇帝端详："好远，我当时为什么要去这里呢？"

"因为陛下您想去见一个人。"

"对了，我想起来了。那就——打到这里吧。"

他的手点在帝都上，由帝都做起点，笔直地向前划着，一直划到这个不起眼的点。金月城，正在这条线上。

"我厌倦了这场战争，一周的时间，能否让它终结？"

"有些困难，但最终会成功的。"

"我们新得到的武器，能列装多少军队？"

"两百二十四万。"

"够让征讨军绝望吗？"

"足够了。"

"很好。晏,你亲自统军前去。记住,一周的时间,让这场战争成为所有人的梦魇。"

"是,陛下。"晏没有任何异议,"那……我该怎么对待芙瑞雅呢?杀了她吗?"

"不,那太残忍了。"皇帝露出温柔的笑容,"我要你一路赶着她往后退,一直退到这个岛上。然后,每天杀掉一万人,直至征讨军全部被灭,只剩她一个人。然后你问她,绝望了吗?如果没有绝望,就把白风城的人都迁到离她最近的岛上,每天再杀一万人。每杀一万人就问她一样的问题,然后,告诉她第三批是启。不不不,我不会把豪族当成第三批人,他们活不到那个时候。等她绝望了,你再问她,后悔开那一枪了吗?"

晏:"是。"

皇帝:"然后,你跟她说,我原谅她了。征讨军、白风城的人、启都杀光了,我原谅她也是可以的,是不是,晏?"

晏:"这是陛下的仁慈。"

皇帝:"不,我不想表现仁慈,我很受伤。把我受伤的心情分毫不差地传达给她,这一战才有意义。"

晏:"谨依尊令。"

皇帝脸色温柔而阴郁:"很好。那就让这一战开始吧。"

第二十九章 血色后冠

晏出征后,整个皇宫都显得空了起来。

皇帝深居简出,在寝殿里处理政务,召见大臣。御前会议多数被安排在傍晚。近侍们也会提醒与会大臣,走路、说话时要格外小心,不要发出尖锐的声响。这一切,颇有些不寻常,但考虑到陛下刚刚从重伤中康复,也情有可原。

大臣在觐见的时候,都放慢了脚步,压低了声音。好在,烛光中的皇帝陛下看上去神采奕奕,丝毫没有体力不支的样子。大臣们甚至感到,他的思维也更为敏锐,处事也更为决断。

会议持续到凌晨才结束。天亮后,大臣们散去,皇帝也会独自回到住处休息。皇宫中的侍从数量减到了最少。整个白天,宫墙内一片寂静,连树叶坠落的声音都清晰可闻,只在凌晨和正午时,会有木屐声响起,打破这份寂静。

是堇。

晏走之前,叮嘱她每天早午各去探望克莉丝塔一次,并带去宣布婚约无效的文件,劝她签字。如果克莉丝塔不同意,她就礼节周全地告退,下次再去。前两天,克莉丝塔都闭门不见。第三天,堇在离开前,隔着房门说了几句话:"克莉丝塔,我很可怜你。你应该清楚,这段婚姻从一开始就是骗局。陛下甚至没想过做一点用心的掩饰——你还记得,婚典上的那个吻吗?"

当主教说出让新郎亲吻新娘时,皇帝迟疑良久,才轻吻了克莉丝塔的额头。在场所有宾客的眼中都流露出惊愕之色,之后也有不少流言蜚语在坊间流传。克莉丝塔即便被保护得再好,也不会全无察觉。

门内一片沉寂。

槿叹了口气:"我不明白你为什么要这么执着。签下这份文件,放下有名无实的婚姻,获得余生的自由,不好吗?"

她的话还没说完,门就被用力拉开。克莉丝塔出现在夕阳的阴影里,脸上有斑驳的泪痕:"我和他的婚姻受法律和神意的庇护,不容置疑!"

槿看着她,语气微嘲:"法律和神意?那只是婚姻之名。可你真的懂得婚姻是什么吗?据我所知,陛下那一夜,处于重生的临界点,不可能真对你做什么,不是吗?他陷于死而重生的痛苦中,混淆了幻觉与真实。而你,很清楚什么都没发生,不是吗?"

克莉丝塔神情固执而骄傲:"下面的话,我只说一次,你听好了。我不管你说什么,我只知道,那一夜,他紧紧抱着我,对我说了从未对别人说过的话,我感到前所未有的安宁,愿意依靠他一生。这一切都真真切切在我心里,永不会变。我就是他的妻子,绝没有任何疑问!"

槿沉默了片刻:"我明白了,皇后陛下。我来还想告诉您一件事,从下周起,您将要移居伊芙琳行宫,行李和随从都已经备好,由您择日出发。"说完,槿转身离去。

克莉丝塔的力气似乎全被抽走了。她靠在门框上,目光暗淡。他是真的不想再见到她了。

三日后,槿带回一个消息:克莉丝塔同意签署文件,条件是,必须由皇帝亲自带给她。

正午。

卓王孙撑着一把厚重的黑伞，独自走在皇宫的道路上。

转化完成后，他渐渐对阳光感到不适。虽然还不至于如吸血鬼电影中那样灰飞烟灭，却也很容易被灼伤。因此，在多数时候，他都会选择昼伏夜出。这一次不同，他坚持要在白天去见克莉丝塔。自己已经注定与黑夜为伴了，他并不想把克莉丝塔也与黑夜联系在一起。

他走到门口，轻轻敲门，没有得到任何回应。等了一会后，卓王孙察觉出一丝异样，用力将门推开。然后，他看到了永世难忘的景象。

房间里帷幕低垂，虽然是白天，却点着数十支蜡烛。香薰混杂着烟火气息扑面而来，让他忍不住皱眉咳嗽，那是连香薰都掩饰不住的血腥气。他的脸色骇然。烛光闪烁，照亮了房间中的一切。周围的家具都被挪走，只剩一个玻璃制成的浴缸，被突兀地摆在波斯地毯上。

克莉丝塔身着一袭白色的丝裙，静静地躺在浴缸里。

"来人！"

没有任何回应。在点燃蜡烛前，克莉丝塔就遣走了所有侍女、仆役。她想在黑暗中，独自面对死亡，或者，独自面对他。卓王孙找不到人，只得撕下衣带，紧紧绑上她的手臂。这个简单的动作，竟让他的双手止不住颤抖。

"为什么，为什么要这样？"他的声音因愤怒而嘶哑。这怒火，不是冲她，而是冲自己而发。

克莉丝塔看着他，轻轻笑了："如果这样死去，我们的婚姻就会永远有效，我就会永远是你的皇后，不是吗？"

卓王孙深吸一口气，没有回答，将她横抱起来，冲出了房间。

"来人！"

仍然没有回应。克莉丝塔居处外的庭院、园林、通往大殿的道路都空空如也。白天，整座皇宫里的人员被减到了最少，只有少数人值守在寝殿周围。他来不及多想，便抱着克莉丝塔，冲向寝殿。那里有皇宫里仅剩的应急医疗人员。这时，日已中天，阳光直射而下，烧灼着他的皮肤，给他带来焚身之痛。他对此全然不觉，从石子小路走过中央大道，再走过空寂无人的中心广场。

巨大的皇帝雕像矗立在广场中央，高据数十米的花岗岩台，俯瞰着众生。他手握权杖，袍袖迎风飞起，神色威严，与现实中全身浴血、艰难前行的他判若两人。四周的一切都被炫目的光晕笼罩，变得不再真实。卓王孙不禁有了一丝恍惚。高台上的那个人，到底是不是自己？他到底是统治了所有人，还是孤立无援？是拥有整个世界，还是，一无所有？

阳光将他的力量蒸发殆尽，怀中的克莉丝塔渐渐变得无比沉重。他踉跄了几步，不得不停下来。

"放下我吧。"克莉丝塔双手抱住他的脖颈，轻声说，"既然已决定抛弃我，又何必救我……"她的气息宛如游丝，随风散去。

卓王孙缓缓站直身体，继续前行。他怕克莉丝塔就此睡去，不断与她说话："我从没想过抛弃你。我所做的一切，都是希望能保护你。"

"是吗？"

"是的，只有让你离开我，忘记我给过你的伤害，你才能得到真正的自由。当你最终找到生命中真正爱的那个人时，才能毫无负担地走向他。"

"真正爱的人吗？"克莉丝塔抬起眸子，深情地注视着他，"不用去找了，他就在这里。虽然他永远都不会爱我，但我还是感激他，给了我一个机会，做他的妻子。"

他低头，声音嘶哑："克莉丝塔，我很抱歉。"

"不必说抱歉，其实是你救了我。"她将脸深深埋入他的胸口，用梦呓般的语气说，"从出生开始，我就活得像一个傀儡。总有人教我该怎么做，怎么说，什么时候哭，什么时候笑。我就是宫廷陈列柜中的一尊瓷偶，美丽却不过分引人注目，高贵却不构成威胁。我以为，这就是我作为公主的使命。

为盛世做点缀，就是我循规蹈矩的人生中唯一的意义。

"直到女王去世，我的人生似乎有了变化。我变得重要起来，不知从哪里来的人们，奉我为主，仍然教我怎么说，怎么做。我突然明白，我还是傀儡。那时，我也认命了。我以为，成为别人的旗帜，就是我的意义。

"直到爱上你，我的生命有了新的意义。我参加血公爵之战，安抚豪族，建立威严。我想成熟起来，做一个合格的皇后。我终于感到，我的价值不由别人掌控，就在我自己身上。

"我爱你。因为和你在一起的时候，我才真正地活着，而不是做一个锦衣华服的傀儡。"

说完这一切，她脸上露出轻松之色，身子紧紧依偎着他，就像热恋中的少女依偎着恋人。卓王孙的目光却无比痛苦。她所说的这些，像一记重击，耗尽了他最后的力气。

"克莉丝塔，你不了解我是什么样的人，也不知道我的心到底在想什么。有一天，你明白了一切，就会为自己感到不值，就会知道，你眼前的这个人，配不上这样的爱。"

"不了解吗？"克莉丝塔的笑容有一丝苦涩，"我至少知道，你不会爱我，因为你的心中，只有姐姐。"

卓王孙全身一震，只得用尽力气将她抱起，在剧痛中挣扎向前。

克莉丝塔的声音从怀中传来："我知道，你不想面对我。"

她不等卓王孙回答，自顾自地说了下去："就在刚才，我想到了一个办法。如果我侥幸活下来，你就宣布我病故，暗中把我送回修道院。如果你忙，就不必来看我，也可以再找其他女人。让我守着我最珍贵的回忆，安静地度过余生。

"我永远是你的皇后，是你故去的、不被爱的妻子。

"请不要摧毁我们的婚约，这是我仅有的了。"

她的语气恳切，透出让人无法拒绝的悲伤。

第二十九章 血色后冠

卓王孙剧烈喘息着，无法说出一个字。在力气耗尽前，他终于走到了这条路的尽头，寝殿的大门就在眼前。

"来人！"他嘶吼着，声音破碎。

这一次，侍从们从四面八方闻声而来。很快，医生也跑了过来。他们接过克莉丝塔，开始急救。

阳光炫目，卓王孙的衣衫被鲜血与汗水浸透。尖锐的耳鸣声中，时间也变得缓慢。他透过人群，看到担架上的克莉丝塔将脸侧向自己，眼神中满是期待，直到渐渐涣散。她在等他的回答。

卓王孙上前分开人群，躬身捧起她的脸，郑重地说："我答应你，只要你活下来。"

克莉丝塔的目光中露出一丝温柔，笑意从干裂的嘴角升起，而后定格在了那里。她失去了意识。

抢救还在继续，小半个帝都的医疗资源，被火速调集到皇宫中。一袋袋鲜血被送了进去。

在克莉丝塔生命体征稍微稳定的间隙中，卓王孙走出医疗室，召见了缇娜。

"陛下……"缇娜本想说几句安慰的话，但卓王孙摆了摆手，示意她不必开口。

"传信给晏，作战计划暂且中止，让他立即回京。"

缇娜面露震惊之色："中止？可新式机体昨天刚秘密运输到前线，三个小时前已完成战略部署，随时可以作战……"

卓王孙脸上满是疲惫，语气却依旧坚决，不容商议："撤回所有兵力。启用备用计划。"

缇娜迟疑片刻："……谨依尊令。"

第二天，晏风尘仆仆赶回帝都。稍后，他向民众宣布了一条无比惊人的消息：帝国第二任皇后克莉丝塔，因疾病崩逝。

刚刚从悲痛中恢复的帝国，再一次举国哀恸。

山谷中的修道院内，多了一位名字陌生的少女。她身着白衣，每天带着侍女们种花养草，过着平静的生活。山谷外围拉上了军事基地的警戒线，驻扎重兵，再不会被暴民闯入。而这位少女，随时都可以自由出入。但她并未出去，而是在这里隐居了整整十年，直到二十六岁时，才跟随一个人离开。

那又是另一个故事了。

芙瑞雅听到克莉丝塔去世的消息时，正率领着尾之一族仅存的十几位能源师，用母体建造新的伊什塔尔。能源师们发现，女王陛下失魂落魄，连最简单的步骤都执行不好。他们慌忙敦请女王陛下暂停休息。女王陛下脸色苍白得厉害，身子发抖，额头冒着冷汗。他们从未见过女王这个样子，但完全理解她的心情。

然后，芙瑞雅将自己关在屋里，整整六个多小时，不言不语，不吃不喝，不见任何人。她想，自己终究还是没能救得了克莉丝塔。从此，她在这个世界上再没有亲人了。

她颤抖着，将密信打开，再看了一遍。

信上说得很清楚，芙瑞雅阖上了双眼。她不敢想象，克莉丝塔那时有多绝望。这个十六岁的，对一切充满天真幻想的少女，在死之前到底承受了什么？她将信纸缓缓揉成一团。随着手指用力，颤抖扩展到全身。芙瑞雅发现，悲痛到极点时，人是流不出眼泪的，仿佛体内有一团火，将泪烧干了。她再一次痛恨自己，为什么在岛上时那么不小心，应该多补上几枪，将那个人渣的头打碎。那样，克莉丝塔就不会死了。

她很想现在就打到帝都，将与他有关的一切摧毁。但她不能。征讨军仅有四万人，与帝国军开战，无异于以卵击石。她只能蓄力忍耐，寻找机会。她憎恨自己的理性，这理性阻止她将真实的情感发泄出来。她甚至有种想法，将母体做成一枚炸弹，它肯定比阿斯塔洛特威力还要大，她带着它潜入皇宫，将他及他的一切都化为灰烬，包括她自己。这样，也算有了一个交代。

但她不能这么做。

她还要率领这四万人在这场战争中艰难地活下去，不让他们再死一个人，还要重建现代文明，终结末日，还要让所有人都喝上咖啡，吃上面包，让母体与伊什塔尔遍及世界的每个角落。

于是，她更加痛恨自己。

这时，敲门声响起。

"退下，我不想见任何人。"

"殿下，我是休。"

听到这个回应时，芙瑞雅差点以为自己产生了幻觉。休？他还活着？她冲上去，猛地拉开门。然后，她看到一个熟悉的身影。他穿着白色带着玫瑰饰纹的骑士服，衣服已经褴褛得看不出原先的样子，衣襟上甚至有很多未被缝补的破洞。衣服的主人跟它一样，沧桑破旧，风霜满面。

芙瑞雅一眼就认出，他就是二十六位嘉德骑士之一的休，女王的守护骑士。休的到来让她短暂地忘记了悲伤："休，你怎么会在这里？这么多年，你去了哪里？"

母亲失踪后，她就再没有休的消息，仿佛他与母亲一起消失了。之后有一段时间，她既在寻找母亲又在寻找他，但都一无所获。

对于她的问题，休沉默了片刻，没有立即回答。

"我来，是想告诉你一件事。我找到了玛薇丝女王的下落。"

这个消息对芙瑞雅的冲击，不亚于"未来"的爆炸。"你说什么？她在哪里？告诉我在哪里，告诉我！"

休："在北太平洋的一个小岛上。我此次来，就是为了带你去那里。"

北太平洋。

这几个字，如闪电般击中了芙瑞雅的心。这与她之前的判断不谋而合。她曾在那里寻找过很长的一段时间。等她回来后，已是天翻地覆。她再没有精力继续寻找了。

"母亲大人，她……"

芙瑞雅想问出那个关键的问题，但不敢问，或者说惧怕听到答案。

"我觉得，玛薇丝陛下还活着。"

芙瑞雅闭上双眼。大悲大喜接踵而至，让她脚步浮虚，感到每一声心跳，都像是一道雷霆。她扶着墙慢慢地坐倒在地上，努力让自己平静下来。但这显然是徒劳的。她的眼前不断地闪着两个人，克莉丝塔、玛薇丝女王。多日不见的泪水，从她脸上无声地滑落。

休看着她，静静地等待着。

芙瑞雅睁开双眼，目光再度变得坚定："等我交代几件事后，就与你一起去找母亲大人。有她在，没有人能坐在王座上！"

她站起身，脚步虚浮地向外走去。心中的火，烧干了泪痕，也燃烧到了身外。休看着她的背影，欲言又止，最终只是叹了口气。

处理征讨军的事务并未花费芙瑞雅太多时间，她等不及踏上迎回女王的路了，一切从简。

实际上，当听说找到女王的下落后，征讨军犹如被打了一针强心剂，士气显而易见地上升。自那卷录像带后，女王就一直被污名化。但仍有一部分人在怀念着她。当生活越来越艰难时，这部分人也越来越多。他们聚集在北境，有的还加入了征讨军。每当重大节日时，军民还会自发举行集会，悼念玛薇丝女王。他们吟唱着旧日歌谣，在焦土上种下玫瑰，诉说起曾经的盛世。那时，她还在如母亲一样庇护着每一个人。他们都相信，玛薇丝女王一定有让帝国土崩瓦解的力量。

第二十九章 血色后冠

芙瑞雅在万众期待中，与休一同踏上前往北太平洋的征途。

她并没有坐船，同她现在的心情相比较，船太慢了。她坐的是翼战船。白凤城曾秘密组建了一支翼战船队，数量有两百多艘。它以生物能为驱动，可高速飞行。如果说浮空岛是空天战舰，那么，翼战船就是护卫战机。二者配合，曾完全主宰战争。它们，曾是芙瑞雅敢以十分之一的兵力对抗帝国的底气。只可惜，如今的翼战船，有的被俘，有的战毁，只剩下十几艘。等不及重见女王的她，直接调出一半，组成一支轻捷的飞行小队，飞向那座荒岛。

在路上，她才有时间去问休，究竟是如何找到玛薇丝女王的下落的，又为什么不直接将女王救出来。

休沉默了片刻，然后说："合众国20周年庆典时，我正在外寻找玛薇丝女王的下落。这时，我听说了登基典礼上的事。我非常愤怒，赶回帝都刺杀皇帝。那时，末日尚未降临，大天使机体仍能作战，但我低估了卓王孙的实力，落入陷阱被他擒住。他并没有杀我，反而给了我一艘装满油的蒸汽船，让我一定要找到女王。临走时，他说了一句话：他之所以污名化女王，是因为相信女王没死。只要女王还活着，就不怕任何污蔑。他等着女王回来，亲口问责他。他发誓，那时无论女王给他怎样的惩罚，都甘愿接受。"

芙瑞雅默默思索着，良久，问了一句："他真是这样说的？"

休点头："是的。我能看出他是真心的。"

芙瑞雅又沉默了片刻，突然冷笑："真心的？你觉得他还会有真心吗？反正我是不相信了。再说，他真心也罢，假意也罢，都与我无关。我要做的，就是找回母亲大人，然后统兵攻陷帝都，杀死他，为克莉丝塔报仇，为死在他手下的人报仇。"

休叹了口气，继续说："我开着那艘船，在茫茫大海上寻找着，每个岛屿我都会上去，不放过每一寸土地。最后，终于让我找到了一个漂流瓶。瓶里面，有玛薇丝女王留下的一封极为简短的信。显然，这封信写得很匆忙，信中记述了女王失踪的原因。正是这一原因，让我找到了女王的下落；也正是这一原因,让我确信,女王没有生命危险。"

芙瑞雅:"母亲大人,到底是为什么失踪的?"

休:"是亚当斯大公。"

第三十章　地心之城

芙瑞雅一惊："亚当斯大公？"

休："是的。女王在信中说，她的失踪不是因为路西法失控。是亚当斯大公设计将她困住，并带到一处极为秘密的军事基地。"

芙瑞雅："等等，亚当斯大公不是死于刺杀了吗？"

她清楚地记得，当时合众国为他举行了隆重的国葬。女王发表了演讲，称他为合众国之父。之后，无数人为他哭泣，再之后，格蕾蒂斯继承了大公之位。数以亿计的民众见证了那场葬礼。

休："那只是假象，用于迷惑世人，也让他能够腾出手来，专心策划针对女王的阴谋。"

芙瑞雅："我还是难以相信，以他的身份地位，怎么会干出如此疯狂的事？"

休："我想，最可能的原因，或许是对女王自以为是的'爱'。"

芙瑞雅眉头紧皱。她想到了Candy在舞台上的倾诉，想到了路西法中模拟女王建造的主脑，想到了兰斯洛特及妮可的身世。亚当斯大公对女王的占有欲，在高层中已是公开的秘密。

出于这一点，他绑架了玛薇丝女王，导致了合众国高层震动，导致了后来卓王孙登基建立帝国，导致了再后来发生的所有事情！如果玛薇丝女王还在，任何人都不可能将权力夺走，世界也不会变成现在的模样。

她对肇始这一切的亚当斯，充满了愤怒。他的爱是畸形的，阴暗而自私。在合众国最危难的关头，他不仅背弃了自己的责任，还为了一己之欲让整个国家陷入末日。

休："得知这一信息后，我便有了方向。我搜遍了第二大区所有的军事基地，却一无所获。这时候，末日已经降临，海外的军事基地几乎全部空置，人员全都迁回了内陆。如果玛薇丝女王也被带回内陆，不可能逃不回去。显然，她仍被困在某地。"

芙瑞雅缓缓点头，这个推测和她当初的一致。

休："这时，我想起了一则秘闻。远在合众国建立之前，第二大区就在修建一个庞大的地下基地，作为应对全球性核冬天的掩体。这个地下基地的名字叫'地心之城'。它是第二大区最高军事机密，除了大公本人，其他人都不知道其具体位置。好在女王早有防范，对它做了多年的调查，找到了地心之城可能在的几个方位，但受限于种种原因，未能深入探测。这次，我耗费了一年多的时间，细致排查，终于找到了地心之城真正的入口。在入口处，我发现了女王刻意留下的信物。正是那个信物，让我确认了女王陛下的确进入了地心之城。"

芙瑞雅的手不由自主地握紧："你进去过了吗？"

休摇头："没有。地心之城的防护严密，大门由数米厚的合金板铸成，能隔绝核辐射及'未来'光尘，人力无法开启。从好的一面想，女王陛下应该没有生命危险，坏的一面就是想要打开入口进入地心之城，难于登天。"

芙瑞雅："我不怕困难。"

她只想快些找到地心之城，想尽一切办法打开入口。她相信与亚当斯大公一起被囚禁在如此闭塞之处，母亲一定度日如年。

第三十章 地心之城

经过一日一夜的飞行,翼战船小队终于到达了休指示的海域。这片海域笼罩在浓雾中,漆黑的礁石突兀地直插半空,就像在海上长出了一片密林。翼战船不得不提升飞行高度,以免撞上去。

又过了片刻,迷雾更浓了。耸立的礁石越来越密集,渐渐连成一片,构成了一座由岩石组成的岛屿。与其说是岛屿,倒不如说是一座巨大的海上堡垒。地心之城的入口,就在岛上。

当一行人准备登岛时,巨大的爆炸声响起。近处的礁石化为齑粉,四散开去。几架正要落地的翼战船受到波及,机翼破开一个大洞,无法维持悬停的姿态,向海中坠落。

芙瑞雅一惊,正要指挥小队撤离。巨大的海浪卷起,一艘蒸汽动力的潜水艇浮出水面,醒目的金蓝二色涂装显示它隶属于帝国海军。潜艇侧舷打开,伸出一排排炮筒,突然开火。

芙瑞雅与休的心同时一沉。他们遭遇了帝国军的埋伏!

芙瑞雅透过舷窗看去,还有更多的潜艇、战舰正在聚集。

战斗正式开始。

翼战船的优势是灵活,但在这片礁石密布的海域,机动性大受限制。而礁群外,帝国军舰的重炮不断向天空轰击,火力交叉覆盖了整个空域。六艘翼战船如同被罩在网中的飞鸟,虽有翅膀,却无法逃生,要么投降,要么只能殒命于炮火之下。

芙瑞雅和休对视了一眼,都从对方眼中读到了同样的意思——只战不降!这是他们唯一的机会了。帝国军既然已发现了这座小岛,迟早也会找到入口。如果让他们先一步进入地心之城,后果不堪设想。

芙瑞雅猛然一拉杆,操纵翼战船向岛上冲去。另外五艘翼战船看到这一幕,明白了芙瑞雅的意图,于是向不同方向散开,一边加速盘旋,一边开火,想将敌人的火力引开。帝国军舰不为所动，继续火力覆盖，平稳推进。

密集的炮火下，不断有翼战船被击落。芙瑞雅所在的主舰，尾翼上也中了一弹，冒出一串浓烟。舰身开始不受控制地颤动。芙瑞雅操纵着翼战船，在枪林弹雨中穿梭。休则伏在舷窗观察。帝国军的几艘登陆艇，已经抵达小岛边缘。几架蒸汽机体走出舱门，准备涉水登岛。

休果断地对芙瑞雅说："看样子，这些人还不知道入口的具体所在。他们的计划是俘虏我们，逼问具体坐标；或者，占领小岛后再网格式搜索。"芙瑞雅点头，留给他们的时间已经不多了。

"休，你还有什么办法吗？"

休郑重地点了点头。他一手接过操纵杆，一手透过驾驶窗，向芙瑞雅指出一个位置："殿下，接下来我说的每一句话，都很重要，请您务必记住。"

翼战船在他的操控下微微倾斜。他伸出的手指正好点在一团阴影上。

"这里，位于两块暗礁之间，有一道深235米的海沟。"

从空中看去，这里除了水色略深外，看不出任何特别之处。

休："接下来，我会佯装战船受伤，低速撞击这块水面，同时迅速打开逃生门。"

他说："在此之前，您需要戴上简易潜水装置，等舱门一旦打开，就笔直下潜。到40米深度时，您会看到三个礁洞，走中间那个。礁洞连接着一条长500米的隧道，其中有很多岔道。第一次，选最右边那条，以后依次加一。它的尽头，就是地心之城的入口。只要到达那里，您就安全了。"

芙瑞雅认真记忆着，确保万无一失后，点了点头。

芙瑞雅："你呢？"

休："我会为您引开追兵。"

芙瑞雅沉默片刻，点了点头。她取出潜水装置，正要戴上，突然想到了什么："休，答应我一件事，要活着回来。"

休看着她，没有说话。芙瑞雅坚定地重复了一遍："你，一定要活着回来。"

第三十章 地心之城

不远处,是密如罗网的炮火和不断合围的帝国战舰。休露出一丝苦笑,想要活着回来,谈何容易。

芙瑞雅的眼眶微微发红。她伸手按住休的肩头,轻声说:"现在我说的每一句话,也很重要,你必须记住——打不过,可以逃。逃不了,可以降。"

休眉头深深皱起。在他的字典中,只有战死,从没有投降二字。

"这是命令!"芙瑞雅语气决绝,"你要向我保证,此去无论遭遇什么、受多大的痛苦,都必须活着——直到见到我的母亲玛薇丝女王为止!"玛薇丝女王几个字,宛如雷霆,击中了休的心。

"好,我答应你。"他回过头,全力拉杆。翼战船在半空中甩出一道弧线,颤抖着撞向礁石之间的水面。

翼战船触水后,只停止了一刻,便挣扎着升空,向东南方向突围。

几艘帝国舰艇迅速追击上去。在浓雾与浪花的掩护下,没有人注意到,有人潜入了水中。

芙瑞雅在冰冷的海水中下潜。在水深40米处,她找到了隧道入口,游了进去。

隧道里没有一点光,也没有一点声音。时间仿佛陷入了静止,而隧道的分岔却是一个接着一个,仿佛扭曲了的空间,要将闯入其中的人,拖入永劫轮回。

芙瑞雅按照休的叮嘱,一次次选择入口,一步步摸索前行。简易氧气瓶即将耗尽时,她终于看到了一点光。这意味着,漆黑的隧道到了尽头。

她用力一跃,浮出水面,发现自己置身于一处巨大的溶洞中。岩壁上星星点点的荧光,照亮了四周的环境。然后,她见到了玛薇丝女王留下的信物,那是一枚款式简单的编织手链。它被静静挂在合金巨门的凸起处,之所以能历经数年之久未被扰动,是因为想要到达这座合金巨门,需要经历一段漫长的历程，途中还有无数可以置人于死地的岔路，若没有准确的引导，绝对无法到达。

这座合金巨门及其周围的事物几乎完全与这个世界隔离。

手链并不显眼，入手柔软，几乎感觉不到分量。那是用芙瑞雅与第一骑士的头发编织而成的，天底下绝不会有第二条。芙瑞雅生出了强烈的希望，只要打破这扇大门，她就能救出母亲，将这个世界恢复到本来的模样。但这扇大门极为坚固，几乎不可能被破坏。

芙瑞雅解下随身背包，小心翼翼地取出一件金属器物。那是重造的伊什塔尔。它还未完成，体积不大，闪烁着幽微的蓝光。芙瑞雅按下启动按钮，光芒陡然一盛，有着近乎永恒能源的伊什塔尔，开始运转起来。

以人类现有的技术水平，合金巨门是无法被破坏的。但，伊什塔尔不是人类科技，它是领先于人类几代甚至几十代的长生族科技。它，能破开合金巨门。

大门应声开启，一座恢宏而阴暗的城市展现在芙瑞雅面前。

灰色的大楼整齐排列着，方正而厚重，楼顶上有着一圈幽暗的灯带，像极了一座座高耸的墓碑。整座城市，也像一处巨大的墓地，空寂无声。本该是天空的位置，被黑暗笼罩——那不是天空中的阴云，而是峥嵘的岩层。尘埃堆积在每个角落，一条笔直的主干道，从门口一直延伸向远方。

芙瑞雅沿着主干道走入城市，看着周围的一切。她明白了，原来，末日在20年前就降临过。

宽阔的主干道，是这座城市的动脉，两侧依次排列着礼堂、配给站、医院、警局等公共建筑，它们是城市的中枢。稍小的道路四通八达，连接着边缘的紫外线农场、仓库、核电站。大小街道切割出来的整齐方块中，安置着一个个社区。每个社区都布局相似，矗立着数十层楼高的公寓。它们由钢筋水泥构成，并无任何装饰。巨大的墙面上只有极少的窗户，每个隔间都像鸽子笼。

第三十章 地心之城

一切都庞大、整齐、简单，只供给最基本的生存。这样极简的建筑上，却不惜工本，安放上巨大的液晶屏。可以想象，在这个世界里，政令下达、思想统一是第一位的。

城市照明系统目前处于省电模式，液晶屏也灯光暗淡，只亮起周围的一圈轮廓。扑面而来的末日废土气息，让人想起电影中赛博朋克的风格布景。芙瑞雅踏上空无一人的主干道时，细碎的尘埃飘飞起来，仿佛下了一场雪。

她眼中有点发热。母亲付出了何等沉重的代价，才将世界从这样的炼狱里拉回来，给了他们19年的盛世。

大海依旧碧蓝，鲜花依旧盛开，人们在阳光下劳作生活。看似理所当然的一切，早就被架到了火堆上。只要行差踏错，一切就会化为焦土。绝大部分人在恐惧与绝望中死去，少数幸存的人则蜷缩在阴暗的地底，过着蝼蚁般的生活。

芙瑞雅想到，在圣乔治厅的地下掩体中，母亲曾要求她念出誓言："为了合众国，我可以做出任何牺牲。"她没有立即照办，而是问了句话。

"您从来没有违背过这句话吗？"

玛薇丝回答："没有。"

那时的她追问："今天再看这些牺牲，您觉得，都值得吗？"

玛薇丝叹了口气："关于这个问题，我的答案是值得。但你心中，也会有一个答案，需要你未来自己去找出来。"

现在，芙瑞雅找到了这个答案。

值得。

为了她的国家，为了她的人民，也为了所有的孩子——包括芙瑞雅、克莉丝塔，不用苟全于地下囚城，一切都值得。芙瑞雅寻找母亲的愿望前所未有的迫切，她想要站在母亲面前，亲口说出这个答案。

地心之城有纽约的十分之一大小，要从中找到女王的容身之处，无异于大海捞针。芙瑞雅想到了一个办法。她按照地图指引，穿过东西向大道，来到中央机房。

一排排电脑在黑暗中闪烁着幽光，就像一页页打开的书本。机房尽头伫立着足有两层楼高的巨大主机。主机感应到她的到来，屏幕缓缓亮起，一只毛茸茸的三头犬从屏幕中跳出，落到半空中的虚拟平台上。它以把守冥界入口的地狱三头犬刻耳柏洛斯为原型，经过了卡通化，不仅不显得狰狞，反而看起来有些可爱。这就是系统人工智能。

刻耳柏洛斯认出了她，摇动着尾巴："芙瑞雅殿下，欢迎来到地心之城，请问有什么可以帮你的吗？"

芙瑞雅："请问，我的母亲在哪里？"

刻耳柏洛斯："按照预置的指令，这个问题，我不能回答。"

芙瑞雅沉吟片刻："那么，请为我调出所有的监控视频。"

这一次，刻耳柏洛斯没有拒绝。

屏幕闪烁，数以万计的视频出现，人工绝对无法看完。好在，人工智能足够先进。它以人类无法想象的速度，将庞大的数据筛选、分类。

刻耳柏洛斯："有效视频已经调取完毕，经过归类、剪切，生成共45分钟的情景模拟。殿下想要看一遍吗？也许你要找的答案，就在其中。"

芙瑞雅点了点头："开始吧。"

刻耳柏洛斯转了个圈，将几束光影投射在机房中心的虚拟平台上。地心之城曾发生的一切，以模拟重建的方式重现。亚当斯大公的影像出现在虚空中，他所处的位置，就是地心之城。随着他的动作，周围的环境也不断变幻，就像是逼真的立体电影。仔细看时，影像分为两部分，大部分是根据监控修复重建的，无论色彩还是形象都极为逼真，几乎是重现在眼前；而另一部分则显出暗淡的颜色。这并非清晰度不够，而是有意为之，告知观众这部分镜头并未被捕捉到，而是电脑基于数据的推理，补充出最可能的场景。

而后，玛薇丝女王的影像缓缓浮现。

芙瑞雅如蒙雷击,尽管知道这只是人工智能构拟出的幻影,还是忍不住热泪盈眶——我总算找到你了,妈妈。

五年前。

路西法失去控制,将女王劫走。玛薇丝试图与路西法建立连接,却被一阵强电磁波干扰。

"女王陛下,请不要这样做。"一个手持重武器的人影浮现在路西法机舱中。那是第二大区加装的主脑。她依玛薇丝女王的外形设计,具备高度的人工智能,可以瞬间调动出数种粒子武器,破坏力巨大。

玛薇丝打量着这个酷似自己,却衣着暴露的主脑,明白了很多事。她没有反抗,而是坐了下来。

主脑小心翼翼地看着她,将手中的粒子枪化为蓝色光带,在玛薇丝手腕上点了一下。淡紫色光芒闪烁,在她手上凝成一枚手环。

主脑:"抱歉陛下,我不得不这么做。"

玛薇丝神色从容,点了点头。主脑在她对面坐下,紧张地监控着她的一举一动。几个小时后,路西法降落在海面上,而后下潜,钻入海底礁洞,经过一段长达数百米的曲折隧道,最终停在地心之城的钢铁巨门前。透过舷窗,玛薇丝看到,一个熟悉的人影在门口空地处对自己招手。

亚当斯大公。

他身着正装,显然经过了精心修饰。而最出人意料的是,他没有坐在轮椅上,而是笔直地站在合金大门前。此刻的他,已经不再需要掩饰自己。机体停稳后,他满脸微笑地走上舷梯,向玛薇丝伸出手。

她忽略了他的手,径直走下机舱。

亚当斯大公心情愉悦,并未在意。他对站在舷梯尽头的主脑下达了最后一个命令:"将路西法沉于北太平洋海沟后,启动自毁装置。然后,你的任务就结束了。"

"是。"主脑面无表情地点头,"再见了主人。"

亚当斯:"去吧。"

随着巨大的轰鸣声,路西法缓缓起飞,消失在隧道的黑暗中。

亚当斯目送了它一程,微笑道:"从今往后,我不再需要你的陪伴。"

玛薇丝借打量大门之机,动作自然地将手链挂在不起眼处。

亚当斯大公带着玛薇丝,走过主干道。

五年前的地心之城,与现在并无差别。现在的地心之城,只是提前打开了灯光,将墓地般沉寂的城市照得荒凉而绚烂。亚当斯大公不无得意地介绍着这座城市。第五代核电站、可容纳上万人劳动的紫外线农场、供上万人同时用餐的食堂、深入每个社区的物资配给站,这不是地下掩体,而是一座真正的城市,可容纳三十万人在这里居住和生活。它早在第二次世界大战后,就开始营建,历经数十年,在亚当斯任上,才得以完工。

亚当斯:"玛薇丝,你总该明白,我当初为什么发动核战争了吧?"

玛薇丝没有回答。这实在无需回答。与第三区的那场战争里,他并没有真正失去理智。敢于将核弹对准全球所有主要城市,是因为他手握着这样的底牌。

亚当斯:"当然,我并不是要贬损你的功绩。你仍然救了世界,也救了我。否则,我就要面临一个艰难的抉择——到底要选择哪三十万人,进入这座城市。"

"你放心,我一定会为你留一个位置。"他看了她一眼,语气有一些调侃。

玛薇丝眺望前方,仿佛根本没有听见。亚当斯不以为意,继续向前。片刻后,他停下脚步,指向前方:"到了。玛薇丝,这才是真正的奇迹。"

一座摩天大楼出现在夜色中。

庄重的方形楼身,尖尖的白色圆塔,让人一眼就能认出,这正是纽约地标:帝国大厦。整个地心之城参考了纽约的格局,但又具体而微,删繁就简。只有这座大楼，竟然是1:1复制的，连外墙装饰、灯光都与现实中的帝国大厦一般无二。

楼高一百零二层，每一层都亮着各种彩灯。高塔一直探入"天空"的阴云中，似乎能穿透地底，与地面相连。这样的壮观奢华与四周的极简风格建筑形成鲜明对比，就像是传说中的巴比伦塔，闪烁着连接天人两界的光辉。

亚当斯："帝国大厦，是纽约的象征，也是地心之城的心脏。所有装饰及艺术品都被复制了过来，这不仅仅是为了享受，还是给这座城市以希望。五十层往上是政府办公区及少数高级住宅；而五十层以下，则会开放给民众。剧场、影院、游泳池、紫外线浴场……人们在暗无天日的劳动后，只用花很少的代价，就可以来这里休息。在这里，他们会暂时忘记末日，幻想自己仍生活在文明社会里。你可以说它是精神象征，也可以说是麻醉剂。玛薇丝，你看，其实我和你一样愿意取悦人民。"

玛薇丝冷冷地看了他一眼，没有说话。

光影变幻，模拟场景跳到两人走进大楼后。

亚当斯大公来到电梯中，按下102层，做出邀请的姿势。女王走了进去，他紧随其后。片刻后，两人出现在顶楼。

视角再度切换。

亚当斯带领女王，来到观景台。这是地心之城的最高点，可以俯瞰整座城市。钢铁制成的栏杆外，传来若有若无的风声。他倚着栏杆，眺望远方。"天空"由激光灯束模拟出日落的色泽，让一切染成金色，把这座城市阴郁粗粝之处都掩盖，显得寂静而辉煌。亚当斯的声音中，有无尽感慨："玛薇丝，如果说这座城市是地狱的话，那么我们站的这里，就是地狱中最接近天堂的地方。"

玛薇丝也望向远方，脸上看不出喜怒。

亚当斯自顾自地说了下去："多年前，我曾经写过一个剧本。它改变了我原本平庸的人生，带给我一切。巨大的声望、民众的爱，甚至爱情。"

玛薇丝清楚，他说的，是《铭记之盟》。在那个故事里，他和恋人约定，六个月后在帝国大厦顶楼相会。后来这个故事被拍成由他主演的电影，风靡一时。银幕里，他没有等到自己心爱的那个人；现实中，他却等到了一位爱他的女孩。从此，一生错过。

亚当斯回头，注视着玛薇丝，深棕色的眸子里，有隐约的光芒闪耀："这个剧本从一开始，就是写给你的。但我等的不是六个月，而是二十年。因为我相信，你终有一天会来到这里和我相聚。"

玛薇丝冷冷地看着他。眼前的这个男人的确是一位顶级的演员，他目光与语气中的深情，可以打动数以亿计的观众，却不能让她的心有丝毫波动。二十年了，这样人戏不分的表演她不知看了多少次。如今这一次，也不过是格外投入而已。

亚当斯叹了口气："我知道你恨我，不过，我必须这样做。你有永生之体的秘密，已经无法掩藏。知道你并非人类后，那些你挚爱的民众会欢呼着将你绑上祭台，就和当年将你送上王座一样。所以，我必须将你带到一个与世隔绝的地方。"

玛薇丝静静地听着，脸色没有一丝波动。

亚当斯："当然，我也是有私心的。为了救你，我中了第十六骑士一刀，活不了多久了。所以，我希望在人生的末尾，和你在一起。地心之城的入口，已经被我锁死，无论你同不同意，都会按照誓言，与我携手余生。"

他语气中有熟悉的调侃。所谓誓言，是指交换印章戒指时，他即兴发挥念诵的那段的"婚誓"。

"不过你放心，你很快就会重获自由的。我的死是假的，但那一刀的伤势是真的。大概三个月后，我就会死去，之后大门会自动开启，你可以选择走出去，或者继续留在这里。"

玛薇丝沉吟着，显然在思考着什么。

第三十章　地心之城

亚当斯笑了笑："当然，你可能会想，抓住我逼供或许能打开大门。我劝你不要尝试，因为密码一旦输错，就会引起剧烈爆炸。你或许又会想，可以逃走，让我找不到你，这样，你就可以不用与我朝夕相对，而是独居在这个城市的某个角落里，悠然等待我死去。但，我不会让这种事情发生。"然后，他拿出一枚手环，戴在自己手上。这枚手环闪烁着淡紫色的光泽，与女王手上那枚一模一样。

"玛薇丝，这是一个特制的装置，如果你离我超过 200 米，它就会爆炸，威力极强，可以让人瞬间化为灰烬。我希望你不要做傻事，而是享受你我最后的相处时光。也许，并不像你想象的那么糟糕，不是吗？

"为迎接你的到来，我做了很多准备。顶层有两个相连的大套间，可以通过落地窗，看到整个城市的风景。房间里储存着美食、美酒，足够用好几年。还有你用过的家具、常穿的衣服，我都提前命人复制了一份，放到了你的房间里。书籍、钢琴、象棋、电影，甚至最新款的电子游戏都应有尽有。住在这里，和在地面上没有什么区别。而这座城还有很多奇妙之处，是未到过的人无法想象的。紫外线农场里种着广袤的花海，矿山上有壮丽的红色天梯，核电站里可以看到聚变时产生的霓虹。我们可以利用接下来的时间，慢慢游览。"

他动情地看了玛薇丝一眼："这座城市，本来将是整个人类的地狱，但从这一刻起，它只是你和我的囚城。"

听到这里，玛薇丝的神色终于有了改变，就像是春风融化了她冰冷的目光。她望着亚当斯，语气温柔："加里。"

亚当斯全身一震，这是有生以来，她第一次直接叫他的名字。楼顶的微风扬起她的裙摆，她背靠栏杆，对他展颜微笑。虚拟出来的夕阳光影摇曳，将她的笑容衬托得如此动人，一如二十年前酒会初见之时。

"你错了，这座城，是你一个人的地狱。"

说完这句话，她从栏杆上坠了下去。

亚当斯脸色大变，冲上前去。他刚接近栏杆，就听到巨大的爆炸声。整个帝国大厦都震动起来，一层层玻璃破碎，这座上古巨兽般的建筑满目疮痍。亚当斯站立不稳，跌倒在地。他的脸上满是惊骇，无法相信眼前发生的一切。手环发出一声蜂鸣，亮光熄灭。

亚当斯下意识地拿起手上的手环。手环上的确装有感应装置，超过200米便会爆炸。但这只是理论。事实是，他绝不可能让她离开自己超过200米。帝国大厦的垂直高度，大概是210米。他在楼顶，她迅速下落，会在接近地面时引爆。

亚当斯挣扎着上前，透过残损的栏杆，向下张望。那里除了玻璃碎屑、砖石残渣，什么都没有。这并不意外，炸弹的强度经过测试，可以让一米见方的一切灰飞烟灭，不会留下任何痕迹。

"为什么？为什么？"他用力捶打着手环。

按照原理，她的手环爆炸时，自己的也会。这个古怪的刑具里，隐含着他自以为是的浪漫——要么活在只有两个人的末日里，要么一起化成灰。虽然他坚信，这一幕不会真的发生，就像那些精心设计的电影，隔着一层荧幕，生死离别是假的，但爱和感动是真的。他希望，和玛薇丝一起度过的余生，有这样绚烂而戏剧化的开场。然而，一切都随着这声爆炸，灰飞烟灭，只剩下最真实的痛苦与悔恨。

不知为什么，他的手环并没有爆炸。他被孤独地留在帝国大厦楼顶，一天又一天。

由于之后的场景都极其类似，人工智能停止了演示。

芙瑞雅站在原地，一动不动。她的震惊程度丝毫不亚于影像中的亚当斯大公。一直等到场景再现结束，光芒散尽，她才声音颤抖地说："不可能，这绝不可能！"

刻耳柏洛斯叹了口气，调出了另一段影像——帝国大厦楼顶的即时监控。

俯瞰视角里，"夕阳"余晖几年如一日，照亮了整个楼顶。一个熟悉的背影面对栏杆静坐着，一动不动，仿佛亘古以来，他就坐在这里。

亚当斯大公。

芙瑞雅的手在握紧。

他居然还活着。在母亲死后第五年，依旧恬不知耻地活着。从身后看，他仍然穿着得体的正装，腰身挺直。

视频仿佛陷入了静止。时间无声流逝，一如她脸上无声坠落的泪水。

不知过了多久，她对刻耳柏洛斯说了一声"多谢"，而后果断转身，走向帝国大厦的方向。

迎面而来的风，将她脸上的泪痕一点点吹干。

第三十一章　帝国大厦

芙瑞雅来到帝国大厦顶层。她没有坐电梯，而是一步步走过这 1860 级台阶。她需要漫长的时间，来平复自己心中的怒火。

观景台上，一切如旧。亚当斯依旧坐在栏杆前，眺望着远方。

"你来了。"他没有回头，平静地说。

芙瑞雅缓步走到他身旁，冷冷地注视着他。不出她所料，这个人并没有表现出自己宣称的垂死之态。相比于五年前，他的确消瘦、憔悴了一些，两鬓也有了零星白发，然而这一切并未损伤他的仪表，反而像一种沧桑的装饰。所谓中了第十六骑士一刀，只能活三个月的话，毫无疑问是谎言。

芙瑞雅的目光扫过他。暗纹西装虽然有些褪色，但仍旧整洁，看得出经常换洗。他身旁的观景台除了爆炸留下的缺损外，并无多余的杂物，显然不是他居住的地方。

芙瑞雅能够想象到，这个伪善的男人，每天按时到楼顶上，坐在栏杆前发呆，偶尔也会痛哭落泪。到了中午或晚上，他会回到设备完善的套房内，沐浴、进餐、更衣、睡觉，第二天继续表演。

这座观景台，就是他的舞台，充满悲剧感与仪式感。

这是一幕深情款款却无人喝彩的独角戏。芙瑞雅感到怒火上涌。她的右手伸入衣袋，那里有一把手枪，正是在孤岛上用过的那一把。

这时，亚当斯开口了："我等了你很久。如果你能早点找到这里，我也可以少受些痛苦。"

"痛苦吗？抱歉，我从你身上看不出来。"她缓缓将枪举起，"亚当斯先生，你的戏，该谢幕了。"

亚当斯微微苦笑："是啊，我的确在演戏。在她死后的第七天，我突然明白了，这只是一场戏。命运没有'喊停'，我就必须演下去。因此，我挣扎着走到楼下，换掉肮脏的衣服，开始饮食。此后，我按时作息，打点仪容，就好像她依旧和我生活在一起。每天早上，我会准时登上这个舞台，和她在戏中相会，傍晚准时结束表演，回到痛苦与自责中，日复一日……五年了，真是漫长的刑期呀。"

芙瑞雅皱起眉头，莫非这个人精神出了问题？但她很快打消了这个念头："亚当斯先生，你的台词非常精彩，但我一个字都不信。你如果真的感到痛苦，就该从这里跳下去。"

亚当斯自嘲地笑了笑："我不止一次想过。但有一件事，始终没有想通。为什么我的手环没有爆炸？后来我明白了，这是天意。天意让我等到你。"

他转过头，注视着芙瑞雅："让我有机会对她最在意的人说一句，对不起。"

芙瑞雅发出一声冷笑："对不起？一声对不起，她会回来吗？你知不知道，因为母亲的离开，合众国被颠覆，启引爆了'未来'。现在地面上的世界，不比这座地心之城好多少。这一切，都是因你而起！"

亚当斯沉吟良久。显然芙瑞雅的话信息量太大，他需要一段时间才能厘清。然而，他最终选择什么也不问，只重复了一遍："对不起。"

芙瑞雅将手指扣上扳机："这句话，你说过了，可以了无遗憾地去死了吧？"

亚当斯面色平静:"我还有一件东西要给你。地心之城存放着第二区的大量武器,威力巨大,足以改变世界格局。战火已经重燃,你会需要它们的。它们在城北的仓库里,密码是你母亲的生日,取走它们吧,就当是我的一点补偿。"

芙瑞雅没有说话。地心之城之行,本来是为了寻找母亲,却找到了这样的噩耗。好在,她已经成熟了很多,情感上的重创并未摧毁她的理智。她能沉下心来,思考亚当斯的话。

如果第二大区真的在城中储备了武器,那无疑是极为宝贵的。这些武器没有受到"未来"爆炸的影响,依然可以使用。在目前的局势下,的确有扭转乾坤的实力。

亚当斯:"不过,光有这些武器,你还无法取得胜利。你还得做一件事——杀死我。"

芙瑞雅皱起眉。

亚当斯:"你一直用枪指着我,却没有拉开保险栓。这说明,你根本没有杀人的勇气。这样,你是赢不了世界大战的。

"你和你母亲一样,有智慧和毅力,你和她又不一样,你缺少勇气——漠视鲜血和生命的勇气。如果没有这样的勇气,你将永远不会在这场战争中取得胜利。"

芙瑞雅面无表情地拉开保险栓:"亚当斯先生,你并不了解我。在你之前,我已经用这把枪杀过一个人了。"

她有意停顿了一下,等他询问那个人是谁。这样就能给他更沉重的打击。

然而,亚当斯什么也没问:"很好,动手吧。"

他平静地看着芙瑞雅,等待解脱。

砰的几声巨响。

亚当斯眸子中映出子弹飞旋的光影,以及一丝对死亡的期待。然而,枪声结束后，他还活着。每一枪都擦着他身体飞过，每一枪都只差分毫。

芙瑞雅放下已经打空弹夹的枪，冷冷地说："我知道，你说这些，是想让我杀了你。但，我更愿意看到你现在的样子。留在这里，继续演下去吧，一年、十年……直到有一天，你独自死去，渐渐腐败，尸骨被风吹成灰。那时，你才说完了这句对不起。"她转身走向楼下，再不看他一眼。

芙瑞雅本不想去亚当斯大公说的武器仓库，因为她不想欠这个人渣的情。何况她并不觉得仓库中能有什么了不得的东西，帮她赢得这场战争。但快走出地心之城时，她改变了主意，反正去看看也没什么损失。没有了母亲大人，她必须亲手打赢这场战争，不应该放弃每一个增强自己的可能。拿走仓库里的东西，与原谅亚当斯大公是两码事。她对自己重复了两遍。所以，当她走进北区仓库时，完全没料想到，北区仓库竟会如此大。

那是一个由上千座简易棚屋组成的超大区域。每座棚屋都有上千米长，数十米宽，规整地排列着；每座棚屋上都贴着铭牌，上面写着储备物的名称。坦克、加农炮、马克沁重机枪……几乎所有芙瑞雅能叫得上名字的武器，这里面都有，最少的都储备了整整一个棚屋。不用她估算，铭牌上已标好了数量。坦克是四万九千五百七十二辆，而马克沁重机枪的数量则超过了二十万支！这座仓库，可以轻易地装配起一支十万人的队伍！

芙瑞雅深吸了一口气。她万万没想到，亚当斯大公竟在这座地心之城中储备了数量如此庞大的武器，这让她对当初两位大公要打核战争的疯狂有了新的认识。然而她又想到一点。这些装备，虽未受"未来"波及，但一旦拿出地心之城，同样会受光尘影响。好在，她又迅速发现了另一批特殊战备。那是为了应对电磁干扰储备的一批非电力军械，有纯机械半自动步枪、大口径火炮、内燃机动力坦克、装甲战车、矿石收音机。

她越看越感到欣喜。

就算是帝国，即使轻易能聚拢起百万大军，装备却惨不忍睹。攻打冰城的开始，一度只能依靠最简陋的老式枪炮，完全不是启的敌手。后来随着蒸汽文明的复苏，枪械水平有了跨时代的进步，但产量仍远远跟不上需求，列装率一直很低。明光城六路大军超过二十万，但大多数人的武器仍然是步枪，大炮更是少到了极点，否则也不会连城墙都轰不破了。而这里储备的非电力武器，代表了合众国建立前人类的最高水平。尽管有少部分因年代久远，需要维修，但仍有超过一半的可以正常使用。

也就是说，只要她能将这批武器运出去，再找到足够多的人，就能迅速组建起十万人的部队。虽然在人员数量上仍处于劣势，但至少有了背水一战的资本。

芙瑞雅的双目中射出光彩。

当芙瑞雅带着数不清的装备返回金月城时，整个征讨军都被震住了。各式各样精良之极的枪械，足以装备整个征讨军。其中最引人注目的，是上万门大炮。

征讨军的人员与蒸汽动力车远远不足以运送这些战利品，周围的民众也被调集过来。他们穿着褴褛的衣服，坐在簇新的战车上，组成了一支浩浩荡荡的队伍。这支队伍一出现，便奇异地形成了压倒性的震撼，让整座金月城为之寂静。

战争开始时，没有人觉得征讨军还有生路。接下来的发展，应该是一次败仗接着一次败仗，直到被完全消灭。但没想到，芙瑞雅竟能在废土中，找到这么多非电力武器。这无疑是征讨军命运的转折点。

这一刻，所有人都想起了那句话：只有芙瑞雅，能做皇帝陛下的对手。只要有芙瑞雅陛下，也许百万帝国军这种让人崩溃的差距，并没有那么大。

征讨军的将领们望着骑在马上缓慢前行在队伍最前列的芙瑞雅，感觉就像当初他们看到玛薇丝女王一样，无论形势有多艰难，哪怕世界即将进入核战，只要有女王在，一切灾难都将被弥平。她会为他们建立合众国，给他们十九年的和平。只要有她在，永恒盛世就不会终结。

是的，他们再一次见到了女王。

尼布甲尼撒伯爵抬手擦了擦眼角。他无法想象像他这个年纪，竟然还会有流泪的冲动。但这一刻，他真的看到了胜利。尽管形势仍然危急，但他看到了胜利。胜利就骑在这匹高头大马上，押着战俘，带着数不清的战利品，向他走来。

他与他身后的豪族，忍不住躬身行礼，仿佛早就商议好的一般。他们行的，是原合众国觐见女王的礼节。

新的时代，即将来临。

清点、测试武器的工作持续了整整三天。

单是能使用的大炮，就有一万三千多门，这足以让整个征讨军都转为炮兵。要知道在末日之后，导弹等高精尖武器被极度弱化，制造极为困难，大炮又重新成为绝对的阵地战之王。拿到了这么多大炮，征讨军终于能改变全面落后的局面。

而接下来的数据照样令人惊喜：枪械多到足以把整个征讨军装备四五遍。就算征讨军再扩大四五倍，也不用担心装备的问题了。这让他们第一次真正地觉得他们的人数实在是太少了，必须得扩军！缴获的弹药数量更多，多到让他们完全不用担心用完。

将领们激动到发抖，会议室里每个人脸上都挂着掩饰不住的笑容。

芙瑞雅是唯一的例外。她仔细看过清单后，就将它放到了一旁。但她没有阻止将领们的狂欢。她很清楚，这段时间，他们压抑到了极致，急需宣泄。等所有人从狂喜中平静下来后，芙瑞雅才开始正式的议程。

第一件事，是装备现有队伍。这是让将领们最兴奋的话题。

他们从一开始就跟着芙瑞雅，经过几次低谷都没有叛逃，已被证明是最坚定的战士。芙瑞雅用他们组成征讨军的核心，并给予他们当前最强大的武器：大炮。是的，这支核心部队，从此将变为一支纯粹的炮兵。这一方案，得到了所有与会者的赞同，全票通过。

第二件事，是组建新的队伍。

必须扩军，但宁缺毋滥。组成新的队伍后，将为其提供次等的武器与有限的弹药，等队伍经过战争的考验，再逐步升级。将领们无不跃跃欲试，希望成为新军的领袖。然而，芙瑞雅陛下似乎早有定案。她没有多说，将领们也没有追问。他们已渐渐习惯自己的角色，服从多于讨论。

然后，是第三件事。将领们本不觉得还有别的事，满心希望赶紧行动起来，让装备尽快转化为实力。第三件事，是芙瑞雅陛下提出的：如何处置多余的枪械？

听到这个问题后，多数将领愣了愣。他们完全没觉得这是个问题。多就多了呗，放在那里，等军队规模扩大了再用。但稍微深思一下，他们就觉得这不是个办法，因为他们守不住金月城。帝国军打过来后，他们很可能不得不放弃这里，转战别地。那时，多余的枪械呢？带着走，那会成为巨大的累赘；留下来，那会让帝国军更加强大。这的确是个不小的问题。对于如何解决，将领们还真是没有办法。

这时，芙瑞雅给出了提案：把多余的枪械秘密输送给各地的豪族，支持他们发动叛乱。当然，要支持哪些豪族，需要仔细甄别，必须选择那些坚定反对帝国的人。

这一提案，立即让将领们的眼睛亮了起来。这是个好办法！那些豪族得到枪械后，叛乱的规模将大大扩大。帝国要想压制他们，势必要转战或者分兵。而无论哪种选择都会大大减小征讨军的压力。

至于甄别豪族，这难不倒他们。他们都是资深豪族，彼此之间非常熟悉，而且，五百豪族之死几乎让所有豪族起了叛心，他们只是畏惧皇帝不敢反叛而已。现在以芙瑞雅之名，以这场胜利为证，再有这批枪械作为资助，豪族们叛乱的概率会大大增加！

这个大家本没有意识到的问题，现在已被摆到最重要的地位，甚至比扩军与处置俘虏更为重要。因为这项提案一旦成功，会影响到整个帝国，征讨军将不再是孤军奋战。

最终，由尼布甲尼撒伯爵亲自领衔，即刻率亲信出发，秘密联络叛乱可能性最大的二十几家豪族。

这场会议持续的时间并不长，讨论的议题也不多，但每一个议题解决后，将领们都明显地感觉到取胜的信心增强了。他们也渐渐有了打不败、杀不死的信念。他们很清楚，这一信念，受一个人灌输、影响。这个人，就是芙瑞雅。

有她在，他们就能一直战斗下去，无论遭受多少挫折，都一定能获得胜利。

会议结束后，芙瑞雅并未更衣，而是直接走进了兰斯洛特的关押处，手上提着一个提箱。

关押处并非牢房，而是一个干净的房间。那里看上去跟普通的寓所没什么区别，但外面有多少荷枪实弹的看守就很难说了。

虽然身上没有镣铐，但他并没有试图逃跑，一次也没有。芙瑞雅进来时，他正安静地看着书。阳光穿过房间里仅有的狭窄的窗口，投照在他身前。他借助这束光，专注地阅读。直到芙瑞雅进来，他才放下书，静静注视着她。

"你还好吗？"

芙瑞雅皱起眉头。这一问，实在很突兀。明明被俘虏的是他，他却问自己过得好不好。这让人有些摸不着头脑。

不过，芙瑞雅没有纠结于这一点，径直走了进去："我很好，你呢？"

"我也很好。"兰斯洛特站起身，向她伸出手，"感谢你的不杀之恩。"

芙瑞雅疑惑地看了他一眼。这个行为颇有些古怪，但她仍然伸手，和他轻轻握了握。

兰斯洛特脸上露出一丝欣然，重新坐下。

芙瑞雅拖过一张椅子，在他对面坐下，将手提箱放在膝盖上。

兰斯洛特仍注视着她，目光已轻松了许多。刚才那颇为古怪的握手，目的不是感谢，而是确认浮空岛的影响还在不在。两人手掌接触的一瞬间，他已用真神谕的力量，迅速检测到了她的生命体征。果然，源核的影响，正在迅速衰减。

如此就好。

他打定主意，即便她问起，也不会透露自己执行"破空"计划的理由。既然一切尘埃落定，他宁可让这个秘密，永存心底。

芙瑞雅看了看四周的环境："很抱歉，我本该早点来看你的。"

兰斯洛特："您可能想不到，这样的生活，是我求之不得的。"

这个回答让她颇为意外："为什么？"

兰斯洛特："曾有一段时间，我很迷茫，不知道该做什么，也不知道什么是对的，什么是错。我不知道我该不该被挂在十字架上，也不知道该不该恨皇帝陛下，该不该救您，该帮皇帝陛下还是该帮您，这让我很痛苦。你们俩走了两条不同的路，我无法判断，到底谁是对的，谁是错的。因此，我不知道该站在谁那一方。反而是这段被关押起来的日子，我重新得到了平静。在这里，我只是个囚徒，外面的世界，我无能为力，只需要看看书，发发呆，晒晒太阳。"

"这样的日子真不错。"他重复道，"唯一的难过，就是暂时见不到她。否则，我愿意一直这样过下去。"

芙瑞雅短暂地沉默了。她没想到会听到这样的回答，犹豫片刻后，还是选择问出了那句话："你现在，愿意帮我吗？"

兰斯洛特凝望着她："这原本不是个问题。你是我的姐姐，帮你，我责无旁贷。可他是我的兄长，我又怎么能背叛他？说来可笑，你们是两个毫无血缘关系的人，可一个是我的亲姐姐，一个是我的亲哥哥。有的时候，我真的在想，我为什么要出生？我的存在，葬送了母亲的声望与国家；而在新的世界里，我又不能像当初想的那样，助他成为一个伟大的君主。合众国之耻，帝国之影，我活得真像个诅咒，就应该被吊在十字架上。"

芙瑞雅打断他："不，你不是诅咒，也不是什么帝国之影。"

兰斯洛特苦笑："你不是要说'你只是你自己'这种安慰人的话吧。"

芙瑞雅："你当然是你自己，但你还是一个选择。"

兰斯洛特看了她一眼："选择？"

芙瑞雅："是的，我与卓王孙，是走了两条不同的路，水火不相容，不死不休。但是，我一向觉得，民众应该有选择的权利。他们不仅有权利选择卓王孙或我，还可以有第三种选择。而你，就是第三种选择。

"我找到了足够的枪械与装备，足够装备一支新军。我把新军的组建和领导权交给你。我想让你成为第三种选择。"

她的话，让兰斯洛特一怔："您要送给我一支军队？"

芙瑞雅点了点头。

兰斯洛特："您不怕我率领他们再投靠皇帝陛下？"

芙瑞雅："你会吗？兰斯洛特，别人可能没察觉，但我知道，你是有野心的。当说出那句'我不会为暴君效命'时，你就不想臣服于任何人。你说，在囚禁的日子里感到了平静。我相信这一点。但，这并不是因为这个房间能屏蔽世事，而是你终于有了足够的时间和空间，脱离他或者我的影响，思索第三种选择的可行性。我把武器交给你，意味着'第三种选择'有了从构想转变为现实的机会。尽管这个机会很微小，但于你而言，这是个机会。你会放弃它投靠皇帝陛下？我认为你绝对不会这样做。"

兰斯洛特沉默着。良久，他叹了口气："为了一个遥远的可能，赌上命运……我并不介意这样做，但，我还不清楚，所谓的第三种选择，到底是什么。"

芙瑞雅："不，你清楚。不选择我，也不选择卓王孙，就是第三种选择。至于如何实现，你可以慢慢摸索。兰斯洛特，你敢不敢站出来，用你自己的努力，为自己，也为这个世界保留这一可能？"

兰斯洛特沉吟良久："你知道吗，当初，卓王孙对我伸出手，说要做我的朋友时，我是真心感到高兴的。我对他的誓言，也是真诚的。"

芙瑞雅："我相信。你留在第二大区，会引起格蕾的猜忌，也会让亚当斯大公左右为难，不如干脆转到第三区，换一番天地，实现自己的抱负。"

兰斯洛特："不仅如此，我当时也立誓，和他一起改变原来的世界。肃清吏治，削弱豪族，也是我的想法，只是远不如他激进。我不是晏那种朋友，以他的是非为是非。我一面要坚守底线，一面又要学会妥协，用尽力气，在每个人之间平衡。我以为，可以改变他，只要我在他身边，就能防止他掉入地狱，也防止他把世界推向地狱。"

芙瑞雅点了点头："我也曾这样想过。但现在，你总该明白，这是不可能的。我做不到，你也不能。"

兰斯洛特："我明白，但我也发过誓，永不与他为敌。所以，我无法现在就答应你。"

芙瑞雅叹了口气："好。等我走后，会有一个人来看你。见了她之后，你再做决定。"

兰斯洛特一震，已猜到那个人是谁。

芙瑞雅从容地打开手提箱，里边是叠放整齐的两份证件、一大摞现金，还有一些珠宝："如果你最后的决定是不愿背叛皇帝，也不与我为敌，那我不久后会宣布你因伤病故。你可以带着她，去一个没有人知道的地方，度过余生。证件上有你们的新身份，身份经过妥善安排，非常安全，当地也有可靠人士接应。现金是未被追踪的帝国通用货币，足够你们头几年使用了。至于珠宝，大多是母亲留下的，我想应该分你一份。万不得已的时候，你可以变卖应急。但这一件例外。"

芙瑞雅拿起一条镶嵌精美的祖母绿项链："它是代代相传的皇室珠宝，是有数百年历史的无价之宝。我代母亲，赠送给她长子的妻子，希望你的妻子未来能传给你们的女儿。"

兰斯洛特接过项链,眼中有光芒闪动。这是送给相思的。这个举动无疑代表,芙瑞雅接受了他这个弟弟,把他们当作家人。

芙瑞雅:"如果你最终决定离开,就带着她从后门出去,那里有一架翼战船,你应该能够驾驶。到安全的地方后,再改用其他不引人注目的交通工具,开始新生活。从此,你和她就是普通人了。如果,你最终选择战斗,那么请记住,你是母亲的儿子,是温莎家族的一员。为了她创建的世界,为了正义与秩序,我们将不惜背负一切,牺牲一切,包括,违背誓言。"

说完这句话,她头也不回地走了出去。

兰斯洛特站起身,想叫住芙瑞雅,最终还是没有叫出口。然后,他看到了相思。她穿着一身不太合体的男装,戴着风帽,一进门就兴高采烈地扑到他怀中。

兰斯洛特心疼地为她摘下风帽,理顺她凌乱的头发:"你不是被禁足了吗?是怎么逃出来的?"

克莉丝塔的事情发生后,皇帝便将相思禁足在伊芙琳宫里,一切供给从优,只是不允许她出宫门。这几日战事紧急,也没有人过问她。

"老板派人骗过守卫,把我换出来的。"直到现在,她还是保留着在弦月事务所打工时的习惯,称芙瑞雅为"老板","你放心,我这个'水货'守护骑士,早就是有名无实了。出来十天半个月,也不会有任何人发现。"说着,她兴奋地站起来,开始收拾起房间:"反正,我也不准备回去了。皇帝陛下最近昼夜颠倒,不吃不喝,脾气也格外暴躁。有一位侍夜的女孩说,他竟没有体温和心跳。宫中人都在议论,陛下可能被恶魔附体了……"

兰斯洛特皱眉思索,很快想通了前因后果:"他不是被恶魔附体,而是染上了一种疾病。"

"疾病?"相思露出担忧的神色,"那严重吗?"

"会让人长生,也会让人渐渐嗜血惧光,骄纵狂躁。"

"这么严重?"她看了兰斯洛特一眼,怕他不悦,用试探的语气问,"那我是不是需要先回去一趟……"

她虽没有守护骑士的能力,但一向都以骑士精神要求自己。皇帝陛下君临天下时,有她没她无所谓。但如果他真的病入膏肓,作为守护骑士,她不能扔下他不管。

兰斯洛特没有回答她,过了很久,才开口说:"如果,我体内也有这种疾病呢?"

相思:"你?"她赶紧拉了拉他的手。他的手温暖而干净,手指修长。更重要的是,她能感受到掌心传来的脉搏。相思松了一口气。

兰斯洛特:"我不是说,现在就会变得和他一样。但我体内,的确有着这种疾病的基因。也许终我一生,它都是隐性的,让我能像正常人一样生老病死。但我的后代,却有发病的可能……"

她焦急地看着他:"我完全听不懂,能解释一下吗?"

兰斯洛特苦笑:"很小的时候,我经常受伤。然后我便发现,自己有快速愈合的能力。后来,我进入51区,根据在那里的所学,推测出自己体内有海拉尔细胞。那时我就在想,自己可能不是纯粹的人类。我开始思索,这非人类的血统到底来源于何处。我的养父母,还是传闻中我的生父,亚当斯大公。"

相思:"等等,你那时就知道,自己是亚当斯大公的孩子了?"

兰斯洛特摇了摇头:"比那时要早很多。十岁那年,我无意中看到亚当斯大公望向我的眼神,那绝不是叔叔看待晚辈的。我全身一震,心中就有了疑惑。再后来,我平步青云,每一步,都有亚当斯大公的襄助。美洲大区研发出两台最新机体,光与影,一台给了格蕾蒂斯,一台给了我。这样的厚爱,我怎么可能视为理所当然?"

相思:"那你为什么不早点确认这件事?"

兰斯洛特："我想过，但当我开始查证时，遭到了一位神秘人物的警告。"

剩下的话他没有说。所谓的警告，让他在黑暗中躺了整整七天。如果不是他有快速恢复的体质，只怕会非死即残。

兰斯洛特："那位神秘人物，就是格蕾的幕僚。"

相思一惊："格蕾？她怎么会做这种事？"

兰斯洛特摇了摇头："她不知道。那时她还年轻，但作为一国储君，她的继承权关系到很多人的生死。那些人会主动为她扫清障碍，绝不会允许有人能威胁到她。如果我再不识时务地追查下去，就只有死。

"后来，养父警告我，一定要装作这件事没有发生过。无论什么人来问，都要装作什么也不知道。只有这样，才能在第二区好好活下去。他还告诉我，格蕾是一个善良的人，如果我不威胁到她的大公之位，她不会主动伤害我。所以，我要做的，就是一面表现出色，满足亚当斯大公的期待，给自己争一个更好的未来，同时又不能太出色，让格蕾感到威胁，那样我就会没有未来。这么多年来，我也是这样做的，小心翼翼，扮演着不属于我的角色，行走在薄冰上。"

相思握紧了他的手。她想象不到，这是一种什么样的生活，也想象不到，看上去阳光温柔的他，竟有着这样的童年。

兰斯洛特脸上看不出痛苦，平静地说下去："既然父亲那边，只能已知而装作不知，我转而寻找母亲的信息。我用自己的方式，悄悄搜集材料，很快就找到了线索。"

他停顿了片刻，陷入了回忆中。

根据找到的秘密档案，他的生母是一个流浪艺人，抱着一把尤克里里，除弹唱外，还表演小魔术。她有一头微卷的金发，容貌清秀，眉眼却有几分像玛薇丝女王。亚当斯大公看中了她，让她成为自己的女伴，并且一度为之着迷。

与别的女伴不同，这个女人有卡门一般的性格，没多久便主动提出了分手，坐渡轮去了非洲某个部落，成为一位教孩子们弹琴的音乐教师。又过了几年，她意外死于疾病，葬在她做义工的小学的后面。

兰斯洛特还专程去了那所小学，找到了墓地。墓碑很简陋，上面没有照片，但年月日和名字都和他查到的资料相吻合。甚至，他还从当地政府的记录里，找到了一张报纸。报纸不起眼处有一则小小的新闻，标题是：援非音乐女教师死于登革热。

从非洲回来后，兰斯洛特没有和任何人提起过这件事，只是一直在思考，试图找出其中更深层次的东西。答案太完美，严丝合缝得有点让人生疑。这只有两个可能。其一，这就是事实，那他也没有必要再追下去了；其二，这是一场安排好的误导。这误导能精确到这种程度，也说明了真相是不可以触碰的。至少，现在还不是时候。

然而，为什么母亲的身份也是禁忌？追查的难度，甚至大于生父的身份？他自然而然地想到了快速愈合的神奇能力。这种非人类的力量，要么来自父系，要么来自母系。亚当斯大公是人类无疑，那么只有一种可能：他的生母并非人类。

再后来，他知晓了启与长生族的存在，谜题中的很多细节也被补充了。他私下推演过很多可能，最可能的是亚当斯大公制造了长相类似女王的启，以慰相思之苦，然后生下了一对双胞胎，就是他和妮可。这也就解释了，生母为何更见不得光。

他只是没想到，自己的母亲，不是实验室中制造出来的怪物，而是他曾视为毕生信仰的人、这个国家的象征——玛薇丝女王。在建国当天，她秘密生下了他，遗传给他初代长生族的血统。从此，他有了真神谕及快速愈合的能力，且不受惧光、嗜血之苦。至于这种血统会不会再传递给后代，会不会随代系降低，出现和卓王孙一样的症状，他不得而知。

她给予了他最强大也最危险的力量，最高贵也最罪恶的血统。他们没当过一天母子，就已天人永隔。

想到这里,兰斯洛特的手不由自主地轻颤起来。

相思轻轻地抱住了他:"我很羡慕你啊,你有这么了不起的父母。女王就不用说了,亚当斯大公虽然不是一个好丈夫,却是一个好父亲。他没有辜负格蕾,也没有辜负你。你比我幸运,我是真的无父无母,而你有两对爱你的父母,应该高兴才对。

"你问我,怕不怕你的长生族血统,我的答案是当然不怕。不仅不怕,我还很庆幸你有它,这样当你再为了国家踏上战场的时候,我就不会那么担心。在不知道你有康复能力时,我经常夜晚从噩梦中惊醒,梦到你受了重伤,梦到自己见不到你了。从现在开始,我可以做好饭、收拾好房间,安心等你回家……"

她望着他,笑容真诚而灿烂,眼泪却不断滚落。兰斯洛特伸出手,为她擦去泪水,郑重地说:"我保证,无论我多少次踏上战场,都会完好无损地回来。"

第三十二章　第三合众国

不久后,兰斯洛特真的组建起一支新军。芙瑞雅也兑现了诺言,给予了他足够的装备。至于兰斯洛特怎么整编,将要带着这支队伍去干什么,她完全没有过问。兰斯洛特是否能掌控这支队伍,它会不会再度成为帝国军的一部分,她也没有过问。他将这些问题都留给了兰斯洛特。

她相信,兰斯洛特能够解决。

七日后,天降大雪。

芙瑞雅站在金月城长街的起点,为兰斯洛特送别。从今天起,他和他率领的新军,就要离开金月城,到更北面的地方,寻找一片属于自己的土地,建一座堡垒,再扩大到一座城,最后是一个国家——第三合众国。

芙瑞雅只对兰斯洛特提了一个要求:合众国要与启和平共处,一定不能利用他们身上的源核之力,哪怕是尝试,也不能。

这让兰斯洛特有一些意外。芙瑞雅与卓王孙的道路之争,就是围绕是否要利用源核展开的。为了用源核重建文明,她几乎押上了一切。在浮空岛被毁后,她仍然使用源核作为动能。如今,她又为何提出这样的要求?

芙瑞雅："关于源核,我也思考过很久。它来自长生族,是一种不属于这个时空的力量。在还没有全面了解它之前,我就贸然将它带到人们面前。这,的确是在冒险。"

兰斯洛特缓缓点头。正如他所料,她也曾认真思考过卓王孙的话,思考过使用源核的风险。

芙瑞雅："但我只能孤注一掷。我很清楚,自己的城池建在一座火山之上,依靠它的热能,取暖、求生。我也在尽一切力量去控制它,却没有完全的把握。未来,它会带给我们光明还是毁灭,我并不能百分之百确定。"

兰斯洛特看着她,目光温柔:"没有人可以确定。但我能确定一件事:如果我在你的位置上,也会做同样的选择。火山上的城池,总强于风雪中的荒原。"

这句简单的话,让大雪中的芙瑞雅感到一丝温暖。她点了点头:"然而,押上所有赌注的同时,我必须为人类留一条退路。"

她深深地看了兰斯洛特一眼:"你,就是这条退路。"

兰斯洛特瞬间明白了她的意思。

芙瑞雅:"我需要你在中立地带建立一个只靠人类自身的国家。如果有一天源核真的给人类带来灾难,我们还有一片未受污染的乐土。"

兰斯洛特眉头紧皱:"我不确定能否在帝国与启之国的夹缝中,将这个国家建立起来。"

这种担忧不无道理。毕竟,兰斯洛特现有的力量实在太弱小了,就像夜空中的一点萤火。

"这一点,我也想过了。失去符咒大阵后,启的力量大减,自顾不暇,不会主动出击。至于帝国……"芙瑞雅自嘲地笑了笑,"按我对他的了解,在彻底将我剿灭之前,他应该不会分兵对付你。"

兰斯洛特看了她一眼。从最后这句话里,他感到了一丝不祥。一张纸条递到他面前,上面写着两串简单的数字,似是一个坐标。

芙瑞雅："如果我败得太快，没有为你争取到足够的时间，就退守到这里。"

兰斯洛特："这里有什么？"

芙瑞雅："一座城市，有着足够的物资储备。万不得已时，你可以带着上万人，退守其中，自给自足上百年，为人类保存下一点火种。"

兰斯洛特瞬间明白了，这里，就是传说中的地心之城。多年前，他曾隐约听亚当斯大公提起过，只是不知道它的具体位置。城中储备着无数食物、物资、各种植物的种子，以及能保证人类延续的知识。

兰斯洛特有一丝触动。这是一份太厚重的礼物，几乎是半个世界。他郑重地将纸条收起："那，接下来你打算怎么办？"

"我？当然是去和他决战，不死不休。"芙瑞雅笑了笑，"你放心，我不是去送死。有了这些装备，我有五成的把握将他拖入苦战。而这，也会为你争取到一段时间。希望你好好利用这段时间，尽快强大起来。能不用到地心之城，就不要去用。因为……"她抬头望向远方，东方既晓，在雪原上投下瑰丽的晨曦，"我想象中的第三合众国，应该建立在光明之中。"

兰斯洛特的心轻轻抽搐了一下。

芙瑞雅："因此，无论接下来会发生什么，你都必须保持绝对中立，不要参战，也不要出手救我。"

兰斯洛特："可如果你输了呢？"

芙瑞雅："我会死。"

这个答案有些突兀，却又不难理解。她输了，就不可能活下去。倒不是因为卓王孙会杀掉她。坦率地讲，每个人都清楚，他从未想过杀死她。她的生命，并不是这场战争的标的。他要的，只是摧毁她的道路、她的理想。

对于旁人而言，这似乎是一种"手下留情"。但对于芙瑞雅而言，却比剥夺她的生命更不可接受。因此，她不会降，只会死。

兰斯洛特沉吟片刻，问出了第二个问题："如果，输的是他呢？"

芙瑞雅:"我也会死。"

兰斯洛特震惊地看着她。

芙瑞雅展颜:"别误会,我并不是要与他同生共死。这场战争牺牲了太多的人,留下了太多仇恨,唯有上位者的鲜血才能平息。而我和他,正是战争的发动者、主导者,我们应该为此负责。"

兰斯洛特:"这不是你的错。"

芙瑞雅:"不是吗?可这个错就摆在这里。一具具支离破碎的骸骨、一座座被夷为平地的城市,它们不容否认,也必须有人去承担。而我和他,就是最该承担这一切的人。"

说到这里,她停顿了片刻,深深地看了兰斯洛特一眼:"也只有这样,你的血统才不再是罪过。"

兰斯洛特一震。

的确,这场战争,无论由谁发起,无论有着多正当的理由,毕竟造成了不可挽回的灾难。女王家族与卓氏家族,都难辞其咎。这一切,都会成为沉重的负担,背在兰斯洛特身上,也背在第三共和国身上。当他们不在时,前一代的罪孽才能得到清洗,甚至化为一点怀念、愧疚。这些情感会随着时间累积下来,最终成为人们接纳第三合众国的理由。

一切似乎顺理成章,唯有一点,他不可能让芙瑞雅来做这个牺牲。

"不行!"兰斯洛特语气坚决,"你的生命有更重要的意义,不应该为我血统的合法性去牺牲。第三合众国,不能没有你!"

芙瑞雅用一个笑容,阻止了他接下来的劝说:"我能赢的概率,几乎可以忽略不计,没有必要为了机会如此渺茫的事争论。真到那个时候,说不定我又改变主意了呢。"

她伸出手,拍了拍他的肩:"时间不早了,快出发吧。"

兰斯洛特沉吟片刻。他本来想让她答应自己,无论如何也要活下去,但最终没有开口。他知道,如今的芙瑞雅,像当年的女王,一旦做出决定,就不会因他人而改变。他唯一能做的，就是让她放心。

风雪中，兰斯洛特举起右手，一字一句地说出他的承诺："如你所愿，我会尽一切力量，在北境建起第三共和国。在这个国家，人类和启可以和平共处，但不会利用危险的力量。我也向您承诺，这个国家将永远奉行自由与平等，不会被集权统治……最后，我会在国家中心广场上，为母亲立一尊雕塑。雕塑会和当初的一模一样，头戴王冠，手持权杖。每一个看到她的国民，都会想起她的故事。在末世之前，她曾经缔造过一段辉煌的盛世，也把共和国的种子，留在了每个人心里。"

芙瑞雅的眼睛有一些湿润："很好……不过，王冠就不需要了。"

兰斯洛特一怔。

芙瑞雅："母亲曾告诉我，她戴上王冠的唯一目的，就是有朝一日，让人们能彻底摘下它……所以，给母亲立一尊没有王冠的雕塑吧。"

兰斯洛特思索着她话中的含义，最终点头："好。"

芙瑞雅微笑着看着他："去吧，我的弟弟。建立你自己的城邦，将母亲的梦想延续下去。"

兰斯洛特脸色郑重，缓缓说出两个字："一定。"

这两个字，便是承诺。即便要为此舍掉生命，也在所不惜。

太阳出来时，兰斯洛特带着属于自己的十三万人，走入了风雪。他将去寻找第三种道路。没有源核，也没有帝制，一种真正属于人类的道路——第三共和国。

芙瑞雅在长街尽头，目送他们，直到雪花落了满身。

尼布甲尼撒伯爵也传来了好消息：二十几家豪族，几乎全都答应了叛乱。假意答应但转身就出卖的伎俩瞒不过老牌豪族尼布甲尼撒，他太了解他们了。尼布甲尼撒伯爵没有半分仁慈，立即联合新投靠的二十几家豪族将这些两面派灭掉，收缴了投名状。

尼布甲尼撒将好消息传来后，就风尘仆仆地投入了下一轮策反中，赶往更远的地方，联络更多的豪族。进展的顺利让他处于亢奋中，完全忘记了疲劳。

扩军方案也在顺利地进行着。既有的征讨军转为炮兵的进展没遇到什么阻碍。大炮这种陆战之王激发了士兵们的激情，甚至很多伤员都躺不住了，想要挣扎着起来摸一把被擦得锃亮的大炮。他们以前所未有的热情投入学习与训练中，争取早日成为一名合格的炮兵。

第二梯队的扩充也进展惊人。短短三天，就扩到了二十万人。这导致了新问题：没有人管理他们，没有人训练他们，甚至没有人给他们下命令。

将领们不得不中止扩军，抽调出一批老兵，对新士兵进行最基本的训练。金月城高效地运转起来，征讨军的实力，也在飞速发展。

这时，消息传来，帝国军已逼近金月城。统兵的，是帝国皇帝，卓王孙。

帝国军没有通过勃朗山口，而是舍近求远，选择走平坦的大道。这让帝国军花费了更多的时间，却也避免了勃朗山口早就埋好的陷阱——芙瑞雅做了很多埋伏，包括早就埋好的地雷、翼战船的偷袭。如果帝国军执意要通过勃朗山口，他们便会发现这里是个泥潭，让人越陷越深。

但，帝国军的果断绕开，让这些安排都落了空。之后，帝国军一直选最平坦的路走，一路队形严谨，时刻保持着大军团作战的能力。这自然拖累了行军速度，但效果也很明显：帝国军变得毫无破绽。

征讨军对他们进行了一系列的骚扰，比如几家豪族的叛乱就在不远处，有的豪族自立成国，有的则投靠芙瑞雅，成为新合众国的一部分。这些动作对帝国产生了影响，豪族发表的檄文更是对帝国皇帝极为不敬。但帝国军全都视而不见，坚定地向金月城进发。

它的第一个目标，是攻下金月城。在达到这一目标之前，任何事情都不会让它更移。这使得征讨军为它设下的诸多陷阱都落了空。

卓王孙的战术很简单,不跟对手玩任何花招,任何诱饵都不吃,任何扰乱都视而不见,全面推进。

而这恰恰是最有效的。

帝国军给征讨军造成了极大的压力,每进一步,都山雨欲来风满楼,压得征讨军喘不过气。征讨军的装备虽然可与帝国军匹敌,人数却仍处于绝对劣势,各路人马全加起来也不到三十万,还不足对方的三分之一。更为可怕的是,经过一段时间的研发,蒸汽动力的效能已有了显著提高。机体仍然不能飞行,但陆行速度极快,加上装备的地对空武器,翼战船的制空优势已被压制到最低。这还不算资源与补给上的巨大差异。帝国百万大军身后,是数十亿人口、上千座工业城市。一场战役结束,前线兵团后撤,预备部队立即顶上。同时,威力巨大的蒸汽机体源源不断地运抵前线。这导致一个必然的结果:帝国军即使遭遇局部失败,也元气无伤;征讨军即便赢了,也代价惨重,兵力越打越少。

就这样,碾过焦土与热血,帝国的钢铁洪流不断推进。

缓慢,却不可阻挡。

帝国六年三月十四日,在经过长达一个半月的行军,付出六万人的代价后,皇帝陛下率帝国军抵达金月城。然而,他们看到的是一座空城。

早在帝国军到达金月城之前,芙瑞雅就预估到金月城不可能守住,因此,果断放弃了金月城。征讨军的大部队分为三支,分别由三位豪族率领,向着不同的方向撤离,而芙瑞雅则率领翼战船编队亲自殿后,持续骚扰帝国军,为征讨军的撤退赢得时间。尼布甲尼撒伯爵则仍旧联络各地的豪族,游说他们加入反抗皇帝的行列。

芙瑞雅亲自带队殿后,还有一个目的,就是希望卓王孙以她为目标。只要他又开始追杀她,她就可以借着翼战船编队的高机动性牵着他的鼻子走，将战争引入自己的节奏，为征讨军稳定下来赢得时间。但她没想到的是，帝国军对她的骚扰，仍然像之前那样置若罔闻。

帝国军攻下金月城后，召开了一个盛大的庆典，宣布征讨军不堪一击，皇帝陛下旌麾所指，征讨军鸟散鱼溃，不日便会被全歼。第二合众国乃米粒之光，帝国则是天命所授。

这种宣传很粗糙，但起到了很好的效果。于征讨军而言，金月城有着很多象征意义。占领这座城，代表着他们有实力与帝国抗衡。但，这座城陷落得这么快，给人一种印象——皇帝陛下会像扫平之前的敌人那样扫平征讨军；征讨军注定会失败，成为皇帝陛下诸多战勋中的一例。无论中途发生多少波折，结果都是一样的。

尼布甲尼撒伯爵的策反活动也变得艰难。本来坚定地跟着芙瑞雅叛乱的豪族们，也有几位变得犹豫，不敢公开叛乱了。

这让芙瑞雅有些失望。她原本希望各地的叛乱能分担一些征讨军的压力，事实却是压力反而增加了：如果帝国军没有受到足够的干扰，那么，它便会腾出更多的人手，对征讨军施压。

帝国军接下来的行动，出乎芙瑞雅的意料。帝国军既没有追击征讨军的任何一路，也没有围剿她，而是兵发明光城。明光城抵抗的时间更短，几乎是帝国军一来，城就破了。

帝国军照例发出征讨军不堪一击的通告，然后，丝毫没在明光城停留，便向着下一城——白风城进发。

芙瑞雅终于感受到了压力。

卓王孙的战术清晰，非常好解读。原则只有一个：你打你的，我打我的。我的优势就是大军团，所以只用推进，什么骚扰、分兵，统统不不在意。引诱也好，破绽也好，我都不听、不看、不动心。

于是，敌人就只有正面迎战这一条路了。金月城可以丢，明光城可以丢，白风城也可以丢吗？

不可以。白风城一旦失守，就意味着刚建起不足两年的第二合众国亡了。这对于征讨军是致命的打击，会令它失去民众的信心，再没有人跟着叛乱。那么，就算芙瑞雅握着再多的军队，拿着再精良的武器，都不会再有胜利的可能。她只会在一次次围剿中越来越虚弱，最终败亡。

她只能守住白风城。这就意味着必须得正面迎战，阻止帝国军攻下白风城。而这显然是不可能的。

帝国军经历了大大小小数十战，至今仍是满编的百万大军——战损的兵力随时补足，打废的装备全部更新，士气高涨，补给充足。正面迎敌，死路一条。帝国军缓慢而坚定地向着白风城推进，每前进一步，都像是丧钟敲在征讨军的心头。

帝国六年四月二十六日，帝国军发动了白风城攻城战。

这出乎所有人的意料，征讨军仓皇迎战。尽管他们也做了充足的准备，毕竟没有人敢把自己的生死押在敌人退兵上。包括尼布甲尼撒伯爵在内，五路征讨军全速回撤，救援白风城。芙瑞雅率领的翼战船编队、赞伯尼爵士的炮兵核心，给帝国军造成了很大的麻烦。尼布甲尼撒伯爵策反的几十位豪族，也在其中起到了关键的作用。他们的军队数量加起来丝毫不逊于出动了所有新兵的征讨军，有二十四万，这一度使征讨军的总体规模达到帝国军的半数。

但这并没有什么用。

帝国军分出了四十万，就将他们全部挡住。剩余的六十万，丝毫不受影响地继续攻打白风城。发现围魏救赵之计毫无用处后，芙瑞雅果断率兵退回白风城，重新集结诸部，与对方展开城市保卫战。

没有人能想到，从帝国军开始攻城算起，这场异常惨烈的白风城保卫战，竟足足持续了两个月之久。从城市外围的永固工事，到外城堡垒，再到内城街巷……白风城的每一处土地，都浸透了鲜血。

当芙瑞雅尝试了数十种办法，仍然无法打退围城的帝国军时，她知道，白风城守不住了。

征讨军虽然拿到了足够的武器，但成军时间实在太短，作为核心的炮兵作战经验严重不足，无论纪律性、战斗力、对枪械的熟悉程度，都离合格还有一段相当长的距离。豪族们的私军也是一样。他们几乎没接受过正规的军事训练，对付匪徒或者进行小规模作战还行，在十万以上的大军团作战中，他们与新兵一样，难以形成真正的战斗力。

到撤离的时候了。

白风城背靠阿莱斯河，从地理上看，是永远无法被彻底包围的。通过水路撤退，还可以最大限度保留有生力量。

芙瑞雅目光分外复杂地望了白风城一眼，那里矗立着影影绰绰的建筑群。她只用看一眼，就知道哪里是咖啡馆，哪里是面包坊，哪里是浮空岛的停驻之处，它们都是她亲手建造起来的。她知道这一退，它们将被夷为平地。她再也见不到它们了，但她不得不退。

我一定会回来的，一定会将你建得更加美好，让你成为照亮这个末日的北极星。芙瑞雅暗暗发誓，转身，下令。

"撤退。"

帝国六年七月一日，白风城沦陷。

帝国军攻下白风城之后，立即将所有居民俘虏，分批押送到帝都，而城中的一切都完好无损，没有遭到半点破坏。

出人意料的是，留守城中的帝国军并不多，甚至可以说很少，少到征讨军若肯杀个回马枪，便可能夺回去。撤退中的征讨军跃跃欲试，几位将领甚至主动请缨，要组织一支敢死队，趁帝国军不备，重占白风城。

芙瑞雅没有答应。她站在远处高地，远眺这座城市。城内异常安宁，一点声音都没有。这更像是个陷阱，等着他们自投罗网。

帝国六年七月十日，就在白凤城被攻陷的第二周，近百万帝国军猝然发动了对征讨军的攻击。

因芙瑞雅先知先觉，她早一步下令让征讨军撤离。但他们很快发现了一个可怕的事实：帝国军对他们方位的掌握精准到可怕。这说明，自白凤城攻击战之后，帝国军就一直在监控他们。帝国军早就谋划了这次攻击，而他们却懵然不觉！

仓促应战的征讨军措手不及，被当头打了一闷棍。各地豪族们的私军第一个被打散。在帝国军的钢铁洪流中，私军被分割，失去了跟其他部队的联系，只能各自为战。他们的下场可想而知。战争的结果并不残酷——剩余的十万豪族私军，只有两万多当场战死，其他的全被俘虏。

而后，是十万新兵。

他们遭到了近五十万帝国军的围攻。帝国军不仅人数远超他们，就连战斗力也让他们望尘莫及。眼看他们就要步豪族私军的后尘，芙瑞雅率领核心炮队与翼战船编队硬生生地杀穿五十万帝国军的围阻，让帝国军后方大乱，将新兵们救了出来。

这是一场长达四十六小时的鏖战，每一分钟都处于惨烈的战斗中。等终于摆脱帝国军的追袭时，他们发现，自己已减员到不足五万人。其中，还有超过一半的伤员。绝大多数人在混战中跟大部队走散了。当然，牺牲者绝不在少数。

每个人脸上的表情都是同样的，混合着鲜血，染满泥尘，麻木，绝望。他们本是五十万人的军队，现在只剩下不到五万。而帝国军仍多到数之不尽，从四面八方追来。他们有大炮，有翼战船编队，还有足够精良的枪械和弹药。甚至，比起在金月城时，他们的人数翻了一倍还多。没几个人觉得他们还有胜利的可能。

卓王孙的铁血手段，让他们从心底里敬畏。他们被打怕了，不觉得能赢得过这位暴君。

芙瑞雅当即下令，按照之前商定的预案，向海上撤退。这是他们唯一的办法，借助茫茫大海的掩护，躲过帝国军的追袭。但当他们经过艰难的行军，到达海边时，看到的却是无边无际的帝国军。

卓王孙早就调集了二十万军队驻守在他们出海的必经之地。

这一刻，所有人都有了玄青的感受——无论他们多么努力，哪怕超常发挥，也只会让这场战争胶着，取得一些小胜，但只要他们稍作懈怠，毁灭的打击就会立刻降临，让他们死无葬身之地。

这就是皇帝的手段。

同样，并未给他们考虑的时间，前后合围的总攻，在他们发现伏兵的半个小时后发动。两万多炮兵精锐、四万多新兵，陷入这片巨石林立的海岸汪洋中。他们挣扎着，但只会越陷越深。无论他们多么努力，都无法掌握自己的命运：队伍被切割得越来越小，等待他们的只有一个结果，就是覆灭。

尼布甲尼撒伯爵临死前实现了他的最后一个愿望：拼死创造出机会，让残存的翼战船编队带着女王陛下逃走。只要女王陛下还在，征讨军就没有被消灭，希望就还在，对帝国的反抗，就仍在继续。所以，他是笑着死去的。

芙瑞雅咬着牙，望着他临死前的笑容。旁边的几位将领死死拉住她，不让她冲下去。翼战船越飞越高，下面如修罗场一样。

厚厚的卷宗摆在黑檀木的桌上。大战之后，百废待兴，不知有多少大事等着皇帝陛下做决断。

卓王孙正坐在黑檀木的桌子后，批阅那些厚厚的卷宗，事无巨细地书写着章程。每个字都鞭辟入里，足以成为战后重建的指导原则。

突兀地，他从卷宗中抬起头来，问："晏，这场战争，我们胜利了吗？"

晏执政没有任何意外，沉静地回答："我们胜利了。白风城被占领，足以证明她已没有别的底牌了。"

卓王孙点点头，继续埋头处理卷宗。宫殿中，重归安静，只剩下笔在纸上书写的沙沙声。

突兀地，他又抬起头来："这场战争，我胜了吗？"

这一次，他问的是"我"，而非"我们"。

晏执政沉默了很久，才回答："我只能说，陛下，在国家与人类面前，没有个人的胜负。"

卓王孙也沉默了很久，缓缓说："连我也不能例外吗？"

晏执政："连您，也不能例外。"

一个月后。

海浪滔天，没有一点星光，一座荒僻的海岛，芙瑞雅与最后的部队藏身其中。他们衣衫褴褛，几乎每个人身上都带着伤。失去首都后，他们一直在帝国军的围追堵截中死战，每天都有大量的人死去——他们已被逼入绝境。这座大海深处的孤岛，就是他们最后的庇护。

芙瑞雅坐在礁石上，借着火光阅读一封战报。她的眉头紧紧皱起，长长叹了口气："最后的决战，很快就要来了。"说完，她便将战报递给周围的亲信传阅。将领们陷入沉默。

浸透鲜血的信纸上只有寥寥数语，却传达出一个可怕的消息：帝国军已经知道了他们的所在之处，并且随时可能会发动攻击。他们，已经被逼到穷途末路。震惊、恐惧、绝望交替出现在他们脸上，最后凝固为必死的决绝。他们想到芙瑞雅曾提起过的最后生机——回到白风城，取回撤退时匆匆掩埋的母体残片，然后，将它重建。

白风城已被帝国军控制，回去无异于自投罗网。这条路，向死而生，不到最后关头，不应轻易尝试。而现在，就是他们的"最后"了。

将领们陆续站了起来，转向白风城的方向。那里依然是一片寂静，就像怪兽张开的巨口，随时准备着将来者吞噬。

"陛下,我们什么时候出发?"

每个人都做好了准备,只要她一声令下,就去赴一场必死之战。即便飞蛾扑火,也好过坐以待毙。

芙瑞雅缓缓起身:"明天,但在此之前,我要去一个地方。"

第三十三章 废墟

芙瑞雅去的地方，是帝都。她穿过帝国广场，穿过凯旋门，在女王雕像前驻足。仅过了片刻，一辆纯黑色的马车从黑暗中驶来，悄无声息地停在她身边。

车夫全身笼罩在黑色斗篷下，但仍能隐约看出，是位少女。她向芙瑞雅躬身致意："请上车吧。老爷和小姐已经等候多时了。"

声音很熟悉，是原卓大公的守护骑士——缇娜。她不仅是嘉德骑士，也是原第三区重臣。能让她放低身份，执辔驾车的人，又会是谁呢？芙瑞雅一点也不觉得奇怪。她向缇娜微微颔首，便登上了马车。

厚厚的帷幕落下，马车疾驰，再度悄无声息地融入夜色。

一个小时后，马车在一条小河边停驻。

芙瑞雅走下马车，站直身体，向车中人做了个举手道别的姿势。她没有说一个字，仪态却少有的庄重。这，并不仅仅是因为对方不同寻常的身份，更因为刚才他们谈论的事，牵扯到整个世界的未来。

作为回报，对方也将帷幕挑起一线，向她郑重致意。而后，随着一声鞭响，马车消失在黑暗中，仿佛从来没有出现过。

芙瑞雅静立了片刻，转身离去。

她沿着河岸，穿过老旧居民区，穿过夜市，最终拐进了一间地下赌场。

帝国官方禁止赌博，违者重罚。这间赌场打了个擦边球。他们赌的不是钱，而是卡牌。"未来"引爆前，民间曾流行过一款名为"血公爵之战"的联机对战游戏，玩家可以选择任意骑士作为自己的角色，在虚拟空间里战斗。电力文明被摧毁后，这款游戏便被改造成桌面卡游，在全球发行。

游戏名缩写仍然是血公爵之战，全称则变成了曙光之战。由于战后娱乐手段贫瘠，这款卡牌游戏的风靡程度甚至超过了以前，卡牌也成为货币之外的硬通货，其中一些罕见卡更是被炒成了天价。

这间赌场，就是卡牌的流通中心。人们按照游戏规则，在桌前鏖战，赢家可以获得桌上所有卡牌，输家只能空手离场。

干脆、简单。

随着卡片在桌上推来换去，惊人的财富也在不断易主，这刺激着所有人的神经。赌场光线灰暗，乌烟瘴气，大部分客人都半遮着脸。显然，他们在白天有体面的身份，不愿被人认出。这让芙瑞雅显得一点也不突兀。她坐在一处不引人注目的角落里，裹紧围巾，静静等待着。

伴着玩家们的喊声，时间已到凌晨，卖早餐的小贩开始入场，穿梭其中，招揽生意。一个人叹了口气，站了起来。他风帽遮面，看不清脸，只能从身形推测是个高挑的年轻人。他入场后就一直在赢，手上的卡牌都快要拿不下了。但从始至终，他没表现出丝毫的欣喜，反而一直在摇头。起身后，他巡视了一圈，确认全场没有自己想要的卡牌后，转身从后门离开。

这时，一个小男孩挤了进来，重重地撞到他身上。赌场老板喝骂起来，小男孩一面道歉一面飞快地逃走了。卡牌散落在地，男子无可奈何地摇了摇头，俯身去拣，竟发现地上多了一张卡牌——正是他要找的那一张。

他怔了怔,迅速地将卡牌拾起,回头看向赌场角落。那里已经空无一人。卡牌后写着一行字:

"韩,明晚子夜,事务所花园见。"

二十四小时后。

芙瑞雅步入荒废已久的紫诏帝都大厦。这座大楼在合众国时期,是第三大区的地标性建筑。"未来"爆炸后,各种系统停摆,原本最先进的大厦顿时成为一堆巨大的钢筋水泥垃圾,很快就被废弃了。此时的大厦满目疮痍,落地玻璃窗大多被打碎,有用的物资被搬空,只剩下一地垃圾。电梯间爬满藤蔓,锈迹斑驳,轿厢不知停在哪一层,入口处只剩下几个深深的黑洞。

芙瑞雅叹了口气,穿过满地的碎玻璃,一步步走到顶层。漆黑的走廊中,有一道微光闪烁,那是金属自动门反照出的窗外月色。它照亮了一块镂刻着玫瑰暗纹的牌匾:弦月事务所。

熟悉的字体,因为岁月而变得模糊。

电力消失后,这道门就再也没有开启过。原本的指纹识别处,已经布满蛛网。芙瑞雅在门前驻足片刻,转向一旁的透气窗。她用力将窗户打开,钻了出去,攀过一小段防火通道,到达屋顶花园。

球形玻璃花房已经破损,落满灰尘。来自异国的花木早已全部枯死,留下凌乱的残骸,倾倒支离,只有藤蔓在雨水的滋润下疯狂生长,爬满了整个穹顶。花房中央,放着一张落满灰尘的躺椅。这里,原本是大厦视野最好的地方,能俯瞰整个城市的灯火,而现在,城市沉浸在漆黑的夜色中,只剩下天空中苍白的月光。

芙瑞雅坐了下来。

窸窸窣窣的声音响起,又马上消失。

芙瑞雅知道,那是尾随她的特工。她对此并不在意,甚至微微阖上双眼,仿佛回到了从前,在阳光下悠闲地午憩。片刻后,她睁开双眼,起身向楼下

第三十三章 废墟

走去。巨大的轰鸣声响起,一架青色的蒸汽机体出现在楼下广场。

卡俄斯。芙瑞雅向机体走去。

跟踪的特工们从暗处现身,想要阻止她,却来不及了。卡俄斯将她纳入机舱,驶向夜空。

几分钟后,一条紧急报告传到皇帝手上。戍守帝都北郊的卡俄斯,在巡逻途中,突然偏离原定轨迹,甩开追捕,消失在夜空中。

事实再清楚不过:芙瑞雅潜入帝都,用某种方式联系上了韩,劫走了卡俄斯。整件事算不上什么计划,更像是自杀。帝都附近布置了大量火炮,随时可以将他们逼停甚至击落。只要皇帝一声令下,他们根本逃不出京畿。

晏执政深深皱起眉头。皇帝却没有太惊讶,淡淡地问道:"他们的目的地是哪里?"

"白风城。"

皇帝思索片刻,下了命令:"京畿所有大天使机体,立即携钻地弹出发。"

晏执政:"是要截停卡俄斯吗?"

皇帝:"不,炸毁白风城。要全方位炸毁,确保地上、地下建筑寸土不存。"

晏皱起眉头。白风城目前已经是一座空城,炸毁也无所谓。他不能确定的是,皇帝陛下想要在什么时候炸毁。

皇帝看出了他的疑问:"芙瑞雅必须在爆炸中毫发无损。"

"是。"

这道旨意说明了皇帝对芙瑞雅的态度。晏很清楚,动手时机决不能太晚,不能让卡俄斯过于接近白风城。一旦芙瑞雅在爆炸中被波及,怕是会有很多人陪葬。他点了点头,转身退下。卡俄斯行驶速度很快,要抢在它之前赶到白风城完成炸毁任务,不是一件容易的事,自己必须立即着手准备了。

这时,皇帝又加了一句:"但,也不能太早。"

晏有些错愕。

皇帝注视着窗外，神色异常冷峻："确保她足够接近，能够亲眼看到这座城，化为灰烬。"

晏："……是。"

随着卡俄斯的飞速前行，一座宏伟的城市出现在芙瑞雅的视野里。

中央大街的两侧伫立着鳞次栉比的高楼，向城市两端延伸。最核心处几座高楼高达五十层，由一条条空中走廊连接。符文遍布楼体，为这些恢宏的建筑群增加了一些未来感。色彩各异的招牌支在空中，咖啡馆、面包坊、剧院……一到夜晚，符文亮起，将这里装饰得灯火辉煌。如今，符文都已熄灭，城中也空无一人。但它的恢宏与美丽，仍让人一见难忘。

白风城，第二合众国曾经的首都，她亲手在末日废土上建起的奇迹之都。然而世人不知道的是，在她的心目中，这座城市还有一个名字。

安妮。

正是在这里，她亲手埋葬了自己的第一个孩子。从那之后，这座城市不仅仅是一座城，也是这个还未出世的女孩的象征。随着城市轮廓渐渐清晰，她眼前，仿佛又浮现出安妮天真无邪的笑颜——浅金色的长发、湛蓝的眸子，一边脸上有酒窝，一边没有。

就在这时，万炮齐发。火舌撕裂天幕，白风城中的一切，都化为烟火，在空中炸开。刻骨铭心的记忆，多年心血的寄托，在她的注目下，一寸寸，化为飞灰。

巨大的冲击波袭来，卡俄斯不得不在城市边缘停下。韩青主茫然无措地看着芙瑞雅，不知该怎么出言安慰。

芙瑞雅没有说话，静静注视着在火光中坍塌的城市。火光勾勒出她清晰美丽的轮廓，让人想起米开朗琪罗的雕塑名作——圣母怜子。永恒年轻的母亲，抱着死去的圣子，久久凝望。

韩青主声音嘶哑:"对不起……"他无比憎恨自己,恨自己无力挽救这座城市,更恨自己无法宽解她的悲痛。

芙瑞雅笑了笑,轻声说:"不必说抱歉。你的任务完成了,打开舱门,让我进去吧。"

韩青主一惊:"您要去哪里?"

芙瑞雅:"去白风城。我说过,那里有我要找的东西。"

韩青主深深皱眉。在来之前,芙瑞雅对他说过冒险去白风城的原因,那里藏着她保存的能源种子。然而几轮轰炸后,整座城市已成焦土。无论什么样的种子,也不可能保留下来。或者,她只是一时接受不了这样的现实,要亲自去看一眼,才能死心。

韩青主抬头看了看周围,大天使战机正在向此处集结。他焦急地说道:"这座城市已经被包围了,皇帝陛下一定会设下埋伏。您一进去就会被捉住的。"

芙瑞雅并不意外,抬手指向一架正靠近的机体:"是啊,不只是埋伏,他本人就在那里。"

机体格外高大,正是皇帝的专属机体,东皇太一。

韩青主咬了咬牙:"那我陪您一起去。"

芙瑞雅摇了摇头,语气温柔而坚决:"不,我要一个人去见他。"

硝烟升腾,让月色也变得朦胧,月光温柔地抚慰着满目疮痍的城市。芙瑞雅踏着碎石与灰烬,径直走向中心广场。广场算不上宏大,却整洁、干净。主席台周围伫立着二十五根石柱,象征合众国建立后的每一年——从玛薇丝女王建国直到广场落成。如今,都已残破倾倒。

东皇太一蹲踞在主席台上,像一头巨大的怪兽,居高临下地俯瞰着广场。它的身前横亘着一截倒伏的巨柱。皇帝陛下正以一个随意的姿态,坐在石柱上。

他打了个招呼:"很久不见,你还好吗?"

芙瑞雅没有回答。

是的，战争结束后，两人已有近半年的时间没有碰面。芙瑞雅嘴角露出一抹自嘲的笑容，用平静的语气回答："很好。你呢？"

这一次，轮到卓王孙沉默了。答案不言而喻，战争结束了，他是胜利者，统治帝国；而她是战败者，流浪民间。他为君，她为臣。他冠冕加身，予取予夺；她衣衫破败，两手空空。曾一起长大的两个人，曾给予对方刻骨铭心的爱与伤害的两个人，如今已天地悬殊。此刻，在空无一人的废墟上，石柱的高度恰好弥补了两人一坐一站的差异，让视线处于同一高度。

两人就这样久久对视着。未冷却的灰烬，发出萤火一样美丽的光芒，在两人之间静默飞舞。

终于，卓王孙打破了沉默："你用自杀的方式过来，就是为了取走这个吧？很抱歉，就在刚才，我已将它彻底摧毁了。"

他微微抬手，一堆灰烬落下。这意味着，最后的能源种子、路留下的唯一痕迹，没有了。

芙瑞雅只是笑了笑："我并不意外，这本来就是九死一生的赌局，输了不奇怪。我只庆幸，没有让部下跟我一起冒险。"

她孤身赴险，是想利用卡俄斯的速度优势，抢先潜入白风城，取走路西法之心残片。白风城中并没有大天使战机，卡俄斯的行驶速度是现有战机中最快的。一旦能穿破京畿附近的防空网，便能甩开追击，抢先进入白风城。然而，卓王孙并没有追击，而是直接炸毁全城。卡俄斯再快，也不如导弹快。她的失败，自然也在情理之中。

卓王孙："你总该知道，你输了，他们也不会有好下场。"

芙瑞雅笑了笑："我知道，但我不在乎了。"

卓王孙眉头皱起，这是他第一次听到她说这种话。

芙瑞雅："以前我在乎这个世界，是因为我是未来的女王，对国家与人民有着不可推卸的责任。可惜，作为女王的我，被你杀死了。我还是温莎家族的长女，不惜用生命守护家族的荣光。可惜，也被你杀死了。你剥离了我的责任、我的理想，只剩下我的躯壳。国家也好，人民也好，我已经无力顾及，我拥有的，只有我自己。"

卓王孙的脸色越来越阴沉："这样不好吗？"

芙瑞雅苦笑："在你看来很好。这样，能剩下一个温婉可人的恋人，一个言听计从的妻子，一个身着华服头戴王冠的玩偶……"

卓王孙打断她："我要留下的，不是这样的你！"

芙瑞雅不为所动："好，换一种说法。留下与你青梅竹马长大的我，相信爱可以改变一切的我，一个为了爱你宁可违逆母亲、放弃王位的我……可惜，那样的我，也不在了，是被我自己杀死的。"

她停顿片刻，怆然一笑："如今，我也搞不清我身上还剩下什么。"

卓王孙想要反驳，但她的话像针一样刺中了他，让他的心抽动了一下，无法说出一个字。

她看着他，语气平静得让人生寒："看到路西法之心被彻底摧毁时，我首先感到的，不是悲伤，而是困惑，困惑现在的自己还有什么。而后我想明白了，我还有这座城的废墟。我曾缔造的城邦、我的孩子……你摧毁了它。"

她笑了笑："然而，它还在我心里。它和我的血脉联系，没有任何人可以切断——就连你也不能。所以，我决心和它葬在一起。"

卓王孙仍然沉默。

她在废土中缓缓坐了下来："我不会走了，我要留在这，与这座废墟一起朽烂。你用什么方法逼迫我，都没有用。"

她顿了顿，用看似很轻松，又似悲怆到极点的语气问："你说，这样的我，还会在乎什么？"

月色暗淡。

寂静在空气中蔓延，将飞舞的灰烬冻结成雪。

不知过了多久，城外的白桦林中响起了短暂的交火声。

卓王孙一动不动地注视着芙瑞雅，似乎要看透她的心。

星辰陨落，火光照亮了夜空。芙瑞雅只看了一眼，并没有太过惊讶。

不一会，一个满身血迹，戴着镣铐的人被押了上来，正是刚刚分手的韩青主。他本来有逃脱的机会，却因为放不下芙瑞雅，一直不肯离去，最终被三台大天使战机围剿。韩青主膝盖受伤，无法站立，只得跪倒在断柱下。士兵们迅速退了个干干净净。广场上又只剩下他和她，以及身戴镣铐的韩青主。

卓王孙讥诮地看着她："仍然不在乎吗？"

芙瑞雅没有说话。

卓王孙从断柱上跃下，走到她面前。

"哦，我忘了，他只是你家豢养的一条狗，并不值得你牺牲什么。白风城中的那些居民呢，整整六万人，如今生活在贫瘠的冰原上。我只需要断掉他们的补给，他们中的绝大部分，就会因饥寒和疾病死去。"

他在芙瑞雅面前止步，伸手抬起她的脸，逼她直视自己："他们，你也不在乎吗？"

芙瑞雅没有躲闪，神色也毫无波动。卓王孙甚至不能确定，她是不是真的在看自己。一股无名的怒意从他心底升起，手上不知不觉地用力。她苍白而美丽的脸上出现了两道指痕。

痛楚，将芙瑞雅从恍惚中带了回来。她的目光重新对焦，直面他蕴满怒火的双眸。然后，她问出了一句突兀的话："他们每年需要多少补给？"

这一问，让卓王孙始料未及，但他早已习惯以不变应万变，淡淡回答："折合约三千七百二十万担。"

芙瑞雅点头，指向一旁跪着的韩青主："他呢？"

卓王孙皱眉，一时没有明白她的意思。

第三十三章 废墟

芙瑞雅："作为一名嘉德骑士，怎么也值一年的补给。那我就直接翻倍，一共七千四百万，够了吗？"

卓王孙并不回答。他很清楚，芙瑞雅一担粮食也拿不出来，根本没有讨价还价的必要。

芙瑞雅："你不说话，就当成交。"

他嘲讽一笑，抱起双臂，看她到底要做什么。芙瑞雅突然欺身而上，用力拉住他的衣领，让他无限靠近自己。卓王孙震惊，正要推开她，她却强势地吻了上来。因为太过突然，卓王孙本能地往后退："你疯了？"

芙瑞雅不依不饶地上前，将他的衣襟撕开："这不是你想要的吗？你把韩青主抓到这里，又用北境公国的人要挟，不就是想让我以自己为筹码，换他们活下去吗？"

"够了，芙瑞雅！"他一退再退，不知不觉中，后背触到一片冰凉。他的衬衫被撕破了，肌肤多半裸露出来，抵上断裂的石柱。

芙瑞雅侧头看着他："皇帝陛下是嫌这里不够好吗？"

她的目光从满是灰烬的广场扫过。这里遍地疮痍，韩青主就跪在不远处的血泊中。一百米外，还有皇帝的禁卫军。

她自嘲地笑了笑："的确有点简陋，不过，一个被剥夺了一切，只能出卖自己换取食物的舞女，还能提供什么样的服务呢？"

卓王孙愤怒地抓住她的手："给我闭嘴！我不允许你这样说！"

"不允许？"芙瑞雅甩开他，讥嘲地笑了，"可这一切，不都是你一手造成的吗？陛下用天下最强的力量，将一座城市化为废墟，将一位公主，变成现在这个样子。现在，又有什么不满意的呢？"

卓王孙已退无可退，不得不用力推开她。

长裙滑落下去，她的身体裸露在冰冷的月光下，消瘦而苍白，伤痕遍布。

"怎么样，还满意吗？"寒风中，芙瑞雅缓缓站直，挑衅地看着他，"我忘了问，陛下准备怎么给现在的我定价，要怎么样才能凑够这七千四百万担粮食？"

卓王孙沉默了。

两人在夜色中久久对峙。

在她看不见的阴影里，他的胸口不断起伏，几乎消耗了全身力气，才平复下来。终于，他转过身，将一个盒子扔在地上："这里有一种药，吃下后你的心跳会消失，再无知觉。这段时间，会有医疗团队为你植回断指，并做简单的整容。二十四小时后，你再度醒来，就成了另一个人。"

"我不会再追踪你、寻找你……"他停顿了很久，轻轻吐出四个字，"你自由了。"

芙瑞雅俯身捡起盒子，看了一眼。她明白他的意思。

从现在开始，芙瑞雅彻底死去了。

作为公主，与他青梅竹马的芙瑞雅。

作为女王，与他争夺世界的芙瑞雅。

作为俘虏，在帝国阴影中，苟且偷生的芙瑞雅。

每一个身份，都被杀死，剩下的，是一个陌生的女人。这个女人不仅不配拥有她的名字，甚至不配拥有她的容貌与躯壳。

这就是皇帝的仁慈吗？

芙瑞雅笑了，将盒子远远扔开。

"不。"她静静地注视着他，"我愿意就这样死去，胜过被分割得七零八落。"

夜风中，她随意挽起衣裙。褴褛的裙摆向后飞起，露出白皙皮肤上的一道道伤痕，新与旧，浅与深。那是她曾为理想战斗过的勋章，高贵而残酷，骄傲而悲怆。

她逆着风，一字一字地说："你曾对我说过很多动人的话，我大多都忘记了，可有一句例外。你说，如果有一天，你真的想杀死我，一定会亲自动手。你会为我安排完美的谢幕，而不是让我用不知道的名字，死在不知道的地方。我相信,你曾经爱过我。至少,曾有那么一些瞬间,你对我是真诚的……说这句话时,就是其中一个。现在,是时候兑现你的诺言了。"说完,她站直了身子,凝望着他。

卓王孙也看着她,陷入了长久的沉默。

周围的世界仿佛陷入了死寂,一切静止,只有灰烬在两个人之间无声陨落。

仿佛过去了一瞬,又仿佛经历了几个世纪。

第三十四章　终焉血公爵之战

芙瑞雅并没有在那一夜死去。她被带回了帝都关押起来。

皇帝陛下回宫后，彻夜未眠，起草了一份诏书。晏执政次日看到诏书内容，无比震惊。他有很多问题想问，但皇帝挥了挥手，示意他不必开口。

皇帝沉默片刻，似乎在回答他，又似乎只是自言自语："如她所愿。既然不能给她幸福，就给她一场完美的谢幕吧。"

帝国六年十月二十一日，皇帝下令举行一场特殊的血公爵之战。交战的双方，是帝国皇帝与被俘的合众国女王。

这封诏令下达后，所有人都不理解为什么会举行这样一场血公爵之战。但，没有人敢问，只能遵从命令准备着这场血公爵之战所需的一切。

荒置已久的大竞技场，再次被修饰一新。根据皇帝陛下的要求，大竞技场周围，挂满了厚重的白色帷幕。它们没有任何徽饰，也没有任何花纹，长达数米，将白昼的阳光隔绝在竞技场之外。

穹顶上，矗立着洁白的炽天使石雕。天使张开六对巨大的羽翼，低头俯瞰着众生。如果有人抬起头端详，会发现它的面容竟与芙瑞雅有几分相似，都有着精致的线条与瀑布般披垂的长发。

炽天使的表情无比宁静，也无比悲伤。一滴眼泪滑过脸颊，颤抖着坠向竞技场中心，似乎在提醒人们，即将举行的一幕，不是血公爵之战，而是一场葬礼。宏伟的大竞技场，就是她的石棺；低垂的帷幕，则是棺盖上的荒帷；哭泣的炽天使，是她棺盖上的浮雕。

一切就绪，只等次日黎明的到来。

芙瑞雅被囚禁于一处神秘的地堡。在这里，她无法见到任何人，甚至无法接收任何消息，只能在黑暗中静静等待，等待一场神圣的、属于她的葬礼。在此期间，她不会逃跑，而他也不再来打扰。

——这是他们之间最后的默契。

不过，这份默契被打破了。在这场血公爵之战的前夜，囚牢里来了一位访客。来人全身隐藏在一件黑色的披风中，看不清面貌，但芙瑞雅一眼就认出了她："格蕾蒂斯，谢谢你来看我。"

格蕾蒂斯解下披风，看了芙瑞雅一眼："你怎么猜到是我？"

芙瑞雅："首先，这座地堡的位置是绝密，即便有人想来看我，也无法找到，即便找到了，也无法突破守卫。而你，是这个帝国中极少数能到这里的人。其次，如果皇帝想找个说客来劝我屈服的话，你也是最恰当的人选。那么格蕾，实情到底是其中的哪一项呢？"她微笑着看了格蕾蒂斯一眼，语气轻松，似乎在玩儿时的推理游戏。

格蕾蒂斯沉默片刻："是我自己想来的。你忘了，我欠你一个人情。"

芙瑞雅知道，这是指录像带曝光时，她选择不揭穿亚当斯大公的身份。

芙瑞雅："你已经还过我的情了。"

"不，还没有。"格蕾蒂斯摇了摇头。

芙瑞雅并不争论，笑着说："那现在也还清了。我们可以坐下来，好好告别。可惜这里什么都没有，否则我还挺想为你做一杯红茶的。"

格蕾蒂斯脸色肃然："我今天来，不是来道别的，而是要将你带走。"

芙瑞雅："带走？去哪？"

格蕾蒂斯："我已安排好人手，将你送到北境。兰斯洛特会在那里等你。"

芙瑞雅明白，格蕾蒂斯此行并非一时冲动，而是有周全的计划。她来之前必然与兰斯洛特一起数次推演，才定出计划。芙瑞雅相信，依靠格蕾蒂斯的协助及兰斯洛特的接应，自己有很大可能性，突破帝国封锁，到达北境。

芙瑞雅有一丝感动，随即又轻轻摇头："我走了，你怎么办？"

格蕾蒂斯："能怎么办？那小子又不可能处决我。"

芙瑞雅点了点头。是的，皇帝陛下处决谁也不可能处决格蕾蒂斯。她实在不必要为这一点多虑。

"格蕾，我很感谢你和兰斯为我做的一切。可，这是行不通的。你相信吗，在被押入地堡之前，卓王孙曾经亲口向我提出一个差不多的方案，让我离开帝都，过隐姓埋名的生活。可我拒绝了。"

格蕾蒂斯："为什么？"

芙瑞雅："因为我厌倦了流亡，只想有一个体面的结局。"

"就为了这个，你宁可去死吗？"格蕾蒂斯震惊地看着她，脸上浮起怒意，"你可知道在这个世界上，有多少人担心着你的生死。北境有多少人盼着你东山再起，把他们从暴君的统治中解放出去。你有什么权力这样做？何况在大竞技场中决斗，就是你所谓的体面结局吗？你错了，芙瑞雅！如果这个结局属于一位武士，那的确值得钦佩。但如果属于你，抱歉，我看不出一丝勇敢与崇高，只看到软弱与逃避！"

芙瑞雅静静地看着格蕾，承受她的怒火，等她说完后，才轻声道："格蕾，谢谢你肯对我说这些。"

芙瑞雅抬起头，目光渐渐变得清澈而坚定："可是你想错了。"

格蕾眉头深深皱起。就在她陷入沉思时，芙瑞雅突然上前，一把将她抱住。这个举动让格蕾大感意外,瞬间愣在了原地。

芙瑞雅贴在她的耳边,缓缓说了一段话。夜色掩盖了一切,这番话再无第三人知晓。

破晓时,格蕾蒂斯独自走出地堡,头也不回地走向远方。

太阳升起,照耀在数百道低垂的帷帐上,整个大竞技场显得肃穆庄严。阳光似乎也变成了纯白色,洗净一切繁华,只剩荒凉。

数万观众鱼贯而入。每个人都会领到一束玫瑰。

白色的玫瑰。

它是如此圣洁,却象征着陨落。

大竞技场一方的大厅里,卓王孙缓慢地穿起戎装。

观众已基本就座。尽管人们不理解,但这场血公爵之战吸引的观众数量仍大大超出之前,应该也不会有别的血公爵之战能跟它媲美了。

两架蒸汽机体,已在大竞技场中心就位。它们是东皇太一与维纳斯。青色的机体,威严而高大;另一架则纤细秀美,如爱与美的女神。它们相对,如山与水、天与地、神明与另一位神明。它们执掌的、象征的是完全不同的领域,本不该有任何冲突,本该一起让这个世界坚实而美丽。

卓王孙出神地望着它们,甚至忘了继续穿衣:"晏,为什么我必须得做魔王才能拯救这个世界?"

晏执政并没有立即回答这个问题。他望向大竞技场里的机体。这两架机体都历经厮杀,虽经精心修复,仍能看出累累伤痕。晏企图从它们身上看到跟它们形象相似,但无论威仪还是壮美都远胜于它们的大天使机体,从它们身上看到那曾有的人类文明的巅峰,但这一刻,他竟然看不到。他看到的,只有破败、伤痕、苍凉。

于是他闭上眼，用格外无奈的语调回答："因为救这个世界太难了，纯白的人付不起代价。"

不知从什么时候开始，大竞技场内安静下来，所有人都不再说话，抬头等待着。这预示着，这场帝国皇帝与合众国女王的血公爵之战，即将开始。

礼炮声在大竞技场中震响。

一声，两声，三声……总共二十四声。这是只有国家重大盛典时才会放的礼炮，用在这里不符规制，但没人觉得意外。他们莫名觉得不论如何渲染这场血公爵之战都不为过。

双方骑士进入场内。

卓王孙脸上没有任何表情。他望向对面，也没从芙瑞雅脸上看到任何表情。他随即注意到，她穿着一件纯白色的衣服，像极了十九年盛世中的公主。这场血公爵之战，是他为她准备的最后的告别。他会让她在这场血公爵之战上大展异彩，带着尊严，用符合她身份的方式死去。他不会让她颠沛流离，每天生活在恐惧与悲伤中，最终死在不知名的地方。那不是她该有的死法。

她是芙瑞雅。

卓王孙进入驾驶舱。在巨大的轰鸣声中，东皇太一动了起来。它执剑向对面行了一礼，那是骑士觐见公主时的标准礼。

于是，血公爵之战开始。

所有人都没想到，这场血公爵之战一开始就进入了白热化阶段。没有试探，没有热场，开场令一响起，机体就开始了生死对决。

大竞技场内数万名观众呆呆地看着两团交织在一起的影子，忘记了鼓掌和欢呼。场内剧烈的钢铁碰撞声就没有停过，不时响起令人牙酸的装甲被切开的声音。巨大的踩踏让地板碎裂，风声卷起一切不稳固的东西，然后将它们撕碎。根本看不清他们是如何作战的，但，那激烈的程度已令所有人屏住呼吸。随着一声震耳欲聋的轰响，两架机体才分开来。

这场战斗只进行了不到五分钟，双方机体却破损严重。东皇太一的左肩甲连同背甲被贯穿，显而易见，他遭受了背后的狠狠一击。只要再往下偏一点，驾驶舱内的卓王孙就会遭受致命伤。维纳斯也好不到哪里去，左右腰间的翼甲已全部碎裂，甚至连驾驶舱都有一小部分露了出来，而其他的伤势则多到无法计数。无论是东皇太一还是维纳斯，机身上几乎没有完好的部分，纹饰也已看不出原来的样式。但维纳斯的战意丝毫不减，仍摆出谨严的战斗姿势。

卓王孙笑了笑，终于有点芙瑞雅的样子了，连死亡都如此惨烈。

坦白说，芙瑞雅一开场的全力攻击让他有点猝不及防，但这仅是开始而已。嘉德骑士与其他骑士的差距，不是任何神技能够弥补的。严谨的训练体系、系统的军事知识、丰富的作战经验……每一项都需要长达数年的训练才能获得。

芙瑞雅显然没有这么多时间来弥补这些差距，哪怕她体内有真神谕的基因也一样。他有十足的信心，能在十个回合内战胜芙瑞雅。

东皇太一猛然动了起来，山岳一般的阴影，瞬间将维纳斯吞没。

砰然一声巨响，青铜剑毫无技巧地撞中了维纳斯的前胸。巨大的冲击力让维纳斯本能地向后退去，但此时她发现东皇太一竟然绕到了她的身后，以她前所未见的速度再次发动攻击。这是一次复合式的攻击，几十次斩击组合成一波猛烈的爆发，将维纳斯的身体掀了起来。

巨大的青铜剑竖着刺入维纳斯的机体，有半截已刺入驾驶舱中，几乎擦着芙瑞雅的身体掠过。她以几毫米的距离，与死神擦肩而过。

隔着驾驶舱的玻璃，她看到了卓王孙的眼睛。那双眼睛对她冷酷一笑。青铜巨剑跟着挥起，维纳斯机体被挑了起来。巨剑横斩，凌空向维纳斯机体切去。钢铁铸就的机身一寸一寸地被切开，锋利的剑刃几乎是紧贴着芙瑞雅的身体，向她斩过来的。

死亡的威胁，像蛇一样咬噬着她，随时会将她吞没。

巨剑却在此时停止。卓王孙的声音传过来："感受到死亡了吗？"

维纳斯被巨剑斜挑着升在空中。卓王孙望着她："还想死吗？"

这句原本充满讥嘲的话，却在不经意中，透露出一丝柔软。她明白了，卓王孙为什么要安排这场血公爵之战。他想让她在战斗中明白死亡的真正含义。当近距离地感受到死亡时，她会害怕，会不再想死。这并非没有道理。绝大多数想死的人在亲身经历过一次死亡后，便会不再想死了。但，这显然不包括她。

"想不到，你还有这么天真的一面。"芙瑞雅的声音中隐带嘲讽，"你以为我是没见过死亡的无知少女吗？不，我见过。我亲身经历的死亡，比现在还要真实。在冰原上瑟瑟发抖的时候、被玄青推上祭坛的时候、在幻境中面对蛰龙的时候……所以，我比你更了解死亡。我选择它，不是一时冲动，也并非逃避，而是深思熟虑后的最终选择。"

"这是我的人生，你没有资格替我选择，也不能阻止我选择。"隔着驾驶舱的玻璃，她注视着卓王孙，一个字一个字地说。

卓王孙知道她已看透了自己的心思。是的，他不想杀死芙瑞雅。无论什么时候，他都不想走到这一步。摧毁白凤城，是为了消灭她最后的幻想。但在废墟上看到芙瑞雅的那一刻，他知道，自己错了。她踏着硝烟走向自己时，眼中没有恨，也没有恐惧，而是一种万念俱灰之后的坦然。那一刻，他的心底涌起一种前所未有的感觉。他花了很久才明白，那是惶恐。

当她说着自我轻贱的话冲向自己时，他的心开始无法控制地抽搐。直到她褪下衣衫，求他杀死自己的一刻，心痛才戛然而止。他仿佛回到了被初拥的瞬间，周围的一切都变得格外清晰，又似乎笼罩着一层光影，并不真实。

他很想抱住她，终结两人之间的战争，只求她收回这样的话。但前所未有的慌乱，让他一个字也说不出来。于是，他转身离去，将愤怒、错愕与惶恐全部藏在夜色中。直到第二天凌晨，他才恢复了理智。他想到了一个方法——安排一场只属于两个人的血公爵之战，让她明白死亡的恐惧，从而不再一心求死。却没想到，自己这么轻易地被她看穿了。

这场战斗，还要继续下去吗？

风卷起沙尘。还不待他思考，芙瑞雅已再次发动攻击。卓王孙本能地挥剑抵挡。一阵沉重的压迫猛然自剑上传来，尖锐的刺痛感由此产生。那是无数实战经验形成的危险感，让他下意识地睁大眼睛。

他看到，芙瑞雅竟然完全不顾即将切开她身体的巨剑，驱动着机体，沿着剑身向自己冲过来！她采取的完全是两败俱伤的打法！

卓王孙心头闪过的第一个念头，不是如何抵挡，而是震惊——她真的这么恨自己吗？然后，他才操纵着东皇太一，做出应对。

这显然慢了一拍。尤其重要的是，在这样的情况下，芙瑞雅觉醒的预言能力，得到了最大程度的发挥。

双方的距离拉到最近，彼此都无法躲闪，预言出的轨迹变成了无法改变的现实。尤其重要的是，卓王孙的主要武器——那柄青铜剑——已锁死在维纳斯机体中。这本是芙瑞雅的绝境，却变成了她最有利的条件。令人牙酸的锐响钻入每个人的耳膜。

维纳斯的细剑贯穿东皇太一的左胸，用力横斩，将胸甲完全撕裂，驾驶舱的残片飞溅出来。细剑再度向东皇太一刺去。此时，东皇太一终于从她的身体里抽出青铜剑，后跃撤离，拉开了足够的距离。鲜血，循着细剑的剑刃缓缓滴下。

芙瑞雅望着卓王孙，冷冷地说："感谢你安排了这场血公爵之战。可惜，我并不会如你所想，在一次次绝望的冲锋中死去。那是荣耀而悲壮的结局，却只属于骑士，不属于我。

"我挥出的每一剑，都不是徒劳而悲壮的表演，而是要与暴君同归于尽的决心。如果我做不到，也会尽一切努力，斩下你的肉，刺出你的血，直到我觉得再也做不到更多。

"这才是属于女王的死,也是我想要的结局。"

卓王孙耐心地听着,缓缓点头。是的,她就是这么恨自己。他的脸色渐渐冷了下来——既然如此,就完成她最后的心愿吧。

"芙瑞雅,那我真的要杀死你了。"东皇太一中,响起卓王孙的声音。

"这恰好也是我想说的话。"维纳斯里也响起同样冷静的声音。

然后,两架机体同时冲向对方,血公爵之战开场时那样激烈的对撞,再度开始。不同的是,这次落下的,不再是被卷起的不稳固的东西,而是两架机体的甲片。巨大的冲力将机体绞裂,片片散碎。再一次分开时,维纳斯比东皇太一破损得更加严重。但东皇太一也不是没有损失,它的左胸甲破裂口更大,右侧也被细剑再度凿出了几个贯穿前后的洞。显然,维纳斯的反击也超出了卓王孙的预想。

青铜剑平伸,指向维纳斯。

"芙瑞雅,下一剑会斩破机舱,刺穿你的身体,然后这场血公爵之战便会终结,你会在全场观众的欢呼中死去。之后,我会以敌国君主之礼埋葬你,并让史官记录你传奇的一生。"

芙瑞雅只回答了两个字:"多谢。"

又一次对撞开始。这一次对撞持续的时间更久。当分开时,维纳斯没有握剑的那只手臂被斩离机身,东皇太一的胸甲上又多了几个洞。只是,相对于维纳斯的伤损,这些洞就不值一提了。

然后,是第三次对撞。这次对撞结束得很早。仅仅两分多钟之后,维纳斯机体就被撞得冲天而起,狠狠砸落在大竞技场的石壁上。这次,它没能再站起来。随着一阵金属的爆裂声,机体开始解体,驾驶舱从机体中落了下来,芙瑞雅被远远甩开。

东皇太一身体前倾,青铜剑点在芙瑞雅的额下,将她的头缓缓抬起。与巨大的青铜剑相比,芙瑞雅是那么渺小,这柄剑可以将她的身躯轻松剖开。剑尖微微用力,刺进她的肌肤,一道鲜血沿着剑身向前流去。殷红的血,青色斑驳的剑身。

"你败了，芙瑞雅。我最后问你一次，这是你想要的吗？"高达十数米的东皇太一俯视着芙瑞雅。这句话更像是巨神对人类的嘲讽——对他们不自量力，一次次挑战比自己更强大者的嘲讽。

芙瑞雅抬起头来，顺着剑身往上望。她望见了驾驶舱内的卓王孙。

"怎么，期待我露出什么样的表情？痛苦、悔恨，还是跪下哀求你？以你对我的了解，我会吗？"她的嘴角也浮起一抹嘲讽。

卓王孙："你的确不会。你会在敌人最得意时，掀起一张早就准备好的底牌，让局势一举翻转。但可惜的是，你没有底牌了。如果有，你不会在白风城时不施展出来。"

芙瑞雅的眼神黯了黯。的确，如果还有底牌，她不会让白风城毁灭。现在的她已一败涂地。这时，芙瑞雅笑了："那以你对我的了解，我在你的机体上凿了那么多孔，是用来干什么的呢？"

卓王孙下意识地低头看了一眼。的确，他的胸甲上有一排排不起眼的小孔。它们按照某种规律排列着，并不深，不会对他造成伤害。因此，他一开始并没有太在意。显然，芙瑞雅不会做没用的事。

他突然想到一个场景。古埃及人在制作方尖塔时，会先在坚硬的岩石上打下一排排小孔，这些孔连起来，就是几条切割线。而后，工匠们向一个方向施力，巨大的岩石就会被整齐地切割下来。当他想到这一点时，巨大的轰隆声响起，大竞技场的穹顶突然坍塌。

就在刚才的战斗中，维纳斯也在穹顶上凿出了同样的孔洞。因此，穹顶再无法承受顶部炽天使石雕的重量，向下崩塌。

东皇太一瞬间向后退开。他的速度很快，躲开了石雕主体，唯有一只折断的羽翼，在机体的肩胛部狠狠撞了一下。这原本连皮外伤都造不成的一撞，带来了惊人的后果。东皇太一的肩甲、胸甲沿着整齐的方向裂开，而后完全解体，驾驶舱滚落在地，指着芙瑞雅的青铜巨剑缓缓倒下。

"啪"的一声轻响，卓王孙从驾驶舱的裂缝中走了出来。他的身上、脸上都染上了血。但这些伤势，与阳光造成的灼伤相比，根本不算什么。此刻已接近正午，阳光穿透坍塌的穹顶，在他身上灼烧，烙下刺骨的伤痕。好在，有鲜血与灰土作为掩饰，尚不容易被人察觉。

　　卓王孙向旁边迈了一步，走入机体残骸的阴影里。在这里，他可以稍稍躲避阳光。他冷冷地看向芙瑞雅："你在我机体上做了手脚？"

　　芙瑞雅："不错。你应该比我清楚，东皇太一的护甲有多坚固，只依靠刚才战斗中的几剑，是无法彻底摧毁它的。"

　　唯一的方法，是提前在机体上击出成排的凹槽，并在几处最关键的受力点上做下记号。芙瑞雅只需要在战斗中，击穿这几处孔洞即可。穹顶上的孔洞，也是这样提前准备好的。

　　卓王孙的脸色变得难看起来。提前准备好这一切，并不容易。而芙瑞雅早已被囚禁起来，不可能亲自完成。这就意味着，自己身边有了叛徒。这个人不仅能出入皇宫，还能接触到东皇太一。这样的人，整个帝国也没有几个。

　　卓王孙的目光从观众席扫过，最终定格在一位穿着碎花洋裙的少女身上。她是嘉德骑士之一，原第三大区的重臣，可以随时出入宫禁。而她对东皇太一的熟悉程度，可以说仅次于卓王孙本人。

　　卓王孙："缇娜。"

　　缇娜站了起来，微笑向他行礼："哥哥，很抱歉我背叛了你，但只有你死了，我才有机会救出爷爷……所以，虽然很遗憾，但请你接受命运的裁决吧！"

　　卓王孙缓缓笑了，笑容中满是不屑。裁决？还真是幼稚。他并未与缇娜多说一个字，转身面对芙瑞雅，轻轻拍掌："好计谋，摧毁了东皇太一……可如果这就是你最后的底牌，那你可以带着它去死了。"

　　芙瑞雅看着他，轻轻叹了口气："不错，这就是我最后的底牌。"

　　"那你可真是作茧自缚。"他抽出佩剑，遥遥指向她，"你不会认为，近身格斗，自己会有胜算吧？"

依靠机体作战，两人实力虽有差异，但能互有攻守。若是抛开机体格斗，芙瑞雅恐怕连一剑都挡不住。

剑光闪耀，在两人间拉开一道光幕。

芙瑞雅脸上的嘲讽渐浓："看来你还不明白，让我提醒你一下怎么样？"

她转身面对民众："记得合众国二十周年庆典吗？就是在那场庆典上，这位皇帝将兰斯洛特吊在十字架上，用他身上流着的血，证明了玛薇丝女王是异类！现在，睁开你们的眼睛，来看看，皇帝陛下身上，流着的又是什么血？"

她的这句话刚说完，卓王孙的脸色陡然一变，下意识地拉过战袍。然而这场战斗实在太激烈，他的战袍早已破碎不堪，民众可以清晰地看到，他身上的伤，在以肉眼可见的速度愈合着，流出的血，也在某种神秘力量的驱使下，倒流回体内。与此同时，有人注意到他身上闪烁的明暗交替的光点，那似乎是烈日留下的灼伤。

这一奇异的景象，让所有民众都惊呆了。整座大竞技场内鸦雀无声，所有人都一脸呆滞地望着皇帝陛下。

这让他们回想起了当初被当众挂在十字架上的兰斯洛特，回想起广场上曾回荡的咒骂：怪物、异类……回想起他们因之而让一个伟大的国家覆亡，回想起十九年不再的盛世。

第三十五章　黑暗之血

卓王孙不再遮掩，任由他的伤暴露在大家的视线下，任由他们注视着自己宛如怪物的一面。他望向芙瑞雅，脸上也露出嘲讽之色："你以为这样就能打败我吗？你以为这样他们就会背弃我吗？你太幼稚了。只有我才能在这个该死的末日中拯救他们，我已经证明，除了我没有别的人能做到！我是他们的英雄，是他们的皇帝！他们在我面前，只有顺从，没有质疑的权力。没有人可以用这一点来打败我。"

芙瑞雅："幼稚的是你。玛薇丝女王为这个世界做的，难道就比你少了？你从末日中拯救了他们，是的，但玛薇丝女王也从核战的绝望中拯救了他们。你给了他们活下去的希望，是的，玛薇丝女王也给了他们十九年的和平。可是，当她被污蔑为异类时，他们是怎么对她的？"

"他们怎么对她，就会怎么对你。"她一字一字地，对着卓王孙说。

"那你注定会失望。"卓王孙自信地转过身，面向民众。

"不错，如你们所见，我身上流着黑暗之血，但，那是我为了拯救这个世界而付出的代价。我是你们的皇帝。我带领你们，打败了启。只有我能带领你们战胜末日，重建文明。我是你们的皇帝，如果有谁质疑这一点，就大声说出来！"

大竞技场中鸦雀无声。

卓王孙张开双手，宛如拥抱整个世界。朝阳中，他的身形被投出长长的影子，似乎比东皇太一还要高大。他笑了，眼里带着闪耀的光芒，转身望向芙瑞雅："现在，你肯接受了吗？只要有我在，无论我身上流着什么样的血，他们都会当我是皇帝。"

整个大竞技场的沉默，仿佛在为他的话做注脚。他带着整个大竞技场的威势，俯视着芙瑞雅。

芙瑞雅嘲讽道："你以为他们是打心底里认同你吗？不，他们是怕被你杀掉。他们怕一说出内心的真实感受，就会被你下令开枪射杀。你早就在这里预伏了足够多的卫队，不是吗？"

卓王孙缓缓点头："这的确是我的风格，我并不否认。"

芙瑞雅："我潜入帝都那一夜，其实联系上了两个人。一个是韩，而另一个，会成为改变局势的关键人物——林公爵。"

她的话音刚落，一位戎装长者从第一排包厢中缓缓起身。他两鬓的白发比以前更多了，但仍然腰身笔直，不怒自威。这个人，是卓大公的心腹，也是原第三大区的公爵之一。他是三战的主要指挥者之一，作战能力即使放在整个历史中亦屈指可数。在他任公爵期间，他负责整个合众国的治安，可以说重权在握。合众国变为帝国后，他的地位并未遭到太大削弱，仍然负责帝都及周围的治安与防务。

"你背叛我，是因为那个老家伙的事吗？"卓王孙冷冷地看着他，"可这件事，你从一开始就知晓。"

林公爵点头："不错，我知道。但这并不意味着我认同你的做法。之所以没有立即起来反对你，是因为我效忠的是原第三大区，而非卓氏家族。你在法理上是原第三区的合法继承人，可以最大限度保障国家利益。换其他人上台，只可能引起更大的动乱。只要整个国家能够安定，对我来说，你或是你爷爷掌权,并没有太大区别。所以,你称帝也好,北伐也好,我及原第三区的骑士们,都会毫无保留地支持你。然而,如果你不是人类,那就是两回事了。"

他脸色肃然:"我堂堂中华,不会效忠于怪物——以前不会,今后也不会。"

这句话声音不高,却掷地有声。大竞技场中的每个人,都感受到了其中的决心。

卓王孙的嘴角浮起一抹冷笑。林公爵的话,多半是发自内心的,但也有一少半,无法当着民众提起。林公爵做第三区的二号人物太久了,只是畏惧卓大公的威严,不敢造次。卓大公被囚,皇帝化身异类,让他看到了取卓氏而代之的机会。

林公爵挥了挥手,一位又一位身穿蓝金二色制服的皇室卫兵出现。他们并没有走向大竞技场中心,而是掉头走向最末排的环形围墙。那里,是上百面的落地窗。每一面窗上,都覆盖着厚厚的帷幕,遮挡住阳光。

卫兵们用枪将帷幕挑起一线,然后保持静止。

卓王孙的脸微微变色,随即恢复了沉静。他的目光从林公爵等人身上扫过:"想审判我吗?可你不要忘了,如果不是我,'未来'爆炸的那一刻,你的家族、部下以及在这里的大部分人,可能都已经化为朽骨了。"

这段反驳并不算强词夺理。如果不是他在末日来临前提前准备,并施加一系列雷霆手段,大部分人恐怕活不到这时。尤其林公爵及原第三区的重臣们,他们家族的大部分产业位于首都及主干道附近,在末日后得到了最大程度的保护,从某种意义上来说,他们并没有审判皇帝的立场。

林公爵:"我不否认这一点。因此,我不打算直接审判你,而是把审判的权力交给在场的人民。如果他们愿意赦免你,继续奉你为皇帝,那我就当什么也没有发生过;如果他们判你死刑,我会代表原第三区,执行这一决议。"

卓王孙看了芙瑞雅一眼:"让民众来审判我,这是你们的决定吗?"

芙瑞雅默认了。

"那你就犯了一个大错误。"卓王孙神色傲慢,"你本可以直接借助林公爵的力量,置我于死地,如今却非要把裁决权交给人民。你可知道,有一类人永远不会背叛我,那就是帝国的平民。"他转身,再度面朝民众。

这一幕,曾在竞技场内上演过无数次。每次血公爵之战结束,他都会站在主席台上,发表激动人心的演说,民众也会用山呼海啸般的掌声来回应他。

观看血公爵之战的,大多是来自底层的民众。他们对皇帝的爱不仅出于惧怕,也发自内心。尤其在他御驾亲征,取得了对啓战争的胜利,又连续平定第一大区叛乱,剿灭合众国余党后。他给他们带来了荣耀、财富与信心。

民众喜欢这位年少有为的皇帝,喜欢他打击豪族的雷霆手段,喜欢他一次次御驾亲征带回来的胜利,也喜欢他英俊的容颜、不可一世的人格魅力、令人热血沸腾的演说。

但,这次不同。民众死死盯着他,目光渐渐聚焦于他身体上的创口、缓缓回流的血液,以及在阳光下若隐若现的裂纹、升腾而起的烟雾。这是只属于"魔鬼"的标记。整个大竞技场鸦雀无声,空气似乎也停止了流动。人群中,一个细碎的童声响起:"怪物……"

——不是愤怒的斥责,而是惶恐的抽泣。

这原本不可闻的声音,此刻格外清晰,仿佛一块投入湖水的石头,掀起了层层涟漪,最终汇聚为惊涛骇浪。

沉默被打破,此起彼伏的骂声震彻整个大竞技场。

"怪物!"

"你不是我们的皇帝!你是魔鬼!"

"满口谎言的骗子!"

卓王孙站在竞技场中心,面向数万民众。而这一次,扑面而来的却不再是欢呼与拥戴,而是最恶毒的咒骂。他脸上显出少见的震惊,然后是困惑,最终定格于愤怒。

"怪物吗？不错。但我为什么化身为怪物，难道是为了我自己吗？"突兀地，他张开双臂。手掌脱离了阴影的庇护，暴露在阳光下，一股极细的烟雾腾起。正午的阳光仿佛烙铁，烧灼着他手上的皮肤，镂刻出一道道裂纹。

他从巨大的痛苦中抬起头，注视着民众："我为什么甘愿承受烈日灼身的痛苦？为什么连心爱的人都忍心杀死？为什么放弃了养尊处优的生活，成为一名暴君、一名魔王？是为了我自己吗？不，是为了你们。为了让你们在末日中活下来！你们有什么资格指责我。"

他的眼中有微红的血丝，双手亦不受控制地颤抖。

高高在上的帝国皇帝，失态了。在启的步步紧逼中不动如山的他，在豪族的遍地鲜血中从容自若的他，第一次无法控制自己的情绪。并不是形势危急，而是这些话在他心中压抑了太久，从未以任何方式表达过。

可惜，他的声音被狂暴的声浪吞没，没有人听到，也没有人在意。在这狂潮般的声浪中，他的声音一样渺小，什么都改变不了，什么都影响不了。

卓王孙望着这些被仇恨支配，失去理性的人，双手渐渐握紧。这一刻，他的心中兴起某种强烈的欲望，渴望着将这一切摧毁，让这些不应该被救赎的人当场就得到报应，渴望着在一片废墟上宣示自己的存在，宣示没有人能讽刺他，审判他，给予他任何不想要的评价。

就在这一刻，他听到了芙瑞雅的声音。

"你真的不明白，为什么会走到这一步吗？"

这句话很轻，就像一阵风，将他毁天灭地的怒火吹冷。

不知过了多久，他的手缓缓松开。是的，他应该明白，眼前这一幕并不陌生，合众国二十周年庆典上，上演过同样的戏码，由他亲手策划并执行，效果圆满，一击中的，终结了二十年的盛世。现在，同样的事情发生在他身上，效果依旧圆满，足以让帝国覆灭。

接下来，他们会把他挂在绞刑架上，推倒他的雕像，毁坏跟他有关的一切，包括他一力推动的蒸汽文明。他们种种发泄的行径，极有可能会让人类真正意义上的丰收毁于一旦。他们会重新坠入末日，甚至更糟糕——因为他们还要面对启的侵袭。

是报应吗？让他亲历这一切，以完全相同的方式。

他应该觉得讽刺吗？毕竟他跌进了自己亲手挖下的陷阱。该坦然受死吗？他笑了笑，站直了身体，静静等待。一直等到山呼海啸的喧嚣平静下来。

"我可以理解你们想杀我，但我必须告诉你们一件事。蒸汽动力的核心机密，只有我一个人知晓。杀了我，也就杀死了走出末日的希望，杀死了国家的未来——你们真的想这样吗？"

竞技场中只沉寂了片刻，便响起惊雷般的怒吼：

"是的，我们要杀了你！"

"说什么带我们走出末日，可是在你发动叛乱前，我们本来就生活在盛世中！"

"即便是重新面对末日，也好过受一个怪物的统治！"

喧嚣重新响起，淹没一切。

卓王孙静静地看着所有人，眼中有深深的讽刺。

原本就在盛世之中吗？然而无论他有没有称帝，"未来"都会爆炸，启都会进攻。即便没有这两点，合众国的盛世仍然会走向灭亡。它就像被白蚁啃蚀的神殿，恢宏的外表下早已千疮百孔，无法修补，只能推倒重建——他只是做了推倒它的那个人。

他没有用这些话为自己辩解。因为他知道，无论说什么，也不会有人再相信。

他的脸上有一丝自嘲的微笑。不知为何，他想到当初抱着克莉丝塔，在广场上挣扎前行的那一幕。四周空空荡荡，整个世界一片死寂，无论他如何呼唤，都没有人回应。

或许，从一开始就是这样。皇冠加身、万民追随都只是一种错觉。他从来都是孑然一身、一无所有。

不远处，东皇太一残破的躯体仍倔强地站立着，尽力为他抵挡炙热的阳光。这也是他在世间最后的庇护。

万里疆域，最后，不过如此。

民众的怒火越来越盛。他们想起了五年前，广场上熙熙攘攘的人群、摩天大楼顶上闪烁的霓虹，还有便利的网络、社交媒体、大型电子游戏以及超市里堆积如山的货物。

如今还剩下什么？战争、专制、封锁……即便是状况最好的帝都，触目也皆是萧条。市民刚刚达到温饱，日常用品必须按配给领取，夜生活更因宵禁制度荡然无存。他居然还敢称自己为人民的希望！

"杀了他！"在一波高过一波的声浪中，人们渐渐骚乱起来。

林公爵示意卫兵掀开帷幕。一道阳光仿佛利剑出鞘，直射向竞技场中心，只一瞬间便穿过他的身体。卓王孙如蒙重击，向后退了半步。细碎的火焰瞬间遍布全身，而后渐渐熄灭。一道贯穿伤出现在他肩头，深可见骨。他的身体不受控制地颤抖，过了很久，才重新站直。

民众惊喜道："他真的怕光，杀了他！"

在震耳欲聋的嘶喊中，民众等不及卫兵的"行刑"，高喊着涌向身边的落地窗，七手八脚地撕扯着帷幕。帷幕很厚重，无法轻易撕下。有人竟沿着最后一排的座椅向上攀爬，靠自身的重力将整幅帷幕扯落。

场面瞬间失控。

片刻后，最后一块帷幕落地，阳光毫无阻碍地照进大竞技场，洞穿了卓王孙的身体。他的身体整个燃烧起来。然而与想象中被烤灼的吸血鬼不同，他的血肉没有进一步焦化，而是碎裂为一粒粒彩色的沙尘，在阳光中腾起细细的沙柱。每一粒沙尘的飞腾，都直接撕裂骨肉，造成触目惊心的创口。

卓王孙没有躲避，也未发出一点声音，只是全身剧烈地颤抖着。每一次颤抖，皮肤上都腾起更多的沙尘。这一幕极为诡异，所有人都目瞪口呆。

第三十五章　黑暗之血

然而，更让人惊讶的事出现了。承受了阳光一次次洞穿后，他的身体并没有分崩离析。皮肤上的沙尘一边产生，一边又在被某种力量修补。他的身体仿佛成为一个战场，不断毁灭，又不断重生。于是，这场凌迟永远不会终结。

芙瑞雅脸上也露出震惊之色。她知道，他已被晏转化为长生族，由于代系较低，他会承受味觉丧失、暴躁易怒、怕光畏火等折磨，但没想到严重到这个程度。离开斗篷、伞盖、车驾的庇护，他几乎寸步难行。

芙瑞雅禁不住去想，他平时是如何生活的呢？当人间的一切享乐都索然无味的时候，他又为什么，非要坐在帝位上呢？她的目光有了一丝波动，不是出自爱，也并非怜悯，而是一种微妙的情感。他毕竟是合众国的继承人、帝国的皇帝，即便罪无可赦，也应该有一个体面的收场，而不是在阳光下，接受一场无止境的凌迟。

芙瑞雅从地上拾起残破的披风，迎风抖开，想要披在他身上，卓王孙却轻轻挥开了。他用尽全身力气，踉跄着站直，向所有人喊道："看到了吗？这样并不能置我于死地。你们如果真的想杀死我，为什么要躲在栏杆后，不亲自下场呢？是因为你们害怕我，不敢面对我吗？还是你们不想成为历史上的弑君者？"

栏杆后的民众震惊了，死到临头，他竟然还敢说这样的话。竞技场安静了片刻。然而，这只是火山在喷发间隙中的蓄力，烧毁一切的怒气正在不断酝酿。

卓王孙凝视着他们，张开不断化灰的手臂，做出邀请的姿势："来啊，勇敢一点，从观众席上走下来，到我面前来。一人一寸，撕开我的血肉，只有这样，你们才能杀死我！"

不出意外，回应他的，是几乎将穹顶整个掀飞的怒吼："杀了他！"

大竞技场骚动起来。前排民众不顾卫兵的阻拦，推开栏杆，冲向竞技场。他们眼中含着怒火，要亲手撕下暴君的血肉。几声零星的枪声响起——那是试图维持秩序的卫兵，在对天鸣枪。然而，这就像是在洪流中投入几颗石子，激不起任何涟漪。

黑压压的人群瞬间进入竞技场，海啸般涌向卓王孙。这一刻，他们战胜了内心深处的恐惧、怯懦与犹豫，要用暴君的血肉洗清愚民与懦夫之名！此刻，他们不畏惧死亡，万众一心，同仇敌忾。十万人的愤怒化为钢铁洪流，注定会推平眼前的一切，没有任何人、任何事可以抵挡。直到他们看到，有一个人挡在皇帝面前。

芙瑞雅。

他们本能地停下脚步，然而由于巨大的惯性，人流还是向前移动了很长一段距离，几乎要撞上她。

民众好不容易立定身形，疑惑地看着她："陛下？"

林公爵也站起身："芙瑞雅，我们达成了协议，由民众决定他的生死。现在，民众做出了决定。你为什么阻拦？你应该知道，刚才有多危险。"

芙瑞雅深吸了一口气。她当然知道，当人流涌来时，自己仿佛大海上的浮叶，随时可能会被冲走。

林公爵的目光中有一些失望："我以为，经历了这么多，你已经是一位真正的女王了。"他没有说下去，意思却已很清楚：如果你仍留恋旧情，感情用事，那我与第三区的旧臣们，不得不重新考虑向你效忠的事。

芙瑞雅当然明白。她转向众人："你们以为，我刚才挡在他面前，是为了救他吗？不，我是为了救你们。"

所有人都疑惑地看着她，思考着这句话到底是什么意思。是皇帝还有什么秘密武器，要在生死关头启动，来一场大屠杀吗？

芙瑞雅："今天你们来到这里，是为了什么？是为了完成一场理性的、公平的审判，而不是进行被愤怒左右的暴动。这里的每一个人，都有权做出自己的审判，包括判处他死刑。但你们不该，也不能是死刑的执行者。"

这句话，让民众略微清醒过来，你看看我，我看看你。他们是审判者而不是刽子手。皇帝的人头，不应该由他们亲手砍下。

"今天的这场审判，注定会被写入历史——人民推翻了暴君，重建了合众国。后人回顾竞技场中发生的每一幕，都只会感到崇高而神圣。那是十万民众，代表自己，也代表世界上的每一个人，做出的理性而庄严的决定。"

芙瑞雅的目光从所有人脸上扫过："历史在看着我们，先祖与后人都在看着我们。今天、现在、此刻发生的每一件事，都必须配得上一个帝国的覆灭，也配得上一个伟大国家的新生！"

大竞技场上一片沉寂。

民众回想起刚才的一幕，渐渐感到脊背发凉。如果，芙瑞雅没有冒险站出来，会发生什么呢？自己真的会撕碎皇帝被烈日灼烧的身体，而后捧起一束流沙，仰天大笑吗？在十万人的争抢中，会不会发生意外？当愤怒的巨浪退却后，大竞技场上除了暴君的鲜血外，会不会留下满地被践踏的民众尸体？

如果是这样，合众国的历史，从一开始就会背负野蛮与罪孽，这里的每一个人，即便活着，也会留下终生的阴影。他们只能将这场审判封印在记忆中，不向家人孩子提及。未来合众国的史官，也只能编造出一个又一个的谎言，将它掩盖。

这一切，差一点就发生了。

芙瑞雅："所以，让我们放下仇恨，来一场真正的审判吧。在此期间，他会被收押，等待审判结果。我向大家保证，无论最后是什么样的裁决，都将在次日得到完美的执行。"

民众沉默了片刻，纷纷点头。他们相信芙瑞雅，她可以凭一己之力，战胜整个帝国的人。如果说这个末日之世还有什么人值得依赖的话，也只能是她了。

在卫兵的引导下，民众陆续返回座位。他们每个人都领到了纸和笔，用于写下判决结果以及量刑建议。而后，由工作人员计票，按照少数服从多数原则，得出最终结果。观众席再度变得喧闹起来，不是愤怒的吼叫，而是讨论的声音。民众秩序井然，全身心投入，偶尔也会爆发出激烈的争论，但终究能平息下去。

此时，大竞技场内变得空空荡荡，只剩下两具残破的机体和两个满身尘埃的人。卓王孙仍然站在炙热的阳光中，承受着超越极刑的折磨，不动、不言。芙瑞雅走到卓王孙面前，将披风重新捡起，盖在他身上。这一次，他没有拒绝。

披风阻隔了阳光，让他身体表面那些可怖的创口得以缓缓愈合。他也仿佛从另一个世界回过神来，目光渐渐聚焦。两人站在废墟上，万民喧嚣中，长久地注视着彼此。

缓缓地，他脸上浮起一丝微笑："你知道吗？这个结局，我竟有莫名的欢喜。"

芙瑞雅："为什么？"

卓王孙："这意味着，你并不是真的想死。以前那些绝望，都是骗我的，是不是？"

芙瑞雅点了点头："不错。"

卓王孙笑了笑："那就好。"而后，他不再说话，也不再看她一眼。

这场政变结束的时候，多日不见的拉法出现在竞技场门口。他为芙瑞雅带来了一个好消息——格蕾蒂斯已按照计划出兵，控制了京畿附近的局面。

芙瑞雅长长地松了一口气。她回忆起那夜与格蕾见面的情景。

芙瑞雅贴在格蕾耳边，轻声说出自己的计划。这一刻，她感到格蕾的身体猛然一震。随后，格蕾伸手握住了她的双肩，缓缓推开一臂的距离——这样，她才能正视芙瑞雅的眼睛。

芙瑞雅也在注视着她。从她的眼睛里，芙瑞雅看出了深深的犹豫。

这一点，芙瑞雅并不意外。她和格蕾，是儿时玩伴，但也是政治上的对手。能来地堡救自己，已经算尽故人之谊了。这和答应跟自己谋反，完全是两码事。格蕾如今是泛美王国的元首，每走一步都关系到千千万万人的生死，不得不慎重。换做自己处在这样的情况下，恐怕会更犹豫。

芙瑞雅神色平静："我目前能告诉你的，只有这么多。你可以选择相信我，或者不信。但作为原第二大区的继承人，你应该明白民意的力量。一旦民众觉醒，暴君就只有一种结局，那就是覆灭。如今，民众已经醒来，这也意味着，帝国注定会分崩离析。而我希望这一天到来时，原来的第二大区，站在人民这一边。"

格蕾沉默片刻："芙瑞雅，你是在利诱我吗？"

芙瑞雅没有回答。有些话，即便不说，格蕾也能自行体会。皇帝作为妖类的秘密一旦曝光，人民决不会允许他坐在帝位上。而这个庞大的帝国，从建立之初，就带着"战时"特色，缺乏完善的制度，过于倚重皇帝个人的能力与声望。如今，启之患初步平息，皇帝罪孽曝光，反抗者必将不断涌现。这也意味着，帝国的覆灭，只是时间问题。

那么，帝国覆灭后，世界会是什么样子？新的秩序会由谁来建立？谁站在正义一方，谁又是暴君的同盟？格蕾必须为自己的国家和人民做出选择。何况，即便格蕾拒绝，芙瑞雅很可能还有其他盟友。若不能及时选择正确的立场，新秩序建立时，原来的第二区便很可能被边缘化。

这一点，格蕾当然明白。当她再次看向芙瑞雅时，目光已有了改变。从对落难旧友的同情，转变为对强大盟友的赞许。

"芙瑞雅，你真的成熟了……"她停顿了片刻，脸色渐渐肃然，"但，在我做出决定前，你必须回答两个问题。它们非常重要，会影响到我最终的决定。所以，我听到的回答必须是诚实的，不能有一丝谎言。"

芙瑞雅的神色也变得郑重起来："我保证。"

格蕾蒂斯一字一字地问："我的父亲，还活着，是吗？"

这次轮到芙瑞雅震惊了。看来，和自己一直在寻找女王一样，格蕾也一直没有放弃寻找亚当斯大公。这个问题的确很重要，她必须慎重对待，一不小心，就会化友为敌。格蕾蒂斯目光直直地看着她，等待着她开口。

"是的。"芙瑞雅的回答很谨慎，不多说一个字。

格蕾蒂斯闭上双眼。这个答案，她和拉法等了太久。她坐镇泛美王国，处理政务的时候，拉法一直在全世界游历，用各种方式搜索残存的蛛丝马迹。他和格蕾都知道地心之城的存在，却无法找到具体入口，也就无法验证一件事：亚当斯大公，是否还活在城中。不久前，兰斯洛特带兵前往北境，建立城邦，军队中出现了大量不受光尘影响的机械枪炮。它们被小心地擦去了标志，却还是留下了大量无法去除的特征。拉法轻易就判断出，它们来自地心之城。取出这批武器的人，应该就是芙瑞雅。这意味着，如果亚当斯大公真的在地心之城，芙瑞雅是最有可能见过他的人。只是可能，便足以让格蕾满怀希望。就在刚才，这个希望被芙瑞雅亲口证实了。

格蕾眼眶有点发红，过了许久才平静下来，问出了第二个问题："他，在哪里？"

芙瑞雅低头沉吟，格蕾也并不催促。突然，她抬起头，直视着格蕾的目光："抱歉，我不能告诉你。"

格蕾的双拳倏然握紧。

芙瑞雅："我能告诉你的是。他，如愿以偿，和我母亲在一起，永远。"

格蕾蒂斯思索着她的话，脸色渐渐平静。最终，格蕾松开双拳，长长叹了口气："我会见到他吗？"

芙瑞雅语气笃定："会的，在我们推翻帝国之后。"

格蕾蒂斯静静地注视着她，似乎要将她看透。芙瑞雅迎着格蕾蒂斯的目光，平静而坦然。

格蕾的神色轻松下来，向芙瑞雅伸出了手："这样说来，我们也算姐妹了。"

第三十五章 黑暗之血

芙瑞雅微笑，也伸出手，但没有握手，而是轻轻拍在格蕾蒂斯的掌心。

历史上，曾有无数王侯将相，以兄弟之名，歃血为盟，生死相许，之后并肩作战，在史册中写下一段又一段英雄传奇。而谁也不会想到，在深夜的地堡中，这属于"姐妹"的击掌，也将被写入历史，成为一个时代的转折点。

皇宫钟楼的钟声响起，一声声传遍整个帝都。

芙瑞雅从回忆中醒来，重新审视眼前的局面：帝都内部已由林公爵控制，京畿一带则落入格蕾蒂斯的掌控。剩下的事便简单了很多，将皇帝关押起来，重兵把守；与格蕾蒂斯、林公爵等商议合约；抓捕帝党余孽；通知在北境的兰斯洛特，让他加强戒备，防止啓趁机来犯；释放之前的战俘……这里边，也包括在海岛一战中被俘的休。

他完成了和她的约定，活了下来。

处理完纷繁芜杂的工作，已是深夜。芙瑞雅屏退左右，独自向皇宫走去。

宫殿异常高大，也异常简约，只有巨大的金、蓝抽象图案作为装饰，显得威严而有压迫感。这里原本是帝国时期的政治中心，皇帝处理政务，召见群臣都在这里。政变发生后，整座宫殿都被封闭起来，重兵把守。

守卫见芙瑞雅过来，都默契地让开了道路。芙瑞雅穿过宫门，一步步走过空旷的大殿，沿台阶而上，在巨大的王座前止步。这里，还保留着卓王孙离开时候的样子。王座正中心的位置，坐着一只补丁熊。

芙瑞雅微微一震，伸手轻轻抚摸着它的头。柔软的触感，让她心中涌起很多回忆。然后，她在补丁熊的旁边坐下。她就这样静静地坐着，任时间流逝。

不知过了多久，一阵脚步声响起。

缇娜走了进来，向芙瑞雅跪地行礼："陛下。"

芙瑞雅摇了摇头："不要这样，我不是你们的皇帝。"

缇娜站了起来，恭敬地回答："是。"

芙瑞雅看了一眼她手上的文件："结果出来了吗？"

缇娜："是的。百分之七十三的民众，选择判处他死刑，百分之二十一的民众选择终身监禁，剩下的弃权。"

芙瑞雅缓缓点头。这一点，并未出乎她的意料。

"至于行刑的方式，"缇娜顿了顿，"由于普通的方法无法杀死他，绝大部分赞成死刑的民众，选择了火刑。"

芙瑞雅眉头皱得更深——火刑吗？这种中世纪的刑罚，不应该重现于这个时代，更不该用在任何人身上，尽管她能理解，民众杀死他的决心以及面对异类时的恐惧。

芙瑞雅轻轻叹了口气："他怎么样了？"

缇娜摇了摇头："我并不知道。格蕾蒂斯和林公爵派出重兵，看守着囚牢。没有人能靠近，除了您本人。"

芙瑞雅点了点头。这种局面，她并不意外。

缇娜："您会去探望他吗？如果去的话，我有一个请求。"

芙瑞雅不置可否："你先说。"

缇娜："如果您去探望，把这个带给他。"

她递过来的，是一枚守护戒指。这枚戒指既可以接通与主君的通讯，也可以启动大天使战机。"未来"爆炸后，它就只剩下了装饰的功能。

缇娜："这上面有一根毒针，可以让人毫无痛苦地死去。"

芙瑞雅："你要我带给他的，就是这个？"

缇娜点头："是的。我恨他，也希望他死。但，他不应该被绑在火刑柱上，承受无尽的痛苦与屈辱。他毕竟是帝国的皇帝啊，总应该有个体面的结局。"

芙瑞雅拿起戒指，打量了很久，摇了摇头："谢谢你的好意，可他不会接受的。"

缇娜有些震惊："为什么？"

芙瑞雅："不为什么，因为他是他。"

缇娜眼中露出失望之色。

芙瑞雅转换了话题："还有什么消息吗？"

缇娜："晏和辉夜姬都不见了。我们找遍了整个帝都，没有丝毫踪迹。"

芙瑞雅的脸色变了。她倏然起身，向外走去："现在，我不得不去见他了。"

第三十六章　月之暗面

芙瑞雅穿过几道厚重的铁门，才来到监狱的最深处。这里有一间小屋，一张床，一张写字台，一盏油灯。

卓王孙正伏案写着什么。他身上没有镣铐，手边摆着一叠写好的稿纸，字迹潦草，满是难以理解的符号。看见芙瑞雅进来，他也没有停止书写，仿佛这是一件很重要的事，不容丝毫耽搁。

"是自传，还是悔罪书？"说完这句话，芙瑞雅立即就后悔了。这实在不是开玩笑的时候。

她也不明白，自己为什么能说出这种调侃的话。或许是这场战争让她压抑了太久，终于有了释放的机会；又或许，脱去帝冕王服的他，让她不再陌生。她终于能像世界大战之前那样，和他说话。

卓王孙："你来这里，是为了讽刺我吗？"

"我来告诉你判决结果……"她犹豫了一下，还是说出了那两个字，"死刑。"

卓王孙拿笔的手停顿片刻，便接着书写。这个结果，早在他的意料之中。

芙瑞雅："来之前，缇娜曾托我带给你一件东西——守护骑士之戒。"

卓王孙露出一丝嘲讽的神色："守护骑士之戒……

是想让我自杀吗？这孩子，永远都是这么幼稚。"

芙瑞雅："你也许应该考虑一下。毕竟，行刑的方式，是火刑。"

卓王孙终于抬起头，看了她一眼："你深夜前来，就是为了带给我一枚毒针，让我免受焚身之痛？没想到，你还会为我着想，我该感动吗？"

芙瑞雅语气平静："我只是觉得，一位皇帝不该这样死去。"

卓王孙笑了笑："这算是你的报答吗？我答应给你体面的结局，安排了终焉血公爵之战，让你在大竞技场的万民欢呼中死去。而你给我的结局，则是在阴暗的牢房里自杀。这未免有点不公平吧？"

芙瑞雅："我只希望，你能不受羞辱。"

卓王孙："是吗？在我看来，囚牢里畏罪自杀，比众目睽睽下的烈火焚身更屈辱。我是主动接受审判的，因此，我也会主动承担后果。"

芙瑞雅看着他，揣测着他心中的真实想法。

卓王孙低头，继续书写："作为胜利者，你应该收起廉价的同情心，好好享受即将到来的一幕：暴君被锁链绑在高高的火刑柱上，在烈火中燃烧，最终与馨竹难书的罪孽一起，化为灰烬。帝国史诗般的结局，新朝史诗般的开场。这样，大家都满意了。"

芙瑞雅上前一步，敲了敲他的书桌："不用再演戏了。你的底牌到底是什么？"

卓王孙："什么底牌？"

芙瑞雅："你之所以有恃无恐，是因为你知道自己明天不会死。晏和辉夜姬藏在某处，准备将你救走，不是吗？"

"不错。晏的确有这个打算。那你呢，准备怎么应对？"

芙瑞雅没有回答。

"是连夜增加防务，还是亲手刺我一针？芙瑞雅，你觉得这会有用吗？"

芙瑞雅没有回答。她的确不觉得，这些方法能困住他，或者杀死他。

她用浮空岛都没能杀死他，正对着他额头开了一枪也没有杀死他。他绝对不是那么容易死的人。这一次，他被推翻得太快了，快到还有很多底牌没有翻开。

卓王孙到底有多少底牌？坦白说，芙瑞雅不知道。六年的暴君统治，在废土上建立起蒸汽文明，两次远征打得启无还手之力。这样的一个人，会轻易地被打败、被杀死？无论谁都觉得不可能。

可怕的不是这个不可能，而是它带来的后果。

推翻他、审判他、杀死他，然后他逃走、复辟。然后呢？他们将面对一个愤怒的暴君、复仇的暴君、丧失理性的暴君。他会杀多少人，展现多少铁血手段？会在多少人的尸骨上重建起帝国的威严？这些让人一想就不寒而栗。

"必须得这样做吗？"芙瑞雅终于开口。

"你认为呢？你认为我该怎么做？"卓王孙抬头看了她一眼，仿佛不是在讨论千万人的生死，而是在谈论某个无关紧要的茶歇话题。

芙瑞雅沉默了。因为连她自己都觉得，这是最合理的发展。

暴君被推翻，被审判，在靠近火刑柱的时候被辉夜姬救走，然后带着他的蒸汽大军复辟，杀个血流成河。卓王孙望向她的眼神，渐渐变得郑重："芙瑞雅，让我们设想一下，如果我真的复辟了，你会怎么样，会束手就擒吗？还是会再次逃走，去一个荒僻的原野，继续寻找打败我的力量？"

"总有一天，你会发展壮大，带着大军杀回来，再次推翻我。这样的循环，你会再来一次吗？"

芙瑞雅无法立即回答。因为她内心深处相信，这样的事真的可能发生。她也禁不住问自己，如果他真的复辟了，自己还会和他对抗吗？内心深处的声音告诉她，不要，这条路太过艰难，她已付出太多，再也无力重走一次了。

沉默良久，她最终坚定地回答："是的，只要你还坐在帝位上，我就会继续推翻你。"

卓王孙看着她，淡淡地笑了："很好，可是我不想了。"

芙瑞雅一震:"你不想复辟?为什么?"

卓王孙:"有很多理由。

"理由一,如你所说,我能打败你,却征服不了你。你仍然会设法反抗。于是又进入了一成不变的循环:我打倒你,你不服输,继续来打倒我,然后你打倒我,我不服输,再来打倒你……我厌烦了。

"理由二,当我看到这些人向我冲过来,想撕碎我时,坦白说,我有一点伤感。这就是我付出这么多得到的吗?我为什么要继续付出?我突然有种失去目标的感觉。

"理由三,在之前的战争中,我也失去了很多。为了那些伟大的理想,我把太多人放上了祭台。玛薇丝女王、克莉丝塔,还有你。我突然觉得,不值得。这个世界,不值得我这样。所以,我不会再为它做任何事了。

他深深地看了芙瑞雅一眼:"这就是我永远不会尝试复辟的理由,足够了吗?"

芙瑞雅没有说话。她该相信他吗?

他的目光坦然。

芙瑞雅站起身来:"如果你说的是真的,那么明天,我不会阻拦晏救走你……"

她深深看了他一眼:"去一个无人知晓的地方,度过余生吧。

"Alex,再见。"

说完这句话,芙瑞雅转身走了出去。他没有挽留。

大门缓缓关上,将两人隔开。

目送她消失在黑暗中,卓王孙缓缓坐下,继续书写。他尽量让自己不去想,他们是如何走到这一步的,连诀别,都如此冷漠。似乎不应该如此,但又只能如此。即便有过人的智慧,也无法算清;即便手握无上的力量,却也无法改变。

也许，这一切真的只是因为，他和她都不幸生逢这个时代吧。

监狱再度安静下来。不知过了多久，晏的身影从黑暗中出现。

"月暗基地已经全部完成。"

卓王孙抬起头："完成了吗？"

他的面前浮现出一幕场景，那是一个巨大的、隐秘的空间，除了他与晏，就连枢密院的高层都无法进入。空间内保存着帝国最大的隐秘，包括他为什么能在末日中重建起蒸汽文明，为什么能在那么短的时间内造出那么多让啓绝望的巨舰，蒸汽机体又是如何被研制、建造出的。

一切都源于这个空间。

"月暗基地"这个名字，是他亲自起的。里边建造的，是全自动化蒸汽机体，也就是不需要骑士驾驶的机体。它具有划时代的意义。因为之前机体跟骑士是绑定的，有多少骑士就有多少机体，机体生产多了也没有用处。而骑士稀少的数量，让机体一直处于稀缺之中。"乌托邦"成功后，这一桎梏被打破，机体的数量，将只取决于制造水平。那会让机体数量呈几倍、几十倍增长。

现在，基地已经建成，他却被推翻，成为阶下囚。

讽刺吗？

晏："三千二百四十九架全自动蒸汽机体，装备半自动霰弹枪、无后坐力加农炮与多弹头钻地弹，已经就列。只要您一声令下，就能从帝都任何一个门强攻进来，杀光这些叛徒，将您光明正大地接出去，重归帝座。无论他们有五十万正规军、百万援军或多么精良的枪械，都没有用，再多的军队在这支全自动的钢铁队伍面前都是靶子，歼灭他们不用二十四小时。"

他澄澈的双眸罕见地燃烧起怒火："这帮该死的叛徒，只有用他们的血才能洗清他们的冒犯之罪。我要在他们心中刻下永远的印记，让他们再不敢起来反抗！"

卓王孙沉默着，缓慢摇了摇头："晏，不能这样。别忘了我们的目标是什么，我们想让他们强大起来，靠他们自己战胜末日。我们不能做暴君太久了，就真把自己当成暴君。"

晏："可他们不能这样对您！诚如您说的，您付出了那么多……"

卓王孙："其实想想，也没多了不起的牺牲。无论女王还是芙瑞雅，都比我付出得多太多。至于我呢？就如她所言，大多数时候，都是在牺牲别人。"

晏："陛下，您打算……"

卓王孙："就这样吧。我已答应她，不会再复辟了。"

"什么？"晏大惊失色，"可是我们还有那么多底牌！我们有一架完整的辉夜姬，还制造出末日也无法影响的蒸汽机体，有十几种方法可以把征讨军打个落花流水！"

"是的，你说的我都知道。"卓王孙平静地说，"我同意发展蒸汽机体，并不完全出于军事考虑。我曾想过，有朝一日，能将之发展为民用，实现蒸汽文明。跨出这一步后，蒸汽文明与电力文明的差距会被大大缩小，人类离征服末日又近了一大步。"

晏："我知道。既然您有这样伟大的理想，就更不能放弃。"

"可是……"卓王孙的笑容有些苦涩，"晏，你知道吗？在白凤城的废墟上，我害怕了。我真的觉得，她已经到了承受的极限。也许，她真的想求死。"

"这不可能！"晏断然摇头，"谁崩溃我都相信，就皇后陛下我绝不相信！她和您是同一类人，会把所有挫折看作前行路上必须越过的障碍。绝对如此！"

"可是我不敢赌。晏，我不敢赌。"卓王孙眼中少有地露出温柔之色，语气中带着痛苦，"我不清楚，那场血公爵之战，是否真的让她感到死亡的恐惧，但我却真切地感受到了。我终于明白，无论我下过怎样的决心，发过怎样的誓言，都不可能真的杀死她。否则，我将永远生活在梦魇之中。那样，即便我征服了整个世界，重建辉煌的文明，又有什么意义？"

晏无法回答，陷入了长久的沉默。卓王孙终于停笔，将写好的纸张叠成一摞，交给晏："这上面，写着制造全自动蒸汽机体的秘密。请你带到北部边境，亲手交给兰斯洛特。"

晏更加惊讶："您要把帝国的机密，交给兰斯洛特吗？"

卓王孙："是的。他的势力，已经从一座城，扩大到一个行省。建立第三合众国，也指日可待了吧。再加上蒸汽机体，他应该能镇守北方边境，替人类抵御啓的侵袭。"

晏："可我还有一件事不明白，既然要送，为什么不直接送给芙瑞雅呢？"

卓王孙笑了笑："我不想让她以为，我是在用这种办法祈求宽恕。何况，交给兰斯洛特，也就相当于交给她。"

晏接过纸张，却没有离开。那是一摞废旧的报纸，有的上面还残留着包裹过食物的油渍。笔也是便利店中常见的那种，尾部还带着防盗链。晏抬头，打量着周围的环境。斑驳的墙壁，破旧的桌椅——他们就给他提供这样的纸和笔，提供这样的房间！

晏握紧双拳，强行压抑自己的怒意。他愤怒，是因为卓王孙受到了冒犯——这是不可饶恕的重罪。

卓王孙并不催促，耐心等待。

最终，晏妥协了："好吧，如果您坚持这样，那我通知大军，放弃反攻行动。但至少请让我带您出去。我会让辉夜姬直接摧毁这座礼堂，让他们看到自己的渺小。"

卓王孙摇了摇头："不，你先走。"

晏大惊："那您……"

卓王孙脸上的表情耐人寻味："我留下来，看看他们究竟要如何审判我。"

晏："这有什么可看的？面目丑陋的暴民会把您推上火刑柱，争先恐后地向刑场内扔石头！您留下来，只会承受羞辱。"

卓王孙："这就是我留下来的原因。我要看看他们如何羞辱我，然后，承受这些羞辱。"

晏："为什么？"

卓王孙面容安静："因为这是我应该承担的。晏，还记得六年前的那场庆典吗？因为我，芙瑞雅承受了刻骨的羞辱。现在，我也应该承受。"

他顿了顿，轻声说："这，是我欠她的。"

晏执政呆呆地望着他，突然，他冲到卓王孙面前，失控地喊："这句话，您为什么不告诉芙瑞雅？"

"因为……"他沉吟良久，有千千万万条理由从他心中闪过，最终只化为一句话，"我欠她的。"

晏全身一震，向后退了一步。他还想说什么，话到嘴边又咽了回去。而后，他转过身，一拳狠狠捶向墙壁。似乎他只有用这种方式，才能宣泄自己的愤怒与不甘。明天会发生什么，他实在不敢也不忍心去想。

卓王孙从身后拍了拍他的肩，语气平静："好了，你该出发了。文件必须尽快送到兰斯洛特手中。"

晏："不行，要走一起走。"

卓王孙笑了："这是孩子气的话，不该由你来说……你放心，等承受完一切惩罚后，我会走的。别忘了，我还有辉夜姬。"

晏沉吟良久，终于点了点头。

不错，还有辉夜姬。他早已将启动辉夜姬的秘法交给了卓王孙。卓王孙是第三代长生族，不能发挥机体百分之百的实力，但从刑场上逃走实在绰绰有余。他心中感到一丝遗憾。在他原来的设想中，辉夜姬是要与蒸汽机体战队配合，反攻帝都，完成复辟大业的。没想到，当机体战队建成时，卓王孙却放弃了。但同时，他心中也有一丝释然。为了这场战争，卓王孙付出了一切。这几年来，他数次亲眼看到，皇帝独坐在黑夜的王座上，双手扶额，无声颤抖。

王图大业，一万年后也只是历史书上的几个残字。只要他能全身而退，就好。

卓王孙："将文件交给兰斯洛特后，去月暗基地等我。我们一起搭乘辉夜姬，去另一个星球生活。"

这显然也是他们曾经讨论过的预案之一。

晏仍有一丝怀疑："你真的可以放下这里的一切吗？"

卓王孙沉默了片刻，轻轻点头："是的，因为这一切，都不值得。"

晏的眼神重新坚定："好，我在月暗基地等你。"

说完这句话后，他转身离去。没有辉夜姬相助，去北境并不是一件容易的事，再不走就来不及了。卓王孙没有说话，在他身后做了一个保重的手势。晏没有回头，却仿佛看到了他的手势，回复了一句："你也一样。"随后，晏消失在夜色中。

卓王孙等了片刻，才重新坐下来。他习惯性地拿起笔，却发现，手边已没有了稿纸，桌面空空荡荡。

黑暗中，只剩他一个人了。

第二天凌晨，下起了一场雨。这是帝国入秋以来的第一场雨。

一支防守严密的车队从帝都出发，向大竞技场行去。一路上，两人近在咫尺，却一句话也没有说。因为他们都想不到，应该说些什么。

中午时，他们安然抵达大竞技场，没有遭遇任何意外。下车时，芙瑞雅深深地看了卓王孙一眼。卓王孙却没有看她，径直走下车。

尽管是雨天，大竞技场内仍挤满了人，连场外的广场也人山人海。对皇帝陛下的审判显然吸引力十足，几乎整个帝都的人都赶来观礼。当然，现在不再叫帝都了，改名为"花都"，以纪念他们手拿白色玫瑰击败了暴君。

场外水泄不通，警卫们好不容易清理出一条通道，让车队经过。通道

第三十六章 月之暗面

两边的人不断欢呼,只不过,他们赞颂的人不再是皇帝陛下,而是女王陛下。当然,皇帝的名号也不绝于耳,只不过常常与咒骂相伴。

卓王孙并没有在意,将目光投向大竞技场的一侧。那里,本来站着两架蒸汽机体,它们有着金蓝二色的涂装,像两位巨神一样守着大竞技场。从某种意义上,它们象征着大竞技场的精神:秩序与荣耀。但现在,它们被打碎了。机体显然经过了极为残酷的拆解,没有一部分是完整的。它们散落成无数零件,被随意地丢弃在路上,踩进泥泞里,没有人在意。其中一个机体头颅被丢在不远处的垃圾桶旁。它太大了,垃圾桶盛不下。它被当作是垃圾桶的替代品,走来走去的人将垃圾丢进它的窟窿里,不时有人向它啐上一口。

卓王孙静静地看着。芙瑞雅没有打断他,也没有催促。

一路上,相似的场景不断上演。十四条道路交叉的环岛中央,那座象征着皇帝陛下无上功勋的凯旋门被推倒了,上面雕刻着的一幅幅精美壁画——皇帝陛下立国、皇帝陛下征北极、皇帝陛下诛豪族……都碎裂一地,不复再见。曾经张贴在大街小巷中的皇帝陛下的画像,也全都被撕下来,踩进泥里。民众走上街头,撕扯着,涂刷着,将曾经是这座城市基调的金蓝二色遮住。垃圾遍布了整个城市,大多数垃圾,是曾经的荣耀。

芙瑞雅很清楚,卓王孙看到这一切时,会是什么感受。

从卓王孙被抓起来后,这座城市就陷入了狂欢中。人们尽情地庆祝着终于丢掉了枷锁,再也不用辛苦地工作了。他们打心底里相信,芙瑞雅陛下重新上台后,他们会过上原来合众国的生活。当看到这一幕时,芙瑞雅心头沉甸甸的。她不知道自己能否担得起这份期望,但她知道,这一幕对卓王孙的打击会很大。但她并不同情他,这是他应该承受的。当他公布那卷录像带,将兰斯洛特绑上十字架时,她就承受过。既然她能挺过来,他就不会承受不起。

卓王孙突然回头,对芙瑞雅说:"你知道我想说什么吗?"

芙瑞雅发现,他的脸上并没有她想象中的阴沉,反而有一丝洒脱。

"这是我一路看到的，被毁掉的第十六架蒸汽机体。我在想，难道他们不需要它了吗？他们为什么要毁掉自己最需要的东西？"

芙瑞雅反问："难道你当初不是这样做的吗？"

"是啊，我也做了同样的事。你以为我会伤心吗？不。因为现在要操心这些的人是你，不是我。我只是好奇而已。

"这，大概就是旁观者吧。"他淡淡说了一句，便走进了大竞技场。声浪扑面而来，将他淹没。

大竞技场内座无虚席——这个说法并不准确，因为没有人坐着。没有人能占据一个座位，所有人都是站着的，每个人都只有两个肩膀的宽度。卓王孙进入时，铺天盖地的口号声响起。

这就是千夫所指。

这是整个世界，对他的背弃与敌意。

大竞技场中心，竖立着一根巨大的方尖塔。它本来竖立在帝国广场上，是为铭记皇帝远征战胜啓的功勋而制作的，如今，却被民众拉到竞技场中，成为火刑柱的主体。在方尖塔底部，搭起了一个临时祭台，祭台上是堆积如山的木柴。

方尖塔通体洁白，笔直地伸向天空，显得既肃穆又庄严。将它搬运到这里，再重新立起来，这实在是一个不小的工程。然而在帝都民众的齐心协力下，一夜之间就完成了。

卓王孙打量着铭刻自己功勋的火刑柱，脸色没有任何改变，只是转头问了一句："我现在该怎么做，是直接站上去吗？还是等你先发表完演说？"

芙瑞雅深深地看了他一眼。昨夜，他承诺过不再复辟，她也承诺过不阻拦他逃走。这是他们之间，她能想到的最好的结局。从内心深处，她愿意相信他。她知道，昨夜说出那番话时，他是真诚的。但，她又不敢完全相信他。因为他们之间曾有过的那么多默契，都已被战争撕扯到荡然无存。

因此，她做了能做的一切，加强花都的防务，部署战力，等待他掀开底牌。虽然，到目前为止，一切正常，但这并未让她感到欣喜，反而更加担心，尤其是当他看到、听到、承受的越来越多时。这都是账，他底牌翻起重临帝位后要一一清算的账。因为这一点，芙瑞雅看到这些足以刺痛他的场景时，感受到的不是快意，而是忧虑。

她吩咐："卫兵，让大家保持安静。"

卓王孙坦然面对众人："不，让他们说。我想听听他们是怎么评价我的。"

芙瑞雅："你确定要听？"

卓王孙："没关系，这是我罪有应得的。"

芙瑞雅没再说话，上前一步，引领他向大竞技场的中心走去。

漫天的唾骂声。所有能想到的污言秽语，全都出现在这里。所有人类能罗列出的罪名，也全都出现在这里。所有的愤怒、所有的仇恨、所有的伤害，都随着簌簌秋雨，一起飘坠。卓王孙跟随芙瑞雅，一步一步地前行。

"有件事让我觉得奇怪。豪族们应该恨我，因为我夺走了他们的财产；你也应该恨我，因为我对你做了那么多可恶的事。可是，他们为什么要恨我？"

他的目光，从民众脸上掠过："这些人，在末日来临前以及来临后都一无所有，是我让他们得到了食物和住所，是我替他们挡住了啓，可为什么，他们是最想杀死我的人呢？"

芙瑞雅："那你想通为什么了吗？"

卓王孙："我不但想通了，还发现了一个道理。这世上没有无来由的爱，却的确有无来由的恨。仇恨一旦产生，就会像火焰一样蔓延，最后突破一切理性，践踏一切法则，焚烧一切可见之物。"

芙瑞雅："你的话太多了。"

卓王孙转换了话题："那么，芙瑞雅，你恨我吗？"

芙瑞雅没有回答。

卓王孙:"等我被绑上火刑柱,你的恨会不会消一点?"

芙瑞雅看了他一眼:"我并不相信你会真的走上火刑柱。在此之前,你会掀开你的底牌,给我致命一击;你会将这一路上看到的、听到的全都记下来,等复辟后一一算账。这就是我们之间的宿命。所以,不要问我是不是恨你这种无聊的问题,还是好好地掀开你的底牌吧。我等着你。"

卓王孙:"你高看我了。你就没想过另一种可能,我也许,真的被你打垮了呢?"

芙瑞雅:"因为你太镇定,太轻松了。一路上被这么攻讦,你都无动于衷。看到蒸汽机体被毁掉,你是不是准备让他们自食恶果?金蓝底色被铲除,你反而觉得它们已经旧了,该把整座城市重新整饬一新?眼前的这些唾骂,正可以让你看出哪些人暗藏着反对你,你要把他们揪出来?你是不是筹划着用一场盛大的死亡让他们打心底里恐惧,让他们再也不敢反对你?"

卓王孙轻轻鼓掌,赞许地说:"不愧为最了解我的人。你说的这些,正是我想要做的。我该不该再向你咨询一些执行的细节呢?"

芙瑞雅面色一肃:"那我只会警告你一件事。原第一、第二大区的首批援军,已经抵达都城。林公爵也在京畿布下了严密的防护。如果你真的想尝试复辟,就要做好粉身碎骨的准备。而如果你昨夜说过的话依旧有效,我至少可以保证不追捕你。"

"我相信你。"卓王孙的笑依旧从容,"那就开始吧,还等什么呢?"

行刑仪式开始。

第三十七章　最后的宽恕

所有人都安静下来，等着这最后的时刻。芙瑞雅也在等待，等他掀起底牌。

最后的时刻来了。

她不知道接下来要面对的是什么样的局面，是从天而降的辉夜姬，还是异样的新式武器，又或是那五十万人的军队其实已经被策反……她只知道，无论出现什么，她都会继续战斗，继续前行，因为她没有退路。

这时，她听到卓王孙咳嗽了一声："我可以说话了吗？"他的声音在大竞技场中回响。

这一次，没有人反对。死囚的临终演讲，是最具戏剧性、娱乐性的节目，任何观刑的人都不会错过。何况，这个死囚还是帝国的皇帝。他们甚至希望皇帝拿出平时的水平，作一番慷慨激昂或怒不可遏的演说。这样，这出戏才会达到高潮。

然而，卓王孙的语气却意外的平和："昨夜有个人对我说过：如果你们执意要杀死我，他会从月球背面发射一枚炸弹，将帝都从这个世界上抹去。所有人都会死，除了我。听起来很荒诞是不是？觉得不可能是不是？但这是真的。他真的有这样的炸弹，也真的会发射。"

他的语气真诚。大竞技场里没有回应，民众都用奇怪的眼神看着他。他们觉得，皇帝陛下肯定是疯了，很多人在遭受重大挫折后都会疯。他说："所以，其实有一个更好的办法来解决我们的分歧——我们当作所有一切都没发生过，我继续做你们的皇帝，你们继续做我的臣民。让一切都回到从前，如何？"

"闭嘴，该死的怪物，快站上火刑柱！"一声愤怒的喝骂高声传出。随之而来的，是再度掀翻大竞技场的声浪。

"不行吗？"卓王孙自嘲地笑了笑，"果然还是不行啊。我也觉得忘掉有些难呢。"他转头对芙瑞雅说："陪我走完最后的这段路，好吗？反正，最后点火的工作，也要由你来，他们不敢背上这个罪名。将火种扔上柴堆，火苗燃起，暴君化为飞灰。你等这一刻不也等了很久吗？"

芙瑞雅没有说话，两人向火刑柱走去。他们走得并不快。走向死亡的路都是如此，要么戛然而止，要么便缓慢且长，还未走到就已经老了。随着他们的脚步，大竞技场再度沉静下来。

雨停了，阳光投照下来。卓王孙走到火刑柱前，站定，抬头望向方尖塔。塔身反射出雪白的阳光，刺痛他的双眼。他伸出手，略作遮挡。阳光从他指缝中投下，在他身上刺出一道道光斑。他一动不动，感受着针刺般的疼痛。这是铺天盖地的声浪中，他唯一感受到的真实。然后，他转头望向芙瑞雅："你怎么还没准备好火种？"

一名卫兵匆匆跑过来，将火种递给芙瑞雅，然后就跟屁股上中了箭一样跑掉了，生怕被历史的聚光灯照到。

卓王孙的声音带着莫名的感慨："人生的最后一分钟，原来过得这么快……"

芙瑞雅忍不住嘲讽："别演了，快召出辉夜姬，去另一个世界吧。"

卓王孙静静地看着她，一丝罕见的温柔从他眼底泛起，像涟漪一样，打湿了周围的空气："傻瓜，没有辉夜姬了。"

芙瑞雅一惊。阳光仿佛化为实体，从高空中坠落下来，砸中了她。没

第三十七章 最后的宽恕

有辉夜姬，这怎么可能？

卓王孙淡淡一笑，抬头望向方尖塔："雄伟的刑场、万众瞩目、燃烧的烈焰……很好，这就是我想要的结局。"

她决然打断他："不可能！依你的个性，怎么可能真的去死？"

阳光逐渐刺眼，卓王孙低头，将玩世不恭的笑容垂进了阴影里："理由嘛，我昨晚已经说过了。"

芙瑞雅皱起眉头。他昨夜的话，重新萦绕在耳边：

"在之前的战争中，我也失去了很多。为了那些伟大的理想，我把太多人放上了祭台。玛薇丝女王、克莉丝塔，还有你。我突然觉得，不值得。"

随着回忆越来越清晰，芙瑞雅感到自己的心在一点点下沉。她摇了摇头："不对，这些只是不复辟的理由，不是受死的理由！"

卓王孙淡淡一笑："并没有太大的区别，不是吗？对于我说过的那些话，你至少应该相信一点：这个世界，再没有值得我留恋的事。而我，是真的累了。"

芙瑞雅："我不信。以上理由也许都存在，在夜深无人的时刻，你的确可能想过这些，并感到懊悔、伤感。但也仅止于此，你不会因为其中的任何一条，放弃自己的生命。"

卓王孙认真听着她的话，缓缓点头："是啊。你应该理解，我的命运高于我的意志。无论我做什么努力，都无法改变命运的发生。这命运就是：火刑柱杀不死我，我会逃走，然后调集大军复辟，带着仇恨将他们一一杀光，然后放逐你、囚禁你，重建起再也无人反抗的帝国。"

"对不对？每个人都这么相信，连我自己都是。感伤只是一瞬的，感伤完，该干什么就该干什么。"说完，他主动走上柴堆，将双手伸进锁链尽头的扣环，背靠着方尖塔站立。

"来，扔出火种，让烈焰燃烧。等火焰腾起的瞬间，辉夜姬会救走我。然后，你所期待的底牌，会被掀开。你想看的底牌，都有；你不想看的，也有。准备好迎接一个魔王不再怜悯的世界吧。"他将双臂平举，看上去仿佛被钉在十字架上。这个动作，将他对民众的轻蔑与嘲讽表现到极致。荒诞感宛如海潮般出现在芙瑞雅心底，一遍遍冲刷着她的心。她从未想过，会看到这一幕，看到卓王孙站在火刑柱前。

在她的预想中，这一幕绝不可能出现。这一幕会是个永远无法到达的终点。在此之前，底牌会被掀开，整个世界将血流成河，骸骨支天。然而，这一切并没有发生。他就这样，站在火刑柱上，面对着民众的怒火。只要她扔出火种，烈焰将会升腾，暴君会化为飞灰。这个注定会永远重复的命运，也会画上最终的句点。

当然，卓王孙所说的也很可能发生。火焰腾起时，辉夜姬会出现，将他救走，然后开启那个不断重复的轮回。

莫名地，芙瑞雅感到一丝不安。似乎她手中的火种，会真的杀死卓王孙。

"傻瓜，没有辉夜姬了。"这句话像是一块礁石，荒诞的海潮一次次冲击在上面，每次都发出让她心惊的轰鸣。一些之前忽略了的细节，无比清晰地浮现。大竞技场上，他对她伸出手，似乎要抚摸她的头发；那句"你知道吗？这个结局，我竟有莫名的欢喜"；来的路上，他对被毁掉的机体的凝视；漫天喝骂中，他微红的眼眶。

芙瑞雅深深地望向他。他的脸上并无恐惧，也无悲伤，只有一丝自嘲的笑容。

风吹过，伪装得再好的笑容都会破碎。

"杀死他！杀死他！杀死他！"整齐的呼喝声再度响起，那是在催促她，扔出火种。

这是她该做的事，也是所有人的期待。

这是永恒重复的命运中早就被写好的一环。

他说过的话，在耳边回响："我不敢赌。"

第三十七章 最后的宽恕

轮到她了,她敢赌吗?

高高耸立的火刑柱,化为一座巨大的天平,一头压着他的罪孽,一头压着他的生死。在所有人的呼喊中,象征罪孽的这一头正在下沉。整座天平摇摇欲坠,只等她将火种投上去,便会彻底倾覆。

芙瑞雅突然用力,将手中的火种远远地扔了出去。呼喝声戛然而止,所有人都望着她,震惊而不解。

芙瑞雅面向民众,郑重地说:"这个人,残酷暴虐,杀人无数。豪族们该恨他,因为他杀了他们的家人,没收了他们的财产。我也该恨他,因为他侮辱了我的家族,颠覆了我的国家。可是,你们不该恨他。

"他至少有一点说得没错。末日来临的那一天,本会有数以亿计的人死去,是他将死亡数降到了最低。之后的日子里,他替你们挡住了啓,清洗了权贵,将物资分配到底层。这个世界上,很多人有权判他死刑,但恰恰你们没有。你们为什么这么恨他,一定要他死在这里?"

她的声音,让整座大竞技场静寂无声。

"就因为他化身异类?那你们该记得,我的母亲也一样,我身上很可能也流着黑暗之血。因为他在战争中杀了很多人?我也一样。每一个噩梦中,我都能看到无数的亡灵,那是因我而战死沙场的士兵。因为他用暴政统治你们,每天逼着你们工作?那我告诉你们,资源已经紧缺到无以复加的地步。就算是我上台,你们也一样得工作,甚至工作强度可能比以前更大。因为'未来'的存在,前合众国那样的优渥日子,不可能再现了!

"我刚才说的,不是在为他辩护。他的确是个暴君,是个战犯,该承担应有的惩罚。我要说的是,我和他一样罪恶。这个世界上,如果说他有一个同类,那就是我。如果你们要恨他、审判他或因此判他死刑,那么……"

她走过去,站在他身前,面色平静地说:"我跟他一起接受审判。你们判他生，我跟他一起生；你们判他死，我跟他一起死。"

座无虚席的大竞技场鸦雀无声，时间仿佛瞬间凝固。所有人都被女王陛下的话震惊了，他们完全无法理解发生了什么。

卓王孙也不禁震惊："你为什么要这样做？"

芙瑞雅看着他："我的理由也有很多。理由一，我以为只有我撑不下去，没想到连你也是这样的。理由二，新生的合众国，应该有一个光明的开篇。杀死你，不能改变任何事，只会将血腥与原罪带给这个国家。理由三，我的确有罪，不配顶戴王冠。这个世界，应该交到真正值得的人手中。"

这番话过后，大竞技场的沉寂终于被打破，逐渐有了零星的讨论声。

卓王孙反复思索她说过的每一个字，眉头渐渐皱起。这些理由听上去都很合理。将前任暴君推上火刑柱，除了泄愤外，并没有什么意义。一场宽恕，反而能带给这个于烈火中重生的国家更多。

他有理由怀疑，她是否在重复自己当初的手段。面对竞技场中的民众慷慨陈词：如果要杀死你们的皇帝，那么，现在就喊出那句话——杀死他。这样做的底气，来自作为君主的绝对自信。民众不会，也不敢判她死刑。只要她表达出"同生共死"的态度，民众便不得不重新考虑该如何处置前任暴君。毕竟，她才是战争的最后胜利者。

但这一次，他没有考虑这个可能。时至今日，所谓政治权谋、帝王心术都已毫无意义。他只看到一件事。在天平倾覆之前，她站了出来，将自己的王冠与功业放了上去，为他求一个宽恕。他的心，感到一阵隐痛，甚至比阳光穿心的感觉，还要刺骨。

芙瑞雅却不再看他，转而面向喧嚣的看台，平静地等待着。她的身后传来一声叹息："芙瑞雅，你做了一件蠢事。"

芙瑞雅没有回头。卓王孙继续说了下去："如果，他们对我的恨，比你想象得还要深；又如果，他们对你的敬畏，不及你的预料呢？如果他们决定，将你我一起放上火刑柱呢？"

第三十七章 最后的宽恕

这时，芙瑞雅终于回过头，注视着他："你害怕吗？"

这句话如电光石火，勾起了两个人的共同回忆。

五年前的蛋糕秘境中，两人被追至悬崖边。两人紧握着彼此的手，面对绝境。地裂如恶龙般追赶而至，吞噬着周围的一切。树木、山石挣扎着摇晃，却最终难免被拉入地狱的命运。

卓王孙向悬崖下望了一眼："你害怕吗？"

芙瑞雅摇了摇头。他展颜微笑："那一起？"

芙瑞雅也笑了，温柔而坚定地说："好。"

那时，回答是如此简单。就这样决定了，一起赴死，无需多说太多。如今，轮到她来问了。

卓王孙沉吟片刻。他并不清楚芙瑞雅这样做的用意。但这一次，他决定不再思考，仅仅听从内心的声音。

他摇了摇头："不。"

芙瑞雅："那一起？"

卓王孙笑了笑："好。"

这一幕，和五年前如此相似，让人忍不住去想，这段话就是时间轮回的节点，坠崖之后的一切都是梦幻。他们只要讲完这段话，就会回到雪原秘境中，重新开始。那时，世界大战还没有开始，所有人都还好好活着。然而，这一幕又和五年前有那么多的不同。两个人没有携手面对绝境，而是隔着火刑柱，隔着十万民众的喧嚣，遥遥相望。

五年的时光，终究不是一场梦。没有人可以回到从前，他和她，都不能。芙瑞雅转过身去，不再看他。卓王孙也不再说话。两人一起，等待着民众的审判。

一只白布套从看台上无声飘落，仿佛是从天外降落的鸥鸟，白得耀眼，瞬间吸引了所有人的目光。然后，人们便看到了第二只、第三只、第四只……

白布套飘落的速度并不快，与宽恕克莉丝塔时山崩海啸般的场景截然不同。它就像一场春雨，润物无声，绵绵不绝。民众不再一拥而上，而是自发排起长队，穿过长长的通道，走向竞技场前排。他们摘下手上的白布套，向场中扔出。

十万人的大竞技场秩序井然。每一个人都神色肃穆，没有汹涌澎湃的热情，也没有震耳欲聋的呼喊。投出白布套前，有人会短暂驻足，有人会长久思索，有人会流下眼泪，还有一些人，会收起布套，转身离场。

这不是一场狂欢，而是深思熟虑的判决。白布套之雨就这样持续下着，发出细碎而持续的簌簌声。

雨下到一半的时候，林公爵站了起来。他一言不发，带领属下离开了竞技场，缇娜也跟在他身后。对于他而言，这是一个尚可接受的结局，又何必非要赶尽杀绝。

白布套之雨终于停息，竞技场中堆了厚厚的一层白色，仿佛是一夜被风吹落的春樱。短暂静默后，看台上响起零星的掌声。压抑的气氛终于被打破，人们开始鼓掌欢呼，仿佛在庆祝一场胜利。这胜利，并不属于卓王孙，也不属于芙瑞雅，而是属于他们自己。历史洪流汹涌而来时，他们没有像往常那样随波逐流，而是做出了正确的选择。

看台上又变得忙碌起来。
有人将白色帷幕撕下，当作长卷。
有人找来了笔和印泥。
有人推举出代表，临时成立了一个委员会。他们根据民众的意见，起草判决书，并悉心修改。

第三十七章 最后的宽恕

直到日暮时分,这些工作才最终完成。

最后,一位白发苍苍的老者,站上了主席台。他被推选出来,代表竞技场上的十万民众,宣读最终的判决。

判决书分为三段,第一段公正地概括了卓王孙执政时期的功绩与罪恶。功过不能相抵,按照法律,他应该被判处死刑。这一点并不使芙瑞雅意外。

让她震惊的是,接下来的那一段中,并未出现卓王孙或者芙瑞雅的名字,而是将最大的篇幅,留给了玛薇丝女王。书中提到了她缔造的合众国带给人类的十九年盛世,还有她付出的无人能及的牺牲,以及,民众的忏悔。他们曾那样攻击她、污蔑她,摧毁她遗留的一切。从某种意义上说,是他们杀死了她。

——如今,他们又怎能再杀死她的孩子?

第三段只有寥寥几语。通过讨论,同意赦免卓王孙死罪,改判流放。他将永远被囚禁于孤岛上,了此余生。至于芙瑞雅,她是无罪的。无论她想去哪里,人民都将尊重她的选择。

长长的卷轴上,按满了鲜红的指印。

人民最终选择了宽恕。

宽恕魔王,也宽恕了自己。

宽恕了这个时代。

尾　声

这是一座离岸很远很远的海岛，就算是乘坐末日前的巨轮，也要航行几个月才能抵达最近的大陆。末日之后，它几乎与这个世界隔离。

海岛上物产丰富，可以轻易找到足够生活所需的任何物资。就算是一个上千人的部落，也可以在上面过得衣食无忧。而这座岛上，只生活着两个人。

两座一模一样的别墅，分别占据了小岛的东西两面，然后是庭院、池塘、树林和大片连绵不断的花田。唯一显得突兀的是，一道两米高的铁丝网，矗立在花田正中心，将整座岛屿分隔开来。

一半属于芙瑞雅，一半属于卓王孙。

按照第三合众国的官方说法，这座岛一半是荣休院，一半是囚牢。然而事实上，小岛两边的面积、建筑、物资都完全相同。这是芙瑞雅的要求。她仍然坚持，自己应该一起被流放。民众尊重了她的选择。

如果将视野拉开一些，就会发现岛外的海域上，有一整支舰队常年不间断地巡逻着。这支舰队装备着最精良的军械，唯一的任务，就是确保这座小岛与世隔绝：没人从岛上出来，也没人进入岛上。

尾声

很长一段时间,两人都各自生活在自己的一半领地里,甚至没有见过一面。确切地说,是芙瑞雅不肯见他。入岛后的整整三个月,她都没有离开过别墅。直到第二年春天,才终于走出来,在走廊上开辟了一方花坛。

她开始种植玫瑰。花坛种满了,就去庭院,庭院种满了,就开垦花田。玫瑰花海越来越广,渐渐靠近了铁丝网的边界。然后,她看到了他。

他留起了长发,一手撑伞,一手拿着铲子,在新开垦的田地里除草。尽管岛上有足够的食物供给,他还是亲手将一块花田改成农田,种植小麦。麦田面积不大,只有铁丝网附近的一小块。

他每天都来这里,似乎在等待着什么,又似乎没有。两人发现对方后,遥遥对视了一眼,便继续低头做自己的事。

又过了几个月。

某个秋日的上午,阳光格外明媚。芙瑞雅在铁丝网上发现了一袋麦子。颗粒并不饱满,却很干净。她能想象,他平生第一次收获后的场景。他将为数不多的麦粒仔细挑选后,一分为二,一半留下,一半装袋,再趁着夜色挂上铁丝网。

芙瑞雅收下了礼物。第二天,她在口袋中装入一瓶自酿的玫瑰酒,挂了回去。

之后的几个月中,两人常常在铁丝网旁相遇,一个人整理花枝,一个人照顾麦田。他们明知对方就在附近,却丝毫不受影响,只顾做自己的事。芙瑞雅偶尔抬头,会看到他正远远望着自己。但这也只是一瞬间,两人的目光一旦相碰,便会马上转开。直到那一年深冬,空中飘散着茫茫大雪,玫瑰只剩下凋零的枯枝。芙瑞雅巡查花田时,在铁丝网前再度"偶遇"了他。

与之前不同的是,这次两人居然同时开口,跟对方打了声招呼。

"你还好吗?"

"很好。"

"谢谢你送的礼物。"

"也谢谢你。"

两人短暂沉默,笑容中都有些无奈,而后便转身离开。流放孤岛以来,两人间第一次对话就这样突然发生,又突然结束。

又过了六个月,夏天到来,孤岛上生机勃勃。芙瑞雅的玫瑰花田已经蔚为壮观,并根据品种不同,划分出很多片区。一些珍稀种类,被成功培育出来。对面的卓王孙也已对农事颇为熟练。他在麦田外又开辟了瓜田和果田。更重要的是,这时的他们已能像邻居一样相处,劳作时相遇,会简单地问好,有了新的收获,会给对方送一份。

某个清晨,芙瑞雅收到了一个小小的邮包。打开来,里面是一束风干的薰衣草,还有一张卡片。看到熟悉的签名,她的眼泪瞬间落下。她终于知道,母亲还活着。

不久之后,她又收到克莉丝塔从修道院寄来的卡片,还有兰斯洛特与相思环游世界时拍下的照片。他们在替她,去看这个新生的国度。她终于放下心,这个世界还没有被摧毁。

如此,就好。

初雪降临那一天,两人再次相逢,隔着铁丝网简单寒暄。他们提到了农作物的长势,提到了糖和蜜饯的制作方法,再像往常那样道别。

芙瑞雅语气自然地说了一句:"上次你送的麦子,我做成了玫瑰蛋糕,你想一起尝尝吗?"

这句话来得太突然,竟让卓王孙忘了回答。他想起她做过的那些蛋糕,

尾声

将盐当成糖,将苏打当成泡打粉。他有一点失神。

芙瑞雅看着他紧皱的眉头,忍不住笑了:"你放心,我现在已经做得很好了。"

卓王孙注视了她良久,才缓缓点头:"无所谓了,反正我也没有味觉。"

傍晚,芙瑞雅和他各自搬了一张折叠桌,放在铁丝网旁。两人就这样,隔着铁丝网共进晚餐。

餐桌上只有三样东西:一块奶油蛋糕、一瓶她亲手酿的玫瑰酒、一篮他种的蔬果。虽然有铁丝网阻隔,但这些仍然可以轻松传递到对面。

两人一边进餐,一边自然地聊起岛上的天气、农作物的生长,气氛轻松。但也仅此而已。两人默契地避开了很多问题,就仿佛,他们在孤岛上才刚刚结识。

悠长岁月,刻骨回忆,都被掩埋于心底。

入夜时,两人各道晚安,她回她的荣休院,他回他的囚禁地。

接下来的几个月里,他们的聚餐逐渐频繁起来,从偶尔发生,到每周定期举行。他们聊天的内容,也逐渐有了改变。

放逐第四年的一个春夜,两人在静谧的夜风中举杯。玻璃杯隔着铁丝网相碰,发出嘶哑的响声。然后,就有了以下对话:

"那一天,如果我真的扔出火种,辉夜姬来得及将你救走吗?"

"是的。"他停顿了片刻,"但,前提是我想。"

"那你会这样做吗?"

"不会。"

"你真的想求死?"

"不……我只是累了。"

下一段对话,发生在三个月后。

"你们真的把月球建成了宇宙飞船？"

"假的。"

"你们真的开发出蒸汽机体大军？"

"假的。"

"只要得到你的召唤，晏随时可以将你从这座孤岛上救走？"

"假的。"

"那什么是真的？"

"……或许，唯有我们放过了彼此，才是真的吧。"

两人不再说话，都闭上了眼睛。

孤岛很小，岁月很长。也许，终有一天，他们会原谅彼此。

也许在多年后，某个阳光明媚的清晨，她会攀过铁丝网，轻巧地一跃而下。而他，就等在下面，伸手将她接住。

又也许，在不久后的某个傍晚，他会一手撑着遮阳伞，一手提着果篮，敲响她的房门。她会微笑着替他开门，一身礼服，光彩照人。精心布置过的餐桌上，摆满了她新酿的美酒。

这一天也许很快就会到来，也许需要很多年，但总会有希望。当两人的心锁打开，这道长长的铁网，便不会再阻拦他们。

这是个离世界很远、很远的岛屿，被一支全副武装的舰队封锁着。

海岛上只有两个人。无论他们再做什么，再发生什么故事，都没有人会知道。他们曾经做过的一切，也会被渐渐淡忘。末日总会过去，文明总会重建。会有新的开拓者、建设者，认领终结末日重建文明的丰功伟绩。那些都与他们无关了。他们在海岛上生活，种着花，看看海。

慢慢地，他们让荒凉的沙滩开满了花，各式各样的玫瑰。

也没什么不好的。

尾声

地心之城。

亚当斯大公依旧坐在栏杆旁,凝望着日落。如他所言,每一天他都会准时来到这里,独自守候。无尽的分秒流逝,每一秒都是漫长的凌迟。他已分不清日月晨昏,只是安然承受。可这一天,注定会与众不同。

一道轻轻的脚步声,在他身后响起。

亚当斯惊讶地回头,只见一个熟悉的身影,出现在落日光辉里。

玛薇丝。

她手中捧着一束薰衣草,平静地凝望着他。亚当斯下意识地闭上双眼,再度睁开。她还在,仍然保持着刚才的姿势,只是眼角浮起了一缕微笑。

亚当斯呆呆地看着她,脸上的震惊、疑惑渐渐消失,化为解脱。这一天终于到来。故事的结尾,生命的尽头,她终于手捧鲜花,一步步登上帝国大厦,在夕阳的光影里与自己相会。隔着无法逾越的生与死,也隔着无法消逝的爱与恨。

泪水从他眼中滚落。他伸出手,没有去擦泪,而是认真地整理袖口。在生命的最后一刻,他希望能留给她一个好一点的印象。

哪怕,这只是自己临终前的幻象。

风吹过,她的长发向后扬起。她长久地打量着他,缓缓地笑了:"是我,我还活着。"

亚当斯震惊,不敢相信自己的耳朵。玛薇丝告诉了他,那天发生的事。

来到帝国大厦顶层时,她已想到脱困的办法。她从顶楼一跃而下,在几十秒内,以真神谕之力将手环摘下,扔入了其中某一层的通风口。手环因强制拆解而爆炸。但此刻,它和另一只手环的距离,还不到两百米。这也是亚当斯手上的手环没被触发的原因。而后,她发动随身求生装置,勾住离自己最近的外窗护栏,顺着绳索下降。接近地面时,速度已经变得极慢,她只是受了擦伤。

这一切完成后，玛薇丝并没有离开，而是在不远处等待。她坚信，一旦自己死去，他也就没有留在地底的必要了。在短暂的懊悔与悲伤后，他会打开出口，回到文明世界。时间不会太长，也许是一周，也许是一个月，作为长生族，她完全能接受这样的等待。没有想到的是，这一等竟然是五年。

他没有离开，而是每天穿着盛装，来到帝国大厦屋顶。他一动不动，一言不发地坐在她坠落之地，承受着悔恨与痛苦。

就像一场庄严的仪式。

日复一日。

第四年的某一天，玛薇丝不想再等，于是开始旅行。她走遍了地心之城的每一个角落，去看了城郊紫外线农场的花海、核电站里的七彩极光、铁矿山下的赤色天梯。由于没有任何交通工具，这场旅行，花了近一年的时间。

等回来时，她惊讶地发现，亚当斯竟然还在那里。

同时，她发现了芙瑞雅来过的痕迹。调取监控后，她沉默了片刻，转身走向通往地上世界的入口。大门并没有锁死，只需要轻轻一推，就可以出去。

沉思片刻后，她收回了手，回头走向帝国大厦。离开前，她决定与他见上一面，告诉他，自己并没有死，而他也不会死。第十六骑士行刺那天，他本该立即死去，是她给了他初拥。因此，他不会死，也不会老。这对于视仪表重于生命的他，应该是个好消息。然后，她会离开这里，回到人间。至于他，将被锁在这座地心城中，承受孤独而漫长的永生。

这是他应得的惩罚。不可免去，但也不必施加更多。

如此正好。

是个好的结局。

尾声之后

史书的记载，到此终结。以下的故事，只在游吟诗人的歌声中传唱。在人们的重重转述下，渐渐变得离奇，难分真假

（一）

兰斯洛特回家时，脸上带着一个伤口。薇薇安大吃一惊，慌忙找绷带给他包扎。

薇薇安："主人，你怎么又受伤了？"

兰斯洛特："身为合众国最高的护民执政官……"

薇薇安："可是主人，我听说护民执政官总共有一万三千四百五十六位。"

兰斯洛特："不错，这是新的国策——分权，以确保权力不会再被集中，不再会有新的皇帝。"

薇薇安："可我还听说，护民执政官每次开会，一万三千四百五十六个人聚在一起，就跟赶集似的。有时候还会毫无体面地打起来。对了，主人，你脸上的伤，不会就是这样来的吧？"

兰斯洛特："你没想错，为了争取出使北极的资格，费斯坦但提勒斯这个胖子竟用杯子打中了艾薇娅。艾薇

娅还手，打翻了桌子，压住了林公爵的腿。然后护民执政官分成了四五派，混战起来，我为了劝架才……"

他擦了擦脸上的血迹，叹了口气："别说这些了，我要准备去北极的行李了。相思呢？"

薇薇安："夫人和莱拉逛街去了"

兰斯洛特点了点头，开始自己收拾行李。

薇薇安看着他："主人，护民执政官虽然很多，但我知道，他们都干不久的。治理国家不是那么容易的事。最后，决策权还是会回到你手中。"

兰斯洛特把衬衣放到箱子里，头也不抬："你想太多了。首先，我答应过芙瑞雅，合众国再也不需要王冠了。其次，现在这样很好，每个人都有自己的位置，做好自己的事之后，便可以休假、旅行、陪伴家人、看望朋友。完全不必要把所有事集中在一个人手中。"

薇薇安点了点头。如果说那场世界大战教会了人类什么的话，那就是，再也不要将任何人推上王座。无论这个人是崇高还是邪恶，是善良还是残暴，是圣君还是魔王。

兰斯洛特："等从北极回来，我就要开始周游世界了。有很多老朋友，等着我和她去拜访。"

说完这句话，他挥手向薇薇安道别，走出门去。

（二）

北极，冰窖歌舞厅。

兰斯洛特和费斯坦但提勒斯足足等了五个小时，才见到这次会面的对象：玄青。他还是少年的模样，身披紫色皮草，在黑暗中仍戴着大框墨镜，让人一见难忘。

"玄总您好。"

"兰总您好。"

"抱歉上次把您家给炸了,搬新房子了吧?住着还好吧?"

"都好都好,多谢关心。等收拾好了再请您来炸……"

"不了不了……"兰斯洛特慌忙岔开话题,"关于这次咱们两家公司展开的合作,您怎么看?"

玄青:"我原则上……"

话音未落,他扔掉墨镜跳了起来:"什么人,竟敢给我消音!要知道,我玄青是有原则的,就算你把我扒光了我也不会屈服!我要弄死所有人类!我就是反社会人格!"

……

兰斯洛特:"玄总您这再玩几次,都成病娇歌舞厅的头牌了。这是大势所趋,您就别再抵抗了。"

玄青终于停止了发泄:"可我同意有什么用?你们人类会接受啓吗?"

兰斯洛特:"护民执政官们商量好了,再来一次选秀。不过,选歌手演员都过时了,这次我们选女团。人类会邀请啓作为涉外选手参加,不需要什么才艺,只要打扮整齐,撒个娇卖个萌,就会有一帮人叫好,哪还管你是猫是狗,是人是妖。"

玄青:"你们人类的审美,下滑得可真够快的。"

兰斯洛特:"这不叫审美下滑,这叫'培养新型审美'。"

(三)

一场前无古人后无来者万众瞩目的选秀进入高潮。舞台总监Candy、艺术总监莱拉现场指挥,激动落泪。

薇薇安换了个造型,顶着一头脏辫,身上挂着各式各样的金属链,边走边说:"你们这些人渣,我怼你们,你们不理解我,我怼你们,你们必将被我打败，我怼你们，我将走我自己的路，我怼你们，总有一天你们会发现你们误解了我，我怼你们……"

台下大家全都鼓掌叫好，声嘶力竭地喊着她的名字。

缇娜上台："我该说什么？要不我给你们唱首儿歌吧……"

"可爱！"台下的大家全都鼓掌叫好，声嘶力竭地喊着她的名字。

兰斯洛特见怪不怪，邀请玄青去后台观摩。

费斯坦但提勒斯早就在帷幕后等候，满脸得意："怎么样，火吧？"

玄青："真火！这声效是怎么弄的，我真以为台下坐着那么多人！"

费斯坦但提勒斯："这就叫高科技，我特地去后厂村定制的。那地方简直是宝地，要啥都能定制出来，只要别太当真就好。"

玄青一脸向往："我也要一套。这样我在冰原上唱歌时，就能体会到龙皇当年开演唱会时的氛围了。"

这时，灯光暗了一瞬，再度被点亮。

苏妲艳装登场，狐耳狐尾不加遮饰，冷艳的妖姬画风立即征服了所有观众。现场鸦雀无声。

玄青："怎么了？"

费斯坦但提勒斯查看了一下线路："功率太大，短路了！"

（四）

选秀获得空前成功，人气最高的九位选手走花路出道。其中五个人类，四个旹，组成了全球第一天团。

韩青主来到紫诏帝都管理处，准备把弦月事务所重新开起来。李经理说，顶层已经有人续租了，用途也是开事务所。

居然有这样的事？

他匆匆赶过去，发现重开弦月事务所的人，竟是苏妲。

韩青主更惊讶了："你不是组团出道了吗？怎么会来开事务所？"

苏妲："出道？我选秀都选过几次了，每次都说会红，也没红得了。现在终于把居住证办妥了（两族和平后，啓到人类的地方居住工作需要申请居住证），还是干点实事吧。"

韩青主打量着她，眼睛渐渐亮起来："别说，你来开弦月事务所，说不定真能成。"

苏妲："为什么？"

韩青主："算命的说，我跟着女老板才能福旺财旺运气旺。"

苏妲："那我们一起开？"

韩青主："一言为定。"

（五）

三个月过去了，弦月事务所一单生意都没有。

韩青主唉声叹气："怎么这么惨？"

苏妲也愁眉苦脸，突然想到了什么："要不然，你去送快递吧？"

韩青主："送快递？我堂堂前嘉德骑士，你让我去送快递？"

苏妲白了他一眼："之前的执政大人晏，已经去了。再晚一点，我怕你都抢不到单。"

（六）

格蕾蒂斯起床，准备管理她那遍及五大洲四大洋的产业。

"格蕾大人，有您的快递。"

"送上来。"

"快递说进不了小区，让您去东门自取。"

格蕾蒂斯只好去东门自取。东门外有一个一人高的纸箱，上面印着泰迪熊的图案，绑着缎带。看大小，应该是大件家电。

格蕾轻轻拉了一下缎带，纸箱打开。

只见一个俊美少年面带微笑，站在她面前。

穆。

"你好，大小姐。"穆向她伸出了手，"我们又见面了。"

（七）

不远处，晏望着温馨拥吻的两个人，松了口气。

"终于全部送完了。我可以放心地走了。"他压了压头上的快递员帽子，目光中有一丝不舍。

如果这是我看这个世界的最后一眼，我会好好看它，把它的一切都记住。

（八）

合众国的北部边境，沃斯夫港口。

这里处于第三合众国与启之国的交界处，法制松弛，治安混乱，已沦为流亡罪犯、反政府者、投机分子的聚集地。港口属于一座小城，常年冰雪覆盖，如今已是日与月都无法照临的黑暗之城。

风雪中，一队行商正悄无声息地赶路。不幸的是，他们的踪迹早已被这里的土匪盯上。当商队走过一条暗巷，进入码头时，埋伏于此的土匪蜂拥而上。他们手持火枪、长刀、弓箭向商队猛攻，鲜血很快染红了码头。土匪人数众多，渐渐将商队逼到海边。

行商们正要殊死抵抗，一位全身罩着黑袍的女子站了出来。面对潮水般汹涌而来的悍匪，她并不惊慌，从衣袋中掏出一柄手枪。枪身精致、纤巧，毫无攻击性,更像一个玩具,正如她本身。

土匪们忍不住狂笑起来,用夸张的姿势,向她挥刀。

女子扣动扳机。"砰"的一声轻响,子弹精准地洞穿了为首匪徒的额头。旁边的匪徒大吃一惊,慌忙施救,却也被一枪洞穿。每一枪,都会带走一条生命。这样的枪法,精准到不像人类。

这个人到底是谁?

她就是曾经欧非王国的女王,妮可。

得知帝都发生政变后,她第一时间改换装束,带着少数几个亲信和大批财宝,向北方逃去。她知道,复国后的合众国绝没有她的容身之地。同时,战争中她屠杀了大量啓俘房,北极也不会接纳她。唯一的出路便是在两国交界之地找一处城堡,隐姓埋名,徐图后事。没想到,途中竟有一波不长眼的蟊贼,敢抢劫到她头上来。虎落平阳,也还是虎。她身怀真神谕,足以在乱世中自保。用真神谕来杀几个蟊贼,实在是大材小用。

妮可抬起枪口,瞄准还在逃走的几个匪徒——她不准备留任何活口。然而,她的手突然一沉,一个声音在她耳边响起。

"够了。"

妮可惊讶地抬头,只见一个人影不知何时,出现在她面前。来人的容貌笼罩在丝绒斗篷下,看不清楚,却有一种威严,让人忍不住升起敬畏之心。

妮可全身猛然一颤,两个字几乎要脱口而出,又哽在喉头。她最终只张了张嘴,没有发出任何声音。来人抬起手,将她的枪轻轻收走。这个动作很轻,仿佛不带丝毫力量,妮可却完全没有反抗的意思。

来人声音温柔,却有让人无法抗拒的力量:"从今天起,你就跟着我,一步也不许离开。"

"是……"妮可跪了下去,双肩颤抖,似乎在无声啜泣。

来人将她拉起,轻轻叹了口气:"很遗憾,我没有教会你如何做一个女王。

但，从今天起，我会教你如何做一个好人。"说完这句话，来人牵起妮可，走入夜色中。

妮可紧紧地跟着她，甚至没有回头看上一眼。她身后，幸存的商人们面面相觑，他们不知道妮可为什么要走，还会不会回来。他们是最忠诚的随从，愿意追随她直到最后一刻。而他们携带的"货物"中，还藏着无法估算的财宝。

然而，她就这样走了，将所有一并抛下。再没有人见过妮可。

（末）

当然，这些不是真实发生的。

真实的是——

兰斯洛特成为民选的执政官，组建了一个大政府，推行以磋商为主的公司式管理。国家的概念渐渐消亡，被更为松散的公司取代。

相思迷上了写作，一部部作品接连问世。

玄青默许了啓与人类的接触，两族开始融合走近。

莱斯利夫人致力于救助在战争中失去父母的儿童，直到生命尽头。不知有多少人叫她"阿姆"。

白夜一直想将卓王孙救回来。他走遍了整个世界，一次次演讲，让大家认识真实的卓王孙与芙瑞雅。

苏姐与韩青主真的重开了弦月事务所。韩青主很高兴又遇到了一位坏脾气的女老板。

晏带着辉夜姬与槿，去了月球暗面的基地，再也没有回来。临走前，他送给格蕾蒂斯一捧尘光，让穆能借尘光化形而出，永远地陪伴着她。

据说，这是卓王孙的嘱托。

路真的消失了，再没有出现过。

尾声之后

至于龙皇,他仍以无尽的生命,穿梭在一个个时空中,寻找九灵儿。他花了很长的时间研究长生族的科技,最终找出了一个办法。如果他的速度足够快,超越光速,就能让时间倒流,回到过去。

龙皇相信了。他每天都练习飞翔,速度也越来越快。于是,在两人初遇的那个时空中,每当九灵儿抬头仰望天空,就会看到不时有流星划过,且越来越多,越来越近。龙皇化成流星,一次又一次靠近九灵儿。

总有一天,他会突破光速的极限,回到九灵儿身边。那一天,不会太遥远。

愿生者永不会互相伤害,
愿麦稷与穗生满田野。
愿愿者得偿,不愿者便可得到解脱。
愿亡灵上升,闻到香气。

《玫瑰帝国·更新世之望》全系列终

再　会

拉斯维加斯。

皇后大酒店，这座美轮美奂的建筑修建于上个世纪中期，也曾辉煌一时，但却因为设施陈旧、经营不善，逐渐被周围更气派的豪华酒店抢去了风头。一场风沙后，墙上挂着的巨幅海报已经有些黯淡了。最大的海报上有一左一右两幅图集，左边是一支怀旧摇滚乐队，右边是一位金发女郎。女郎穿着金色的高开衩套装，站在被打扮成马戏团的舞台上，笑容隐没在霓虹灯光中，显得美艳而僵硬。

这是超级选秀结束后的第五年，也是"流行巨星"Candy 在此驻唱的第四年。之所以加上引号，是因为，五年的时光，让这个头衔渐渐变得有些名不副实。或许，说过气巨星更恰当些。

票房其实还不错，大概每天能卖出去 80% 的普通票和 50% 的贵宾票。只是中间曾换过两次场地，从能挤下一万人的大场，最终换到只能容纳千人的小剧场。从歌迷们远道而来，只有通宵排队才能一睹芳容，到无论什么时候总有卖不出去的票，这一切，大概花了五年的时间。

是的，整整五年，才让民众渐渐淡忘了这个名叫 Candy 的女孩。这样的局面，Candy 本人功不可没。

五年前，事业如日中天的她决定进军影坛，却没有听从经纪人的安排与影视巨头合作，而是一意孤行地参加了一场影视选秀。这场名叫超级公主的选秀成为她明星生涯的转折点。决赛上，原本票数遥遥领先的她做出了一个自毁前程的举动——自曝与第二大公的风流史。只是，这个震惊世界的丑闻，最终以她被鉴定出精神疾病而终结。得到亚军的她没有参演后来大获成功的超级电影，而是被送进了精神病医院。之后的三个月，无数狗仔记者蹲守在精神病院门口，试图打听消息，却被告知她在接受一种特殊的治疗，不能露面。三个月后，当她再度出现在镜头前时，却似乎换了一个人。她瘦得有些脱形，形容憔悴，甚至五官都有了微妙的改变，让人总觉得有什么地方不对劲。医生以药物治疗解释了这一切，但变化最大的还不在这里。她那双曾颠倒众生的湖绿色眸子变得呆滞、无神，常常看着别处，接受采访的时候，甚至需要监护人在一旁提醒。

六个月后，她出院了。这一次，她胖得有些脱形。但有了上次的铺垫，大家已不再惊讶。再后来，她减去了百分之三十的脂肪，宣布复出，勉强恢复了工作。

她重新出了唱片，在媒体上接受访谈，但都需要医师和监护人的陪同。只是，她突然不再喜欢演出，偶尔迫不得已登台的时候，演出也和之前大不相同。她公然假唱，团队的解释是，药物影响了她的协调能力，为了依旧能展现高难度的舞蹈，所以只能假唱。但她的舞蹈也不足为道。大部分动作她也能再现，但，仅仅是完成动作而已，而不是充满侵略性地，用她的自信、美丽、性感征服舞台。

好的一方面，她不再叛逆，不再穿奇装异服，不再对狗仔竖起中指。她和其他明星一样，对镜头露出职业化的微笑，接受药管局的监督，定期做慈善，交了几任中规中矩的男朋友，每次接受访谈，总不忘对圈内前辈表示敬意，对新人则不吝赞美。

她变了，不再有争议，不再独特，不再让人感到危险与诱惑。

她不再是当年那个 Candy 了。于是,她淡出了大众的视野。甚至,歌迷也在一次次毫无生气的表演中失望,渐渐离开。

兰斯洛特拿着手中的打折演出票,进入了会场。这时,演出已经开始了 10 分钟。

由于天气原因,这一场的票房似乎格外差一些。他很容易地穿过人群,找到贵宾区的座位。这里离舞台这么近,他能清楚地看到台上的表演。

她浓妆下的面容有些沧桑,表情呆滞。那头耀眼的金发明显是假发,被发胶在额前定型出诡异的弧度,甩动的时候更让人担心随时会脱落。发胖让那些原本性感的动作有些尴尬。她偶尔还会进错节拍,但仿佛没察觉,依旧表演,木然地踏着音乐的节奏,转圈、走位、和舞伴互动,并一丝不苟地对着口形。

他记得报纸上曾有一句很刻薄的评论:真不知道为什么这么拙劣的表演能持续 4 年,到底是哪些观众那么傻,会花钱看一个中年发福的女人穿着比基尼跳健美操。

其实,也没有那么糟糕。她只有 27 岁,上一张唱片依然卖出了上百万张。过气,只是和她自己比较。如果不是当初珠玉在前,如今的表演也没那么不堪入目。舞台效果依旧炫目,伴舞很专业,服装经过精心设计。虽明知是假唱,音响中传来的那些早年金曲听来仍然令人血脉偾张。

在某些角度,某些时刻,她微笑的样子,依旧很像当年那个每个人心中的甜蜜糖果。很像,但兰斯洛特知道,她不是。台上的这个女人,只是一个替身。真正的 Candy,在非洲,和一个她爱的人在一起。

兰斯洛特注视着舞台,轻轻叹了口气。

其实,当时有一个一了百了的做法,就是宣布她因病死去或因精神失常自杀。但,那时的她正如太阳一般耀眼,她的突然死亡,会让她成为一个传奇，被大众铭记、讨论好多年。

正如玛丽莲·梦露的猝死，虽然当时没有留下任何证据，但几乎没有人相信她是自杀的。人们至今仍在热情地追寻真相。这是一个失败的案例，值得北美大区高层引以为戒。

Candy 如果死在那时，只会比梦露的影响还大。所以，她不能死，只能老，只能变丑、变蠢，变得平庸无趣。这样，人们才会真正忘记她。她在人民心中缔造出的这个传奇形象，光交给时间是不够的，只有她自己，才能慢慢抹杀。用一个肥胖麻木的中年妇女形象，把当初那个灵气逼人的女孩一点点逼出大家的记忆，让人们对她的爱、回忆逐渐化为失望。这样，Candy 才算真正死了。

所以，他们宣布 Candy 没有死，只是精神失常需要治疗，然后找来一个替身，并安排好了之后所有的一切。

只是合众国高层当初没想到，花了整整五年，才让她从巅峰走到今天。对于喜新厌旧的民众而言，真是个奇迹。

兰斯洛特静静地看着表演。虽然表演说不上精彩，但他身边依然不时有热情的观众站起来，欢呼、嘶喊。他坐在人群中，注视着舞台，似乎有点格格不入。监控替身的演出效果，本来不需要他这个级别的人来做，但他坚持要来看一次。毕竟，五年前的 Candy 事件由他全权负责。为了拉法，他将空包弹射向她的胸口。之后，又将 Candy 送往非洲，寻找替身……这些计划都有他的参与。是他终结了那个舞台上光芒四射的 Candy，将一个拙劣的替身留在世人面前。五年后，他如果不亲自来看一眼这个亲手种下的"果"，内心便难以得到安宁。

他不知道自己为什么要看完这场演出。这个人不是 Candy，但似乎又是她。如果他没有放她走，任她留在这个世界上，她迟早也会如此吧。

他想起了多年前，在华音大学外的酒店里，Candy 曾和他一起度过的夜晚。他看着她当年的演出录像,整整一夜。那时,舞台上的她,那么强大、骄傲,是舞蹈的精灵、操纵人心的魔女、统御音乐国度的女王。但荧幕之外的她,就蜷缩在沙发上,枕着他的手臂睡得像个孩子。这是他们短暂交往中最温馨的一幕。

台上换了一首慢歌,四周随之安静下来。"Candy"站在升降架上,展开白色的羽翼,幽蓝的灯光掩盖了她脸上的疲态,仿佛瞬间逆转了时光,将这个舞台带回了多年前。

一阵抽泣声打断了兰斯洛特的回忆。

他发现,哭声来自他身旁的一个女孩。她个子很瘦小,踮起脚尖高举着手机,似乎在录像。屏幕惨白的光照亮了她浓重的眼妆。眼妆已经全部晕花了。她哭得越来越伤心,却没有放下手机,只偶尔用手背涂抹一下,让整个脸上都布满凌乱的妆痕。

兰斯洛特递了一张手巾过去。女孩不声不响地接过手巾,一只手在脸上狠狠擦了擦,另一只手仍然高举着手机。

这是一个微不足道的小插曲,兰斯洛特并没有在意。毕竟,在她这个年龄,是最容易为偶像感动流泪的。演出刚结束,他便起身离开。

"先生,等等。"那个女孩追到了走廊上。

兰斯洛特回过头。他这时才发现,这个"女孩"并没有他想象中的年轻。甚至可能与Candy同岁,由于长相平庸,还要显得年长些。

"这个还给您,抱歉,刚才没有和您说谢谢。"她有些歉意地递过手巾。

兰斯洛特微笑着接了过来,点了点头,准备向她道别。

"您一定觉得演出很差劲吧?"女孩突然打开了话匣子,"我看您一直静静坐着。"

兰斯洛特摇了摇头:"不,我只是喜欢安静地看演出。"

"那您一定很奇怪,为什么她的演出这么平庸,观众还留在这里。"

兰斯洛特没有说话。如果他只看今天的表演，或许真的会有这个疑问。这两年来，无数恶毒的评论充斥着媒体。大概是说，Candy 的粉丝真是和她一起疯了，竟会为一头穿着比基尼的大象买单。

女孩的语气甚至有一点点骄傲："那是因为，我们曾亲眼见过她最辉煌的时候。那个流行天后、舞台女王，她当年在我们心中种下的爱，足够她挥霍这么久……"似乎是感到自己的说法有些过于煽情，女孩有些羞涩地笑了笑，举起手机，调出另外一段录影，诚恳地说："您看到这些视频就会明白，当年的她，的确没有人能比得上。"

兰斯洛特没有拒绝，躬下身陪她看完了那段短短的视频。那正是他在酒店看过的其中一段。他在心中轻轻重复了一遍女孩的话，是的，那时的 Candy，的确没有人比得上。

兰斯洛特的耐心，反而让女孩有些不好意思，讪讪地说："如果我没有猜错的话，您一定不是她的歌迷。您只是有事路过这里，偶尔看一场演出吧？"

兰斯洛特斟酌着该怎么回答——他的确不算她的歌迷。

女孩自嘲地笑了："像您这样的先生，是不会喜欢她的。她的歌迷都是我这样的不良青少年，哦，现在连青少年都不算了。不良中年。"

兰斯洛特笑了："不，她是个了不起的人。我很喜欢她。"

女孩的眼睛一下子亮了："真的吗？您一定在骗我。"

兰斯洛特："真的，我身边喜欢她的人很多，我最好的朋友还爱上了她。"

女孩眼中的光芒渐渐黯淡下去："可这些年，她变了很多，那些原来疯狂爱着她的人，都渐渐离她而去了。您知道吗，我曾是她歌迷会的会长，五年前我们有好多好多的会员，每月都聚会。而我是其中最疯狂的一个，我模仿她的穿着，模仿她说话的腔调，染和她一样的金发……她的每场巡演我都会去看。我拍下的录像装满了十几个硬盘……"

说着，她的声音又有些哽咽："先生，如果我说，她曾是我的信仰，您一定会觉得我很蠢，是吧？"

兰斯洛特摇了摇头。每个人都有自己的信仰，若没有经历过其中的故事，谁又有资格去评判别人的人生。

"您也许能看出来，我是一个很普通的女孩，矮小、胆怯、不善交际。在校园里，我这样的人常常是被霸凌的对象。我只有想着自己和她一样站在舞台上，像个女王，才能找到一丝快乐……后来，我进入了歌迷会。这里都是喜欢 Candy 的人，我终于找到了同好。我总能晒出她最全的唱片、最清晰的视频、最详细的资料，大家都很羡慕我。我惊讶地发现，因为爱她，我也变得与众不同起来。我组织大家聚会，设计印着她头像的短袖，变得越来越重要。被人需要的感觉真好……"

她看了兰斯洛特一眼，有些不好意思："对不起，我想说的不是这些。总之，她是我很重要的人，我很爱她。她从精神病医院出来后，我仍然爱她。可是，我周围的人不那样想。她一次次缺席重要的颁奖典礼，唱片销量从千万级别一路下滑到百万，逐渐被新生代歌手盖过风头……我的朋友——那些会员渐渐感到丢脸。她不再是那个带给他们骄傲的偶像了。她的记录不断被别的歌手打破，而她自己却在刷新一个个负面记录：第一张没有拿到冠军的专辑、第一场没有满座的演唱会……这些该死的记录越来越多，并逐步成为常态。最后，她不再巡演，宣布来这里驻唱。这可是过气歌星才做的事啊！

"这还只是个开始。这几年，她做过的'错'事真是数都数不清。她曾许诺出席颁奖典礼。大家以为她终于要表演了，兴奋地守在电视机前。最终，她却一声不吭地爽约了。她和几个过气老人家一起做了选秀的评委。这不算什么，要命的是她的点评充满了无知浅薄的错误，完全坐实了乐评家们说她其实不懂音乐的批评。甚至，她唯一坚持的唱片的高水准也失去了，一年内出了两张精选！而这一切都不可怕，最可怕的是，我们都分明感觉到，那个舞台上的人，已经不是她了。她再怎么努力，也只是拙劣地扮演着自己，扮演着那个曾让人倾心折服的乐坛天后。谁能告诉我,以前的她到底去了哪里?"

女孩悲怆地抬起头,仰望着被灯光照亮的海报,脸上充满了迷茫。

兰斯洛特能感到她的痛苦,却只在心中默默地叹了口气。这一切,都是他们的安排。只有这样,才能磨灭掉那些曾刻骨铭心的爱。

"大部分歌迷都失望了,渐渐离开了她。只有一小部分人坚持了下来。您知道吗?歌迷会里曾有一个叫莉莉的女孩,她是我最好的朋友。她家境不好,甚至买不起歌碟,但她爱Candy那么深,她为Candy做的一切,甚至连我都感到惊讶。她一直在餐馆打工,直到有一天,她终于攒够了钱来到这里。她买了钻石贵宾套票,为了能在表演结束后的餐会上见她一面。那一刻到来时,莉莉颤抖着把一个巨大的玻璃瓶捧到她面前——那里边装着我们用糖纸为她叠的一只只蝴蝶。如果她细心一点,还会发现那些蝴蝶翅膀上都抄了歌词,那是我们每个人最喜欢的她的作品,一个人只许叠一只。礼物准备好后,为了调查到底哪首歌被抄了最多次,大家争论了好几天,最后二十个会员花了一天一夜,把所有蝴蝶拆开,一一清点了一遍,再重新叠起。这些歌词才是真正的礼物。莉莉满心期待地准备好,想要一句句讲给她听。可Candy没有发现——她甚至没有打开瓶子,只是满脸木然地接了过来,递给了旁边的助理。那一刻,莉莉心里有什么东西破碎了。她连夜飞了回来,一见到我就哭着把我抱住,声嘶力竭地说:'为什么会这样,把之前那个Candy还给我们!'她哭了一夜。第二天,她退会了。临别时,她不再哭了,语气变得很冷淡。她说,如果Candy当初死在医院就好了。她宁愿留一个美好的记忆,也不想看她今天这样,一点点毁掉曾经的自己,毁掉我们对她的爱。

"我当时很气愤,他们到底爱的是她这个人,还是爱'我的偶像是巨星'这种虚荣?她被药物折磨得麻木不仁的时候,他们却只关心她是不是让自己失望,让自己丢脸!我愤然退出了歌迷会,和她们断绝了来往。我索性住在赌城附近,看她每一场演出。我发誓,她唱多久,我就看多久。

"但您知道吗?我也曾动摇过,但和那些人的理由不一样。有一次,我仍然在前排看演出，无意中发现在某一个瞬间，她的目光投向空洞处，无声地叹息了一声。那一瞬，灯光照亮她的脸，那么疲惫，那么苍老，连厚厚的彩妆都盖不住。她只有27岁，却好像一个历尽沧桑的老妇。

"我知道，这样的表演，对她而言，已是一种折磨。"

女孩的声音哽咽起来："……先生，我只是不明白，如果她不爱这个舞台了，为什么还要留在这里呢？她曾说过，她如今是为了歌迷而唱，但我知道，这分明是谎言。她不仅不爱这个舞台，也不爱我们了。那一刻，我心里清晰地响起了一句话：如果她死在选秀那一年就好了。"

"那时，她还未老，我们还爱她。"女孩用双手捂住脸，蹲了下去，肩膀轻轻抽搐。

兰斯洛特想安慰她，却不知从何说起。这一切，不正是他们一心想要达到的吗？从大人物的角度去看，为了国家机密破碎几颗少女心，似乎是微不足道的。只是，对于她们每个人而言，这份寄托了青春的心意却很重！

唯有叹息。

女孩突然站了起来，擦干了眼泪，努力露出一个微笑："先生，感谢您耐心听完了这一切。耽搁那么久，您一定很烦了吧？"

"不，我说过，我也喜欢她。"他的声音很真诚，"知道有那么多人曾经爱过她，我很高兴。我想，她总有一天会知道，在最艰难的时候，还有很多你这样的人，还爱着她。"

女孩再次高兴起来："谢谢您，先生。可是您知道吗，这是我最后一次来看她的演出了。后天，我就要结婚了，新郎是爱尔兰人，我会跟他回家乡生活，从此做一个家庭主妇，照顾农场，做做家务，再生两三个孩子。之前的这一切，就当是一场梦吧。"说到这里，女孩眼里再度涌出泪水。为了掩饰，她低头在自己的挎包里翻找着，最终拿出一个厚厚的本子："先生，我看到您买的也是钻石贵宾的套票，可以进入表演结束后的餐会，还可以和她单独合影。您能帮我把这个带给她吗？"

兰斯洛特接过本子。它像个巨大的字典，沉得压手。

"这是我看过的她每一次演出的票根，从她出道开始，整整十年，二十三个国家，五十七个城市，一场都没有落下。"

十年，人生有多少变化。多少至亲骨肉、亲密爱人都无法坚守当初的承诺。偶像与歌迷，不过是两个陌生人，在人生中偶然遇见而已。要怎样的执着追随，才能够一场不落？

兰斯洛特沉默片刻，目光转向她脖子上的钻石贵宾挂牌："为什么自己不去呢？她就在那里。"他指向一个拉着大幅海报的走廊。走廊尽头，就是餐会所在。餐会还有五分钟就要开始了，保安正在最后验票。

"我去过这种餐会很多次，但都没有勇气和她说话。这是我最后一次看她的演唱会了。我不想亲口说告别，我会哭的，先生。"

兰斯洛特郑重地收起了这个本子："我一定会带给她，请放心。"

女孩对他鞠了个躬："请对她说，有这样一个女孩，曾那么深地爱过她。无论她变成什么样，我都不后悔爱过她——谢谢她曾出现在我的生命里。"

兰斯洛特也向她鞠了一躬："也谢谢你，爱过她。"

女孩擦干泪，转身离开。走到通道门口，突然回头一笑："先生，如果您说的是真的——您和您的朋友也喜欢她，那么，从此之后，请你们替我继续爱她吧！"

兰斯洛特笑了："一定。"

女孩的身影消失在通道尽头。他仔细地收起本子，却没有进入餐会，而是掏出手机拨了一个电话："薇薇安，替我准备私人飞机，去马萨马拉，立刻。"

他要将这个本子带给 Candy，不是那个替身，而是真正的她。那个离去的女孩不会失望，因为在世界的某个角落，的确有人一直爱着、守护着 Candy。

五年了，是时候去探望老朋友了。

马萨马拉。

兰斯洛特找到小酒馆并没有花费多少工夫,因为这家名叫"拉斐尔"的酒馆,是附近沙漠里唯一的一家。除了过路的长途司机和为数不多的几个背包客,很少有人会找到这里。白天生意更加冷清,店里一个客人都没有,只有一个小男孩趴在窗户旁边的一张桌子上,一笔一画地写着作业。

男孩大概五岁,阳光透过窗棂,将他那一头亚麻色的短发照得格外柔软,让人忍不住想将手掌放上去揉捏。

兰斯洛特坐在了对面的凳子上,从这个角度,可以看见男孩清晰的侧容。他的轮廓有点像拉法,但那双眼睛,分明继承了Candy的妩媚。看得出,男孩似乎对自己过分清秀的外表不是很满意,故意弄乱了头发,并歪歪斜斜地扣上一顶棒球帽,气鼓鼓地做出一副"别把我当女孩"的架势。

他们的孩子。

这应该就是幸福的见证了吧。兰斯洛特的心放松下来,柔声问:"你好,小兄弟,你爸爸妈妈在家吗?"

男孩抬起头,不满地看了他一眼:"你想买酒?找我就对了。我就是老板。"他向吧台最高处的瓶子指了指,神色颇有些恶作剧:"你如果敢点伏特加,我多请你喝一杯!"

兰斯洛特笑了:"我只喝可乐。"

男孩走向吧台,垫着凳子拿了两瓶可乐,一瓶递给他,一瓶开给自己。他力气不够,使用开瓶器的时候很费劲,却要故意装出熟练的样子,格外可爱。

兰斯洛特举起瓶子,做了个碰杯的动作:"你叫什么名字?"

男孩:"肖恩,肖恩·亚当斯。"

兰斯洛特怔了怔,随即明白过来。拉法曾被亚当斯大公秘密收养,虽然没有对民众公布,但少数高层心知肚明,他用这个姓氏再自然不过。他的孩子，当然也会以此为姓。

男孩看了他一眼："你呢？"

"兰斯洛特，兰斯洛特·亚当斯。"

男孩有些惊讶地抬起头："真巧，你和我一个姓呢……"

兰斯洛特笑了："事实上，这不是巧合……"他举起可乐瓶悠然地喝了一口："我是你爸爸的弟弟，你的叔叔。"

男孩满腹狐疑地看了看他，突然惶恐起来。他再顾不得扮成熟，推开凳子向后院跑去："爸爸！爸爸！有个奇怪的人找你。"

兰斯洛特跟着小男孩走进后院，这估计是他见过的最凌乱的小院了。院墙红砖被风沙侵蚀，挂起了碎屑。勉强称得上完整的那部分墙面，则盖满了彩色油漆的涂鸦。墙角高高堆起几排废旧轮胎，最顶上的几只被当作花盆使用，随意地种着一些沙漠植物。

一大堆奇形怪状的木头碎片中间，他看到了拉法。

拉法还是当年的样子，只是头发更加乱了，还入乡随俗地套上了当地土著最爱的大花衬衫和七分牛仔裤，看上去颇具喜感。兰斯洛特忍不住微笑，看来，他离开的时候还真是仓促，收藏多年的各种奇装异服都没有带走——也对，那本就是身外之物。

拉法没有觉察到有人进来，盘膝坐在沙地上，专注地削着木头。他似乎在制造什么复杂的器具，各种形状的木头快堆了一地。

兰斯洛特很快就明白了他在做什么。他对面，是一台大天使机体的模型。模型已经大致完工，只剩下双臂和配套的盾牌、长矛、粒子炮等武器没有装备。他身边，还有一个两三岁的小男孩。比起肖恩，这个男孩像拉法多一些。他一身牛仔装扮，腰上挂着仿真左轮枪，踩着小皮靴，正欢天喜地地乱蹦着，似乎一刻也停不下来。他看着拉法做好的木头块，摸摸这个，玩玩那个。

拉法一边雕刻着花纹，一边柔声说："杰登，别捣乱，那是给你哥哥的礼物，你今年的是一辆自行车……"

杰登鼓了鼓苹果一样的脸，突然抽出一条画着花纹的手臂，远远扔了出去。

"别！"拉法赶紧冲出去接，刚站起身，却想起匕首留在地上会留下安全隐患，只好返回来将它含在嘴里。等他再度起身去追那条手臂时，它早稳稳地插在了废轮胎山的最顶端。拉法只好摇头，踩着轮胎爬到顶上，好不容易才把那只手臂拿下来。杰登一面咯咯笑着，一面又扔出去两三块，眼见地上的配件都扔光了，他干脆将魔爪伸向了站在一旁的模型。

"小心！"

随着杰登的拉拽，一人高的模型摇摇欲坠。

"杰登！"拉法不顾一切地冲了过来，但已经来不及了，模型轰然倒塌。

惊得满头大汗的拉法在尘土中搜寻，然后，他看见了兰斯洛特。隔着尘埃，兰斯洛特抱起还在疯笑的杰登，向他点头微笑："尊敬的嘉德骑士，你还好吗？"

收拾院子、给肖恩介绍客人、哄杰登睡觉……经过两个小时的漫长劳动，两人终于坐在酒馆吧台上，打开了一罐啤酒。

兰斯洛特："Candy 呢？"

拉法："她去集市了。这里半个月才开一次集，错过了就只能吃罐头。"

兰斯洛特理解地点了点头，却没有问，为什么是他带孩子，Candy 出门采购，仿佛这是一件很自然的事。

他放下酒杯，看了拉法一眼："这么多年，你还是不会开车？"

这件事，在骑士团是一个笑话，拉法可以驾驶大天使战机，却不会开车。只有极少的几个人知道，拉法之所以成为孤儿，是因为一场车祸。那时他才两岁，在后座上亲眼看见了这一切。他对亲生父母没有任何印象，却从此不敢开车。

拉法笑了笑:"家里有一个人会开就够了。"

他说起这个话题的时候很轻松,看来已经从阴影中走出来了。兰斯洛特感到一丝欣慰。而后,他们聊起了拉法走后的骑士团,那一届惊心动魄的血公爵之战,也聊起了第二大公——他们或法律上或事实上的父亲。

天色渐渐暗了下来。

门外响起了发动机的轰鸣和一个熟悉的声音:"肖恩,杰登,快来帮妈妈的忙!"

拉法跃下吧凳迎了过去,兰斯洛特在他身后。门口的夕阳中,他看到了多年未见的 Candy。

她从一辆大皮卡上下来,扛着一筐水果。身后还有同样的几个草编大筐,里边堆着鱼、面包、酒、谷物甚至整条鹿腿。兰斯洛特还发现,她和拉法穿的竟然是情侣装,大花衬衫,低腰牛仔裤,像个当地土著。与众不同的是,她脚上还套着一双羊毛雪地靴,与时令恰好相反。

虽然穿着这么可笑的一身,但她松散束着的金发依旧如太阳般耀眼,双腿线条依然笔直修长,像个少女——这是和别人比较,却无法和五年前的她相比:她的小腹上有了不太明显的赘肉,烈日和风沙也微妙地改变了她的肤色,她手臂也似乎粗了一圈。五年的时光在悄悄打磨着她,让她的美丽不再是大荧幕上的惊心动魄,而变得可以触摸——酒馆里风韵犹在的老板娘。

Candy 愣了愣,似乎没想到兰斯洛特会出现在这里,然后她和当年一样尖叫起来,扔下整筐水果,冲上去热情地拥抱了他。拉法一手抱起跑出来的杰登,一手牵着肖恩,笑看着他们。的确,好久都没有故人来了呢。

由于兰斯洛特的来访,拉法和 Candy 准备提前打烊。可就在关门时,破天荒地来了很多客人。他们都是附近部落的人,几乎不会说英语。交流了很久,才听明白,原来今天是他们的丰收节,酋长大人发了话,一定要到这里来庆祝。

这样也挺好，让这场重逢更添几分喜色。

于是三人一起动手，将买来的食材全部拿了出来，在酒馆里临时搞了一个丰收派对。客人们自带了一种酸甜可口的果子酒，也不用酒杯，就盛在椰子壳里传饮着。男男女女聚在一起，轮番霸占了酒馆里的小小舞台，唱歌、跳舞、摔跤，直到半夜，所有人都醉了。

直到要打烊了，拉法才发现，带头的那个部落"酋长"不知什么时候失踪了，几人四处寻找未果，只见一只蜜獾趴在桌上，高声打呼，怀里还抱着那瓶伏特加。

三人禁不住脱口而出："胡赛？"

拉法轻轻脱下外套，盖在胡赛身上，轻声说："胡赛，你不是回草原做蜜獾国王了吗？"

烂醉的胡赛强撑起头来，尖着嗓子说："蜜獾国王？谁这么小家子气？本国王的征途是星辰大海！告诉你们，我早就升级啦，我用变身术化装成人类，收服了附近十几个部落。现在，我是名副其实的非洲之王。"

兰斯洛特伸手挠了挠它的下巴："当初我们还真是看轻了这小家伙，果真天生有王者之气。"

"非洲之王"胡赛睁着大眼睛，摇了摇尾巴表示同意。

Candy爱怜地抱起它，用额头去碰它被酒精折磨得通红的小鼻尖："你是来看我们的？来得真巧……"

胡赛一头钻在她怀里，心满意足地打着滚，嘴上却一点不服软："谁有空来看你们？本国王是可怜你们经营不善，就快倒闭啦，才带人来捧场的！这酒真好喝，只要你们多准备点这种酒，我就让我的子民每个月都来包场，怎么样，怎么样？"

拉法怕他被别人发现，赶紧用衣服将它盖住。好在周围的部落子民醉得太厉害，根本没有注意到这边发生了什么。

"捂住我干吗？我可是国王！我要喝酒，我要点歌，我要看表演！"

胡赛在衣服下挣扎着。

兰斯洛特将目光转向刚刚空出来的舞台，对 Candy 说："再表演一次吧，为了我们。"

Candy 看了拉法一眼，似乎在征求意见。拉法鼓励地点了点头，并将怀中的衣服悄悄掀开一线，让胡赛露出头欣赏表演。Candy 走上台去，甩掉了雪地靴，将上衣从中间撕开，在胸前挽起一个结。这件宽松的印花衬衫，顿时变身为露脐演出服，紧绷在她身上。她抓过一只吧椅作为道具，跳起了自己最性感的一支舞曲。

她围绕着吧椅旋转，扭身，撩动长发，那双湖绿色的眸子里充满着极致魅惑，每一个动作都让人心旌摇曳。舞曲让满桌、满地七倒八歪的土著们再度兴奋起来，和着音乐的节拍，一起舞蹈。

若仔细对比便会发现，她的动作也生疏了一些，身材也发胖了一些——五年前的 Candy，没有人能比得上，连现在的她也不能。但她还是她，依旧能把握住这首舞曲的灵魂。她还在舞蹈，不是在拉斯维加斯的酒店，也不是粉丝硬盘中的舞台，而是在远离繁华世界的地方，一个默默无闻的小酒馆，只为那少数几个观众。

虽然青春不再，舞步生疏，但从另一个角度看，她今夜的演绎也很完美，甚至比巅峰的她更美。这是一场真正的表演，真正的绽放，连她目光中的挑逗与放纵都那么自然、纯粹无瑕。

她和这些"真正的"观众都明白，这只是一次缅怀，缅怀那个曾经在舞台上光芒四射的巨星。曾经每个人心中的甜蜜糖果，从此，只在少数人的心中，小心收藏。

隔着灯光，兰斯洛特微笑着望向舞台，他喜欢现在的 Candy。她也有很多烦恼，一家偏僻冷清的酒馆，两个淘气的小男孩，追逐打闹，有时候生活也会一地鸡毛。但这不正是普通人的幸福吗？

这个结局，真的很好。

灯光黯淡的时候，兰斯洛特将那个厚厚的本子放在桌上，悄悄起身。他没有向这对夫妻告别，因为他已看到了自己想看到的。

他相信，那个将本子交给他的女孩若能看到这一幕，也会不再迷茫。

如此，再会。

后　记

　　结束一部长篇小说，就是一场漫长的告别。对象是所有人——逐渐长大的读者、逐渐平庸的自我，以及剧中那些永远青春，永远鲜衣怒马的人物们。

　　我从不否认，《玫瑰》系列诞生的初因，是为了消解离别的伤感。写完《华音》系列的时候，我曾控制不住情绪，趴在床上失声痛哭。那个时候安慰自己，没关系，我还有《玫瑰》。我还不知道，这个想法多么幼稚，最终将得不偿失。佛家说，人有爱别离之苦。为了缓解这种痛苦，我给自己判了一个缓刑，让离别之苦，缓期十年到来。可正是这样，又种下了新的因果。

1

　　创作《玫瑰》的这十年，我感到这个故事越来越庞大与独立，渐渐成为与《华音》不同的世界。在最后几册里，我开始不再使用女主在《华音》系列中的名字，而是用她独立的名字。因为两个人，的确已经相差甚远。离别，最终还是以一种无声无息的方式降临了。更何况，天下没有不散的筵席，《玫瑰》有完结的一天，十年后还是要说再见。这时候，不仅是和《玫瑰》再见，也是和《华音》永别。双倍悲伤降临时,我发现自己与完结《华音》时的状态不同了,少了一些撕心裂肺,多的是细水长流的悲怆。

　　结束全文后的几天,我照旧欢笑,强撑着让自己不去想。再过一段时间,忍不住偶尔去想。再到后来,不用主动去想,它也会在一个不经意的时候,重回到眼前。伤心还是那么伤心,人却是成年了,不再像十年前可以失声痛哭了。只会突然之间悲从中来,湿了眼眶,抬头风干后努力忘记,查资料、写论文、备课上课,匆忙地躲入现实生活。

　　就这样,不断循环往复。

　　毕竟,四十岁的爱别离,又岂是三十岁时可以相比的。

2

　　之前有一位编辑对我说,看到《玫瑰》书稿的时候,觉得我有一种颓丧和自毁的倾向。是的,创作《玫瑰帝国》的尾声部分时,我的确遭遇了一次很大的坎坷,说是人生中的至暗时刻也不为过。我常常躲藏在自己创造的世界里,舔舐伤痕,躲避风刀霜剑。雪上加霜的是,那段时间出版业也很困顿,写作变成一件性价比很低的事。有人劝我,就这样放下吧,把精力用在其他领域。即便要写作,也干脆开一个新的系列更好。毕竟时代变了,耗费心血写一部青少年时代构思的小说,既讨好不了"新欢",也未必能让"旧爱"满意,何苦又何必。

　　我其实也犹豫过,要不就放下吧。那会儿我已经入职高校,成为一位全职的学者。青椒的科研和教学压力,也让我疲于奔命。每当我打开标记着"玫瑰帝国"的文件夹时,都忍不住问自己,为什么非要把结局写出来呢?

　　为了名声或者利益吗?那肯定不是的。这个类型的市场环境并不好,而我也是过气的作者了。这时候出一部大长篇的最后两册,圆梦的意义,是远大于实际利益的。说到这里,真心感谢山西人民出版社的领导和编辑们,帮我完成这个梦想。

是为了读者？我很想用这个理由，但却又觉得无法说得理直气壮。这个故事的类型、跨度十数年的出版时间，注定了追到现在的读者不会很多。那些真正留下的读者，我万分感激，但也感到忐忑和惶恐。我知道，读者们也从初中生转而为人父母。由我来给"有生之年"一个确定的结局，未必能让大家满意。所以，尽管我由衷地希望，还对这个系列保持着爱与记忆的读者们，能追到结尾，你们的快乐，是我写作生涯中最大的快乐，但我仍不能说，是为了读者去写完结局的。

那么只剩下一个理由，为了自己。创作的这些年，经历过光荣，也经历过痛苦，但终究我是幸运的。在幻想的角落里，获得了那么多的快乐与自由。

感谢剧中人，芙瑞雅、小卓、玛薇丝、兰斯洛特、晏、Candy……那些我亲爱的、挚爱的孩子们。你们拯救了我，没有你们，我无法度过最艰难的时刻。我应该感激与感恩，而不该再索求什么。是你们创造了我，而不是我创造了你们。

你们是无数个绝望夜晚里，我唯一的陪伴与救赎。

爱你们，永远。

3

说回这次出版，相比于之前贴出过的网络草稿，最大的修订便是将最后三册合并变成两册，让这个系列以九册的篇幅完结。一些过于枝蔓、重复的地方，通过删节合并，终于理顺了。还加入了其他人物的支线，尽量丰富这个虚拟的世界，让每个人各得其所。

而更重要的是，修改了之前的结局。之前的结局在网络贴出后，读者给了我很多意见。多数人都不满意这个结局，认为太仓促也太随意。

我很感谢大家能直言不讳地表达出不满。毕竟，当我自己再次阅读的时候，也觉得之前的结局太突兀，还带着一点游戏色彩。修改的时候，我认真思考过，为什么两年前会用这种语气，来给自己的青春画一个如此重要的句号。后来我明白了，那时的我还无法接受分别。因为不忍让这个故事就此完结，我选择了逃避。用一种带着调侃、玩笑的文字，去掩饰离别的伤感。

这种掩饰当然会损害结尾的自然度，也会影响到大家的阅读体验。因此，在两年后，我选择直面这次离别，认真地，好好地，和那个在我脑海中延续10年的世界告别。

这次修订来得很偶然。现在的我和十年前毕竟有很多不同，每天都有大量烦琐的事务等我去处理。写作，成为生活与工作中的见缝插针。整整一两个月，我很累，但也觉得很快乐。这就是属于作者的快乐吧，无法向人说，也无法用其他获得来衡量。

曾几何时，我有一点害怕，怕自己失去了在写作中获得快乐的能力。但这一两个月的忙碌，让我感到快乐与欣慰。至少在某一个角落里，那个多年前的我还存在着。

4

少年时代，我也曾是一个很要强的人。写作的一大目的，就是希望被大家看到，被大家认可。所以我会很关注别人对我的评价，有时候甚至还会忍不住去辩说几句。那时，我就像一位广场设计师，想要把广场修在最显眼的位置，容纳最多的人，接受最多的认可。

可如今，我更想把写作当成是我自己的私事。我构建的世界，仿佛是一座属于我的私人花园。这并不意味着我不尊重、不欢迎进入我花园的读者。但我想，我愿意当一位好客的女主人，将花园的风景和大家分享，再递上一杯热茶，坐下来说几句家常。很欢迎大家对花园的陈设提出意见，但这个花园仍是我的私有之地。也许有一棵树长久没有修剪，有几株花树配色很土，有一处雕塑显示出我小小的怪癖，可那就是我喜欢的、保留的，也请大家原谅女主人这份小小的任性。

最后想和大家分享一件事。

以前，为大家去创作的时候，我不会梦见笔下的人物。对这一点，我也很奇怪，明明构思得那么认真，他们却从不会出现在我的梦里。我是那么希望，他们能在梦中探访我，让我看一看他们的模样。可这在我青少年时代的创作生涯中，从未成真过。

就在我决定，让他们永驻在我的私人花园，不与世争时，我反而常常梦见他们了。有一次，我梦见了芙瑞雅。她站在桥上，风吹起红裙，腹部隆起，大概马上就要做妈妈了，笑容仍然光彩照人。又有一个晚上，我梦见卓、芙重逢的那一幕。他坐在椅子上，给她一杯茶的时间，让她解释当初谋反行刺和她无关。

我近距离看着他们，作为透明的旁观者，沉浸在巨大的压迫感和张力之中，欣赏着他们自己演出的绝妙好戏——那是不由我主宰的生命力。

醒来后我无比开心，无比感激。开心自己还爱着他们，感激自己仍有爱的能力。

步非烟

2024 年 4 月 27 日 于人民大学国学馆